1_ 제18회 현대문학 신인문학상 시상식(1973년, 서울대 교수회관).

2_ 『화산도』를 쓴 김석범 소설가와 5·18묘역에서(1990년경).

3_ 암태도사건의 유일한 생존인물 서동오 옹과(1979년).

4_ 경남 하동 섬진강변 마을에서 동학농민전쟁 현지조사(1987년).

5_ 민족문학작가회의 회장 자격으로 일본 토오꾜오를 방문한 자리에서 영화감독 이장호와(1994년).

6_ 전남 장흥 동학농민전쟁기념탑에서 동학농민전쟁 당시 석대들 전투에 대해 설명하며(2004년경).

사진 제공
송기숙 가족, 장흥별곡문학동인회

들국화 송이송이

송기숙 중단편전집

5

들국화 송이송이

● 조은숙 엮음

창비

2009년 10월 1일 송기숙 선생은 선암사 해천당 앞에 있었다. 당시 그는 건강이 어느정도 회복되어 『송기숙의 삶과 문학』(역락 2009)을 집필하고 있던 필자의 궁금증을 해소해주기 위해 인터뷰에 응하거나 직접 작품 속 장소를 찾아 작품의 배경 등을 설명해주곤 했는데, 이날은 그의 소설 『녹두장군』을 집필했던 선암사 해천당을 찾은 것이다. 이처럼 당시 필자는 작가와의 만남이 잦아지면서 자연스럽게 그의 중단편 작품 대부분이 절판 또는 품절 상태여서 연구에 어려운 점이 많다는 점과 중단편전집을 발간해야 할 필요성을 말씀드렸다. 이에 선생은 "작가 살아생전에 전집을 낸다는 것은 최고의 선물이지. 근디, 나 좋자고 출판사 힘들게 하면 안 되지"라고 하면서 전집 발간을 미뤘다.

이후 필자는 2010년 스승의날을 맞아 선생을 모시고 선운사를 방문했다. 그때 선생은 도솔암 미륵불 앞에서 불현듯 곧 출판사에서 중단편전집에 대한 연락이 올 것이라고 하면서 함께 전집 작업을 하자고 했다. 그러나 곧 연락이 올 것이라고 한 출판사는 끝내 연락이 없었고, 그사이 선생의 건강도 악화되었다. 그로부터 6년이라는 시간이 속절없이 흘러갔고, 이제는 더이상 기다릴 수 없다는 생각에 필자는 몇몇 출판사에 선생의 중단편전집 출간을 제안했다. 그리고 다행스럽게도 2016년 5월 선생과 굳건한 신의 관계를 유지해오던 창비에서 중단편전집 출간 의사를 밝혀왔다.

선생은 1965년 문단에 데뷔한 이래 「백포동자」「부르는 소리」「우투리 — 산 자여 따르라 1」「고향 사람들」「길 아래서」 등의 단편뿐 아니라, 『자랏골의 비가』『암태도』『이야기 동학농민전쟁』『녹두장군』(전12권)『은내골 기행』『오월의 미소』 등 장편과 대하소설을 모두 창비에서 발표했다. 선생은 평생토록 한국사회의 모순과 진실을 문학이라는 장르를 통해 독자들과 공유하고자 했는데, 이러한 그의 바람이 창비의 이념과도 상통했기 때문이었다. 이에 독자들도 그의 이러한 작가정신과 올곧고 용기있는 비판의 목소리에 호응하며 그의 작품이 다시 발간되기를 고대하고 있었다. 그런데 이번에 절판 또는 품절 상태인 그의 중단편전집까지 창비에서 발간되면서 명실상부 당대의 모순과 싸워온 행동하는 지식인이자 작가로서의 궤적이 담긴 작품들이 모두 한 출판사에서 엮어지게 되었다. 따라서 이번 중단편전집의 발간은 송기숙 소설의 전체적 모습과 그의 인간적 면모를 이해하는 데 밑거름이 될 것으로 확신한다.

이 전집에는 이미 출간된 여덟권의 단편소설집 『백의민족』(형설출판사 1972), 『도깨비 잔치』(백제출판사 1978), 『재수 없는 금의환향』(시인사 1979), 『개는 왜 짖는가』(한진출판사 1984), 『테러리스트』(한겨레출판사 1986), 『어머니의 깃발』(심지 1988), 『파랑새』(전예원 1988), 『들국화 송이송이』(문학과경계 2003) 등에 실려 있던 작품 가운데 꽁뜨 열네편을 제외하고, 위의 작품집에 누락된 「백포동자」 「신 농가월령가」 「우투리 ─ 산 자여 따르라 1」 「제7공화국」 등의 네편을 새로 추가하여 송기숙의 중단편을 모두 수록했다. 전집의 편집 체제는 기존 작품집에 실린 순서를 따르지 않고 작가가 발표한 순서대로 재구성했다.

선생은 지난 몇년간 새로운 작품을 쓰기보다는 기존 발표작을 마음에 들 때까지 끊임없이 수정했다. 이 때문에 작품의 정본은 가장 최근에 실렸던 작품집의 것으로 결정하고, 전남대학교 국어국문학과 박사수료 또는 과정에 있는 연구자들의 도움을 받아 기초 작업을 완료했다. 다만 이 과정에서 사투리를 표준어로 고친 경우가 많아 선생만이 가지고 있었던 사투리의 구수함도 함께 사라져버렸다. 그래서 다시 연구자들의 도움을 받아 작품마다 기존 발표본과 대조하는 작업을 거쳤다. 일이 거의 완성될 무렵, 2009년 10월 선암사에서 작가가 "기존에 썼던 작품 중에서 마음에 안 든 부분을 다시 손봤어"라고 한 말이 떠올랐다. 이미 개고(改稿)되었을 가능성이 있다고 보고 가족에게 급히 연락을 취하니, 다행히 노트북에 개고한 자료가 남아 있었다. 이러한 우여곡절을 거친 뒤, 정본은 가장 최근 작품집에 실었던 작품과 작가가 최근에 개고한 작품을 일일이 대조하여 확정했다. 정본으로 확정된 작품은 다시 발표한 시기에 따라 다섯권으로 분류한 뒤 교감(校勘)을 시작했다. 이로써 전집 작업에서 가장 험난했던 산을 하나 넘을 수 있었다.

하지만 다섯권의 체제를 일치시키는 과정은 더 험난했다. 선생은 2003년 이후 개고하는 과정에서 국민학교를 초등학교로, 「재수없는 금의환향」을 「김복만 사장님 금의환향」으로, 「북소리 둥둥」에서 '김명수'를 '김명호'로, '유상수'를 '유기수'로 바꿨다. 그뿐 아니라 문장을 삭제하거나 문단을 삭제하면서 의미가 불분명해진 경우가 발생하기도 하고, 새로운 단어와 문장, 문단을 덧붙이기도 했다. 아마도 작가가 중단편전집 작업을 하면서 한번 더 검토하려고 했다가 갑자기 건강이 악화되어 미처 손을 대지 못한 것으로 보인다. 이처럼 의미가 불분명해진 경우에는 최근의 작품집 및 『송기숙 소설어 사전』(민충환 편저, 보고사 2002)을 참조하여 수정했다.

송기숙 중단편전집 작업은 그의 전체 작품을 한데 묶음으로써 독자나 연구자에게 그의 작품세계에 쉽게 접근할 수 있는 기회를 제공하는 데 그 의도가 있다. 연구자에게 무엇보다 필요하고 소중한 것은 온전한 전집을 구비하는 일이다. 이제 송기숙 연구의 기초 자료가 확보된 만큼 연구자들의 다양한 연구도 가능해질 것으로 생각된다. 또한 송기숙 소설이 독자층에 따라 다채로운 재미를 줄 것을 확신한다. 그의 소설을 읽으면서 독자들은 '도끼'처럼 가슴을 후벼 파는 문장과 만나게 될 것이다.

전집 작업은 송기숙을 사랑하는 이들의 도움이 있었기에 가능한 일이었다. 이미 단행본으로 출간한 출판사 측의 양해가 없었다면 전 작품을 한자리에 싣기가 어려웠을 것이다. 이를 흔쾌히 허락해주신 출판사 대표들께 다시 한번 깊은 감사를 드린다. 아울러 누구보다 전집 간행을 축하하며 기꺼이 전집의 의의를 짚어주신 염무웅 선생님, 강의 때문에 바쁘신데도 정성껏 작품 해설을 써주신 공종구 임규찬 임환모 김형중 교수, 작업 시작부터 끝날 때까지 애정을 가지고 지켜봐주신 이미란 교수께 감사드린다.

그리고 어려운 여건에서도 전집 작업을 기꺼이 맡아주신 창비의 강일우 대표, 편집과 교정 등 세세한 부분에 신경을 써준 박주용 편집자께도 감사드린다. 한결같은 마음으로 사랑과 격려를 아끼지 않았던 송기숙 선생의 가족들께도 고마움을 전한다. 마지막으로 이 전집을 최고의 선물이라고 웃어주실 송기숙 선생께 바친다.

2018년 1월
엮은이 조은숙

민중적 인간상의 다채로운 소설화
송기숙의 소설세계

염무웅(문학평론가·영남대 명예교수)

1

내가 송기숙 선생을 처음 만난 것은 1975년 여름방학 때였다. 이렇게 똑똑히 기억하는 데는 사연이 있다. 당시 나는 덕성여대 국문과에 전임으로 재직하고 있었는데, 그해에도 학생들을 데리고 전남 구례 쪽으로 학술답사를 나갔다. 민요반 설화반 방언반 따위로 팀을 꾸려 주로 할머니, 할아버지 들을 면담하고 자료를 채록하는 것이 일이었다. 하지만 학생들은 '학술'보다 '여흥'에 더 관심이 많았고, 인솔교수들도 그 점을 묵인해주었다. 이렇게 시늉뿐인 답사를 끝내고 마지막 날엔 쌍계사 입구에 이르러 여관에 짐을 풀었다. 잠시 앞마당 평상에 앉아 쉬고 있는데, 한 학생이 와서 나를 찾는

분이 있다고 알린다. 이런 곳에 나를 아는 사람이 있을 리 없는데, 하면서 그 학생을 따라 여관 뒤켠으로 돌아서자 거무스레하게 생긴 40대 사나이가 얼굴 가득히 함박웃음을 지으며 덥석 내게 손을 내민다. "염 선생이오? 나 전남대 있는 송기숙이오."

사실 나는 그때까지 송기숙에 대해 아는 바가 많지 않았다. 여자가 아닌 남자라는 것, 술이 들어가면 자못 요란해진다는 것, 『현대문학』출신의 소설가라는 것…… 이런 정보도 아마 '문단의 마당발'인 이문구(李文求)를 통해 얻어들었을 것이다. 그러고 보니 그 몇해 전 소설집 『백의민족』을 받았던 기억도 났다. 하지만 한두편 읽고서 매력을 못 느껴 밀쳐둔 터였다. '송기숙'이란 말을 듣자 대뜸 그런 점들이 떠올라 찜찜했지만, 그가 하도 반가워하는 바람에 나도 곧 친근감이 생겨 그가 이끄는 대로 가까운 냇가로 나갔다. 그리고 갓 낚은 은어회를 안주로 송 선생의 동료교수들과 소주잔을 나누었다. 그들은 대학에서 쓸 교과서 원고를 집필하느라고 방학동안 거기서 장기투숙 중이었다.

이렇게 안면을 튼 뒤로 그는 서울 올 때마다 창비 사무실을 찾았고, 사무실에서 한바탕 떠들고 나면 으레 나를 끌고 근처 술집을 향했다. 어떤 때는 평론가 김병걸(金炳傑) 선생과 함께 오는 수도 있었다. 사실 두분은 함께 다니는 것이 의아해 보일 만큼 서로 다른 개성의 소유자였다. 김병걸 선생은 키도 작고 약골에다 술도 전혀 못하는 샌님 같은 함경도 출신인 데 비해 송 선생은 강인한 체력에 애주가요 왁자지껄 활기에 넘치는 왈짜 같은 전라도 출신이었다. 그런데도 무슨 인연이 어떻게 맺어졌는지 아주 가깝고 서로를 존

중하며 깊이 통하는 데가 있는 듯했다. 이런 신변사를 이야기하는 것은 다름 아니고 송기숙 문학의 이해와 무관치 않다고 생각되기 때문이다.

원래 송기숙은 평론가 조연현(趙演鉉)의 추천으로 『현대문학』에 문학평론을 추천받고 문단에 나왔다. 그가 쓴 평론이 이상(李箱)과 손창섭(孫昌涉)에 관한 것이라는 점은 '소설가 송기숙'을 생각하면 뜻밖이다. 알다시피 이상은 1930년대 전위문학의 대표자라 할 수 있고 손창섭은 1950~60년대 전후문학의 상징석 존재라 할 수 있는 데, 송기숙의 소설은 이상이나 손창섭의 세계와는 완전히 대조적인 것이기 때문이다. 어쨌든 그는 더이상 평론을 발표하지 않고 소설가로 변신했다. 별다른 추천절차 없이 1966년 단편소설 「대리복무」를 『현대문학』에 발표했고, 1972년 간행된 소설집 『백의민족』으로는 이듬해 제18회 『현대문학』 소설부문 신인문학상을 받았으며, 이어서 1974~75년에는 첫 장편소설 『자랏골의 비가』를 『현대문학』에 연재할 수 있었다. 이것은 『현대문학』 주간이자 문단 실력자의 한 사람인 조연현의 특별배려가 아닐 수 없었다.

그런데 송기숙의 경우 평론가에서 소설가로의 변신은 단순히 장르 선택의 문제가 아니었다. 짐작건대 그것은 송기숙의 삶과 문학 전체가 걸린 일대 전환이라 할 만했다. 고백하거니와 나는 송기숙의 평론 「창작과정을 통해 본 손창섭」도 「이상 서설」도 읽어보지 못했다. 하지만 그럼에도 확신할 수 있는 것은 이 평론들과 단편 「대리복무」 이후 그의 수많은 소설들 사이에는 단순한 장르의 차이로 설명할 수 없는 거대한 세계관·문학관의 격차가 존재할 것이라는 점이다. 송기숙의 경우와 같은 극적인 전환은 아니라 해도 완만하지만 비슷한 변화가 김병걸에게서도 일어났을 터인데, 1970년대 접어들어 점점 죄어오는 박정희 유신독재의 압박은 김병걸·송기숙 같은 분들의 문학적 발상뿐 아니라 그들의 일상적 발걸음도 '현대문학사'에서 '창비'로 향하게 하지 않았을까 하는 것이 내 짐작이다.

2

글이 곧 사람이라는 말을 흔히 듣지만, 송기숙의 문학이야말로 그의 사람됨의 직접적 반영이 아닐까 생각한다. 만나면 만날수록 그는 요즘 세상에 드문 '진국'이라고 느껴지는 분이었다. 때로 그의 얼굴이 험상궂어 보이는 수도 있었지만, 그건 그가 용서 못할 불의와 부정에 화를 내고 있다는 뜻일 뿐이었다. 하지만 마음 맞는 사람들과 즐겁게 농담을 주고받을 때의 그의 얼굴은 하회탈처럼 온통 웃음으로 덮인다. 이런 웃음은 경쟁과 타산이 지배하는 자본주의 사회에서는 원천적으로 존재하기 어려운 것이다. 왜냐하면 경쟁사회에서는 누구나 타인과의 사회적 관계에 따라 표정과 웃음을 적절하게 관리해야 하기 때문이다. 그런데 하회탈 같은 데서 우리가 보는 것은 그런 계산된 표정이 아니다. 그것은 봉건적 억압과 질곡에도 굴하지 않고 거리낌 없이 대들며 웃음을 터뜨릴 수 있었던 농민적 낙천성의 자기발현과도 같은 것인데, 송기숙의 얼굴에 나타나는 해학과 낙천성은 잠재된 형태로 전승되던 바로 그 민중정서의 자연발생적 표출인 것이다. 단편 「불패자」가 발표된 잡지 『문학사상』 1976년 9월호에서 이문구는 송기숙을 평하여 "나라에 천연기념물 보호법은 있으면서 왜 이런 천연인간 보호법은 없는지, 다시 생각게 해주는 사람이다"라고 말한 바 있거니와, 이문구의 '천연인간'이 가리키는 것도 송기숙의 이런 천의무봉일 것이다.

송기숙의 소설에 등장하는 주요 인물들은 대체로 작가의 혈연적 동지들이다. 가령, 「도깨비 잔치」 주인공의 시선에 비친 할아버지는 이렇게 묘사된다. "할아버지는 평소에는 더없이 인자하신 분이었지만, 비위에 한번 거슬렸다 하면 타협이나 양보가 없었다. 커엄하고 돌아앉아버리면 그것으로 그만이었다. 거기서 더 뭐라고 주접을 떨면 그때는 입에서 말이 아니라 불이 쏟아졌다." 이런 강인하고 비타협적인 인간형은 장편 『자랏골의 비가』에 등장하는 용골영감과 곰영감을 비롯하여 「가남약전」 「만복이」 「불패자」 「추적」 등 작품의 주인공들에 모두 일맥상통하는 공통성으로 제시되고 있다. 그들은 평소에는 말이 없고 세상사에 둔감한 듯이 보이지만, 비위에 안 맞고 사리에 어긋난다 싶은 일이 닥치면 물불 가리지 않고 나서서 나름의 원칙을 완강하게 밀고나간다. 그렇게 하는 것이 설사 개인적 불이익을 초래한다 하더라도 그것이 그들의 고집을 꺾을 수는 없다.

여기서 우리가 주목할 것은 그들이 높은 교육을 받았다거나 많은 재산을 가진 인물들이 아니라는 점이다. 즉 그들의 행동은 그

어떤 관념이나 이론의 산물이 아닌 것이다. 그들은 대체로 육신을 움직여 노동으로 먹고사는 존재들이며, 그들의 행동도 인간 본연의 심성에서 우러난 자연발생적 표현이라고 여겨지는 것이다. 물론 인간 심성의 본래적 바탕에 대한 관념적 예찬 자체에 머물렀다면 그것은 단순한 이상주의거나 추상적 인성예찬론일 수 있다. 그러나 송기숙 문학의 진정으로 뛰어난 점은 그가 인간 심성의 원초적 바탕에 대해 단지 낙관과 신뢰를 가지는 데 그치는 것이 아니라 그것이 어떻게 실제의 역사적 상황 속에서 당면한 사회적 조건들과 부딪치면서 구체화되어왔는가를 끊임없이 소설적으로 묻고 있다는 사실이다. 다른 말로 부연하면 송기숙 소설의 인물들은 전통적 농촌공동체 안에서 힘겹게 생존을 이어온 전형적으로 구시대적인 인간들이기는 하지만, 그들의 삶이 뿌리내리고 있는 민중적 전통과 그들 인간성 간의 불가피한 밀착에 근거하여 근현대의 엄혹한 역사를 거치는 동안 일본제국주의의 침략과 그뒤를 이은 동족 간의 전쟁 및 군사독재의 폭력에 대한 저항의 주력부대 또는 지원의 후방세력으로 나서지 않을 수 없는 존재들이었다고 할 수 있다. 1978년 6월의 '교육지표 사건'과 1980년 5월의 저 광주항쟁에서 보여준 송기숙 자신의 치열한 삶 자체가 그러했듯이, 『자랏골의 비가』『암태도』『녹두장군』『은내골 기행』 등으로 이어지는 장편소설은 물론이고 그의 주요 중단편들도 위에서 서술한 것과 같은 민중적 내지 농민적 인간상이 불의와 억압 속에서 겪는 좌절과 고통의 기록이자 권력과 금력에 맞선 저항과 투쟁의 역사인 것이다. 이런 점에서 그의 문학은 일제강점기부터 분단과 전쟁을 거쳐 민주화투쟁의 시기에 이르는 한국 근현대문학사에 있어 가장 빛나는 성취에 해당한다고 말하지 않을 수 없다.

3

　송기숙이 소설창작에 몰두하던 시기, 즉 1970~90년대도 어느덧 20여년의 세월이 흘러 이제 젊은 독자들 중에는 그의 이름을 기억하지 못하는 사람도 적지 않을 것이고, 설사 그의 소설책을 잡는다 하더라도 많은 독자들은 거기에서 '시대를 관통하는' 살아 있는 문제의식을 발견하기보다 시대에 뒤처진 '감각적 낙후'만을 느낄 가능성도 있다. 그런데 이런 점을 다만 시대가 변했다는 사실로만 설명하는 것은 일면적이다. 가령, 그가 1964년에 석사학위논문의 주제로 다루었던 이상(李箱)의 문장이나 이상의 동시대 작가 박태원(朴泰遠)의 소설은 감각의 세련성 측면에서 지금도 결코 낡았다고 할 수 없기 때문이다. 문학에서 정치적 올바름의 추구가 때때로 미학적 완성도의 부실이라는 결과로 이어지는 수가 많은 것, 요컨대 한 예술가의 내부세계에서 발생하는 정치와 미학의 괴리를 어떻게 설명할 것인가.

　최근 나는 이 글을 쓰기 위해 송기숙의 첫 소설집 『백의민족』(형설출판사 1972)을 서가에서 꺼내들었다. 그러자 뜻밖에도 책갈피에서 딱 엽서만 한 크기의 종이 한장이 떨어졌다. 그것은 저자가 기증본을 보내면서 책에 끼워넣은 인사장이었다. 앞뒤의 형식적 인사말을 자르고 몸통을 그대로 옮기면 다음과 같다.

　여태 발표했던 단편을 모았기에 새해 인사를 곁들여 보내오니 하감(下鑑)하시고 지도편달 바랍니다. 더러 구성이 허술하고 문장이 뜨는 외(外)에 여러 면으로 자괴불금(自愧不禁)이오나 제재를 고루 손대본 것만은 공부였다면 공부였다고 할 수 있어 어렴풋이나마 물정이 잡히는 것도 같고 방향을 잡아설 수도 있을 듯하여 후일을 약속하오니 배전의 격려를 바랍니다.

　요컨대 이 단편들의 구성과 문장에 모자람이 많지만 작품을 쓰는 동안 창작의 방향을 잡았으니 앞으로 주목해달라는 것이다. 아주 솔직한 편지인데, 실제로 송기숙의 초기소설은 작가가 인사장에서 자인한 대로, 그리고 이 인사장의 문장 자체가 실증하는 대로 인물과 사건을 전달하는 서사의 구조가 어설프고 디테일을 연결하는 감성적 짜임새가 거칠다. 배경이 주로 구시대의 농촌이므로 등장인물들의 감정이 섬세하지 않은 건 당연하지만, 그것의 소설적 처리 즉 작가의 솜씨는 더 주도면밀해야 하는 것 아닌가. 그런데 송기숙 초기소설에서는 묘사의 대상과 묘사의 주체가 충분히 분리되어 있지 않다고 여겨지는 것이다.

　그러나 이러한 기술적 결함이 그의 문학을 평가함에 있어 무시해도 좋은 약점은 아니지만 근본적 한계일 수도 없다고 나는 생각한다. 도리어 오늘의 독자들이 송기숙처럼 낡아 보이는 소설세계에 더 적극적으로 다가섬으로써 현재 통용되는 당대문학의 역사적 위상에 대한 더 깊은 성찰의 원근법을 얻을 수 있다고 믿어지는 것이다. 문학사를 살펴보면 송기숙의 경우와 반대로 미학적으로 세련된 외관의 작품 속에 반동적·퇴폐적 세계관이 은밀하게 또는 공공연하게 내장되어 있을 수도 있다. 지난날의 일부 친일문학이나 어용작품이 대표적인 사례가 될 것이다. 예술가의 정치적 입장과 그의 창작적 결과 사이에 있는 이와 같은 모순의 양상들을 생각해보면 예술작품은 작가의 사상의 단순한 기계적 반영물이 아니고 작가와 사회의 복잡한 변증법적 연관으로부터 태어난 그 자체 하나의 역사적 생성물임을 깨달을 수 있다. 따라서 송기숙과 같은 진지한 작가의 경우 표면적으로 드러나는 일부 미학적 불완전은 1960~90년대 한국 농촌사회 자체의 낙후성의 불가피한 증거로서, 그리고 그러한 낙후성과의 힘겨운 투쟁의 문학적 잔재로서 적극적 의의를 인정하게 된다.

차례

제7공화국

감나무에서 까치 두마리가 깍깍거리고 있었다.

"하부지, 하부지!"

마당에서 동네 아이들하고 놀던 손주놈이 무슨 큰일이라도 일어
난 듯 다급하게 뛰어오며 소리를 질렀다.

"깐치, 깐치!"

감나무 쪽을 가리키며 낮으나 잔뜩 속힘이 진 소리로 속삭였다.

"깐치가 왔어?"

매실영감은 나는 여태 그런 것도 모르고 있었다는 듯 문밖으로
고개를 내밀어 감나무를 쳐다봤다. 까치들이 깍깍거리다가 저쪽으
로 날아갔다.

"날라가부렀다."

"저 깐치들이 인자부텀 우리 동네다 집을 짓고 살 모냥이다."

"깐치가 우리 동네다 집을 짓고 살아?"

"그려. 지금 집을 짓을라고 집 짓을 자리를 보고 댕기는갑다."

"야!"

손주는 탄성을 지르며 저쪽으로 달려갔다.

매실영감은 담배를 태워 문 채 손주놈이 열어놓고 간 문을 닫지 않고 그대로 먼 산을 건너다보고 있었다. 날씨가 푸근해서 문바람이 없었다.

다시 까치가 날아와 남새밭에서 깍깍거렸다. 병아리를 거느린 암탉이 장독대 곁에서 부지런히 흙을 후비고 있었다. 어느새 다시 날아왔던지 장독대 곁 무 구덩이 옆에서 까치들이 깍깍거리며 흙을 쪼고 있었다.

"야, 사령관님 가신다."

젊은이 하나가 지나가자 마당에서 놀던 꼬마 녀석들이 소리를 지르며 쪼르르 대문 쪽으로 달려 나갔다.

"사령관님, 안녕하세요?"

꼬마들은 청년에게 흙 묻은 손으로 쪼개지게 거수경례를 붙이며 소리를 질렀다.

"시민군 동지들 안녕."

청년도 꼬마들에게 거수경례를 붙이며 대답했다.

"사령관님 어디 가세요?"

"공수단 적정 살피러 간다. 시민군 동지 여러분들은 항상 만단의 전투태세를 갖추고 있을 것. 알겠나?"

"넷. 잘 알겠습니다."

꼬마들은 흙 묻은 손으로 귀 언저리에 발딱 눕혀 또 거수경례를 붙이고 나서 까르르 웃으며 다시 놀던 자리로 들어왔다.

"윤만이는 깐치도 제 부하들이란다."

"으뜨케 깐치가 윤만이 부하래?"

"이담에 광주서 또 전쟁이 일어나면 저 깐치들이 이리저리 날아댕김시로 윤만이 심부름하는 연락병이 된다."

"깐치가 다 어뜨코 사람 심부름을 하까?"

"왜 못해? 사람이 글씨를 써서 입에 물려주면 날라가서 그것을 갖다주고 그러면 되잖아?"

"그것이 정말이야? 어디, 우리 하부지보고 물어보자."

"하부지, 하부지."

매실영감 손주가 또 하부지를 부르며 달려왔다. 꼬마들도 뒤따랐다.

"하부지!"

"왜야?"

"깐치도 사람 심부름 해?"

"하구말구."

"정말이구나. 광주서 전쟁 나면 깐치도 윤만이 심부름 하는 연락병이 될 거야."

"아믄, 그때는 까치도 한몫해야지."

"야, 신난다."

꼬마들은 또 쪼르르 자기들 놀던 데로 달려갔다.

영감은 담배연기에 한숨을 섞어 길게 내뿜으며 그대로 먼산바라기를 하고 있었다. 영감의 표정이 갑자기 쓸쓸해진 것 같았다.

윤만이는 정신이상자였다. 광주항쟁 때 정신이상자가 되고 말았는데, 그뒤 정신병원에 두번이나 입원을 했으나, 별로 효과가 없었다. 다른 정신은 거의 멀쩡한데, 어찌 된 일인지 광주항쟁하고 관계된 부분만은 터무니없이 도착이 되어 있었다. 몸가짐이며 말하는 것 등 예삿일에는 저 사람이 미쳤을까 싶을 지경으로 멀쩡했으나, 광주항쟁 부분만은 엉뚱해도 이만저만 엉뚱한 게 아니었다.

윤만이는 그때 대학 일학년이었다. 그는 공부도 웬만했을 뿐만 아니라 인물도 훤칠했고, 몸가짐이며 인사깔 등 뱀뱀이도 두루 의젓했고, 무엇보다 그는 아버지를 닮아 이만저만 부지런하지 않았다. 그는 중·고등학교를 집에서 통학하며 여기에 있는 시골학교를 다녔었는데, 평소에는 두말할 것도 없고 대학입학시험을 앞둔 고등학교 삼학년 때도 봄가을 농사일이 바쁠 때는 공부를 제쳐두고 보리베기며 벼베기 등 집안 일손을 거들었다.

더구나 윤만이는 이 근래 이 동네서 오랜만에 나온 대학생이기도 하여 동네 사람들은 그에게 그만큼 기대를 가지고 있었다. 그런데 저 지경이 되어버리자 그때는 물론 지금까지도 애석해 못 견뎌했다.

광주에서 난리가 났다고 광주 갔던 사람들이 겁에 질려 내려왔고 이웃 동네 대학생들도 거의 내려왔다는데 윤만이는 소식이 없었다. 흉흉하기 짝이 없는 소문이 줄을 잇는데도 그는 끝내 내려오지 않았고 무슨 소식마저 없었다. 그 부모들은 바직바직 애가 달았고, 동네 사람들은 또 동네 사람들대로 윤만이 소식에 날마다 귀를 쫑그렸다.

항쟁의 불길이 잦아져 교통이 터지자마자 그 부모들은 뒤꿈치에 불 단 걸음으로 쫓아 올라갔다. 그러나 어찌 된 일인지 윤만이 종적은 도무지 알 길이 없었다. 하숙집이며 친구 집이며 병원이며 찾아다닐 만한 데는 다 찾아다녔으나, 윤만이 소식은 꿩 궈 먹은 자리였다. 친구들은 사건이 터지면서부터 윤만이를 볼 수가 없어 집에 내려간 줄만 알았다는 것이었다. 시청에 있는 시체 사진이며 시체가 묻혔다는 소문이 있는 야산까지 뒤질 만한 데는 다 뒤지고 다녔으나 허사였다.

그 부모들이 광주에서 그렇게 헤매고 있던 어느날이었다. 느닷없이 윤만이가 동네에 나타났다. 그러나 그 모습은 너무도 어이가 없었다.

"공수단이 몰려오요. 전부 피하시요. 빨리 피하시요. 공수단이 에무씩스틴으로 사람들을 막 갈기고 오요. 어서 피하시요."

윤만이는 숨넘어가는 소리로 동네 사람들을 향해 외쳐대며 도망쳐 오고 있었다. 마을 앞 당산나무 밑 정자에 앉아 있던 동네 사람들은 어리둥절한 표정으로 동구 짬과 윤만이를 번갈아 봤다. 그러나 동구 짬에는 아무도 나타나지 않았다.

공수단들이 여기까지 사람을 죽이러 올 까닭이 없었으나, 그 작자들 행패가 하도 무지막지했다는 소문을 들은 다음이라 겁먹은 표정으로 긴가민가한 표정들이었다. 다른 사람도 아니고 윤만이 말이다보니 동네 사람들은 더 갈피를 잡을 수가 없었다.

그런데 가까이서 윤만이 몰골을 본 동네 사람들은 입이 떡 벌어지고 말았다. 갈가리 해진 옷은 걸레처럼 땟국에 절어 있었고, 짝짝이 신에 한쪽 발에는 양말도 신지 않은 발주저리하며, 무엇보다 얼굴이 몇달 앓고 난 사람처럼 껑더리가 져 숫제 남의 얼굴을 뒤집어쓰고 있었다. 더구나, 한쪽 다리에는 홍건하게 피가 흘러내리고 있었다.

"어서 피하시요. 공수단들이 총으로 막 갈기며 쫓아오요."

윤만이는 자기 집 골목으로 쏜살같이 쏠려 들어가며 뒤를 향해 고래고래 악을 썼다. 공수단은 나타나지 않았으나, 윤만이 다리에 흘러내리는 피를 본 동네 사람들은 윤만이 뒤를 따라 한사람씩 슬금슬금 골목으로 도망치기 시작했다.

그러나 아무리 동구 짬을 보아도 공수단은 나타나지 않았다. 숨었던 동네 사람들은 한사람씩 밖으로 나왔다. 모두 도깨비에 홀린 꼴로 서로를 건너다보며 두렷거리고 있었다.

"먼 일이여?"

동네 사람들은 벼락 맞은 표정으로 그제야 겨우 입을 열었다. 명청해 있던 동네 사람들은 한참 만에야 윤만이 집으로 조심조심 발걸음을 옮겼다. 윤만이는 보이지 않고 동생들만 똥그란 눈으로 동네 사람들을 바라보고 있었다. 윤만이는 방으로 들어가 문을 꽁꽁 잠그고 있었다.

"윤만이, 공수단이 안 오네. 안심하게."

동네 사람들은 공수단이 오지 않는다고 여러번 말을 했으나, 윤만이는 방 안에서 꿈쩍도 않고 있었다.

"우리 윤만이가 왔어?"

마실 갔던 그 할머니가 정신없이 달려왔다.

"윤만아, 윤만아!"

그 할머니가 문고리를 잡아당기며 불렀으나, 안에서는 들은 척도 하지 않았다.

그때까지도 동네 사람들은 설마 윤만이가 미쳤을 것이라고는 꿈에도 생각하지 못했기 때문에 방문을 두드리며 공수단이 오지 않는다고 끈질기게 소리를 질렀다. 그러나 한번 방으로 들어간 윤만이는 밖에서 아무리 문을 두드리며 소리를 질러도 대답조차 하지 않았다. 문틈으로 들여다보니 이불을 뒤집어쓰고 꿈쩍도 않고 있었다. 아까 달려올 때의 험한 꼴로 보아 총이라도 맞고 와서 그대로 죽어버린 것이 아닌가 싶기도 했다. 그러나 이불이 조금씩 들썩이는 것이 죽은 것 같지는 않았다.

한 식경이나 실랑이를 치던 매실영감을 비롯한 동네 사람들은 그 할머니와 의논 끝에 창살을 부수기로 작정을 했다. 아까 다리에 피가 흥건히 흐르고 있었던 것으로 보아 필시 심상찮은 일이 있었던 것 같았기 때문이었다. 광주항쟁이 잦아진 지 거의 보름이나 지났기 때문에 설마 지금까지 공수단들이 설쳤으랴 싶으면서도 그 험한 몰골이며 숨넘어가는 소리 등 도무지 예삿일이 아니라 여겨졌던 것이다.

매실영감이 문고리 옆의 창살을 부숴 안으로 잠긴 문고리를 끄르고 방으로 들어갔다. 여태 죽은 듯이 꿈쩍도 않던 윤만이가 그제야 벌떡 일어났다. 느닷없이 살려달라고 손바닥을 싹싹 비볐다. 허리를 정신없이 주억거리며 살려달라고 무작정 싹싹 손만 비벼댔다. 손을 비비며 애원하는 윤만이의 모습은 처참하기 짝이 없었다. 동네 사람들은 윤만이의 어이없는 태도에 벼락 맞은 꼴로 서로를 건너다보고 있을 뿐이었다.

"날세. 나. 나 매실영감이네. 매실영감이여."

앞장섰던 매실영감은 공수단이 아니라고 자기 택호까지 댔으나, 윤만이는 무작정 살려달라고 빌기만 했다.

"윤만아, 나다. 니 핼미다, 니 핼미여."

윤만이는 자기 할머니도 알아보지 못했다.

"오매 오매. 이 애기가 시방 먼 일이란가?"

윤만이 할머니는 제정신이 아니었다. 동네 사람들은 눈이 더욱 둥그레졌다.

가까이서 보니 윤만이 몰골은 더 말이 아니었다. 살집이 웬만하던 청년이 피골이 상접하게 껑더리가 진데다가 땀에 절어 범벅이 된 옷에서는 냄새가 코를 두를 수 없을 지경이었다. 우선 피 흐르는 바짓가랑이부터 걷어 올려봤다. 그러나 달려오다 나동그라져 입은 상처였던지 상처는 대단치 않았다. 옷이라도 갈아입혀야겠어서 어거지로 옷을 벗겼다. 살려달라고 하도 처참하게 소리를 지르며 나대는 바람에 동네 사람들은 옷 벗기기에 진땀을 뺐다.

"아니."

옷을 벗기고 난 동네 사람들은 입이 떡 벌어지고 말았다. 온몸에 여기저기 상처가 이만저만이 아니었기 때문이다. 허벅지 한군데는 숟가락 같은 것으로라도 한움큼 파낸 것같이 살이 파여 있는데,

거기서 뭐가 구물거리는 것 같아 찬찬히 보니 구더기였다. 가슴에도 상처가 세군데나 있었는데, 그것은 일부러 칼로 그렇게 그어논 상처였다. 똑같은 크기로 가로 십자가를 세개나 그어논 것이다. 십센티 길이로 깊숙깊숙하게 십자가가 그어져 있었다. 그리고 발톱도 두개나 빠져 있었다.

"워매, 워매. 이것이 먼 일이란가?"

윤만이의 상처를 본 그 할머니는 입을 떡 벌리고 있다가 그 자리에서 맥없이 까무라치고 말았다. 소동이 겹쳤다.

"사람이란 것은 원래 짐승보다 나은 법인데, 아무런들 악독해도 이렇게 악독할 수가 있단 말인가?"

매실영감은 윤만이가 병원으로 실려 간 뒤 혼자 먼 산을 바라보며 탄식을 했다. 그뒤부터 매실영감은 며칠 동안 바깥출입을 하지 않은 채, 방문을 열어놓고 담배만 빨아대며 넋 나간 사람처럼 먼산바라기만 하고 있었다. 6·25 때 자기 아들 죽은 뒤 몇날 며칠 그렇게 먼 산만 바라보고 앉아 있던 버릇이 다시 살아난 것 같았다.

매실영감은 윤만이 집과는 평소 다른 집보다 좀 가까이 지냈달 뿐 그저 남남이었으나, 윤만이 그 지경이 되자 마치 자기 살붙이가 그렇게 된 것만큼이나 비통해했다. 그는 평소 윤만이를 잘된 곡식 보듯 대견스런 눈으로 바라보기는 했었다.

윤만이가 대학입학시험에 합격하여 학교를 간다고 집에 인사를 왔을 때 매실영감은 자기 손주가 대학이라도 간 것같이 대견해했다.

"한발만 나가도 객진디, 고생이 많겄다."

"촌에서 일하는 것에 대먼 호강하러 가는 것이지라우."

"얼마 안 된다마는 이것으로 공책값이나 해라."

매실영감은 윤만이에게 얼마큼 돈을 내밀었다. 윤만이는 사양했으나, 매실영감은 한사코 윤만이 손을 끌어다 돈을 쥐여주었다.

윤만이가 나간 뒤 매실영감의 표정은 더할 나위 없이 쓸쓸했다. 6·25 때 죽은 자기 아들을 생각하는 것 같았다. 그때 매실영감 아들은 꼭 지금 윤만이 또래였다.

윤만이가 일년 만에 정신병원에서 나왔을 때 매실영감은 자기 아들이 퇴원한 것만큼이나 기뻐했다. 그런데 막 퇴원했을 때는 멀쩡한 것 같았으나 얼마 뒤 또 병세가 악화되어 다시 입원을 했었고, 그다음에 또 퇴원했다가 역시 병세가 악화되어 다시 입원을 했었다.

요사이는 병세가 웬만한 편이어서 몸가짐이며 말하는 것이며 광주항쟁 부분 말고 다른 일에는 예사 사람과 거의 다름이 없었다. 다름이 없다기보다 광주항쟁 이외의 다른 일에는 숫제 관심이 없는 것 같았다. 그래서 동네 사람들은 멀쩡하던 그가 광주 부분에 엉뚱한 소리를 하면, 그는 으레 그러거니 할 뿐 그것으로 웃거나 놀려대는 일은 거의 없었다.

그는 광주 부분에서만은 어떤 환상의 세계를 헤매고 있는 것 같았다. 그게 엉뚱하기는 해도 그 엉뚱한 데로 조리가 있었다. 그래서 매실영감 손주 또래 동화의 세계에서 사는 꼬마들은, 까치가 자기 연락병이라고 하는 따위 윤만이의 엉뚱한 소리들을 그대로 믿고 있었다. 그러니까 정신에 이상이 생기되 전부가 이상이 생긴 것이 아니고, 일테면 육신의 경우 온몸이 멀쩡하면서도 다리나 팔에 이상이 있는 것과 마찬가지로 광주 부분만 이상이 있는 것이다.

윤만이는 그 자신이 시민군 총사령관이 되어 시민군을 이끌고 공수단들을 쳐부순다는 것이었다. 그가 첫번째 퇴원했을 때까지는 낯선 사람이 나타나면 공수단이 나타났다고 벌벌 떨며 동네 사람들더러 피하라고 법석이었으나, 두번째 퇴원을 하고 나서부터는 어찌 된 일인지 그게 뒤바뀌어 자기가 시민군 총사령관이 되어 되레 시민군을 이끌고 공수단을 쳐부순다는 것이었다.

그는 동네 사람들한테 모두가 그런 전쟁과 관계된 직명까지 하나씩 붙여주고 있었다. 자기는 시민군 총사령관, 이장은 후방지원군 사령관, 자기 또래의 성미가 좀 괄괄한 젊은이는 기동타격대장, 다른 젊은이들은 무기관리반장, 차량통제반장, 홍보반장 따위로, 후방지원군 사령관 말고는 광주항쟁 때 사용하던 직명들이었다. 그리고 나이 많은 사람들에게는 다른 감투를 씌워주고 있었다. 매실영감은 국무총리, 다른 사람들은 국방부장관, 외무부장관, 내무부장관, 건설부장관 등 동네 사람들은 거의 빠짐없이 윤만이가 부여한 큼직큼직한 감투를 하나씩 쓰고 있었다.

대통령직은 없어 대통령은 누구냐고 물으면 그것은 나중에 자기가 된다는 것이었다. 그러니까, 시민군 총사령관으로서 임무를 마치고 나면 대통령이 되겠다고 생각한 모양이었다.

동네 사람들은 자기들끼리 그런 직위로 호칭을 하면서 곧잘 농을 했다.

"그런디, 우리같이 무식한 사람들이 장관을 하면 으뜨코 될 것이여? 다른 것은 몰라도 외무부장관이나 법무부장관 같은 것은 그래도 쪼깐 유식해야 될 것 아녀. 외무부장관은 외국 사람들 상대할라면 미국말 같은 것도 몇마디는 해얄 것이고."

"아니라우."

동네 사람들이 농을 걸면 윤만이는 단호하게 말하며 손사래까지 치고 나왔다.

"상관없소. 영어 같은 것은 유식한 놈들을 차관이나 비서로 데리고 댕김시로 통역을 하라먼 돼요. 장관은 절대로 그런 유식한 작자들한테 맞겨서는 안 돼요. 누가 뭣이라고 하더라도 행여나 절대로 장관 안 하신다는 말씸은 마시요."

모두 웃었다.

"하기사, 다른 것은 몰라도 농림부장관만은 꼭 우리 촌사람들이 해사 쓰기는 쓰겄데마는……"

"아니라우. 농림부장관뿐만 아니라 다른 장관도 전부 우리 촌사람들이 해사 쓰요. 장관은 모두 우리가 함시로 공부한 놈들은 부하로 앉혀놓고 부려묵기만 해사 쓰요. 군인들도 장관이나 대통령은 전부 즈그들이 함시로 공부했다는 놈들은 모두 밑에 앉혀놓고 부려먹지 않던가라우?"

윤만이는 사뭇 진지하게 말했다. 다른 말을 할 때는 무슨 말이든지 심드렁한 표정으로 묻는 말에나 몇마디 건성으로 대답할 뿐이었으나, 이런 이야기만 나오면 마치 자다가 깨어난 놈처럼 눈에 빛을 번쩍이며 봇물 터지듯 말문이 터졌다. 그 표정이 너무나 진지했기 때문에 웃기가 민망스럴 지경이었다.

특히, 어린아이들은 그게 더했다. 미친놈이라면 어디서나 대개 어린아이들의 놀림감이 되게 마련이었으나, 윤만이를 대하는 어린 아이들의 태도는 전혀 딴판으로 놀려대거나 킬킬거리기는커녕 되레 그를 존경마저 하는 것 같았다.

그런데 윤만이는 원래 머리가 총명하기도 했지만, 어느 사람에게 한번 그런 직위를 부여하고 나면 그걸 잊어버린 적이 없었다. 저 사람은 무슨 장관이더라 하고 고개를 갸웃거리면 대뜸 무슨 장관이라고 대답을 하는 것이었는데, 그것이 한번도 틀린 적이 없었다. 심지어는 동네 아이들에게까지 기동타격대 제일조장 제이조장 하는 식이었으나, 그 역시 틀린 일이 없었다. 이런 직위에 가장 신나는 것은 동네 아이들이었다. 그들은 숫제 자기들 이름을 내놓고 그 직위로 부를 지경이었다.

그런데, 이번에는 심지어 까치한테까지 그런 직위를 부여한 모양이었다.

"하부지, 하부지!"

또 손주놈이 달려왔다.

"거설부장관, 거설부장관."

손주놈이 대문께를 가리키며 소리를 질렀다.

"만순가? 장관이 행차하시니 아뢰는 소리가 요란하네그랴."

영감이 내다보며 웃었다. 전에 동장과 새마을회장을 역임했던 매실영감의 조카뻘 되는 사람이었다.

"총리 나리께서는 진지 잡수셨소?"

"들어오게."

두 사람은 싱겁게 농을 주고받으며 웃었다.

"깐치 저것들이 지금까지 어디로 가잖은 것 본께 우리 동네다 자리를 잡을 모냥이지라우?"

만수가 방으로 들어오며 말했다.

"저것들이 동네서 뵈기 시작한 지가 솔찮이 오래되았제?"

"지난 정월 보름께부텀 봤다는 사람도 있고, 그보다 훨씬 전부텀 세안에 봤다는 사람도 있소. 그런께 시방 짧게 잡아도 두달은 된 성부르요. 동네 사람들이 시방 않으면 저 깐치 얘기들인디, 저것들이 우리 동네다 꼭 자리를 잡았으면 쓰겄소마는……"

"이 근방에서 저것들이 종적을 감췄던 것이 근 이십년은 되았제?"

"그런 성부르요. 저것들이 농약 묻은 볼가지(벌레)를 줏어 묵고 모두 멸종이 되았을 것이라고들 했었는디, 저놈들은 용케 어디서 살다가 달랑 한쌍만 저러고 왔을까라우?"

"글씨 말이여. 그런디, 그것이 꼭 농약 탓만도 아니었던 것 같어. 고속도로를 타고 댕김시로 보면 경기도나 충청도 같은 디서는 전에도 깐치집이 간혹 뵈지 않던가? 거그서도 농약을 썼을 것인디, 으째서 그런 디서는 괜찮고 전라도에서만 멸종이 되았겄어?"

"하기는 그요. 그런디, 저것들이 사라져불고 없을 때는 으짠지 모르겄등마는, 저것들이 다시 와서 저렇게 깍깍하고 댕기는 것을 본께 꼭 있어사 쓸 것이 없었던 것 같더만이라우. 벌써 두달이 되도록 어디로 안 가는 것을 보면 여그다 자리를 잡을 것도 같소마는."

남새밭 터서리에서 깍깍거리는 까치를 대견스런 듯이 내다보며 만수가 혼잣소리로 뇌었다.

"안 잡을 것이로구만."

무슨 생각을 했는지 매실영감이 보일락 말락 입가에 미소를 흘렸다.

"무신 말씸이요?"

만수가 눈을 크게 뜨고 물었다.

"생각해보면 모르겄어?"

매실영감의 미소는 조금 더 벙글어졌다.

"뭣을 말씸이요?"

만수는 사뭇 눈을 씀벅이며 거듭 물었다.

"자네가 전에 까치한테 했던 행실을 생각해보게."

만수는 내처 눈을 씀벅이다가 이내 허허 웃었다.

"저는 무슨 말씸인가 했소."

만수는 다시 한참 웃었다.

"시방 저 깐치란 놈들이 자네를 보고 뭣이라고 쪼잘거리고 있는 중 아는가? 저 사람이 만수라는 사람인디, 저 사람은 열서너살 묵었을 때도 깐치집이라면 천장만장 아무리 높은 나무도 기를 쓰고 타고 올라와서 우리 새끼들을 다 내려가분 사람이다. 그렇게 쬐만했을 때도 그랬는디, 지금은 저렇게 어른이 된디다가 새마을회장까지 지냈다지 않냐? 안 되겄다. 새마을사업 할 때 동네 사람들 불러내대끼 동네 사람 다 불러내어 이참에는 우리 새끼들만 잡아가는 것이 아니라, 우리 에미들까지 몽땅 잡아가불지 모르겄다. 그러면 우리는 영영 멸종 아니겄냐? 이러고 시방 저 깐치들이 내외간에 공론이 분분하네."

매실영감 능청에 만수는 혼자 한참 웃었다.

"아까 저것들 종적 감췄던 것이 한 이십년 된 것 같다고 했었는디, 인자 생각해본께, 그것이 새마을사업 시작됨시로부텀인 것 같어."

"허허. 깐치 없어진 언턱거리도 새마을이요?"

새마을사업을 들먹이자 만수는 꿀리는 데가 있는지 또 혼자 허겁스럽게 웃어젖혔다.

"언턱거리는 무신 언턱거리? 생각을 해보라구. 새마을 소리 나옴시로부텀 멀쩡한 동네가 하루아침에 엄지총 나간 짚세기 꼴로 왼통 헌털뱅이 신세가 되아갖고, 그런 헌 동네서 살아온 사람들은 사람들까지도 등 나간 여름잠뱅이보다 못한 취급 아니었냐 말이여? 새 사람은 왼통 즈그덜밖에 없는 것맨키로, 그놈들이 뭣이라고 아갈댐시로 설쳤어? 정신핵명이다, 의식개핵이다, 떠벌리는 소리들이 무슨 소리들이었어? 촌것들은 사람이 덜되아도 크게 덜된 것들이란 소리 아니고 뭐여, 안 그려? 자네도 그때 새말회장으로 앞장섰던 짐작이 있은께 그 작자들 설치던 꼬락서니가 어쨌는 중 나보다 더 잘 알잖여?"

"나도 그때는 꼭 그런 중만 알았등마는 지금 생각해보면 내가 그놈들 장단에 놀아나도 크게 놀아났지라우."

"그런 서슬로 새마을을 맨든다고 베락 총소리가 나게, 내가 살던 지붕을 걷어내고 느닷없이 스레또를 안 이는가, 여태까지 흙 속에서 흙 밟고 살아오던 작자들이 흙하고는 웬수진 놈들모냥으로, 골목에다 쎄멘또 뒤발을 안 하는가, 멀쩡한 담장을 헐고 쎄멘또부록을 안 쌓는가. 그렇게 멀쩡한 동네를 쓰러진 헛간 뜯어내대끼 그

요변덕을 부리고 자빠졌으니 저런 미물들도 그런 속에서 배겨나 겄어?"

영감의 말에 만수는 소한테 물린 놈처럼 희멀겋게 웃고 있었다.

"그 야단을 친께 저것들도, 아이고, 시방 사람이란 종자들이 미쳐도 크게 미쳤다. 저것들이 즈그덜 사는 집구석도 저 요변덕을 부리는디, 우리 같은 미물들이 어뜨코 제 집 모양새를 지니고 살겄냐? 저 작자들 나가는 가락 본께 즈그들 일 다 해놓고 나면 내중에는 우리 깐치집도 스레또 지붕 이어놓고 사방을 쩨멘또로 뒤발을 해불 것 같다. 어서 내빼자. 이러고들 내빼분 것이여."

영감의 익살에 만수는 한참 웃었다.

"우리는 그런 속도 모르고 농약이 으짜고 뭣이 으짜고 우리 짐작대로 아는 체를 했는디, 따지고 보면 즈그들대로 여그를 떠날 만한 까닭이 있고 이치가 있었을 것이다, 이 말이여. 땅속에 굼벵이도 지 살아가는 질이라면 다 지 질속이 있고, 저런 데 아무렇게나 서 있는 하찮은 나무 한그루도 다 지 살아가는 질속이 안 맞으면 죽는 것 아녀. 시방 내가 이런 소리 한다고 고무신짝 벗어던지고 옛날 짚세기 삼아 신고 살자는 이야기도 아니고, 수도 빠이쁘 걷어내불고 샘 파자는 얘기도 아녀."

"누가 아니라요."

"며칠 전에 우리 동네로 독담 사러 온 사람 자네도 만났제? 나는 저 독담을 폴라고 하글래 첨에는 먼 소리를 저런 정신없는 소리를 하는고 했어."

얼마 전에 이 동네로 돌담을 사러 온 사람이 있었는데, 앞쪽만 말고 집을 빙 둘러 쌓여 있는 매실영감 집 돌담은 유독 돌이 모양이 좋고 크기가 골라 적잖이 이백만원이나 주겠다고 나섰던 것이다.

"촌사람들도 다 헐어내뻔진 독담을 어디다 쓰자고 저런 정신없는 소리를 하고 있는고 했등마는, 인자 도시 사람들도 돈 있는 사람들은 도시 바깥 이런 시골로 나와서 집을 짓고 독담을 치고 살겠다는 소리라는구만. 헌 농짝이야, 맷돌이야, 확독이야, 그런 것을 모두 공짜나 다름없이 걷어다가 부자 된 사람이 한둘이 아니라등마는, 이참에는 이런 독담까지 실어가자는 판이구만. 헌 마을 숭악한 촌놈들이 쓰던 헌 농짝이 삐까번쩍한 고급 농짝보담 더 대접을 받는 이치가 뭣이고, 이참에는 신다 버린 짚세기 꼴로 걷어냈던 그 헌 독담이 그렇게 값나가는 이치가 뭣이여?"

영감은 만수를 할기시 건너다보며 다그쳤다. 만수는 말없이 건성으로 고개만 끄덕이고 있었다.

"그래서 나도 작정한 것이 있구만. 다행히 그때 독담을 저쪽 담에다 덧싸놨은께 말인디, 저 쎄멘또담 헐어불고 새로 그 독담을 쌀 생각이네. 도시 사람들 유행 따라가자고 해서가 아니고, 우선 저놈의 쎄멘또담은 저것을 저렇게 높이 싸논께 앞이 막혀갖고 갑갑해서 못 견디겄어. 몇년 가도록 도둑 한번 안 든 동네서 담을 저렇게 높이 쌀 까닭이 뭣이냐 말이여? 이제 즈그들도 촌에서 독담을 사가는 마당에서야 내가 독담 쌓는다고 새마을 어쩌고 시비는 못하겄제."

"그 무신 말씀이요? 혹시 뺑끼칠 이야기 듣고 하시는 말씀인가라우?"

만수는 영감을 빤히 건너다보며 눈이 둥그레졌다.

"뭣이, 뻥끼칠이라니?"

"군에서 저 부로크담에 뻥끼칠하란다는 이얘기 말이요?"

"저 부로크담에다 뻥끼칠을 해?"

영감은 대번에 눈꼬리가 치켜 올라갔다.

"저 담에 뻥끼칠을 하라고 한다잖소. 고속도로가 해필 저리 나온
께 그리 오가는 사람들 보기에도 그렇고 한다고 뻥끼칠을 하라고
하는 모냥이요."

"허허 그것은 또 무슨 넋 쪼가리 빠진 소리여?"

영감은 눈을 허옇게 뜨고 만수를 노려봤다.

"저것이 즈그 동네 담이라면 뻥끼칠을 하든지 옻칠을 하든지 즈
그덜 알아서 할 일이제마는, 아무리 촌놈들이라고 담벼락 치장까
지 이래라 저래라 간섭을 하고 나온단 말이여? 더구나, 찢어지는
형편에 남 보기 조라고 거적문에다 은돌쩌귀 달란 소린가?"

영감은 입침을 튀겼다.

그때 저쪽에서 꺅꺅 까치 소리가 요란했다.

"저것들이 영락없이 여그다가 터를 잡기는 잡을 모냥이요."

"관청 것들 또 요변덕 부리고 나온다는 소리 들어본께 저것들이
여그다 터 잡기는 진작 틀린 것 같네. 요새 새마을 소리가 쪼깐 뜸
하글래 이것들이 부릴 농간 방불하게 부렸는가부다 했등마는, 그
때려죽일 것들이 이참에는 또 뻥끼 장사들하고 배가 맞아 그쪽으
로 또 촌놈들 골을 뽑자는 소리구만."

그때였다.

"푸, 푸. 삐이."

감나무에 달린 스피커가 작동을 했다. 스피커가 매달린 위쪽 나뭇가지에 앉았던 까치들이 기겁을 하고 날아갔다.

"저것 보게. 깐치들이 잘도 자리잡았네. 바로 깐치 대가리 위에서 저런 쇳소리를 내질러놨으니 그놈의 깐치 금방 귀창이나 안 터졌는가 모르겠구만. 저렇게 무지막지한 쇳소리 속에다 새끼를 까노면 그놈의 새들이 잠인들 편히 자겠어, 귀창인들 온전하겠어?"

"저 사람은 스피카를 쓸라면 보륨이나 쪼깐 낮춰갖고 쓸 일이제, 이 동네 사람들은 모두 귀머거리들만 사는 줄 아는 모양이여."

만수가 덩달아 핀잔이었다.

"안녕하심까? 안녕하심까? 부락민 여러분께 긴급하게 말씀드립다. 긴급하게 말씀드립다. 공사다망하실 줄로 사료되오나, 긴급히 회의에 부의할 사항이 있사오니 마을회관으로 긴급히 모여주시기 바랍다. 한분도 불참하시는 사례가 전무하시도록 협조하여주시기 바랍다. 한분도 불참하시는 사례가 전무하도록 협조하여주시기 바랍다. 다시 한번 말씀드리겠습다. 야, 이 새꺄, 그그 손대지 말어. 늦대가리 읎는 새끼. 워매. 똑."

스피커가 뚝 꺼졌다. 아들놈이 앰프에라도 손을 댄 모양이었다. 워매 소리는 안 내보낼 소리까지 내보낸 바람에 나온 비명 같았다.

다시 스피커가 작동했다.

"죄송하요. 다시 한번 말씀드리겠소. 오늘 급하게 의논할 일이 있은께 얼른들 쪼깐 회관으로 나와주씨요. 워매. 참말로 환장. 똑."

아들놈이 뭘 망가뜨려놨는지 협조니 사료니 문자 가락이 아니고 그냥 육담으로 바삐 말을 끝내며 잔뜩 고추 먹은 소리로 안 내보낼 소리를 거듭 내보내고 있었다.

"아이고, 저놈의 성깔하고는."

만수가 웃었다.

"뭔 일이간디 저렇게 긴급한고?"

"아까 그 뼁끼칠 이야기가 아닌가 모르겠소. 가봅시다."

"미친것들. 어림 반푼어치도 없는 소리 말라고 혀."

영감은 잔뜩 핀잔을 주면서도 만수와 함께 집을 나섰다.

처음 새마을사업이 시작됐을 때 매실영감은 이 돌담 때문에 젊은 축들하고 단단히 시비가 붙어 속을 상할 대로 상했었다. 마을 앞길을 넓히고 시멘트로 포장을 하는 게 좋겠다며 길 쪽으로 휘우듬하게 나온 매실영감 돌담을 헐자고 한 것이다. 거기까지는 못마땅한 대로 숙이고 나갈 수밖에 없겠다고 생각했으나, 기왕 담을 헐고 포장을 하는 김에 담도 반듯하게 블록으로 쌓자고 하는 바람에 거기서부터 티격이 붙었던 것이다.

"나는 부로크담은 싫은께 거그까지는 이야기 말게."

매실영감은 잘라 말했으나, 동네서 공짜로 쌓아준다는데도 그러느냐고 설치고 나섰다.

"이 사람들이 헛간 빌려 안방까지라더니 담을 들여 막겠다면 그만이제, 으째서 싫다는 일까지 자꾸 이 야단이여."

영감은 얀정머리 없이 내쳤다. 그러나 시범부락이 되려면 그래야 한다고 젊은 놈들이 밤낮으로 드나들며 하도 비라리를 치는 바람에 울며 겨자 먹기로 물러서지 않을 수 없었다. 하는 수 없이 담을 쌓기는 했으나 매실영감은 저 담만 보면 못마땅했다. 우선 블록담은 돌담보다 높이가 배나 높아 답답해서 견딜 수가 없었다. 이 담 때문에 속이 쏘인 매실영감은 그뒤부터 새마을사업이라면 무슨 일이든지 눈살부터 찌푸렸다.

"회의 나가시요?"

저쪽 골목에서 윤만이가 나오다가 두사람을 보고 인사를 했다.

"오늘 회의에서 또 돈 내라는 소리 나오면, 무슨 돈이든지 절대로 내서는 안 돼요. 그 돈으로 공수단 놈들이 지금 뭣을 하고 있는 줄 아시요? 총을 사요, 총. 그런께 세금이든지 뭣이든지 돈은 절대로 안 돼요. 그런 돈은 우리 시민군 사령부에 내시요. 그 돈으로 우리들이 최신식 총을 사야 하요. 최신식 무기가 없으면 우리들은 그 무지막지한 공수단 놈들을 물리칠 수가 없소."

윤만이는 진지하게 말했다.

"알겠다."

매실영감은 건성으로 받았다. 이런 회의가 있는 날이면 윤만이는 아무나 닥치는 대로 붙잡고 이런 소리를 했다. 동네 사람들은 윤만이가 그런 소리를 하면 방금 매실영감처럼 모두가 건성으로 알았다고 대답했다. 처음에는 이런 소리를 하는 놈을 미쳤다고 할 것인가 어리둥절했으나, 매양 그러다보니 동네 사람들은 으레 그러거니 했다.

윤만이는 회관으로 두사람을 따라왔다. 그는 이렇게 회의가 있을 때는 으레 회의에 나가는 사람들을 붙잡고 그런 소리를 했고 또 회의에도 참석을 했다. 그러나 정작 그 스스로가 회의장에서 그런 소리를 한 적은 없었고, 또 회의가 끝나고 나서는 왜 그런 발언을 하지 않았느냐고 따지는 법도 없었다. 그는 회의장에서는 우두망찰, 그저 동네 사람들이 말하는 것을 지켜보고 있을 뿐이었다.

그는 그런 소리를 할 때는 심각한 표정으로 하지만, 그런 일로 달리 말썽을 부리는 일은 없었기 때문에 동네 사람들은 그가 회의장에 나와도 전혀 경계를 하지 않았다.

말썽을 부린 일이 있었다면, 그가 처음 일년 만에 퇴원한 얼마 뒤 이 군 새마을지도자들이 이 마을로 시범부락 시찰을 온 일이 있었는데, 그들을 공수단이라며 동네 사람들더러 어서 피하라고 소리소리 지르는 바람에 가벼운 소동이 한번 벌어진 일이 있었고, 그 다음에 말썽을 부린 것은 이장집 사랑방에서 이장이 변소에 간 사이 스피커로 동네에다 방송을 한 것 정도였다.

그때 방송내용도 동네 사람들더러 세금 같은 것 내지 말라는 소리였다.

"부락민 여러분, 여기는 광주항쟁 시민군 사령붑니다. 여러분은 절대로 세금을 내지 마십시오. 소득세든지 재산세든지 무슨 잡부금이든지 어떤 돈이든지 저놈들한테는 절대로 돈을 내서는 안 됩니다. 우리 국민들이 내는 세금으로 공수단들은 지금도 매일 세계 최신식 무기를 사들이고 있습니다."

"야, 인마!"

변소에 앉았던 이장은 혼비백산 뛰어나오며 소리를 질렀으나 방송은 계속되고 있었다.

"광주시민을 학살한 저 무자비한 도당들은 이번에는 전 국민을 학살하기 위해서 세계 각국에서 최신 무기를 속속 구입하고 있습니다. 바로 그 돈이 어데서 나온 돈인 줄 아십니까? 그 돈은 바로 여러분들이 뼈 빠지게 벌어서 낸 세금입니다. 여러분 무슨 세금이든지 그놈들이 내라는 세금은 절대로 내지 마십시요."

"야, 인마, 미쳤냐!"

이장이 방으로 뛰어들며 고함을 질렀다.

"여보시오. 조용하지 못해!"

윤만이는 이장의 호통에 겁을 먹기는커녕 되레 이장을 향해 버럭 고함을 질렀다. 고함을 치는 그의 눈에는 살기마저 돌고 있었다. 이장은 그만 찔끔했다. 윤만이의 호령도 호령이었으려니와 말하는 폼이 너무도 당당했기 때문이었다.

"나는 사령관이요. 사령관이 방송을 하는데, 웬 잔소리요? 당신은 후방지원사령관 아닌가? 위계질서도 모르는가? 공사를 구별하시요!"

윤만이는 고래고래 고함을 질렀다. 너무도 의젓하게 호령을 하는 바람에 이장은 잠시 멍청하게 윤만이를 건너다보고 있었다. 갑자기 전혀 딴사람이 되어버린 것 같았다.

"여러분, 잠시 방송이 중단되었습니다. 다시 한번 말씀드립니다. 저놈들한테는 절대로 세금을 내지 마십시요. 그 돈을 우리 시민군 사령부에 내주십시요. 그 돈으로 우리들이 무기를 사야 합니다. 그 돈으로 무기를 장만해두었다가 명령이 떨어지면 당장 그 무기를 들고."

이내 방송이 그쳤다. 이장이 두꺼비집을 내려 전원을 끊어버린 것이다.

이 소동은 두번째 퇴원하고 나서 이삼년 뒤의 일이었다.

겨우 스피커를 끄고 온 이장은 동네 사람들 앞에서 고개를 절레절레 저었다. 평소 그렇게 온순하고 말이 없던 놈이 위계질서도 모르느냐고 소리를 지를 때는 정말 그가 진짜 무슨 군대 사령관이 아닌가 잠시 착각이 일어날 지경이더라고 혀를 내둘렀다. 사람이 그렇게 달라질 수가 있느냐며 이장은 맹수한테 쫓겨 오기라도 한 것처럼 사뭇 겁먹은 표정이었다.

이장은 그 일이 있고 나서부터는 절대로 윤만이를, 앰프 있는 사랑방에 들여놓지 않았을 뿐만 아니라, 방을 비울 때는 열쇠를 꽁꽁 채워두었다.

회의장인 동네회관에는 사람들이 모여들고 있었다. 삼십여호밖에 안 되는 작은 마을이라 회의에 나올 만한 사람은 이십오륙명밖에 되지 않았다.

"바쁘신디, 모이라고 해서 죄송해요. 다름이 아니고, 이것은 시방 읍사무소에서 한 지시도 아니고 군청에서 직접 지시한 일이요. 뭣이냐 하면 해필 우리가 새마을시범부락이 되야논께 나온 소린디 동네 앞담에다 뼹끼칠을 하라고 하요. 동네 앞으로 고속도로가 나 있는디다가 읍내 들어가는 초입이 되야논께 오가는 사람들이 보나따나 시범부락 체면이 안 선다는 얘기구만이라우."

"담에다 뼹끼칠?"

금방 모래 씹어뱉는 소리가 튀어나왔다.

"똥뒷간에 옻칠도 유분수제, 촌놈들 담에다 뼹끼칠은 무슨 장으로 간 맞춘 취미가 그런 취미도 있어?"

"뻥끼값을 동네서 다 물라는 소리가 아니고, 새마을사업으로 하는 일인께 그 삼분지 이는 특별히 군청에서 보조를 해준다고 하요."

"가만있자, 뻥끼칠도 뻥끼칠이제마는, 그동안 쪼깐 잠잠턴 새마을 소리는 으째서 또 나오는고? 새마을 소리 나오면 무슨 병통이 터져도 꼭 터지든디, 이 작자들이 이참에는 먼 병통을 또 낼라고 헌털뱅이 다 되아뻔진 새마을을 들고 나오는가 모르겄네."

성격이 괄괄해서였던지 윤만이가 내무부장관으로 임명한 범바위양반이라는 이였다.

"그 새마을 소리 나오면 시방 목구먹에서 생목 오르는 사람이 이 동네만도 한둘이 아닌께 시범부락이고 지랄이고 다 해도 인자 그놈의 새마을 소리는 그만하라구 해. 새마을 내세워서 그 작자들이 촌놈들 골병을 들여도 시방 어뜨코 골병을 들여놨관디, 뻥끼칠인가 미친년 화장인가 그런 이쁘잖은 소리를 함시로 으째서 해필 업고 나와도 새마을 업고 나오냐, 이 말이여? 이 작자들이 사람 복장을 뒤집어도 안아퐈으로 활딱 뒤집어놔야 속이 씨원할 모냥이구만."

법무부장관 장재울양반이었다. 아까 내무부장관과 함께 비육우를 대여섯마리씩이나 입식을 했다가 자기들 말대로 골병이 들어도 크게 든 사람들이었다.

"도적놈들!"

"새마을사업이 그것이 내무부에서 하는 일이제?"

외무부장관 밤실영감이었다.

"제미랄, 그것이 내무부에서 하는 일인지 법무부에서 하는 일인지 누가 알어?"

"허허. 저 사람 보게. 내중에 내무부장관 될 사람이 그런 것도 모른단 말이여?"

모두 맥살없이 웃었다.

"그 새끼들 닦달할라먼 암만해도 자네가 내무부장관이 되아갖고 닦달하는 재주밖에는 없겠어."

"개새끼들, 참말로 내가 내무부장관만 되아봐라. 그 새마을사업 으짜고 하던 새끼들부텀 모도 묶어다가 모가지를 자르고 말 것인께."

범바위양반이 이를 앙다물었다. 모두 와 웃었다.

"모가지 자르는 일은 법무부장관이 하는 일이여."

"그려, 그 새끼들 나한테 맡겨. 그 새끼들 다 잡아다 모가지를 댕경댕경 잘라불고 말란께."

장재울양반이 누런 이빨을 있는 대로 내놓고 웃으며 어르고 나섰다.

"이 사람아, 자네 말하는 소리 들어본께 우리같이 쫄따구들 모가지도 잘라불 것 같은디, 우리 같은 쫄따구는 욱에서 시켜서 한 일인께 사정을 둬사 써."

만수의 익살에 모두 와 웃었다.

"안 돼. 쫄따구래두 시범부락 맨든 쫄따구는 사정 못 둬."

"워매 나 죽었네."

모두 웃었다.

48

"모가지를 자르기로 하면 그런 놈들뿐이관디. 쿵. 그 쌀값 매기는 새끼들, 그놈들 모가지를 몬자 잘라사 써, 쿵."

농림부장관 해당양반이었다.

"허허. 자네가 깜은 농림부장관깜이네. 그놈들은 모가지를 잘라도 그냥 잘라서는 안 되아. 줄줄이 모가지를 묶어갖고 그놈들 낯바대기가 어뜨크롬 생겼는가, 이 동네 저 동네 끗고 댕김시로 조리를 몇바쿠 돌리고 나서 잘라야 햐."

"외국서 그 쇠앙치 들여온 새끼들은 그냥 둘 것이오?"

기동타격대장 후식이었다.

"그 새끼들을 왜 그냥 둬. 그놈의 새끼들은 조리를 돌려도 그냥 돌릴 것이 아니라 콧구먹을 뚫어서 소 코뚜레 하대끼 코뚜레를 해갖고 끗고 댕김시로 조리를 돌린 담에 모가지를 잘라사 쓰겄구만."

범바위양반이었다. 모두 또 한참 웃었다.

"그놈들 모가지 자르는 일은 따로 차분하게 의논하기로 하고, 이이애기가 바쁜께 이 이애기부터 합시다. 꼭 새마을을 들먹일라고 해서 하는 소리가 아니고 밤실은 시범부락도 아닌디 자기들 사날로도 뻥끼칠을 안 했습디여. 군청에서 삼분지 이를 보조해준다고 한께, 못 이긴대끼 해붑시다."

이장이 사뭇 사정 조로 나왔다.

"허. 밤실? 일년도 못 가서 뻥끼가 다 벗겨져분께 그 꼴이 뭣이여? 미친년 화장도 그보다는 낫겄데."

"미친년 화장이건 뻥끼칠이건 그것을 할라면 돈이 을매나 드는고?"

"삼십만원가량 들 것이라고 하글래 그 돈이 어디서 나오겄냐고 했등마는, 첨에는 군에서 반을 대주겄다고 합디다. 그래도 동네 형편이 안 되겄다고 버틴께 이참에는 그럼 오만원은 읍사무소에서 대라고 할 것인께 우리 동네서는 십만원 대라고 하잖소. 그런께 우리 동네서는 삼십만원 공사를 단돈 십만원으로 하는 셈이지라우. 십만원으로 공짜나 다름없이 동네가 환해지잖겄소?"

"허허. 저 사람 말하는 것 봐. 그런께 그 일을 하면 우리가 이십만원 이익을 본다는 소린디, 그 소리 어디서 듣던 소리 같어."

"어디서 듣던 소리라니라우?"

"쥐약 장사 하는 소리 못 들어봤어. 자기 쥐약이 약방에서 포는 쥐약보담 백원이 싼께 안 사면 백원 손해라고 외고 댕기잖어? 그런 식으로 셈을 하면 삥끼칠 안 하는 동네가 손해 보는 액수가 대한민국 통통 털면 얼매겄어?"

"몇백억 되겄제."

모두 와르르 웃었다.

"그런디, 시방 이장 말하는 것 들어본께, 쿵. 그 삥끼값 십만원을 동네 사람들이 나눠 물어야 쓴다는 쪼로 말질이 돌아가고 있는디, 쿵. 그 말질 한번 크게 잘못 잡어 선 것 같구만, 쿵. 그것부터 확실하게 개탕을 쳐놓고 이야기를 해도 하더라고, 쿵."

해당양반이었다. 그는 말을 할 때 쿵쿵 헛콧방귀를 뀌며 그때마다 코를 만지는 것이 버릇이었다.

"개탕을 치다니라우?"

"자네 말은 그 담 임자 아닌 사람도 쿵, 그 삥낀가 화장품인가

50

그 값을 물어사 쓴다는 소리로 말질이 돌아가고 있글래 하는 소리여, 쿵."

"그라면 그것을 누가 물 것이요?"

"허허, 저 사람이 예사 때는 이치가 방불하등마는, 쿵. 오늘은 으째서 저렇게 이치가 깜깜한가 모르겠네, 쿵. 담 임자는 따로 있는디, 동네 추렴에 산지기도 아니고, 쿵. 집이 동네 저 뒤에 틀어백혀서 지붕 몰랭이도 뷜라 말라 하는 집하고 쿵, 동네 앞에 있는 담하고 무슨 상관이 있다고 쿵, 그런 담에 뻥끼칠하는 돈을 아무 상관도 없는 산지기도 같이 무냐 말이여? 쿵. 그 담이 우리 같은 집 도둑을 막아줬어, 하다못해 여름에 목물하는디 지나가는 사람 눈을 가려줬어? 쿵."

"담 임자가 따로 있다고 하제마는 그것이 동네 얼굴이나 마찬가진께 동네 사람들이 다 물어사제, 그러잖아도 하고 싶잖은 일에 아무리 담 임자라고 누가 그런 돈을 다 물고 뻥끼칠을 할라고 하겄소?"

"이치 발라서 말을 하면 으째서 저 사람이 오늘은 저러코 귀가 질긴가 모르겠네, 쿵."

"이 사람들이 시방 먼 소리들을 하고 있어."

매실영감이었다.

"시방 홍정도 하기 전에 주머니 타령부텀 하고 있는디, 회의를 해도 가닥을 추려감시로 회의를 하세."

자리가 조용해졌다.

"시방 돈 이애기는 저그다가 뻥끼칠하는 일을 하기로 말뚝을 박아놓고 하는 소리들인디, 나는 우선 내 담에다 뻥끼칠을 못 하겄은

께 그것부텀 알고 이얘기들을 해도 하게. 나는 우리 담벼락에 뻥끼
칠은 공짜로 해준다고 해도 싫구만. 옛날에 저 담을 헐고 부로크로
쌀 때는 딴소리 더하고 나섰다가는 역적이 될 것 같아서 하는 수
없이 따랐제마는 이번에는 어림도 없어."

매실영감은 단호하게 내질렀다.

"아니, 으째서 뜬금없이 그런 말씸을 하시요?"

이장이 멍청한 눈으로 영감을 건너다봤다.

"자네 듣기에 뜬금없는 소리제, 나는 뜬금없는 소리가 아녀. 진
작부터 나는 따로 작정이 있어."

"작정이라니라우?"

"꼭 알고 싶으면 일러줌세. 멀쩡한 돌담을 헐어불고 저그다 담을
저렇게 높이 싸분 것이 두고두고 후회스러워서 그 담을 헐어불고
시방 새로 독담을 쌀 궁리를 하고 있네. 내가 무슨 억하심정이 있
어서 동네일에 심술을 부리자고 괜스리 가리트는 것이 아니고 담
이라도 내 맘에 드는 대로 쌓고 살 작정이네."

"오매. 그것이 시방 무신 말씸이요?"

"무신 말씸이 아니고 그냥 그 말씸이여. 어끄제 이 동네로 독담
사러 왔던 사람들 자네들도 봤제? 전에 새마을운동인가 지랄인가
한창 극성을 피울 때 독담이나 쌓고 사는 것들은 숭악한 헌사람 촌
것들이고, 쎄멘또를 바르고 살아야 그것이 새마을 새사람 되는 것
같이 설쳤는디, 그렇게 설치던 작자들 지금 끄집어다 돌담 사러 댕
긴 사람 앞에 세워놓고 말을 한번 해보라고 하면 멀라고 말을 할란
가 몰라. 나는 돈이 없은께 다른 멋은 못 부리제마는 기왕에 전부

터 그렇게 독담을 쌓고 살던 사람인게 그런 멋이나 돈 있는 사람뿐으로 멋을 한번 부리고 살랑마."

모두 피글피글 웃었다.

"그러제마는 당장 뺑끼칠을 하라고 하는디, 그러고 나오시면 어쩔 것이요."

이장은 주먹 맞은 꼴로 멍청하게 뇌었다.

"어쩌나 마나, 내 담에는 뺑끼칠 소리 더 하지 말게. 내 낯바대기에다 기집년들 찍는 연지를 찍었으면 찍었제, 내 집 담에 뺑끼칠은 어림 반푼어치도 없는 소린게 뺑끼칠을 할라면 군청 놈들 즈그덜 담에나 뺑끼칠을 하든지 즈그덜 낯바대기에다 연지를 찍든지 그런 짓거리는 즈그덜이나 하라고 하게."

"매실영감 말에 나도 찬성인디."

범바위영감이 맞장구를 치고 나왔다.

"이장은 안 될 일 가지고 건몸 달지 말고 군청에 가서 금방 매실영감이 허신 말씀이나 전해얄 것 같구만."

"국무총리하고 내무부장관이 저러고 나오면 이야기는 끝난 것 같네. 새마을사업은 본시 내무부 소관인디, 국무총리에다 내무부장관 될 사람들이 저러고 나오면 그 말을 들어사 쓸 것 아녀."

법무부장관 장재울양반 말에 모두 웃었다.

"지 말씀 쪼깐 더 들어보시요."

"이 사람아, 들어보나 마나 생각을 쪼깐 해봐. 이담에 내무부장관 될 사람이 저러고 나오는디 우기고 나갔다가 내중에 으짤라고 그래? 생각해봐. 얼마 안 있다가 저 사람이 내무부장관이 되면 그때는 또 당장 그 뻥끼칠 해논 것을 말짱 벗기라고 할 판인디, 그러면 우리는 시방 돈 들이고 일만 버는 것이제 멋이겄어. 저 사람 성미에 장관 되면 틀림없이 젤 먼저 그런 것부텀 호령을 하고 나올 것이네."

모두 와 웃었다.

"그려. 내가 내무부장관만 되아봐라, 잡것. 뻥끼칠만 벗기라고 할 중 알어. 부로크담까지 말짱 헐어불라고 할 것인께."

범바위양반이 이를 앙다물고 나왔다.

"이 사람아, 자네 같은 사람을 장관을 시킬 적에는 다 촌놈들 형편 알아서 정치하라고 시킨 것인디, 내무부장관 되아갖고 한다는 짓거리가 내둥 싸논 담이나 헐라고 한단 말이여?"

만수의 말에 모두 와 웃었다.

"건설부장관다운 소리네."

밤실양반이었다.

"그걸 촌사람들한테 시킨다는 소리가 아녀. 지금 그런 일 시키고 있는 놈들을 몽땅 잡아다가 삼청교육대라디야 뭣이라디야, 그런 것 시키대끼 이놈의 새끼들을 정신이 화끈하게 찐골을 한번 뽑아놀 참이라 이것이여. 부로크담 헐어내고 독담도 즈그덜 보고 싸라하고, 하여간 찐골을 뽑아도 지대로 뽑아놀 것인께 두고 보게."

"그 삼청교육 시키는 것은 나한테 맡겨주시요. 이 새끼들 내가 반 죽여불란께."

후식이 말에 모두 또 와 웃었다.

"지금 웃음엣소리하고 있을 때가 아니요. 실은 도지사가 새로 갈려 와갖고 금방 순찰, 아니 그 뭣이냐, 웅, 순시를 나온다고 합니다. 그 양반은 첨으로 도지사가 된 양반인디, 이 양반은 유독 새마을사업에 관심이 많아서 다른 데 가서 순시하는 것을 보면 간 디마다 새마을시범부락 시찰을 젤 우선적으로 한다고 안 하요. 그래서 군청에서는 시방 제정신들이 아니요."

이장은 난감한 표정으로 말을 했다.

"새마을 내세워서 촌놈들 골 뽑아묵을 만치 뽑아묵었으면 그만이제, 그 작자는 뭣이 더 뽑아묵을 것이 있다고 도지사 되자마자 새마을부텀 순찰인가 순신가를 하고 댕겨?"

밤실양반이었다.

"도적놈들!"

"지붕 개량할 적에는 스레또 맨드는 재벌 놈들하고 짜서 스레또 맨드는 재벌 놈들 부자 맨들고, 동네 골목 넓히라고 할 적에는 쎄멘또 맨드는 재벌 놈들하고 짜갖고, 그놈들 떼부자를 맨들었다고 하든디, 이번에는 또 이것들이 뼁끼 맨드는 재벌하고 짰구만."

후식이었다.

"어이구, 그 도적놈들!"

이번에는 법무부장관 장재울양반이 이를 앙다물었다.

"열녀전 끼고 서방질도 유분수제. 돈 많은 재벌이란 놈의 새끼들이 돈을 벌어도 해필 새마을 내세워서 액색한 촌놈들 골을 뽑아서 돈을 벌어사 돈 버는 맛인가?"

"그놈들이 우리 같은 촌놈들 골 안 뽑으면 킁, 뉘 골을 뽑을 것이여? 킁."

"모두들 그런 소리를 해쌉디다마는 설마 그러기사 했겠소?"

"안 그랬으면, 그놈의 새끼들이 할 일 없어서 촌놈들 지붕 걱정, 골목 걱정까지 하고 나온단 말이여? 그럼, 새마을회장인가 된장인가 된다는 작자 쇠앙치 들여다가 촌놈들 골나게 한 것은 또 뭣이여? 할일 없으면 낮잠이나 자제, 그럼, 취미 삼아서 촌놈들 골목 걱정 쇠앙치 걱정까지 하고 나왔단 말인가?"

범바위양반이었다.

"취미란께 말이요마는, 이번에 새로 오신 도지사님은 유독 미색을 좋아한다고 뺑끼칠을 해도 미색으로 칠하라고 한다잖소."

후식이가 이죽거렸다.

"그런 쓸데없는 소리는 또 뭘라고 하고 있어?"

이장이 눈을 흘겼다.

"언제 알아도 알 것, 뭣 할라고 숨겨요. 우리 동네도 우리 동네요마는 밤실은 새마을시범부락도 아님시로 무담시 뺑끼칠을 해갖고 다시 미색으로 칠하란다잖소."

밤실은 새마을사업이 한창일 때 서울 가서 부자 된 사람이 뺑끼칠을 해준다는 바람에 괜히 뺑끼칠을 해가지고 골탕을 먹는 모양이었다.

"가만있자. 뭐이, 미색?"

범바위양반이 눈꼬리를 세우고 나왔다.

"도지사가 미색을 좋아한께 미색으로 칠하라고? 허허. 이쁘단께 꿔온 장 한번 더 뜬다등마는, 오래 살란께 까마구 아래턱 나갈 소리 한번 들어보겠구만. 그런께 시방 도지사님이 행차를 하시는디,

그 양반이 좋아하시는 색깔이 미색인께 동네를 미색으로 화장을 하고 도지사님을 맞이하라 이 소린가? 그러면 우리 촌놈들이 낯바대기에다 연지곤지 찍고 맞으라는 말씸은 안 하시든가?"

범바위양반이 흥분을 하자 동네 사람들은 맥살없이 웃었다.

"그런께, 시방 연지곤지를 찍어도 미색으로 연지곤지를 사다가 찍어야겠구만. 그런디, 하나 물어보세. 무식해서 모르겠는디, 그 미색이라는 색깔이 무신 색깔이여?"

법무부장관이었다.

"허 참. 나도 이 일을 어뜨코 모면할 생각만 하다가 그 색깔이 무슨 색깔인지 묻지도 못했소마는, 미색이라면 그냥 이쁜 색이라는 소리까라우?"

되레 이장이 멀뚱하게 되물었다.

"허허, 저녁 내내 통곡을 하고 나서도 어느 마누라 제산지도 모른다등마는 저 사람이 꼭 그 짝이네그랴. 그것이 아름다울 미 자 미색이 아니고 쌀 미 자 미색이네. 그냥 노랜색도 아니고 놀짝지근한 색깔이 미색이여."

만수였다.

"그러면 우리 얼굴에 연지도 놀짝지근한 색깔로 연지를 찍고 나서야 쓸 것 같은디, 그런 연지도 있는가?"

법무부장관 익살에 모두 웃었다.

"촌년이 아전 서방을 해가면 속곳에다 단추를 단다등마는 그놈이 첨으로 도지사 되아논께 다스리는 도를 동네마다 모양을 내도 모냥 한번 이쁘게 낼 판이구만."

법무부장관이었다.

"그 새끼 하는 짓거리 본게 그 새끼도 개다리출신인 것 같은디, 으째, 개다리출신이 틀림없제?"

만수였다.

"개다리출신인지 쇠다리출신인지 그런 것이사 내가 알겄소마는, 이 양반은 일을 해도 정력적으로 일을 하시는 양반이라 우리 도가 크게 발전할 것 같다고 합디다."

"정력적인 양반이 초장부텀 뼁끼칠 닦달부텀 하고 나오시는 것 보면 그 발전 한번 인물 나게 하겄네."

"그러코 핀잔만 주실 것이 아니라, 일을 어뜨코 협조적으로 해봅시다. 실은 시방 일이 급하요. 나도 며칠간 말미가 있는 중 알았등마는 바로 모레 온다고 낼까지 일을 끝내라고 안 그요. 아까 군청에서 긴급하게 전화가 왔글래 그 전화 받고 회의를 모이라고 했소. 마음적으로는 쪼깐 비위에 거슬리는 상관이 있드래도 이런 일을 맡고 있는 제 입장도 고려하셔서 협조적으로 생각을 해주시요."

이장은 울상이 되어 애원하듯 했다.

"마음적으로 자네 입장을 백번 생각하네마는, 담벼락에다 뼁끼칠은 협조적으로 생각 못하겄은께 그것은 더 이얘기 말세. 남 사정 보다가 애기 배더라고 나는 첨부터 부로크담 쌓기가 죽도록 싫었제마는, 하도 야단법석을 떨어쌓글래 협조적으로 나갔다가 이참에는 또 이런 졸림까지 당하는디, 더는 이런 일 협조 못하겄어. 내가 뭐 문명하고 개화하고 싶은 생각은 없는 사람이네마는, 요새 도시 사람들이 독담을 찾는다는 소리 들어본께 억지춘향이 된 것이 더 분통이 터지는구만. 뽈아 대린 체 말고 진솔로 있으랬더라고 독담 그대로 두고 가만히 그냥 촌놈으로 살었드라면, 더는 헌마을 촌놈들이 안 되았을 것인디, 즈그덜 하란 대로 하다본께 시방 우리가 사서 안아퐈으로 촌놈이 안 되어부렀는가?"

매실영감이었다.

"그런디, 그 도지산가 깻묵인가 하는 작자, 지가 미색을 좋아했으면 했제, 촌놈들 담벼락에까지 미색으론가 쌀색으론가 칠하라고 할 것은 뭣이여?"

법무부장관이었다.

"그 작자 한다는 짓거리 들어본께 장재울양반 문자로 개다리출신이 틀림없는 것 같은디, 그런 작자들 눈에는 국민들이 전부 사병으로밖에는 안 뵐 것이오. 그런 눈에 이런 동네도 군대 막사로 뵈제 그냥 동네로 뵜것소. 안 들어봤소. 전에 박통인가 박대통령인가 그 사람이 제주돈가 어디로 순시를 갔는디, 그 작자도 미색인가 쌀색을 좋아한다고 그 작자가 자는 호텔에서 내다뵈는 시내 스레또 집들은 전부 미색으로 칠하라고 하는 바람에 온 시내가 야단법석이 났더라요."

후식이었다.

"도적놈들!"

"그런께 모두 한 에미 한 탯줄로 비져나온 것들이구만."

"아이고, 윤만아, 아무리 생각해봐도 촌놈들 담 하나래도 지대로 쌓고 살라면 니가 정권을 잡는 수밖에 다른 재주 없것다."

후식이가 윤만이를 돌아보며 웃었다.

"그렁께, 총을 사사 써, 총을. 최신식 총을 사사 써."

여태 뒷자리에서 말이 없던 윤만이가 기다렸다는 듯이 큰 소리로 말했다.

"말을 해도 할 말이 따로 있제, 먼 소리를 그런 소리를 하고 있어?"

이장이 후식이를 보며 눈살을 찌푸렸다.

"이장!"

매실영감이 새삼스럽게 이장을 불렀다. 모두 조용해졌다.

"중간에 있는 자네 입장을 모르는 것은 아니네마는, 자네가 더 이얘기를 할 성부릉께 내가 아퀴를 질 겸 아픈 소리 한마디 해사 쓰겄네. 이런 소리까지는 안 해야 할 소린디, 이얘기를 끝내자고 하는 소릉께 이장도 이장이제마는 다른 사람들도 모두 뭣하게 듣지들 말어."

매실영감이 새삼스럽게 정색을 하며 차근하게 뜸을 들이고 나왔다. 모두 눈이 둥그레졌다.

"아까, 십만원 소리가 나왔는디, 우리가 그런 돈을 거둔다면 시방 우리가 그런 돈을 뺑끼칠하는 일에나 허비할 입장들이 아니네. 무슨 소리냐 하면, 그 본인들이 여그 있어놔서 말하기가 쪼깐 뭣하기는 하네마는, 윤만이가 저 지경이 되아갖고 병원 신세를 그렇게 지고 있을 때, 우리들이 그 부모들 병원에 면회 가는디 차비라도 하라고 단돈 십원인들 모아 주어봤어?"

동네 사람들은 쥐죽은 듯 조용했다. 사람들은 한쪽에 앉아 있는 윤만이 아버지 얼굴을 힐끔힐끔 살폈다. 윤만이 아버지는 원래 말이 별반 없는 사람이기도 했지만, 윤만이가 저 지경이 된 뒤로는 더 말이 없었다. 오늘도 여태까지 한마디도 말을 하지 않았다.

"기왕 아픈 소리 내논 김에 한마디만 더 해보더라구. 저 혜경이
란 년 형편을 두고 생각해봐도 그렇잖어. 제 부모들이 살았더라면
핵교를 댕겨도 어리광 부림시로 댕길 나이에 몸져누워 있는 지 핼
미 병구완까지 함시로 핵교 댕기는 꼴 보고 앉어서 우리가 뭣을 해
줬는가? 이얘기가 새말을, 새마을시범부락이란께 하는 소린디, 이
런 정상 놔두고 담벼락에 뺑끼칠이나 하는 것이 새마을인지 그런
데 쓸 돈 십만원이라먼 그런 사람들 거들어주는 것이 새마을인지,
그런 분간이래도 한번씩은 지대로 해감시로 새마을 찾든지 헌마을
찾든지 하자 이 말이네, 내 말은."

좌중은 물을 뿌린 듯이 조용했다.

그때였다.

"국무총리 각하!"

뒤쪽에서 느닷없는 소리가 튀어나왔다. 모두 뒤를 돌아봤다. 윤
만이었다.

"그 돈을 우리 시민군 사령부에 내주십시요. 그 돈으로 총을 사
야 쓰요, 총. 최신식 총을 사야 저놈들을 쳐부술 수가 있소."

모두 멍청한 눈으로 윤만이를 건너다봤다. 여태 윤만이가 회의
석상에서 저렇게 나서본 적이 없었는데, 아까 후식이가 부추긴 바
람에 또 나선 것 같았다.

"맞다, 맞아. 총한 사람 백마디보다 니 말 한마디가 옳다."

후식이었다.

"맞장구칠 소리가 따로 있제 그것이 자꾸 먼 소리여?"

이장이 후식이를 노려보며 잔뜩 눈살을 찌푸렸다.

"제기럴, 말인즉 옳제 으째라우?"

후식이도 지지 않고 대들었다.

"아무리 우리끼리라고 총한 정신 가진 사람이 맞장구칠 소리여, 그것이?"

"나는 요새 세상 돌아가는 것 보면 누가 총한 사람이고 누가 안 총한 사람인지 잘 모르겠습디다."

후식이는 끝내 어긋하게 나갔다.

"매실영감님 말씸을 듣고 본께 낯이 없소마는, 그 일은 낯이 없는 대로 그 일이고 이 일은 또 이 일인디 으째사 쓰께라우? 군청에서 당장 뺑끼를 실어 보낸다고 하는 것을 조금만 기다려달라고 했는디."

이장은 다시 고추 먹은 소리를 했다.

"자네가 입장이 쪼깐 딱하게는 생겼네마는, 팔자가 졸라면 옹구 장사 맏며느리 되았겠는가? 동네 형편이 이렇게 생겼은께 군청에 가서 아까 매실영감 하신 말씀대로 동네 형편을 조근조근 말을 함시로 못 하겠다고 버티게. 이럴 때는 재주라고는 버티는 재주밖에는 없네. 나도 이런 곤란한 입장을 많이 당해봤은께 말이네마는 그런 놈들 앞에서는 다른 재주 없네. 안면 딱 몰수하고 으긋하게 버티는 재주밖에 다른 재주 없어."

만수가 너울가지 있게 나왔다.

"허. 참말로 이장 못해묵겠구만."

이장은 잔뜩 우거지상이 되며 혼자 이를 앙다물었다.

"얻어묵을 것이 뭣이 있다고 첨부터 시범부락인가 지랄인가는 맡아갖고 사람을 이렇게 죽여주까, 하아."

이장은 죽을상으로 고개를 밑으로 외어 틀며 장탄식이었다. 만수 들으라는 소리였다. 당신이 괜히 새마을시범부락을 만들어가지고 내가 이 지경이 아니냐는 투정이었기 때문이다.

그때였다.

"저것이 먼 차여?"

모두 밖을 내다봤다. 용달차 한대가 동네로 들어오고 있었다. 얼핏 빈 차 같았다.

이장이 밖으로 나갔다.

"뭔 차요."

"뻥끼 싣고 왔소."

"뭔 뻥끼요?"

"이장이 누구요?"

"이장이나 마나 말도 안 들어보고 먼 뻥끼를 실어 보내까? 사람 환장하겠네."

"나는 군에서 싣고 가락 해서 싣고 왔은께 군청으로 전화해보시요."

운전수도 뭐가 못마땅한 듯 퉁명스럽게 쏘았다.

"허허. 이 때려죽일 놈들이 인자 아주 즈그덜 멋대로구만."

법무부장관이었다.

"우리는 뻥끼 못 칠하겄은께 도로 싣고 가라고 해."

범바위양반이 소리를 질렀다.

그사이 운전사는 뻥끼통을 내리고 있었다.

"그것을 뭐라고 내리요?"

후식이가 소리를 질렀다.

"나는 시킨 대로 하는 사람인께 도로 가져가든지 말든지 그것은 군청 사람보고 하라고 하시요. 다른 일도 바뻐 죽겄는디 재수가 옰을란께 별것을 다 맡아갖고 오나가나 말썽이네."

운전사는 투덜거리며 텅텅 뻥끼통을 내박치고 있었다.

"허허, 참말로."

이장은 잔뜩 우거지상이 되어 어쩔 줄을 모르고 있었다.

"운전수 잡아놓고 어서 군청으로 전화부터 하게."

만수가 채근했다.

"잠깐 계십시요."

이장이 운전사한테 말을 던져놓고 방으로 들어와 전화기를 들었다. 누구를 바꿔달라고 했다.

"여그 중보실이요. 나 중보실 이장인디라우, 이렇게 뻥끼부터 보내면 으쩌란 소리요?"

되레 저쪽에서 뭐라고 더 큰 소리로 꽥꽥거리는 것 같았다.

"지금 우리 동네 사람들이 모여서 회의를 하는 중인디, 우리 동네에서는 아무도 찬성하는 사람이 없소. 안 칠하기로 했어라우."

저쪽에서 뭐라고 또 큰 소리가 나는 것 같았다.

"담 임자나 동네 사람들이 싫다는디 난들 어뜨코 할 것이요?"

저쪽에서는 무작정 다그치는 것 같았다.

"우리 동네는 지금 이것저것 우환이 많아서 그런 일이 아니더래도 여러가지로 돈 쓸 일이 많은디, 이런 일을 할 수 있냐고 지금 모두가 반대를 하고 있소."

저쪽에서 또 한참 큰 소리가 나는 것 같았다.

"동네 사람들이 절대로 반대를 하는디, 지가 군청에 가면 뭣 하겄소. 군청에서 양해적으로 고려를 해주셔야 할 것 같소."

또 저쪽에서 더 큰 소리가 났다. 이장은 우거지상판으로 말을 듣고 있었다.

"알았소."

이장은 잔뜩 상판을 일그러뜨리며 전화기를 내던졌다.

"제기랄, 참말로 미치겄구만잉."

"뭣이라고 해?"

"군청으로 들어오라고만 지랄 아니요."

"배를 따도 누그러지지 말어."

범바위양반이었다.

"이 차 쪼깐 타고 갑시다."

이장이 운전사 옆 좌석으로 올라앉았다.

"가만있어. 갈라면 뻥끼를 싣고 가야제, 이것을 여그다 놔두고 가면 으짤라고 이것을 놔두고 가는가?"

법무부장관이었다.

"실어온 것을 어뜨코 또 싣고 가겄소?"

"허허. 저 사람이 그것을 말이라고 하고 있어? 이것을 싣고 가서 못 칠하겄다고 해사 말이 제대로 되제, 아니 아니, 함시로 손 내밀더라고 못 칠하겄다고 함시로 이것은 이것대로 받아노면 그것이 뭣이여?"

"허허, 참."

이장은 상판이 더 험하게 일그러지며 차에서 내렸다.

"쪼깐 실어주시요."

이장이 말을 내던지자, 젊은이들이 모두 나서서 뻥끼통을 차에 실었다.

차가 동네를 떠났다.

"암만해도 저것들 또 싣고 올 것 같네. 저놈들이 아주 저런 엄두를 못 내게 우리는 우리대로 일을 바닥에서부터 뒤집어부러사 쓸 것 같구만. 나는 기왕 저 담을 헐어불고 새로 독담을 쌀라고 맘을 묵은 사람인께 저놈의 담을 지금 헐어부러사 쓸 것 같네. 모두 곡괭이 가지고 나와서 내 일 쪼깐 거들어주게."

"개새끼들, 재주라고는 그것밖에 없을 것 같소. 칵 헐어붑시다."

후식이가 나섰다.

"담을 헐드래도 해필 시방 허는 것은 그것이 쪼깐."

만수가 시르죽은 소리를 뇌었다.

"쇠뿔은 단김에 빼랬더라고 맘 묵었을 때 헐어불라네."

매실영감은 단호했다.

"이장이 군청에 갔다 오는 것을 봐감시로 헐어도 헙시다."

"이놈의 새끼들, 이것들이 촌놈들이라먼 시방 사람을 참새 무녀리만큼도 안 보는디, 우리도 사람이란 소리를 이럴 때 해사 써."

"맞소."

후식이가 덩달아 부추기고 나섰다.

"자네는 가만있어."

만수가 후식이를 향해 눈을 흘겼다.

"그래도 저놈들이 저러고 나오는디, 맞받아서 담을 허는 것은 지혜가 아닌 성부른께 쪼깐 더 두고 봅시다."

"못된 것들, 뺑끼통만 다시 실어 보내봐라. 내가 담을 헐어분가. 안 헐어분가."

매실영감은 만수의 말에 한발 물러서기는 하면서도 주먹을 쥐었다. 영감이 이렇게 단호하게 나온 것은 근래에 볼 수 없던 일이었다.

저녁밥을 먹은 뒤 이장은 잔뜩 굽죈 표정으로 매실영감을 찾아왔다.

"도저히 안 되겠소. 도지사가 모레 우리 동네로 시찰을 온다고, 일정표인가 뭣인가 이런 것까지 짜서 이렇게 인쇄를 안 해부렀소. 일이 이렇게까지 되었는디, 어쩌겠소, 여그서 우리가 더 버텼다가는 아무래도 뒷이 안 졸 것 같소."

이장은 호주머니에서 도지사 시찰 일정표를 꺼내 매실영감 앞에 펴놓으며 죽은 상으로 말했다.

"뒷이 안 좋다니? 안 좋기는 뭣이 안 좋고, 조면 뭣이 또 얼매나 졸 것이여? 안 조면 그놈들이 우리들 배를 딸 것이여? 이것들이 사람을 무시해도 너무 무시하는디, 이럴 때 촌놈들도 사람이란 소리 한번 해줘사 쓰겄어. 때려죽일 것들, 곡식값 낮게 믹여서 촌놈들 골병들여논 것은 그렇다 치고, 수입 소야, 뭣이야, 그런 것이 모두 촌놈들을 사람으로 안 본다는 소리가 아니고 뭣이여? 이래도 흥, 저래도 흥, 항상 그렇게 당하고만 있은께 이래. 이번에는 하늘이 두쪽으로 뽀개져도 안 될 것인께 그리 알어. 왜정시대부터 이놈들한테 당할 만치 당하고 살었네. 인자 더 못 당해주겄어. 그놈들하고 대가리가 터져도 내가 터질 것인께 자네는 구경이나 하고 있게.”

매실영감은 단단히 얼러멨다.

“저놈들은 칼자루 쥐고 있는 놈들인디, 저놈들이 동네다 골탕을 묵이기로 하면 묵일 것이 옯어서 못 묵이겄소? 첨부터 새마을시범부락이 되기가 불행이제, 으짜겄소?”

“시범부락이먼, 시범부락이라고 즈그덜이 뭣을 해줬간디, 건뜻하면 그놈의 시범부락이여? 이놈의 새끼들 시범부락이고 지랄이고 나는 그런 것 모르겄네. 하여간, 내 담에 뻥끼칠만 하면 당장 담을 헐어불 것인께 그리 알고 이얘기 그만하세.”

영감은 한쪽으로 팽글 돌아앉아버렸다. 좀처럼 결이 삭을 것 같지 않았다.

“아이고, 지 입장도 쪼깐 생각해주시요.”

“남 사정 보다가 갈보 된다고 내가 지금까지 자네들 그런 입장 생각해주다가 이 꼴 아닌가?”

이장은 밤이 늦도록 애걸복걸했으나, 매실영감은 끝내 누그러지지 않았다. 이장은 소태 먹은 상판으로 돌아갔다.

다음 날 아침이었다.

“하부지, 하부지.”

두루마기를 입고 있던 매실영감은 밖을 내다봤다. 감나무에서 까치가 깍깍거리고 있어 또 까치 때문이 아닌가 했다.

"하부지, 하부지, 자동차가 또 그, 그."

두루마기 옷고름을 잡아매고 있던 매실영감은 대번에 얼굴이 굳어지며 옷고름 매던 손을 잠시 멈추고 밖을 내다봤다. 마을회관 앞에 어제 그 용달차가 다시 뻥끼를 싣고 와서 풀고 있었고, 그 곁에는 낯선 사람들이 서성거리고 있었다. 양복을 입은 사람은 읍사무소 직원이 아닌가 싶고, 허름한 차림의 세사람은 페인트공인 것 같았다. 자기들이 인부들까지 데리고 와서 칠할 모양이었다. 읍직원은 이쪽 담을 가리키며 손가락질을 하고 있었으며, 페인트공들은 페인트칠할 도구를 챙겨 들고 그 사람 말을 듣고 있었다.

동네 사람들은 모두 엉거주춤 그 곁에 서서 그들 하는 양만 구경하고 있었다. 매실영감은 매무새를 가다듬은 다음 신을 신고 밖으로 나갔다. 광주 조카 결혼식에 가는 참이었다. 매실영감이 회관 쪽으로 다가가자 동네 사람들은 똥그란 눈으로 이쪽을 보고 있었다. 이장도 언 수탉 꼴로 상판이 하얗게 질려 영감을 건너다보고 있었다.

"읍에서 뻥끼를 칠해줄라고 오신 모양이구만."

매실영감이 담담하게 말했다.

"그렇습니다. 동네 사람들 가운데 반대하시는 분들이 계신다는 소리를 들었습니다만, 이것이 위에서 지시한 일이라 우리들도 어쩔 수 없습니다. 협조해주십시요."

읍사무소 직원은 공손하게 말했다.

"나는 그런 일에는 협조 못 하겠소. 미리 말을 해두는디, 저그 이쪽에서 시번째 집이 저것이 내 집이요. 저 집 주인은 난께 내 허락

없이는 저 담벼락에 뺑끼칠 못 하요. 절대로 못 한께, 저 집에는 뺑
끼칠을 할 생각 마시고 칠할라면 다른 집 담벼락에나 칠하든지 말
든지 하시요."

매실영감은 단호하게 말했다.

"아이고, 영감님, 협조해주십시요. 저희들인들 이런 일을 꼭 하
고 싶어서 하겠습니까."

읍직원은 사뭇 고개까지 주억거리며 설설 기었다.

"안 된다면 안 되는 줄 아시요."

영감은 담담하게 말했다.

"영감님, 이것이 제 담당인데, 이런 일을 제대로 못 하면 제 모가
지가 날아갑니다. 제 입장 한번 살려주시요."

"허허. 으째서 높은 놈들은 일을 순리로 하는 것이 아니라 아랫
사람들 모가지나 체면에만 걸어서 일을 한다요. 어디 한가지 물어
봅시다. 이것이 누 낯바대기요?"

매실영감은 자기 얼굴을 읍직원 앞에 바짝 갖다 대고 자기 얼굴
에다 손가락질을 하며 물었다.

"허허. 왜 이러십니까?"

읍직원은 웃으며 한발 뒤로 물러섰다.

"대답을 해보시요. 이것이 누 낯바대기냐 말이요?"

"영감님 얼굴이지 누구 얼굴이겠습니까?"

읍직원은 웃으며 대답했다.

"그려. 이것은 내 얼굴이고 이것은 당신 얼굴이요. 그러면 여그
당신 얼굴에다 뺑끼칠을 하든 연지를 찍든 이 얼굴 임자는 당신인

께 당신 맘이고, 여그 내 낯바대기에다 뼁끼칠을 하든 연지를 찍든
이 낯바대기 임자는 난께 내 맘 아니요? 으짜요, 내 말이 시방에 틀
린 데가 있소? 틀린 데가 있으면 있다고 말을 해보시요."

매실영감은 읍직원 얼굴과 자기 얼굴 앞에서 손가락으로 허공을
꾹꾹 찌르며 그때마다 말마디를 꼭꼭 씹었다.

"아이고, 영감님, 누가 아니랍니까요. 저도 이런 일 생기면 죽을
지경입니다. 목구멍이 포도청이라 죽지 못해 이러고 댕기요. 제 체
면 봐서 한번 눈감아주시요."

"체면이란 소리가 낯바대기란 소린디, 당신 체면 봐줄라고 내 낯
바대기에는 뼁끼칠하란 소리요? 나도 당신들 체면 봐줄 만치 봐줬
소. 여러 말 안할란께 내 담벼락에는 뼁끼칠하지 마시요. 뼁끼칠을
했다가는 못 볼 꼴 한번 단단히 볼 것인께 내 말 어엇 듣지 마시요."

영감은 마른나무에 쐐기 박듯 말마디에 힘을 꼬아 말을 마친 다
음, 홱 돌아섰다. 몇걸음 가던 영감이 다시 돌아섰다.

"다시 한번 똑똑히 말해두는디. 섣부른 짓 했다가는 큰코 한번
다칠 것인께 내 말 명심하시요."

영감은 다시 돌아서서 두루마기 자락을 내갈기며 큰길을 향해
총총걸음을 쳤다. 읍직원은 바지에 똥 싸 담은 표정으로 웃다 남은
웃음을 얼굴에 담은 채, 영감의 뒷모습을 멍청하게 건너다보고 있
었다.

읍직원은 이내 고개를 갸웃거리며 회관 안으로 들어갔다. 읍사
무소에다 전화를 거는 것 같았다. 한참 뭐라고 말이 오갔다. 읍직원
은 잔뜩 우거지상이 되어 회관을 나왔다.

"허 참. 미치겠구만. 잡것, 나도 모르겠다. 일합시다."

읍직원은 될 대로 되라는 듯 페인트공들에게 소리를 질렀다.

동네 사람들이 어정쩡 지켜보는 가운데 담에는 저녁때까지 페인트칠이 끝났다. 페인트칠을 해놓으니 담은 그런대로 환해 보이기는 했다.

영감이 돌아온 것은 다음날 아침이었다. 회관 앞에서 만수며 윤만이 등 서너명의 동네 사람들이 나와 서성거리고 있었다. 저만치서부터 자기 담을 본 영감의 얼굴은 이미 굳어 있었다.

"댕겨오시요."

동네 사람들이 인사를 했으나, 영감은 들은 체도 않고 잔뜩 굳은 얼굴로 자기 담만 건너다보며 걷고 있었다. 이장은 영감이 오는 것을 알고 있는 것 같았으나 회관 안에서 서류만 뒤적이며 나오지 않았다. 그러나 그의 표정도 잔뜩 굳어 있다.

매실영감 집 쪽을 건너다보며 서성거리고 있던 동네 사람들은 눈이 둥그레지고 말았다. 옷을 갈아입은 영감이 곡괭이를 들고 나오고 있었다. 동네 사람들은 그대로 말뚝이 박힌 듯 제자리에 서 있었다. 윤만이도 놀란 눈으로 영감을 건너다보고 있었다.

"오매."

영감이 곡괭이로 자기 담을 찍었다. 계속 찍어나갔다.

"어야, 이장, 일났네, 일났어!"

만수가 회관 안에다 대고 소리를 질렀다. 안에서 전화를 받고 있던 이장이 뛰어나왔다.

"워매. 저것이 뭔 짓이여. 시방 도지사가 출발했다고 전화가 왔는디……"

이장은 부리나케 그쪽으로 달려갔다.

"영감님, 영감님!"

이장은 숨넘어가는 소리로 고함을 지르며 달려갔으나 영감은 들은 척도 않고 곡괭이질만 하고 있었다. 회관 앞에 서성거리고 있던 사람들도 그쪽으로 천천히 발걸음을 옮겼다. 윤만이도 뒤를 따랐다.

"아니, 영감님. 왜 이러시요."

이장이 곡괭이자루를 잡으며 소리를 질렀다. 영감은 이장을 휙 밀쳐버렸다.

"몰라서 물어. 내가 말 안 했던가?"

영감은 침착하게 말했다.

"시방 도지사님이 출발했다고 금방 전화가 왔단 말이요."

이장은 절망적인 소리로 악을 썼다.

"도지사가 오든 군수가 오든 내가 무슨 상관이여."

영감이 버럭 고함을 질렀다.

"그러제마는 해필 도지사가 오는디 꼭 이래사 쓰겄소?"

이장도 지지 않고 맞고함을 질렀다. 날 죽이라는 자폭적인 소리였다.

그때 큰길에 자동차 행렬이 나타났다.

"워매, 저그 오요"

이장은 다시 곡괭이자루를 잡았다.

"이놈, 여그 놓지 못하냐?"

영감이 고함을 질렀다.

"못 놓겠소."

이장은 기를 쓰고 곡괭이를 빼앗았다.

"이놈, 뉘 앞이라고 이놈."

차 행렬은 물 찬 제비처럼 달려오고 있었다.

그때 실랑이하는 곁에서 서성거리고 있던 윤만이는 무슨 생각을 했는지 바쁜 걸음으로 동네 골목으로 달려가고 있었다.

영감과 이장의 실랑이는 계속되고 있었고, 대여섯대나 되는 차량 행렬은 회관 앞에 멈추었다.

그때였다. 느닷없이 스피커가 삐이 소리를 냈다.

"여기는 시민군 사령부다. 전 시민군은 들어라. 지금 살인마 일당이 몰려오고 있다. 시민군은 완전무장 하고 출동하라. 완전무장 하고 출동하라. 지금 살인마 일당이 몰려오고 있다. 시민군은 완전무장 하고 출동하라. 완전무장 하고 출동하라. 모두 완전무장 하고 전투태세로 들어가라."

윤만이 소리였다.

"워매, 저 때려죽일 놈의 새끼."

이장은 매실영감을 놔두고 부리나케 자기 집 골목으로 달려갔다.

"같이 갑시다."

이장은 골목에 서성거리는 동네 사람들에게 소리를 지르며 달렸다. 동네 사람들은 그 자리에 서서 달려가는 이장과 회관 쪽을 멀거니 건너다보고 있을 뿐이었다. 놀란 눈으로 도지사 행렬을 지켜보고 있던 조무래기 몇놈이 이장을 뒤따라 달려갔다.

도지사 등 차에서 내린 사람들은 눈을 두리번거리고 있었다. 골목으로 몰려가는 이장은 마치 윤만이 명령에 무장하러 달려가는 시민군 꼴이었다.

　"기동타격대는 퇴로를 봉쇄하라. 기동타격대 일소대는 우측 등성이에 잠복하라. 이소대는 그다음에 잠복하라. 저놈들은 광주시민을 학살한 살인마들이다. 시민군은 저놈들을 무차별 사살하라. 무차별 사살하라. 기동타격대는 철저하게 퇴로를 봉쇄하라."

　도지사 일행은 무슨 영문인지 몰라 멍청하게 이쪽만 보고 서 있었다. 회관에는 아무도 없었다.

　"무슨 일이요?"

　도지사 일행 중에서 한사람이 이쪽을 향해 소리를 질렀다. 그러나 아무도 대답하지 않았다.

　"시민군은 살인마 일당을 무차별 사살하라. 기동타격대는 퇴로를 봉쇄하라. 퇴로를 철저히 봉쇄하고 무차별 사살하라!"

　"탑시다."

　군수가 도지사 등을 차 안으로 떠밀었다.

　도지사는 혼비백산 차 안으로 들어갔다. 일행은 정신없이 차 안으로 들어갔다. 부르릉 자동차들이 다급하게 움직였다. 긴가민가하면서도 기동타격대란 소리에 정신이 나간 것 같았다.

　"야, 이 쌔꺄, 문 안 열어."

　자기 집으로 뛰어든 이장은 문고리를 잡아채며 악을 썼으나, 윤만이는 숨넘어가는 소리로 작전지시만 하고 있었다.

　"시민군은 무차별 사살하라. 무차별 사살하라."

이장은 저쪽으로 달려가 두꺼비집을 내렸다. 스피커 소리가 뚝 그쳤다. 윤만이가 문을 열고 나왔다.

"야, 이새꺄!"

이장은 악을 쓰며 윤만이를 향해 주먹을 을렀다.

"나는 시민군 총사령관이다. 위계질서도 모르는가?"

윤만이도 악을 썼다. 악을 쓰는 윤만이 눈에는 이글이글 살기마저 감돌고 있었다.

"너는 반역자다. 당장 총살이다."

윤만이는 거듭 고함을 질렀다.

"워매, 참말로 환장하겠네."

이장은 이 새끼를 때려죽일 수도 없고 미치겠다는 표정으로 상판을 우들거리며 또 부리나케 밖으로 달려 나갔다.

동구를 빠져나간 도지사 차 행렬이 큰길에 멈춰 있었다. 사자굴이라도 빠져나온 놈들처럼 차 안에서 동네를 건너다보고 있었다. 한참 만에야 한사람씩 나오고 있었다. 사뭇 주변을 쭈뼛거렸다. 혹시 어디서 기동타격대가 튀어나올 것 같은 모양이었다.

이장은 그쪽으로 정신없이 뛰어갔다. 경황없이 뛰어다니는 꼴이 불난 집 맏며느리였다. 차 행렬 가까이 달려갔다. 이장은 사뭇 허리를 주억거리며 뭐라 설명을 했다.

동네 사람들은 회관 쪽으로 몰려왔다. 윤만이도 골목을 나와 회관 쪽으로 바삐 오고 있었다. 동네 조무래기들은 똥그란 눈으로 윤만이를 건너다보고 있었다.

이장의 설명을 듣고 난 도지사 일행은 한참 동안 멍청하게 동네를 건너다봤다. 동네 사람들도 숨을 죽이고 그들을 건너다보고 있었다.

도지사 일행이 차에 오르기 시작했다. 스르르 움직이기 시작했다.

"그냥 가네."

"허."

동네 사람들은 숨이 놓인 모양이었다.

"살인마 일당을 모두 완전 퇴치했다. 시민군 만세. 위대한 시민군 만세."

윤만이가 고함을 지르고 손을 번쩍 들며 만세를 불렀다. 동네 사람들은 아직도 겁에 질린 눈으로 윤만이를 건너다보고 있었다.

"시민군 동지들 수고했소. 어린이 동지들 승리의 만세를 부릅시다. 만세!"

그러나 어린이들은 놀란 눈을 뒤룩거릴 뿐이었다.

"어린이 동지들 만세를 불러요. 우리들은 살인마 일당을 완전히 퇴치했소. 자 큰 소리로 만세를 부릅시다, 만세!"

어린이들은 그냥 히죽히죽 웃기만 할 뿐이었다.

"만세를 불러요. 우리가 승리했어요. 나를 따라 만세를 불러요, 만세."

"만세!"

서로 얼굴을 보던 어린이들이 만세를 부르기 시작했다.

"만세!"

"만세!"

윤만이는 목이 찢어져라 만세를 선창했고, 신이 난 어린이들도 큰 소리로 만세를 불렀다. 신나게 만세를 부르고 난 윤만이와 어린이들은 서로 한참 보고 웃었다. 동네 사람들도 따라 웃었다.

그때 정자나무에서 까치가 깍깍거리고 있었다.

"까치 연락병! 까치 연락병은 이 기쁜 승리의 소식을 방송국에 전하라. 빨리 날아가서 방송국에 전하라."

윤만이가 소리를 지르자 까치가 깍깍거리며 저쪽으로 날아갔다. 마치 윤만이 말을 알아듣고 까치도 한몫 덩달아 신이 나서 그렇게 전하러 날아가는 것 같았다.

동네 사람들은 들판 쪽으로 멀리 날아가는 까치를 보며 모두 크게 웃었다.

『한국문학』 1988년 12월호(통권 16권 12호); 『92년·한국·겨울 그리고 대권』(황토 1990)

고향
사람들

"한줄기 쏟아지려나?"

밥상을 물리며 담배를 뽑아 문 장태호 영감은 라이터를 켜려다 말고 남쪽 하늘에 눈을 꽂는다. 어느새 먹구름이 시커멓게 몰려오고 있었다.

"오매, 구름발 퍼지는 것이 한바탕 쏟아질 것 같소."

숭늉을 떠오던 아내도 반색을 했다. 영감은 눈은 먹구름에 꽂은 채 숭늉 그릇을 더듬었다. 시커먼 구름은 건드리기만 해도 비를 쏟을 것 같았다.

"후북이 한번 쏟아져부러라."

영감은 덫 놔놓은 사냥꾼처럼 구름장을 보고 있었다. 곤줄박이 한마리가 벌써 대밭 속 동백나무 아래로 피해 있었다.

"돈이 좀더 있어야겠소. 서울 아이들도 두 집 다 올 것 같소."

영감은 구름발에 눈을 꽂은 채 주머니에서 만원짜리 두장을 내주었다. 내일 저녁이 아버지 제사였다.

"어서 비설거지 않고 뭣 하고 계시요?"

아내가 우산과 청등삼태기를 챙겨 들고 나서며 타박이었다.

"그런 걱정 말고 장에나 갔다 와!"

영감은 진작부터 저쪽 지게와 멍석으로 눈이 갔지만 그대로 두고 있었다. 아직 빗방울도 지지 않았는데 미리 덤벙거리기가 재장바르다 싶은 모양이었다. 구름 덩어리가 저렇게 몰려오다가도 변덕을 부리기로 하면 어린애 오줌발 갈기듯 낱방울이나 몇방울 뿌려놓고 지나가버렸다.

—꾸광 콰.

영감은 실없이 깜짝 놀랐다. 우렛소리와 번갯불이 먹구름장을 벌 쐰 수박 가르듯 쩍쩍 갈랐다. 후드득 빗줄기가 쏟아지기 시작했다. 영감은 마당으로 뛰어내렸다.

"후북하게 한번 쏟아져라."

콩알만큼씩 한 빗방울이 선뜩선뜩 목덜미를 때렸다. 배배 잎이 꼬이던 벼들이 훨훨 춤을 출 것 같았다.

—꾸광 꽝 꽝.

"아따, 산 무너지겠다."

영감은 저쪽으로 겅중겅중 뛰어가서 비 맞고 있는 멍석을 들어 고방 마루에 홀짝 내던졌다. 해찰 부리던 개구쟁이처럼 영감은 혼자 낄낄거리며 지게도 집어다 멍석 위에 세웠다. 저쪽에 바지게도 비를 맞고 있었다. 그것도 들어다가 한쪽에 세웠다.

"아따 잘 쏟아진다. 마당부터 한바퀴 확 돌려 쓸고 가부러라."

영감은 연방 신이 나서 이번에는 껑충껑충 뒤안으로 돌아갔다. 아침저녁으로 집안 단속이 알뜰했으므로 손댈 것이 없었다. 더구나 이번에는 두 아들 식구들이 제 할아버지 제사에 오기 때문에 구석구석, 돌담 사이 풀포기 하나도 남기지 않고 말끔하게 닦달했다.

"어라. 왜 이래?"

뒤안에서 나오던 영감은 하늘을 쳐다보며 무춤 걸음을 멈췄다. 세차게 쏟아지던 소나기가 마개라도 틀어막힌 듯 뚝 그쳐버렸다. 시커멓게 하늘을 덮었던 먹구름장은 저 아래쪽이 훤하게 밑이 들리고 있었다.

"허허.

영감은 쳐든 고개를 뒤로 돌렸다.

── 꽈광.

우렛소리는 북쪽으로 멀어지고 빗줄기는 실낱으로 가늘어졌다.

"에이 참."

영감은 연기 쐰 상판으로 구시렁거렸다. 소나기가 마당이라도 후북하게 한바퀴 휘 둘러 나갈 줄 알았더니 먼지도 제대로 재워놓지 않았다. 영감은 뒷짐을 지고 연방 고추 먹은 소리를 하며 위아래로 하늘을 둘러보았다. 영감은 다시 담뱃갑에서 담배를 뽑았다. 성냥을 켜려던 영감은 아까 멍석 위에 올려놓은 지게로 눈이 갔다. 성큼 다가가서 지게목발을 잡아 까대기 앞 짚더미로 내던져버렸다. 멍석 위에 덜렁 올라선 지게 꼴이 부뚜막에 오른 강아지처럼 눈에 거슬렸던 것이다.

그때 따르릉 전화가 울렸다.

"뇌성까지 꽝꽝거리더니 개 밥그릇도 제대로 안 적시고 가는 구면."

아랫동네 밤실영감이었다.

"우리 진등 논은 엉그름이 손바닥이 들어갈 지경인데 큰일이 구만."

그 서마지기 가운데 맨 아랫다랑이는 잎이 꼬이고 있었다. 비탈까지 아득히 황토를 져 올려 봇길을 단속하고 비닐까지 사다 바닥에 깔며 참새 어르듯 물길을 잡아주었으나 청명에 고로쇠물 내리듯 하던 봇물이 진작 잦아지고 말았다. 웅덩이에 몰린 올챙이들이 허옇게 배를 뒤집으며 할딱거리자 영감은 그때부터 떡심이 줄 끊어진 물렛살이었다.

"오늘 관정 파는 기계가 온다는데 어쩔 텨? 기왕 말해왔던 것, 파 버리지그려."

"저런 등성이에도 꽂으면 물이 나올란가 그것이 걱정이구면. 육십만원이 적은 돈인가?"

"봇길에도 박을 만한 데가 있을 것이고, 자리만 잘 잡아 꽂으면 평지보다 나을 거여. 물길만 제대로 잡아서 꽂았다 하면 정신없이 쏟아지더만."

"나오기만 하면 얼마나 좋겠는가마는."

"이런 짬이 아니면 나중에는 파고 싶어도 못 파네. 그 기계가 가까운 데는 제 혼자 다니지만 이렇게 멀리 올 때는 그 기계를 싣고 다니는 차가 따로 있어. 혼자 파려면 그 운반비가 얼마겠어?"

"그러기는 그런데 얼른 작정이 안 서는구먼."

영감은 입술만 빨았다.

"자네 논에도 논에까지 찻길 나서 경운기에 콤바인까지 쑥쑥 들어 댕기겠다, 관정에서 물만 쏟아지면 그 논에 농사도 신선놀음이제 뭣이겠어? 그거 하나만 제대로 파놓으면 물 걱정은 잊어버리는데 자네는 늙어 죽을 때까지 황토 져다 보막이하고 하늘만 쳐다볼 거여? 자네도 그 나이에 그 황토 짐은 벗어얄 것 아녀?"

밤실영감은 원래 말이 걸쭉했다.

"육십만원이면 쌀로 여섯가마니."

당장 물이 쏟아져도 이미 제 수확은 못 먹을 테니 서마지기 소출이 다 들어가고도 모자랄 판이었다. 그러나 관정을 파서 물만 나온다면야 일년 소출이 대수가 아니었다. 영감은 담배를 태워 물고 다시 고개를 갸웃거렸다. 들판에 있는 논들은 웬만하면 물이 나온다지만 산등성이에 얹힌 저 논에서 쉽게 물이 나올는지 알 수가 없고, 더구나 달랑 서마지기에 육십만원이라니 다친 놈 따라 붓는 것도 아니고 아무리 생각해도 어설펐다.

"에이 참."

영감은 사립을 나서며 다시 하늘을 쳐다보았다. 북쪽 하늘에는 아직도 먹구름장이 시커멓지만 아무리 쳐다봤자 이미 외기러기 짝사랑이었다. 영감은 비 머금은 풀을 털며 진등 쪽으로 길을 잡아 섰다. 오늘도 식전에 다녀왔던 길이었다. 물이 끊어진 다음부터는 돌아봤자 손댈 것이 없어 빈 삽자루에 땀만 났으나 병든 자식 보듯 애는 배로 달아 하루에 한두번이던 발길이 요사이는 세번 네번 이었다. 벼들은 춤추다가 머퉁이 맞은 꼴들이고 논두렁에 대우콩 도 빗줄기에 내려앉은 잎사귀들을 그대로 늘어뜨린 채 넋이 나가 있었다.

바로 집 아래 너마지기는 어지간히 가물어도 물 걱정이 없었으나 이 서마지기가 항상 가슴에 얹혀 있었다. 제대로 먹는 해는 삼년에 이년 꼴이고 작년에는 반수확도 못 거뒀다. 이 논 밑에 있던 다른 사람 논은 외지 사람한테 팔려 밤나무밭이 되었다. 그때부터 영감은 보를 독차지하게 되자 처음에는 둘이 먹던 밥을 혼자 차지한 것처럼 오달졌다. 그러나 보막이와 물싸움으로 친구가 됐다 원수가 됐다 하던 동무가 없어지자, 우선 둘이 하던 봇일을 혼자 하자니 일이 배로 늘어났고 이렇게 가물 때는 함께 쳐다보던 하늘도 혼자 쳐다보자니 걱정도 배로 늘어난 것 같았다.

"허 참."

영감은 저 건너 자기 아버지 묘를 건너다봤다. 아버지도 묘 속에서 이 논을 건너다보며 가슴을 태우고 계실 것 같았다. 아버지는 이 아랫배미를 개간하다가 병석에 누워 그 길로 세상을 떴다. 두겨울 동안이나 함께 하던 일을 아들한테 남겨놓고 가는 것만 애달파하며 물꼬는 어떻게 내고 보는 어떻게 단속하라고 이르며 눈을 감았다.

"육십만원이라. 그 배라먹을 녀석!"

관정을 판다고 생각하자 내일 제 할아버지 제사에 올 아들 형제 가운데 작은아들 얼굴이 떠오른 것이다. 이 녀석은 올 때마다 이

논을 두고 시비였다. 무엇 때문에 저런 애물단지를 붙들고 사서 고생을 하느냐는 것이다. 지난 설에는 그런 기사가 실린 신문까지 한 장 가지고 와서 계산기를 두드리며 서마지기 논 손일 계산을 해보았다.

종자대 15,500원, 종자 소독비와 못자리에 씌우는 비닐값 2,500원, 가는 삯 60,000원, 이종비 30,000원, 비료대 22,650원, 제초제 9,000원, 탈곡비 40,000원, 포대값 7,500원.

"생산비 합계가 십팔만칠천백오십원입니다. 서마지기가 잘되어야 한마지기에 두섬 반일 테니 모두 일곱섬 반, 한섬 값을 십일만원씩 잡으면 총수입이 팔십이만오천원입니다. 여기서 생산비를 빼면 소득은 육십삼만팔천원이군요. 이 생산비는 평지 논에 경운기와 콤바인으로 농사짓는 것으로 계산한 것이고 아버님 품삯은 계산하지도 않았는데 서마지기 일년 농사 소득이 기껏 육십여만원이군요."

큰아들과 두 며느리는 깔깔 웃었고 영감도 멀겋게 따라 웃었다. 학교 다닐 때부터 공부를 잘해서 대학도 줄곧 장학금으로 다녔고 졸업하자마자 큰 회사에 단박 취직을 한 녀석이었다. 영감은 여태 자기 손에서 그런 돈이 나가고 들어오고 했지만 그런 셈속은 늘 아리송했는데 그것을 대번에 여축없이 계산을 해내다니 이 녀석이 저런 셈속으로도 박사구나 싶었다. 몇푼 안 되는 소독비까지 따지는 것은 너무 좀스러운 것 같고 저런 산 다랑이 농사지은 걸 놓고 생산비니 소득이니 하는 소리도 여간 어설프지 않았으나 그래도 돈이 나가고 들어오는 일이므로 촘촘히 따지기로 하면 그럴 것도 같았다.

"아버지 품삯을 한번 계산해볼까요. 초봄에 황토 져다 보막이에, 보에 물 밭으면 또 황토 져 올려서 단속하시고, 못자리에 두엄 내시고, 못자리를 하시고, 초봄 얼갈이하시고, 논두렁 붙이시고, 논두렁에 풀 베시고, 피사리 같은 일은 놔두고도 삼십일은 넘을 것 같습니다. 도시 날품팔이 노동자들 하루 임금을 육만원만 잡아도 한달이면 백팔십만원입니다. 그런데 서마지기 일년 농사가 기껏 육십만원이라니 노동자들 열흘 품삯밖에 안 되는군요."

"이 녀석아, 품삯이라니? 내가 내 농사지었제 품삯 받을라고 품팔았냐?"

영감은 눈을 부라리며 머퉁이를 주었다. 품삯, 품삯 하는 것이 아비를 날품팔이꾼으로 취급하는 것 같아 아까부터 속이 쏘였던 것이다.

"따지자니까 그렇다는 말씀입니다. 더구나 반수확도 못 거둘 때가 있으니 이게 뭡니까?"

"촌사람들 살아가는 것이 그런 것이제 우리가 언제는 그렇게 계산하고 살았더라냐? 그래 거기까지 찻길이 나서 경운기도 들어가고 콤바인도 들어가고 그 논농사도 일이랄 것이 없다."

영감은 큰아들이 따라주는 술잔을 들고 껄껄 웃었다.

"지난번에 임자 나섰을 때 근처 산까지 싸잡아 팔았더라면 그게 얼맙니까? 그 돈을 은행에 넣어두면 가만히 앉아서 한달 이자가 오십만원입니다."

작은아들은 애석해 못 견디겠다는 듯이 아버지를 건너다봤다.

"이 녀석아, 저 논이 어떤 논이라고 또 그런 쓰잘데없는 소리를 하고 있냐? 촌사람들 땅 팔았다가 재미 본 사람 못 봤다."

영감은 말도 안 되는 소리 말라는 투로 내질렀다. 이 동네에서만 하더라도 서울로 전답 팔아 올렸다가 알거지 된 사람이 한둘이 아니었다. 때 맞춰 올라가서 웬만하게 자리잡은 사람도 있지만 당장 이 동네 자기 동갑내기 영감만 하더라도 십여년 전에 열다섯마지기나 되는 텃논을 팔아 올렸다가 알거지로 돌아와서 지금은 옛날 자기 집 뒷간 같은 오두막에서 겨우 비나 긋고 있었다.

그 돈으로 처음에는 어지간한 전셋집을 마련했던 모양인데 전셋 값이 올라 셋이던 방이 둘로 줄더니 둘이 다시 하나가 되었고, 나 중에는 방 하나나마 서울에도 이런 데가 있었던가 싶은 달동네 꼭 대기로 올라앉게 되었다. 거기까지 올라가자 가난한 여편네 몽당 치마 올라가듯 하던 살림이 더 올라가재도 올라갈 데가 없었다. 손 자 둘에 아들 내외에다 영감 내외, 내리 삼대 여섯 식구가 됫박만 한 방구석에서 겨울 들쥐들처럼 오물거리며 밤에는 방바닥에 등짝 도 제대로 대지 못하고 칼잠을 잤다. 늙으면 잠부터 없어지는 법인 데 낮에 허덕이다가 일찍 곯아떨어지는 자식들 곁에 불 켜놓고 앉 아 있을 수도 없고, 내외도 함께 억지 잠을 청하다가 아들 부부 부스 럭거리는 소리가 수상하면 슬그머니 밖으로 나와 달동네 맨 꼭대기 에 쭈그리고 앉아서 애꿎은 달이나 쳐다보며 마누라는 눈물을 찔 끔거리고 영감은 한숨을 푸푸 내쉬었다. 내외는 하는 수 없이 크고 작은 가방만 하나씩 들고 이고 그래도 갈 데는 고향밖에 없어, 죄 지은 사람들처럼 고개를 떨구고 추적추적 환고향을 했던 것이다.

내외는 오래 비어 있던 오두막을 손질해서 지금은 벌통 몇통을 놓고 흉년거지 동냥 주듯 하는 구호금에 얹혀 물 밭은 웅덩이에 자가사리 신세로 근근이 목숨을 이어가고 있었다. 한때는 동네서 큰소리치던 영감이 마을회관 출입도 하지 않고 날마다 집에만 틀어박혀 벌통 구멍이나 들여다보고 있었다.

"저 작자는 지금 어디서 허덕이고 있을까?"

동네로 내려가던 영감은 자기 논 아래 묘역을 건너다보며 혼자 웃었다. 아까 자기 논으로 나 있는 찻길을 들먹이며 웃던 밤실영감 말이 떠오른 것이다. 묘역에는 석등과 문인석 등 화려한 석물들이 벌써 일년 가까이 주인 잃은 물건처럼 아무렇게나 흩어져 있었다. 저기다 일을 하다 그친 김동만이란 작자 이야기는 꼭 옛날이야기 같았다. 그는 삼십여년 전에 아내만 하나 달랑 달고 이 동네에 나타나서 작년까지 덤덤하게 살다가 지금은 종적이 아리송한 사람이었다.

어느 겨울날 해거름에 조그마한 보따리를 하나씩 이고 진 남녀가 머리에 눈을 허옇게 이고 무엇에 쫓긴 사람들처럼 눈알을 뒤룩거리며 영감 집 사립문을 밀치고 들어섰다. 지나가는 길손인데 하룻밤 신세를 지자는 것이다. 눈발이 거센데다 날도 저물어 내칠 수가 없었다. 식은 밥을 내놓자 게 눈 감추듯 먹고 나더니 그들은 영감 내외 앞에 새삼스럽게 다소곳이 앉았다.

대구가 고향인데 여차여차하고 저차저차해서 살림이 거덜났다며 체면상 고향에서는 품팔이나마 할 수가 없어 머슴살이를 하든

품을 팔든 엉덩이 붙이고 하루 세끼 밥 먹을 데만 찾아 이렇게 헤매고 있다며 딱한 사정을 주절주절 엮어냈다. 여자는 여남은살이나 층이 진데다가 얼굴이 여간 곱상하지 않아 사내가 말한 것과는 달리 상전댁 딸과 어쩌고저쩌고했다는 옛날이야기가 떠올랐으나 그런 것까지 따질 것은 없을 것 같고 형편이 너무 딱한 것 같아 영감 내외는 측은하게 바라보던 눈길을 서로 맞댔다. 주인 보탤 나그네 없다지만 둘이 다 수더분한 얼굴하며 두루 뜯어보아도 달리 탈붙을 데는 없을 것 같아 겨울이나 나고 가라며 아이들 공부방 옆 허드렛살림이나 들여놓는 흥부네 골방 같은 까대기 방을 치워주었다.

그 겨울에 마침 뒷산에 산판 일이 벌어져 사내가 날마다 거기 나가 일을 하며 겨울을 났다. 내외는 겉볼안으로 심성이 여간 고진하지 않아 한 식구처럼 살다가 산판 일이 계속되어 이 집에서 더 살자 말자 그런 소리도 없이 그대로 이삼년을 함께 살았다. 그사이 내외는 머슴도 살고 품도 팔며 부지런히 나대더니 나중에는 산자락일망정 논밭도 장만하고 집칸도 마련하여 이십여년을 하루같이 살았다. 다만 자식이 없어 그것 하나가 안됐다 싶었는데 시름시름 앓던 아내가 어느날 딸깍 세상을 뜨고 말았다. 제 몸뚱이 하나만 달랑 겨울 하늘에 외기러기 신세가 되자 작자는 넋을 잃고 하늘을 쳐다보다 논밭을 바장이다 하더니 이내 논밭을 팔아 빚진 병원비를 갚고 그 겨울 내내 술로 지새우다가 어느날 홀연히 동네를 뜨고 말았다. 그래도 떠날 때는 영감 집에 찾아와서 다소곳이 인사를 하고 추레하게 돌아섰다. 처음 내외가 머리에 흰 눈을 이고 자기 집에 들어선 뒤 그 이십여년 세월은 속절없이 지나가고 그 세월의 어깨만 한 짐이나 슬픔으로 짊어지고 가는 것 같았다.

그가 그렇게 동네를 떠난 지 일년이 지났을까 한 무렵이었다. 세상이 변하면 이런 사람들도 그렇게 시변을 타는지 꾀죄죄한 꼴로 동네를 나갔던 그 김동만이가 느닷없이 국산 승용차 가운데서는 제일 고급이라는 그랜저를 타고 딜렁 동네에 나타났다. 아침 햇살처럼 환한 얼굴에 껄껄거리는 웃음소리부터가 일년 전 콧병 난 병아리처럼 고개를 떨구고 동네를 나갔던 김동만이와는 하늘과 땅 차이였다. 동네 사람들은 벼락소리에 깬난 잠충이들처럼 김동만이와 그 앞에서 굽실대는 운전사를 번갈아 보았다.

"어쩌다가 운수가 좋아서 돈을 조금 잡았습니다."

김동만이는 껄껄 웃음소리에 기름기를 잘잘 흘리며 먼저 자기 아내 묘부터 돌아보고 다시 동네로 내려와서 아직도 눈알만 말똥거리고 있는 동네 사람들한테 술잔을 권했다. 동네 사람들은 권하는 대로 엉거주춤 술잔을 받아들고 비 오는 날 굴속 들쥐들처럼 김동만이만 건너다보고 있었다. 김동만이는 연방 기름기 흐르는 웃음소리를 껄껄대며 동네 회관도 큼직하게 새로 지어주고, 동네 앞에 다리도 놔주고 뭣을 해주고 뭣을 해주고, 선거 때 자발머리없는 국회의원 입후보자보다 더 헤프게 약속을 연발했다.

"이 사람아, 이럴 때일수록 너무 솟아오르지 말고 진득허니 밑을 눌러!"

여태 눈만 끔벅이고 있던 장태호 영감이 한마디 했다.

"염려 마십시요. 저도 그만한 요량은 있습니다. 이것이 모두가 마누라 덕인께 묘일부터 할 참입니다. 저세상으로 갔을망정 그 사람 호사부터 시키는 것이 사람의 도리 같구만이라."

영감 앞에서는 영감 말마따나 솟았던 머리를 조금 숙이는 것 같았다. 영감은 저 작자가 돈을 그러쥐기는 크게 쥔 것 같은데 그런 돈을 제대로 추슬러서 제 것을 만들 것인지 아무래도 위태위태했다. 그러나 여러사람 앞에서 더 뭐라 할 수도 없었다.

그는 한참 거드름을 피우다가 이장을 한쪽으로 따내더니 자기 아내 묘가 있는 저 산을 몽땅 사겠다고 이장이 흥정을 좀 하라고 또 껄껄 웃으며 가죽지갑에서 퉁기면 마른 장구 소리가 날 것 같은 수표를 쑥쑥 뽑아 소개비 선불이라며 내밀었다.

그는 금방 다시 오겠다고 또 껄껄 웃음에 기름기를 흘리며 자기 앞에 죄지은 녀석처럼 굽실거리는 운전사를 채근하여 여태 지게나 지고 다니던 등짝을 자동차 가죽등받이에 푹 파묻고 부르릉, 엔진 소리도 점잖게 동네를 빠져나갔다. 동네 사람들은 김동만이가 사라진 한참 뒤에야 작자가 돈을 벌었으면 어떻게 벌었으며 또 얼마나 벌었기에 그랜저를 타고 다니느냐고 눈알만 뒤룩거렸다.

이장은 그뒤 대구를 여러번 다녀왔다. 그사이 김동만이가 그렇게 엄청난 돈을 거머쥐게 된 사정이 이장 입에서 흘러나왔다. 동네 사람들은 꼭 옛날이야기 같은 횡재담에 넋을 잃었다. 옛날 그가 이 동네로 차고 왔던 아내는 그때 동네 사람들이 수군거렸던 대로 대구에서 소문난 부잣집 무남독녀 외동딸이었는데, 그의 혼삿날을 이틀 앞두고 그 집에서 머슴 살던 김동만이가 그를 차고 줄행랑을 놓았다는 것이다. 철석같이 믿었던 놈이 더구나 차고 가도 혼삿날을 이틀 앞두고 자기 딸을 차고 가자 성깔이 불같은 그 아버지는 이 작자를 기어코 붙잡아 물고를 내고 말겠다고 화닥화닥 뛰다가 제물에 화병으로 세상을 뜨고, 그 어머니는 그 딸이 언제 나타나도 나타날 거라며 딸을 기다리는 소원 하나를 지니고 지금까지 그 많은 재산을 지키고 살아왔다. 재산을 지켜도 그냥 지키고만 있는 게 아니라 땅에서 나온 소출은 해마다 땅을 사서 그걸 모두 그 딸 이름으로 등기를 하여 그 등기가 차곡차곡 쌓여가고 있었다. 그 땅은 거의가 대구시 변두리여서 몇년 전부터 아파트가 비 온 뒤에 죽순 솟아오르듯 솟아오르고 있는 판에 김동만이 역시 비 온 뒤에 두꺼비처럼 덜렁 나타났다. 눈을 두렷거리던 장모가 한참 만에야 김동만이를 알아보고 팔짝 뛰더니 딸이 죽었다는 말을 듣고 뛰었던 만큼이나 풀 가라앉으며 싸늘하게 등을 돌려버렸다.

"그렇지만 그 땅 주인이 누군가는 토지등기가 말을 하고, 그 재산이 뉘 재산인가는 상속법이 말을 하더랍니다."

김동만이는 벌써 그 땅을 밑천으로 건축업에 투자하여 아파트가 수십동 올라가고 있다는 것이다. 동네 사람은 벌린 입을 닫지 못했다.

한달쯤 뒤에 김동만이가 또 그 그랜저를 타고 나타났다. 그는 그 산을 몽땅 사서 묏벌을 널찍하게 잡아 일을 시작했다. 불도저가 굴러와서 부르릉부르릉 땅을 밀고 축대를 쌓고 잔디를 깔고, 돈이 조화를 부리는 일이라 일은 쌩쌩 바람소리를 냈다. 그는 매양 껄껄거리며 이장을 숫제 수행비서처럼 달고, 군으로 면으로 식물원으로 석물공장으로 싸대고 다니더니, 갖추갖추 모양 갖춘 정원수가 가득가득 실려 와서 묏벌에 훨훨 자리를 잡아 서고, 갖가지 석물들이 트럭 바퀴가 가라앉을 지경으로 실려 왔다.

"기왕 여기까지 길을 낸 김에 저기 장태호 영감님 논에까지 경운기 콤바인이 쑥쑥 올라 다니게 확 밀어버려!"

김동만이는 영감 논을 가리키며 호기를 부렸다. 김동만이 말이 떨어지기가 바쁘게 불도저가 부릉부릉 큼직큼직한 바위들을 못 앉을 데 앉은 놈을 닦달하듯 양쪽으로 뒤집어버리고, 산비탈도 부르릉부르릉 깎아 널찍한 길이 영감 논에까지 훤하게 올라붙고 말았다. 그 덕분에 영감 논에는 작년 가을부터 콤바인이 거침없이 올라가서 서마지기 가을걷이를 눈 깜짝할 사이에 디글디글 해치워버렸다.

그런데 그동안 뻔질나게 드나들며 묘일을 채근하던 김동만의 발길이 뚝 끊기고 말았다. 정원수 업자와 석물공장 주인이 상판을 응등그리며 이장 집을 들락거리더니, 얼마 뒤 그 사람들 입에서 어이없는 소리가 흘러나왔다. 작자는 지금 대구에서도 온 데 간 데 종적이 없어져 거기서도 소동이 났다는 것이다. 아파트 짓는다고 이 사람 저 사람한테 둘러싸여 정신없이 휘젓고 다니다가 돈은 돈대로 날리고, 땅을 팔고 사는 사이 사기사건에까지 걸렸다는 것이다. 며칠 뒤에는 대구경찰서에서 형사가 와서 여기 그 사람 친척이 없느냐고 엉뚱한 걸 묻기도 하고 그가 여기서 살 때의 행적을 미주알고주알 캐물었다.

"영감 말마따나 하늘 높은 줄 모르고 솟아오를 때부터 알아봤어."

동네 사람들은 맥살없이 웃었다. 겉보기는 수굿했어도 젊었을 때부터 과분한 마누라 차고 다니던 작자라 이십여년 동안 재워두었던 허황기에 다시 발동이 걸렸던 모양이라며, 제 주소 '석문리'도 '성문리'로 받침을 틀리게 적던 작자가 긴다 난다 하는 땅 사기꾼들한테 휩싸여 고장난 경운기 소리 같은 웃음소리를 낄낄거리고 다녔다면 봉도 그런 날봉이 없었을 거라고 웃었다.

"배라먹을 작자, 죽은 마누라 잠자리만 시끄럽게 해놨구먼."

영감은 허옇게 누워 있는 석물들을 흘겨보며 구시렁거렸다. 영감은 작자가 한창 설치고 다닐 때 차근하게 일러주지 못한 것이 두고두고 후회스러웠다. 그래도 영감 논에까지 길을 내놨으니 영감한테는 부조도 그런 부조가 없었다.

영감이 내려가자 시추기가 트레일러에서 조심조심 내려오고 있었다. 동네 사람들이 허옇게 몰려 조마조마한 눈으로 움직이는 시추기를 보고 있었다. 길에 내려선 시추기는 미리 논둑을 까놓은 데로 대가리를 디밀고 논바닥으로 들어섰다. 기사 두사람이 능란한 솜씨로 시추기를 고정시키고 시추봉을 끼우고 저 아래 냇가에다 호스를 늘어뜨렸다.

──부르릉.

시추봉이 돌아가기 시작했다. 시추봉은 무에 송곳 박히듯 쑥쑥 파고들어갔다.

"기계가 참말로 힘이 좋기는 좋네."

노인들은 땅을 쑥쑥 뚫고 들어가는 시추기 힘에 감탄이 이만저만이 아니었다. 모두가 흙일을 해본 사람들이라 기계의 힘이 실감이 가는 것 같았다. 막막하고 팍팍하기는 흙일보다 더한 것이 없었다. 생땅 단단한 데는 곡괭이 날도 용납하지 않았다. 그 무거운 곡괭이를 머리 위로 잔뜩 추켜올려 내리찍어도 곡괭이 날에 튀는 곡괭이 밥은 어린애 주먹으로 한주먹도 못 될 때가 있었다.

삼 미터짜리 시추봉이 금방 들어가고 시추봉을 이어 다시 돌렸다. 냇가에서 뽑아 올린 냉각수를 펑펑 뱉어내며 시추봉은 거침없이 돌아갔다.

"땅속에도 개울처럼 물길이 있다던데 자네들은 그 물길을 짐작하는가?"

밤실영감이 기사한테 물었다.

"이런 데는 저런 산줄기 흘러내려오는 것을 보고 어림짐작으로 뚫습니다. 그렇지만 나올 만한 데서 안 나오기도 하고 엉뚱한 데서 나오기도 하고 잘 모르겠어요."

기사는 살래살래 고개를 저었다.

"땅속 사정이라 그럴 거여."

"밖에서 들어간 물만 저렇게 뱉어내는디 물길이 잡힌 줄은 어떻게 알아?"

"땅속으로 흐르고 있는 물줄기를 만나면 밖에서 들어간 건수가 쑥 빨려 들어가거나 거꾸로 거세게 솟구쳐 올라옵니다."

모두 고개를 끄덕였다. 두번째, 세번째 시추봉도 다 들어갔다. 다섯개 여섯개 연거푸 들어가고 열두개째, 삼십육 미터나 들어갔지만 좀처럼 물 소식은 없었다.

"허허, 저렇게 깊이 들어가도 안 나오는구면."

그때였다.

"나온다!"

동네 사람들이 소리를 질렀다. 들어가던 냉각수가 거세게 솟구치고 있었다. 기사들은 자기들끼리만 알아듣는 말로 소리를 지르며 시추봉을 뽑아 올리고 굵은 파이프를 박고 날파람 나게 움직였다. 펌프를 장착하고 전선줄을 끌어왔다.

──부르릉.

물이 쏟아져 나왔다. 시커먼 흙탕물이 한참 나오더니 이내 맑은 물이 쏟아졌다. 물이 엉그름 사이로 쏙쏙 스며들었다.

"아따, 나락이 춤을 추겠다. 이렇게 쏟아지면 이 논은 평생 물 걱정은 놓겠구먼."

동네 사람들은 자기들이 갈증이 풀린 듯 시원스러운 표정들이었다.

"참말로 이렇게 신통한 수도 있구먼."

장태호 영감은 부러운 표정으로 감탄했다. 자기 진등 논에서도 이렇게만 쏟아진다면 세상에 더 바랄 것이 없을 것 같았다.

"저기 저것이 우리 논인디 저기도 물이 나오겠어?"

기사가 시추기를 옮겨 엔진을 돌려놓고 잠깐 숨을 돌리는 참이었다.

"저런 데도 지금까지 농사를 지으시는군요."

"저래 봬도 쌀은 들녘 논 못잖아. 물길은 짧지만 보도 있고 여기서 보기하고는 달라."

"저기 혹시 둠벙 있습니까?"

"둠벙은 없어도 웃배미 비탈 바로 아래 질척거리는 데는 한군데 있네.”

“저기는 자신이 없는걸요. 물은 산줄기나 산줄기 옆에서는 나오
지 않습니다. 산자락이 널찍하게 흘러내려오다가 턱이 지는 편편한
데서 나옵니다. 저 논 한참 아래 논에는 둠벙이 있을 것 같습니다.”

“있어. 그걸 어떻게 알아?”

“방금 말씀드린 지세하고 같지 않습니까?”

“저 논도 이번에 팔 네건 가운데 하납니다.”

이장이 말했다.

“뭐요? 나는 모두 들판에 있는 논인 줄 알았는데요. 아이고 저런
데는 못 팝니다. 파봤자 뻔합니다.”

“물이 안 나오면 기름값이라도 내지요.”

“거리도 저렇게 멀고 이십만원은 내야 합니다.”

이장은 영감을 한쪽으로 따냈다. 물이 안 나오면 실비는 줘야 할
것 같다며 어쩌겠느냐고 했다.

“나는 물이 안 나와도 돈은 돈대로 육십만원을 다 주는 줄 알았
구먼.”

“안 나오면 안 주기로 되어 있습니다. 십오만원쯤으로 잘라볼 테
니 어쩌겠습니까?”

“십오만원이 대순가?”

영감은 말이 떨어지기가 바쁘게 받았다. 영감은 그것만으로도
횡재한 기분이었다. 시추기 하루 작업량이 두개였으므로 영감 일
은 내일 하기로 했다. 관정을 파기로 결정이 나자 영감은 오늘 저
녁에 온다는 작은아들 얼굴이 떠올랐다. 이놈의 자식, 또 뭐라고 참

견을 했단 봐라. 영감은 지레 혼자 구시렁거렸다.

　다음 날 아침, 영감은 아침밥을 먹자마자 안주머니에 돈을 챙기고 집을 나섰다.

　"할아버지 어디 가세요?"

　어젯밤에 온 손자 녀석이 달려왔다. 영감은 이 아래 볼일이 있다며 손자를 떼어놓고 바쁜 걸음을 쳤다. 어젯밤에 온 아들 형제는 다행히 오늘 둘이 다 읍내 나간다고 했다. 기사들은 벌써 와서 기계를 돌리고 있었다. 어제 시추봉을 꽂은 논에서는 지금도 물줄기가 탐스럽게 쏟아지고 있었다.

　"어제 본께 자네 논에도 웬만하면 나올 것 같더만. 그렇게 깊이 박는데 안 나오고 배겨?"

　밤실영감이었다.

　"우리 논에도 꼭 나와야겠는디."

　영감은 기계 돌아가는 것을 보며 혼자 구시렁거렸다. 이 논에서도 처음 박은 데서는 나오지 않고 두번째 자리에서 나왔다. 역시 물줄기가 여간 탐스럽지 않았다.

　"어서 갑시다."

　점심을 먹고 나자 이장이 서둘렀다. 여기서도 한번 옮기는 바람에 빠듯 한나절이 걸리고 말았다.

　"구멍을 뚫을 때 쓸 물은 있겠지요?"

　기사가 영감한테 물었다. 보 안쪽 웅덩이에 웬만큼 있다고 했다. 영감은 큼직한 비닐봉지 두개에 소주와 안주를 가득 챙겼다. 시추기가 비탈로 올라붙었다. 동네 사람들도 여럿이 기계 뒤를 따랐다. 맨 위쪽은 상당히 가팔랐으나 끄떡없이 올라챘다.

"보가 이 모양이라 이것이 늘 가슴에 얹혀 있구면."

영감은 말을 하면서도 자기 집을 힐끔거렸다. 집에는 아무도 보이지 않았다. 두 아들은 아까 읍내 나가는 것 같았다.

"먼저 여기쯤 한번 박아봅시다."

기사는 질척이는 데서 조금 아래를 가리켰다.

──부르르릉.

시추봉이 돌아가기 시작했다.

"이 논에서도 물만 쏟아져라. 저 영감 평생소원 푼다."

밤실영감이 한마디 했다. 시추봉은 여기서도 무 토막 뚫듯 거침없이 들어갔다. 동네 사람들도 한껏 힘이 오른 눈으로 시추봉을 보고 있었다. 영감은 시추봉이 자기 가슴속을 휘젓고 들어가는 것 같았다. 연방 담배만 빨아대던 영감은 자기 아버지 묘를 건너다봤다. 묘 속에서 무슨 일인가 귀를 기울일 것 같았고, 이게 무슨 일인 줄 알면 벌떡 일어나 달려올 것 같았다.

시추봉이 열개째 돌아가고 있을 때였다. 갑자기 기계 소리가 이상했다. 영감은 가슴에서 쿵, 소리가 났다.

"바윕니다. 상당히 단단한걸."

기사가 스위치를 조절했다. 시추봉은 옹이 만난 반달송곳처럼 힘겹게 돌아가고 엔진 소리도 숨이 차올랐다. 한참 돌아가도 시추봉은 겨우 반뼘 요량이나 들어갔다. 모두 숨을 죽이고 기사 표정을 힐끔거렸다. 언제 엔진이 멈춰버릴지 모를 일이었다. 영감은 거듭 담배만 피워댔다. 시추봉은 그 속도로 힘겹게 돌아갔다.

　——부르릉

"뚫렸다."

모두 소리를 질렀다. 시추봉은 다시 쑥쑥 뚫고 들어갔다. 그러나 좀처럼 물은 소식이 없었다. 시추봉을 열세개, 열네개, 마지막 열다섯개째 이었다. 그게 다 들어가도 소식이 없었다.

"이거. 원."

기사는 힘없이 스위치를 눌렀다. 기계가 멎었다. 기사는 저리 옮기자며 논배미 저쪽 끝을 가리켰다. 시추기가 벼를 뭉개며 굴러갔다. 벼포기들이 캐터필러에 눌려 논바닥에 박혔다.

"어허. 벼포기가 거진 토막이 나버리는구만."

영감은 경황 중에도 논바닥에 눌려 박힌 벼를 보며 고추 먹은 소리를 했다.

"한잔씩 하고 하세. 인력으로 되는 일이 아닌께 마음 턱 놓고 하게!"

밤실영감이 술병을 들며 소리를 질렀다.

"잠깐!"

이장이 갑자기 소리를 질렀다.

"그냥 마실 게 아니라 제를 지냅시다. 늦었제마는 정성이 있으면 한식에도 세배하더라고 저 너럭바위에서 치성을 한번 드립시다. 영감님께서 집전을 하십시오!"

이장이 밤실영감을 가리키며 서둘렀다. 모두 웃었다.

"공사에는 주인이 으뜸인께 초헌은 자네가 하게! 술잔을 채워

바위에 놔."

영감은 잔을 채워 너럭바위에 정성스럽게 놨다.

"신령님께 비옵나이다. 오늘 이 댁 관정을 파느라고 기사님들이 시방 구슬땀을 쏟고 있사옵니다. 이 동네 열에 열 성 각 자손이 정성을 모아 비옵나니 박주 일배나마 웃으시며 운감하시고 이 산 밑으로 흐르는 물줄기를 댐 수문 열듯 툭 한번 열어주시옵소서. 가련한 백성들 굽어살펴주시옵기를 거듭 비옵나이다."

밤실영감이 근엄한 표정으로 축원을 하자 처음에 비슬거리던 사람들도 숙연해졌다. 영감은 논두렁에 무릎을 꿇고 정성스럽게 절을 했다.

"다음 아헌은 기사 양반들!"

기사들은 어색한 표정으로 잔에 술을 받아 바위에 놓고 정중하게 절을 했다. 종헌은 이장이 했다.

"절은 안 해도 음복도 정성인께 모두 잔을 채워서 단숨에 주욱 들어."

밤실영감 말에 동네 사람들은 서로 잔에 술을 채워 마셨다.

"기사님, 내 말 잘 들으시요. 당신 이 동네서 나갈라면 저 영감님한테서 너털웃음이 터져야지 그렇잖으면 못 나가요. 저 시추기로 안 되면 저기 태평양에서 석유 구멍 뚫는 시추기를 가져다 뚫더라도 저 영감한테서 웃음 터지기 전에는 못 나간께 알아서 하시요."

이장 말에 모두 와 웃었다.

"알겠습니다. 지구 저쪽까지 맞창을 내서 나일강 물을 끌어오더라도 기어코 한번 뚫어보겠습니다."

금방 웃음판이 되었다.

"응. 너희들이 왔었구나. 어서 와."

밤실영감이었다. 영감 아들 형제와 그들 어머니가 함께 올라오고 있었다. 영감 맏손주도 꽃을 꺾어 들고 달려왔다.

"이것이 물 나오라는 제삿술이네. 자네들도 한잔씩 들게."

이장이 술잔을 내밀자 형제는 어리둥절한 표정으로 잔을 받았다.

——부르릉.

기계가 힘차게 돌아갔다.

"안심하고 해. 나오면 좋제마는 안 나오면 말제 어쩔 것인가?"

술이 거나해진 영감이 기사 등을 토닥거리며 걸쭉하게 한마디 했다.

"감사합니다. 이런 산등성이는 도무지 가늠을 잡을 수 없습니다."

기사가 답답하다는 표정이었다.

"할아버지, 여기서는 왜 물을 뿜어내지요?"

냉각수 쏟아져 나오는 것을 보고 손주가 물었다.

"오냐, 오냐, 가만있거라."

"서울서도 지하철 공사 하는 데서 물 뿜어내는 것 봤어요. 이 논에도 저 속에 물이 가득 차 있나요?"

"오냐. 물이 금방 나올 것이다."

시추봉에 눈을 박은 영감은 건성으로 대꾸했다.

"물이 나오겠소?"

영감 아내가 밤실영감한테 물었다. 기다려보자고 했다.

"손바닥만 한 논에다 이런 돈까지 들이니……"

작은아들이 혼잣소리로 이죽거렸다.

"물만 나오면 명년부터는 이 논 농사도 발 쭉 뻗고 짓는다."

"명년이고 저 명년이고, 이런 헛돈까지 들인단 말씀입니까?"

작은아들은 한심하다는 표정이었다.

"오매, 그것이 먼 소리라냐? 그럼 나락이 금방 고스러져가는디 손 개 얹고 앉아 있으란 말이냐?"

어머니가 핀잔을 주었다.

"어이고, 어머니도 똑같구먼."

작은아들은 어이가 없다는 듯 멀겋게 웃었다.

"자식 죽는 것은 봐도 곡식 타는 것은 못 보는 것이여."

밤실영감이 눈알을 부라리며 쏘아붙였다. 작은아들은 모두 한심하다는 듯 고개를 돌렸다.

시추봉은 쑥쑥 들어가고 있었다. 다섯개가 들어가고 열개가 들어갔다. 떠들썩하던 동네 사람들이 조용해지기 시작했다. 마지막 열다섯개째 이었다. 동네 사람들은 화등잔 같은 눈으로 시추봉을 보고 있었다. 두 아들도 숨을 죽이고 떠들던 손주도 눈을 밝혔다. 시추봉이 한뼘쯤 남았다.

"야, 이거 정말 미치겠네."

기사는 이내 소태 먹은 상판으로 고개를 저었다.

"어허, 안 될 모양이구먼."

영감이 일그러진 웃음을 흘렸다. 기사는 이내 스위치를 내렸다. 시끄럽던 엔진 소리가 멎자 땅덩어리가 가라앉은 것 같았다.

"고생했네. 처음부터 억지였던 것 같아."

영감이 너털웃음을 터뜨리며 기사 등을 토닥거렸다. 기사는 죄송하다며 시추봉을 뽑고 호스를 챙겼다.

"허 참. 저 영감 평생소원 한번 푸는가 했더니……"

동네 사람들은 허탈한 표정으로 구시렁거리며 돌아섰다. 영감은 기사에게 돈을 치렀다. 시추기가 논에서 빠져나갔다.

"가만있자. 아까 버스 라디오에서 비 온다는 소리를 한 것 같았지?"

큰아들이 그제야 생각난 듯 혼자 구시렁거리며 핸드폰을 꺼냈다. 기상통보 번호를 누르는 것 같았다. 핸드폰을 귀에 대고 한참 듣고 있었다. 갑자기 얼굴이 환해졌다.

"모레 비가 온답니다. 이 지역에는 칠십 미리가 온대요."

큰아들이 영감한테 소리를 질렀다.

"뭣이, 모레 비가 와? 몇 미리? 칠십 미리?"

영감이 거듭 물었다.

"오매. 비가 온다고?"

저쪽에서 시추기에 뭉개진 벼를 세우던 할머니도 허리를 펴며 얼굴이 환해졌다.

"칠십 미리만 쏟아져라. 금년 농사는 잊어분다."

영감은 너털웃음을 터뜨렸다. 거듭 너털웃음을 터뜨리며 할멈 곁으로 갔다.

"후북하게 한번 쏟아져부러라."

영감도 뭉개진 벼를 세우며 거듭 너털웃음을 터뜨렸다. 손주도 따라가서 벼를 세웠다. 벼를 세운다기보다는 논바닥에 박힌 벼를 파내는 꼴이었다. 캐터필러 자국에 토막이 나버린 것도 있었다.

"벼포기가 그렇게 으깨졌는데 그걸 세워서 뭘 해요?"

작은아들이 퉁명스럽게 쏘았다.

"그래도 세워노면 혹시 모른다. 이것들이 물로 자라는 것이라 물을 만나면 조화가 무섭다."

"그럼 약을 발라줘야지요."

손자가 달랑 받았다.

"하하, 그러겠다. 그런데 이런 데는 약이 없다. 조심하는 것밖에는 약이 없어. 의사도 정성을 들여야 병이 낫는다."

"그러면 우리가 지금 벼 의사네요."

손자가 달랑 받으며 깔깔거렸다.

"그렇지. 너도 의사다, 의사. 오늘 우리 나락이 호강하는구나. 서울 의사까지 나섰은께 이놈들이 모두 펄펄 살아나겠다."

영감이 호들갑스럽게 웃음을 터뜨렸다. 어긋하게 보고 있던 작은아들도 걸팍진 웃음소리에 끝내 웃고 말았다. 벼포기가 꼬이던 논에서 때아닌 웃음소리가 논두렁을 타고 넘었다.

『작은 이야기 큰 세상』(창비 1996); 2007년 7월 개고

106

보리피리

── 꿩 꿩 푸드득

산등성이에서 꿩 소리가 야무졌다. 등성이 이쪽으로 얹힌 묵정밭에 장끼 한마리가 껑충 서서 날개를 털고 있었다.

"장 서방이 또 내려오셨구면."

남새밭에서 고추나무에 북을 주고 있던 갈머리댁은 마치 아는 사람이라도 나타난 듯 호미를 멈추고 장끼를 건너다보고 있었다. 장끼는 부리 끝으로 먹이를 더듬는 오리처럼 날개 밑을 후드득 쪼고 나서 또 거세게 날개를 털었다. 밭 아래 논배미에는 무럭이 패어 오른 보리 이삭이 한창 여물어가고 있었다.

"처자식 거느리고 입에 풀칠이나 제대로 하는지?"

갈머리댁은 다시 호미질을 하며 구시렁거렸다. 그저께도 장끼가 저기 나타나자 같은 소리를 구시렁거리며 한숨을 지었다. 갈머리댁은 장끼가 까투리를 달고 내리면 언제부터인가 옛날 자기 남편이라도 내려온 듯 한참씩이나 건너다보는 버릇이 생겼다

삽사리가 돌담 사이 사립으로 달려가서 귀를 쫑긋하고 꿩을 건너다보고 있었다.

"삽살아, 가지 마라. 가지 말고 이리 와 !"

갈머리댁이 손을 까불자 삽사리가 꼬리를 치며 달려왔다.

"밭 매시요?"

이웃집에 사는 친정 조카며느리 내산댁이었다.

"비가 와야 쓰겠구먼. 억지 물로는 허기가 안 가셔."

갈머리댁이 굳은 땅을 찍으며 설레설레 고개를 저었다.

"남새밭에는 수돗물이라도 단게 이만치라도 팔팔하요. 밭엣것은 모두 말라 죽겠소."

그때 장끼가 또 푸드득 날개를 털었다.

"내가 호미를 들고 나선께 장 서방이 동무하자고 내려왔구먼."

갈머리댁은 장끼를 건너다보며 웃었다.

"아따, 그놈 허우대 한번 헌칠하다."

내산댁이 맞장구를 쳤다.

"지난겨울에는 총 가진 사람들이 시도 때도 없이 극성이길래 꿩이고 비둘기고 씨가 마른 줄 알았더니 그래도 어디서 용케 은신을 했던가 그저께부터 내려오는구먼."

"총 가진 사람들은 집 근처에는 얼씬 못하게 닦달을 해사 쓰겠습디다."

"일러도 안 들어. 이르재도 한둘이라야지. 공기총이 싼께 그런 가 어쩐가, 요새는 주먹만 한 중학생들까지 둘러메고 난리판이구 면."

갈머리댁은 총 가진 사람들이 나타나면 만나는 사람들마다 붙잡 고 일렀다.

"나는 이런 데서 혼자 산께 여기 내리는 꿩이나 비둘기가 나하고 는 한 식구여. 혼자 사는 늙은이 식구들을 잡아가불면 나는 누구하 고 살 것인가?"

갈머리댁은 모질지 못한 성격이라 듣기 좋게 이르지만, 녀석들 은 알았다고 뒤통수를 긁적이면서도 사냥감만 보이면 몇발도 못 가서 탕탕 쏘아재꼈다. 갈머리댁은 그때마다 깜짝깜짝 놀랐다. 꿩 본 매라더니 총 가진 사람들은 사냥감만 보이면 도무지 제정신들 이 아니었다.

──꿩 꿩, 푸드득

묵정밭에서 장끼는 또 한번 목청껏 소리를 지르며 기세 좋게 날 개를 털었다. 허옇게 꽃이 핀 냉잇대가 껑충껑충 우거져 있었다.

"꿩 꿩, 장 서방 멋을 묵고 산가? 아들네 집서 콩 한되 딸네 집서 팥 한되 그럭저럭 사네. 깔깔깔."

내산댁이 음조를 넣어 소리를 질렀다.

"중간에 한 대목 빼묵었구먼. '아들 낳고 딸 낳고 멋을 묵고 산 가?'"

갈머리댁도 음조를 넣어 뇌며 웃었다.

"아이고, 내 정신 봐라. 아들딸 걱정했던 것을. 꿩 꿩, 장 서방 멋

110

을 묵고 산가? 아들 낳고 딸 낳고 멋을 묵고 산가. 아들네 집서 콩 한되 딸네 집서 팥 한되 그작저작 사네."

내산댁은 아까보다 더 큰 소리로 너스레를 떨었다. 꼭 개구쟁이 같았다. 두 여자는 자지러지게 웃고 장끼는 고개를 끼룩거리며 아래로 내려가고 있었다.

"저것들이 알 날 때라 여편네는 이 근처 어디서 시방 알을 낳고 있는 것 같소."

내산댁이 낮은 소리로 속삭였다.

"아녀. 보리 패는 짐작 본께 하마 알을 다 낳아서 품고 있겠구먼."

"맞소. 그러겠소."

두 여자는 꿩이 들을세라 낮은 소리로 속삭였다. 둘이 다 어렸을 때 이렇게 보리가 익어갈 무렵 보리밭 고랑에서 꿩알을 주웠던 오달진 기억이 떠오른 것 같았다. 꿩알을 주우면 어른 아이 할 것 없이 남의 물건이라도 훔친 듯 가쁜 숨을 헐떡거리며 주변부터 휘둘러보았다. 갈머리댁도 바로 저 등성이 풀숲에서 꿩알을 다섯개나 주워 치마폭에 싸안고 내려오면서 숨이 막힐 것 같았던 일이 어제 같았다.

꿩은 보리밭 고랑에도 예사로 알을 낳기 때문에 꼴을 베다가 꿩알을 줍기도 했다. 알에서 새끼가 깨고 나간 후, 껍데기만 남아 있을 때는 이걸 몰랐다고 알 껍데기를 만지며 발을 동동 굴렀다. 밭둑 바로 옆에서 알을 깨나간 놈도 있어 사나흘거리로 밭둑을 휘지르며 꼴을 벴던 녀석들은 더 발을 굴렀다.

"저 장 서방도 시방 예편네는 어디서 알 품고 있고, 저 작자는 여편네 지키느라고 저렇게 숭을 쓰고 있으께라 으짜께라? 옛날 그 까투리맹이로."

"오매. 그리고 본께 그리 어찌 그런 것 같구면."

내산댁 말에 갈머리댁도 눈을 밝히며 장끼를 건너다봤다. 두 사람은 젊었을 때 산나물을 뜯으러 갔다가 희한한 광경을 구경한 적이 있었다. 한참 나물을 뜯고 있는데 갈머리댁 삽사리가 까투리를 쫓았다. 개가 쫓아가자 까투리는 다리를 다쳤는지 한쪽 다리를 몹시 절며 내빼고 있었다. 까투리는 개한테 물린다, 물린다, 하는 고비를 여러번 넘더니 금방 꽁지가 물린다 하는 순간 푸드득 날아올랐다. 삽사리는 멍청하게 날아가는 까투리를 보고 있었다.

"존 구경했다. 그 까투리가 발을 그냥 전 게 아니다."

까투리를 놓친 게 애석해서 이야기를 했더니 시아버지가 엉뚱한 말을 했다.

"그 까투리가 금방 깐 새끼들을 달고 있었던 게야. 그놈이 날아갈 때도 멀리 날지 않고, 금방 내려앉았다 다시 솟아오르고 또 솟아오르고 했을 것이다."

"아버님이 어떻게 그걸 아세요?"

정말 까투리는 조금 날아가다가 금방 내려앉았던 것이다.

"사람이나 짐승이나 제 새끼 지키는 데는 그렇게 무서운 지혜가 저절로 우러나는 법이다. 새끼들한테서 개를 따돌리려고 일부러 병신 흉내를 냈던 게야."

모두 눈만 말뚱거리고 있었다. 도대체 까투리 같은 짐승이 그런 꾀를 내다니 곧이들리지 않았다.

"노루 같은 짐승도 마찬가지란다. 노루가 금방 새끼를 나서 새끼들이 아직 제 몸도 가누지 못하는 판에 호랑이나 늑대 같은 짐승이 나타나면 무슨 재주로 새끼를 지키겠냐? 그럴 때 어미 노루는 맹수 앞에 당돌하게 다가선다는 것이다. 그러다가 맹수가 쫓아오면 그놈들을 달고 멀리 따돌린다는구나. 그때는 노루란 놈도 할깃할깃 돌아보며 아까 그 까투리처럼 잡혀줄 듯 잡혀줄 듯 내뺀다는 거야."

그제야 모두 놀랐던 눈을 더 크게 뜨며 고개를 끄덕였다. 이런 이야기 끝에는 6·25 때 어머니들이 대담하게 꾀를 내어 식구들을 살려냈다는 이야기로 이어지기 십상이었다. 그런 이야기가 나오면 6·25 때뿐만 아니라 다른 난리 이야기까지 곁들여져 이야기판이 풍성했다.

어치 한마리가 휘딱 날아와 돌담 끝 매화나무에 붙었다. 산까치라 부르기도 하는 어치는 자주 보는 사람은 얼굴을 알아보고 깩깩 반긴다는 새였다. 유독 여기는 어치가 많았다. 그때 저쪽 산등성이쪽에서 직박구리가 날렵하게 미끄러져 감나무 속으로 사라졌다.

"저 시끄러운 것들이 요새는 저렇게 조용한 것이 저것들도 시방 어디다 새끼를 까놓은 것 같소."

겨울이면 깩깩 찍찍 어치나 직박구리처럼 시끄러운 날짐승도 없는데 요사이는 쩍 소리 하나 제대로 내지 않았다. 숲속으로 날아들 때도 밤도둑 담 넘듯 했다.

집이 스무남은가호밖에 되지 않는 이 동네는 그러지 않아도 한

적한 동네인데, 이 두집은 동네서도 한쪽으로 한참 떨어져 더 호젓
했다. 뒷산에서 흘러내려온 산줄기를 옆에 끼고 소쿠리에 들어앉
은 듯 옴팍하게 앉은 두집은 감나무야 모과나무야 갖가지 나무들
이 울창해서 여름 겨울 없이 산새들이 수없이 날아들었다.

그때 마루에서 따르릉 전화기가 울렸다. 내산댁이 달려갔다.

"맞네, 맞아. 나네 나. 숙모님은 고추밭 매시는구먼. 바꿔드리께
잉."

내산댁은 전화 받으라고 소리를 질렀다. 갈머리댁이 호미를 놓
고 일어섰다.

"서울 며느리요. 얼른 받으시요."

갈머리댁은 걸레에다 손을 문지르고 전화기를 받았다.

"오냐. 애기들이랑 모두 성하냐? 낼 온다고? 그래라 그래. 앵두
가 빨갛게 익었다. 응 응. 그래 바꿔라. 내가 누구냐? 핼미? 아이고
내 강아지야. 밥 많이 묵었냐? 밥을 많이 묵어야 키가 쑥쑥 커서 어
른이 되는 것이여. 핼미 집에는 앵두가 벌겋게 익어서 느그들 어서
오라고 지달르고 있다. 아이고, 삽사리도 안 잊어부렀구나. 그래라.
삽사리도 있고 밭에는 꿩도 있다. 너도 꿩을 봤어? 그림책에서? 허
허. 핼미 집에는 저쪽 밭에 꿩이 내려와서 꿩꿩 소리를 지른다. 그
래 엄마랑 아빠랑, 또 누구랑? 그러제 형이랑 누나랑. 자동차는 아
빠가 운전하고 온다고? 그래라. 그래라. 부르릉 부르릉 달려온나.
오냐 오냐."

갈머리댁은 손주하고 한참 시시덕거리다 깔깔 웃으며 전화기를
내려놨다.

"내일이 꿩일이라고 모두 내려온다는구먼. 그놈들이 올라고 눈녹고 나서도 빗감을 않던 장 서방까지 내려와서 꿩꿩 요란을 떨었구먼."

갈머리댁은 연방 웃음을 터뜨렸다.

"이 집이 오랜만에 사람 사는 것 같겠소."

남새밭 돌담 곁에 두그루 껑충하게 서 있는 앵두나무에는 앵두가 가지가지 벌겋게 더뎅이가 져 있었다. 탐스럽게 피어난 잎사귀 사이사이에 촘촘히 들어박힌 앵두는 단물이 껍질까지 넘쳐나는 것 같았다.

"아들 낳고 딸 낳고……"

호미질을 하던 갈머리댁은 혼잣소리로 구시렁거리며 묵정밭을 건너다보았다. 그윽한 눈길에 시름이 안개처럼 자욱했다. 장끼는 아직도 밭 귀퉁이에서 혼자 서성거리고 있었다.

"웬수 놈의 세상."

다시 호미질하는 갈머리댁 입에서 길게 한숨이 새어 나왔다. 아까 아들딸을 이야기할 때부터 옛날에 저 묵정밭에서 서성거리던 남편 모습이 떠오르며 어디서 은은하게 보리피리 소리가 들리는 것 같았다. 남편은 어렸을 때부터 보리피리를 잘 불었다. 보리가 허리통을 뽑아 올리기 시작하면, 보리피리를 입에 물고 살다시피 했다.

남편은 갈머리댁 오라버니와 이웃집에서 동갑내기로 아이 적부터 날마다 단짝으로 얼리는 옴살이었고, 오누이로 형제가 단출했던 갈머리댁은, 인수 오빠, 한걸이 오빠, 하며 강아지처럼 두 오빠를 쫄쫄 따라다니며 자랐다. 오빠들이 총각이 되고 인순이도 처녀가 되자 양쪽 집에 중매쟁이들이 드나들기 시작했다.

친오빠 인수가 먼저 장가를 가고 난 어느 봄날이었다. 한걸이는 저고리 가득히 부풀어 오른 인순이 앞가슴을 훔쳐보다가, 그 축축한 눈길이 인순이한테 들켜 화들짝 놀랐고, 인순이는 인순이대로 얼굴이 홍당무가 되었다. 그뒤부터 한걸이는 인순이 앞에서 눈길을 주체하지 못했고, 그때마다 인순이는 몸뚱이가 공중으로 떠오르는 것 같았다. 그 무렵 인순이 집에도 중매쟁이들이 드나들기 시작했다. 인순이는 저러다가 부모님들이 아무한테나 덜컥 허락해버리면 어쩔까, 조바심이 나기 시작했다. 그러던 어느날, 한걸이 집에서 보낸 중매쟁이가 너털웃음을 치며 나왔다. 갓 스물이던 인순이는 너무도 좋아서 그 자리에 주저앉을 뻔했다. 인순이는 그날 밤중에 감나무 아래서 강아지를 껴안고 기뻐서 한참 울었다.

헌칠한 키에 유독 앞가슴이 쩍 벌어진 남편의 가슴에 안겨 신혼의 단꿈에 퐁당 젖어 있을 때였다. 느닷없이 하늘에 비행기들이 수없이 나타났다. 전쟁이 터졌다는 것이었다. 6·25전쟁이었다. 세상이 어떻게 될 것인가, 양쪽 집 식구들이 날아다니는 비행기에 넋이 나가 있을 무렵이었다. 남편은 인수 오라버니하고 둘이만 매양 눈알을 굴리며 숙덕이더니, 잠자리에서도 불러오는 갈머리댁 배를 만지던 손에 힘이 빠지기 시작했다. 무슨 일인가 했더니, 어느날 밤중에 인수 오빠와 함께 온다 간다 말 한마디 없이 종적을 감추고 말았다.

얼마 뒤에 두사람은 의용군에 지원했다는 소문이 흘러왔다. 양쪽 부모들은 제 정신이 아니었으나, 갈머리댁은 전쟁이 끝나면 무사히 돌아오겠거니 하고, 차근하게 마음을 가다듬으며 불러오는 배만 소중하게 어루만졌다.

전쟁이 끝날 무렵 오라버니가 죽었다는 소문이 흘러들어왔으나, 남편은 소식이 없고, 전쟁이 끝나 돌아올 사람들은 다 돌아왔는데도 남편은 끝내 돌아오지 않았다. 시부모들은 죽은 것으로 치부하고 매양 눈물이었으나, 갈머리댁은 눈물 한방울 흘리지 않았다.

어느 겨울날 갈머리 산등성이에서 동네 사람들과 토끼몰이 할 때, 눈 쌓인 숲속을 다람쥐처럼 위아래로 싸매며 독장치던 모습을 생각하며, 총탄도 그 날랜 몸짓으로 잘 피하다가 북한군이 후퇴할 때 틀림없이 북쪽으로 휩쓸려 갔을 것 같았다. 갈머리댁은 그때부터 느긋하게 새로 기다리는 세월이 시작되었다. 기약 없이 기다리는 심정이라, 동구 앞에 낯선 그림자만 희뜩거려도 한눈을 팔다 돌부리에 발끝이 찍히고, 지나가는 바람에 허투루 삐걱거리는 대문 소리에도 가슴을 졸였다. 그렇게 지나온 세월이 삼단 같은 머리털을 하얗게 세게 해놓았고 풍성하던 가슴을 말라붙은 개울바닥으로 졸여놓았으며, 그 곱던 손가락도 갈퀴발로 말려놓았다.

무정한 세월과 함께 몸과 마음은 늙어가지만, 눈앞에 떠오르는 남편 모습은 더 젊어지고 있었다. 남편하고 같은 또래 동네 사람들이 예순살, 일흔살로, 한사람 두사람 세상을 뜨면서부터, 남편은 필릴리 필릴리 보리피리 불며 어디론가 산천을 헤매는 모습으로 떠오르기 시작했고, 그렇게 헤매고 있는 남편은 언제나 스무남은살 청년이었다. 그 무렵부터 갈머리댁은 텃밭에 내리는 꿩도 예사롭게 보이지 않았고, 어치가 좀 별나게 깩깩거려도 유심히 귀를 기울이며, 모양새까지 자세히 뜯어보는 버릇이 생겼다.

그때부터 집안 단속도 더 알뜰하게 하기 시작했다. 남편이 어떤 모습으로 오든지 집에 들어오면, 집안부터 그만큼 정갈해야 할 것 같아 마당이며 뒤란이며 온 집안이 한눈에 개운하지 않으면 직성이 풀리지 않았다. 어렸을 때부터 깔끔하고 정갈하기가, 살강에 젓가락 하나도 가지런히 맞추지 않고는 그냥 놓는 법이 없고, 마당에 검불 하나만 흩날려도 그냥 지나치지 못하는 성미였다. 일흔 고개를 넘으면서부터는 장독대에 자배기 하나 옮기는 데도 나이가 알리고, 질경이 한 뿌리를 붙잡고도 윗몸이 휘청휘청 앞으로 끌렸다. 그렇지만, 아침부터 쓸고 닦고, 요사이는 넓은 집 앞뒤 마당까지 풀을 매느라 한참도 손 놀 틈이 없었다.

갈머리 잔등 묵정밭만 하더라도 손에 호미자루를 쥐고 있는 도막에는 기어이 거둬보려고 기를 썼지만, 자투리땅에서 나는 콩을 거두기도 이만저만 힘이 부치지 않아 작년부터는 하는 수 없이 손을 놓고 말았다. 저 밭은 대대로 어금니처럼 아끼던 텃밭인데다 자기 택호까지 갈머리라 더 기를 썼던 것이다. 묵힌 뒤에도 비록 묵정밭일망정 퍼런 잡초 사이에 껑충껑충 말라붙은 냉잇대가 나간 집 마당에 버린 살림살이 꼴로 궁상맞아 지난번 해토머리에는 말끔히 뽑아 태웠다.

갈머리댁은 밭에서 나와 수도에서 물을 받아 마시고 마루에 앉았다. 아침 일찍부터 나댔더니 오늘은 마당이 더 개운하여, 집안이 눈 오는 날 굴뚝 연기 피어오르는 절간처럼 아늑했다.

― 뻐꾹 뻐꾹

"철이 바뀌면 미물도 저렇게들도 제 고향을 찾아오건마는."

두견새와 뻐꾸기와 소쩍새들이 찾아들면 두고 뇌는 탄식이었다.

"몇 뿌리 캐봤더니, 씨가 좋아 그런지 밑이 잘 들었습디다."

내산댁이 호스를 내려놓고 찐 감자 양푼을 갈머리댁 앞에 밀어 놨다.

"오매. 그새 이렇게 밑이 들어?"

갈머리댁은 감자를 집어 들었다.

― 뻐꾹 뻐꾹

"떡국, 풀국, 저런 새들을 두고 하는 옛날이야기 들어보면, 전에는 묵고살기가 참말로 험했던 것 같습디다."

뻐꾸기 소리가 유독 가까이 들리자 내산댁이 말했다. 내산댁은 옛날 인수 오라버니의 며느리였다. 인수 오라버니도 아들 하나를 떨구고 갔던 것이다. 그 집도 아이들은 모두 도시로 나가고 내외만 살고 있었다. 혼자 사는 갈머리댁한테는 이 조카 내외가 자식들보다 더 든든한 의지였다.

"오죽했으면 떡국 한그릇, 풀국 한사발에 그 난리들을 피웠겠는가? 그러다가 숭년이라도 들어보게. 자네들 커날 때는 큰 숭년은 안 겪어봤제?"

"우리야 숭년은 모르고 살았지라."

"숭년이면 어른들도 어른들이제마는, 어린것들 눈 초롱초롱 뜨고 손가락 빨고 있는 꼴은 눈뜨고는 못 보네. 갓난애들은 젖이 발아, 통통하던 젖살이 두부살로 누렇게 물러지고, 어미들은 안팎으로 피가 말랐네."

"테레비 보먼 북한 사람들도 시방 그 꼴인 모냥이던디, 그 미친 것들은 이쪽에서 식량을 보낸다 해도 까다롭게 받니 안 받니 해쌌 다고 하잖던가라? 청개구리 삼시랑으로 태어난 것들인가 어쩐가, 굶는 주제에 멋이 잘났다고 어깃장만 놓고 자빠졌는지 굶어도 싸 겄습디다."

내산댁은 핀잔이 만만찮았다.

"오매. 그것이 시방 먼 소린가? 받니 안 받니 하는 것은 높은 사 람들이제 아랫사람들이겄어? 끙끙 일이나 하는 사람들이 먼 물정 을 안다고 당장 처자식들이 굶는 판에 그런 냉택 없는 오기를 부리 겄어?"

갈머리댁이 깜짝 놀라 눈을 크게 떴다.

"하기사 그러겄소. 오기는 윗사람들이 부리고, 굶기는 아랫사람 들이 굶겄구만이라. 드나나나 항상 죽는 것은 불쌍한 백성들이지 라."

"휴전선만 안 막혔으먼, 친척들끼리라도 식량 싸가지고 달려가 지 않겄는가? 여기서 서울이 자동차로 서너시간인께, 평양이든 어 디든 아침에 일찍 나서먼 하룻길 아니겄어?"

갈머리댁은 새삼스럽게 눈을 밝혔다. 말을 하다보니 정말 휴전 선만 막히지 않았다면, 자기 남편 식구들한테도 금방 싸가지고 달 려가겠다 싶은 모양이었다. 젊었을 때는 남편이 거기서 새 장가를 들어 자식을 두었을 거라 생각하면, 가슴속에서 불이 치솟는 것 같 았으나, 그런 불길도 세월 속에 가라앉고 한숨 속에 잦아들어, 어느

때부턴가 거기서 난 자식도 모두 내 자식으로 여겨지고, 그 여자도 친정 동생이나 시누이처럼 마음속에 자리를 잡아가기 시작했다.

"테레비에서 들어본께, 이쪽 사람들이 그렇게 사사로이 보낼라면 식용유든지 집 지을 나무든지, 그런 것이나 보내제 식량은 못 보내게 한다는 것 같습디다."

"멋이여? 식용유? 생선 같은 것 튀기는 기름 말이여?"

"맞소. 새우표 식용유 같은 그런 기름 말이지라."

"식량이 없어서 당장 보리풀떼기도 못 끓이는 사람들한테, 식용유라니 빈속에다 식용유나 들어부으란 소린가."

갈머리댁은 어이가 없다는 표정이었다.

"식량을 보내면 군량미로 써서 전쟁을 일으킬지 모른게 그런다는 것 같소."

"전쟁을 식량으로 하는가? 그럼 전쟁 안 할 때는 그쪽 군인들은 천장에다 입 달아매놓고 있다는 소리구먼. 기왕에 그쪽 사람들은 어깃장만 놓는 사람들이라 치고, 한쪽이래도 슬거운 맛이 있어야 백성들이 살 것인디, 부모 잘못 만난 새끼들 꼴도 아니고, 참말로 이것이 먼 일이까?"

갈머리댁은 북한 이야기가 나오자, 대번에 다른 사람이 되어버린 것같이 말씨부터 거칠어졌다.

— 깩깩

갈머리댁 말에 맞장구라도 치듯, 요사이 별로 울지 않던 어치가 깩깩거리며 마당을 가로질렀다. 뻐꾸기도 한층 구슬프게 울어대고 있었다.

"그런 소리 듣고, 도시에서 음식 버린다는 소리 들어보면 이러다가는 죄를 받아도 크게 받겠습디다. 교도소에서 나온 밥으로 소 키운다는 말도 그것이 사람이 할 짓거리요?"

얼마 전에 장에 갔다 오다 버스에서 들은 말이었다. 교도소에서 죄수들이 남긴 밥으로 소를 길러서 떼돈 번 사람이 있다는 것이다.

"소나 돼지나 사료값이 팔할인디, 사료값이 공짜나 다름없은께 떼돈을 벌잖았겠어?"

"죄수들한테 밥을 얼마나 많이 삶아주간디, 죄수들이 그렇게 밥을 많이 남긴단 말이여?"

"교도소에서도 사 먹을 것이 푼푼한께 웬만한 죄수들은 교도소 밥은 거들떠보지도 않는답디다. 그래도 한끼니에 밥을 얼마씩 주라고 법으로 정해놔서, 밥을 법대로 할 수밖에 없다는디, 다 퍼다 줘봐야 남길 것이 뻔한께 죄수들한테는 먹을 만큼만 주고 나머지는 내다 버린다지 않는가? 그 사람은 교도소하고 줄이 닿았던가 그 밥을 공짜로 실어다가 소를 키웠다는 거여."

"밥그릇에다 퍼준 밥을 먹다가 남긴 것이 아니라, 처음부터 퍼주지도 않고 통째로 버린단 말이여?"

"정량대로 퍼줘봤자, 남길 것이 뻔한데 먹지도 않을 밥을 무겁게 떠메고 가서 나눠줬다가 그걸 버리면, 그만치 짐이 되잖겠어? 국에다 반찬에 뒤섞어노면, 그러지 않아도 귀찮은 밥이 오죽이나 무겁겠어?"

"허허 참. 교도소에서 배곯는다는 말 들은 지가 엊그제 같은데, 세상 많이 변했구먼."

"군인들은 더 안 먹은께 법으로 양을 줄인다잖아? 더구나 미결수들만 가두는 구치소에서는 관식은 입도 안 대는 죄수들이 태반이랴. 요새 교도소에 가는 사람들이 옛날매이로 좀도둑들이겠어?"

"밥을 그냥 버리다니 하늘 무설 일이구먼."

나이 지긋한 사내가 탄식했다.

―뻐꾹 뻐꾹

내산댁이 자리를 뜨자 뻐꾸기 소리가 더 가까이 들리는 것 같았다.

"꽃이 필 때는 물고기도 알을 낳고, 오곡이 익을 때는 고기도 살이 찐다는데, 요새 같은 세상에 농사 한철 궂혔다고 그렇게 흉년을 타다니, 한 땅덩어리에서 높고 낮기가 어쩌면 그리도 고르지 못할까?"

갈머리댁은 먼 산을 바라보며 구시렁거렸다.

―꾸구꾸구르 꾸구꾸구르

뻐꾸기 소리가 그치고, 이번에는 두견새 소리가 음울하게 울려왔다.

―계집 죽고, 자석 죽고.

두견새 울음소리는 또 어쩌면 소리시늉마저 저리도 얄망궂고 청승맞은지 몰랐다. 텃밭에 내리는 꿩이 달리 보이기 시작하면서부터 두견새 소리도 예사롭게 들리지 않았는데, 요사이는 저런 새들도 북쪽 사정을 울고 있는 것 같아 음울하게 우는 새소리들이 더 아프게 가슴을 파고들었다.

"아이고. 내가 또 왜 이런다냐?"

자기도 모르게 손등에 눈물이 떨어졌다. 갈머리댁은 치맛귀를 당겨 눈물을 닦았다. 얼마 전에는 벌목공들이 떼몰려 도망쳐 왔다더니, 얼마 뒤에는 외교관인가 하는 사람들 부부가 도망쳐 오고, 엊그제는 비행사가 비행기를 몰고 날아왔으며, 어제는 무슨 과학자가 또 망명을 왔다는 것이다. 그들이 텔레비전에 나와 하는 말은 한결같이 그쪽 사람들 굶는다는 이야기뿐이었다. 죽도 못 끓이게 시늉으로만 나오던 쌀 배급이, 시골에는 그나마 그친 지가 석달인가 넉달인가 된다는 것이다. 보리 이삭이 한창 알이 차고 있는 지금은 보릿고개가 대마루판이었다. 보릿고개 넘기가 오죽했으면 태산보다 높다고 했을까?

　어렸을 때 먹던 나물죽이 어제처럼 눈앞에 역력했다. 시커먼 나물 사이에 쌀알이란 게 초겨울에 내리다 만 싸락눈처럼 하나씩 박히다 말다 한 나물죽은, 끼니마다 똑같은 모양새부터가 보기만 해도 지겨웠고, 이걸 다 먹어야 한다 생각하면 죽 대접이 마당만큼 넓어 보였다. 어른들 눈치 보며 고욤 먹듯 끼적거리다가 지청구를 듣고 나서야, 약사발 들이켜듯 욱여넣고 나면, 부른 배에 허기는 허기대로 남아 줄줄이 누운 식구들은 어둠속에서 모두들 말없이 눈만 끔벅이고 있었다.

　― 계집 죽고 자석 죽고.

　며칠 전 텔레비전에서는 뻐꾹새와 두견새 등 봄에 오는 철새들을 소개하며, 그 새들에 얽힌 옛날이야기와 함께 노래도 내보냈다. '귀촉도 불여귀야 너도 울고 나도 울어 심야 삼경 깊은 밤을 같이 울어 세워볼까' 하는 「창부타령」에 이어 흘러나오는 경상북도 어느 지방의 민요는 더 청승맞았다.

'추풍화굴 빛나실 때 애벌 같은 저 두견아, 허당공산 다 버리고 내 창 앞에 니 왜 우노. 밤중이면 니 울음소리 억지로 든 잠이 깬다.'

'허당공산 다 버리고 내 창 앞에 니 왜 우노' 하는 대목에 이르러서는 끝내 눈물이 맺히고 말았다. 남편은 지금 보리피리 불며 어느 산천을 헤매고 있을까?

다음 날 서울 아이들이 왔다.

"와, 많이 익었다."

활짝 열린 대문으로 차가 들어서자 아이들은 환성을 지르며 우르르 앵두나무로 달렸다.

"할머님께 인사도 안 드리고, 뭐야!"

애들 아버지가 호통을 쳤다. 녀석들은 새떼들처럼 이번에는 우르르 마루로 몰려갔다. 갈머리댁은 깔깔거리며 마루로 올라갔다. 녀석들은 얼른 앉으시라며 목마른 놈들 샘물에 엎드리듯 마룻바닥에다 후닥닥 고개를 처박았다.

"앵두 따자!"

녀석들은 앵두나무로 몰려갔다.

"앵두는 이쪽 나무 하나만 따고, 고추나무 안 상하게 조심해, 조심!"

애들 아버지는 사과궤짝을 주워다 놔주며 주의를 주었다. 그러지 않아도 앵두나무 밑에는 아무것도 심지 않았다. 고등학교 일학년짜리 맏이 녀석은 벌써 나무 위로 한참 올라갔다. 돌담이 낮아

개구쟁이 막내도 제 누나하고 돌담으로 기어올라 꽁지발로 잔뜩 키를 돋워 가지를 야무지게 휘어잡았다.

"맛있다."

갈머리댁은 나무 밑에 서성거리며 바가지를 집어주랴 막내 녀석 말 푸접하랴 부산했다. 정말 오랜만에 사람 사는 집같이 떠들썩했다.

며느리와 내산댁은 점심을 장만하고 애 아버지는 벌써 이웃집 사촌형과 술상을 받고 앉았다. 그들은 자기 아버지들이 자랄 때처럼 이웃집에서 같이 자라고 중학교까지 여기서 함께 다녔다. 갈머리댁 아들은 대학을 나와 지금은 어엿한 회사 간부이고 조카는 중학교만 나와 집에서 농사를 짓고 있었으나, 둘이는 지금도 어렸을 때와 똑같이 조금도 허물이 없이 지냈다. 갈머리댁은 아들을 도시로 학교를 보낼 때도 남편이 나타나서 오달져할 표정을 생각하며 이를 사리물고 뒷바라지를 했다.

"나무가 두개나 된께 네댓 더 있어도 너끈하겄다."

갈머리댁은 혼자 구시렁거렸다. 북녘에 있는 남편 집 올망졸망한 아이들도 같이 얼리는 모습을 생각하는 것 같았다.

"밥 먹고 따라!"

애들 어머니가 소리를 질렀다. 어지간히 앵두를 따먹은 아이들이 앵두 그릇을 들여다보고 시시덕거리며 남새밭을 나왔다. 마루에서는 고기가 지글지글 익고 음식이 푸짐했다.

"음식도 많고 집도 넓은께 예닐곱 더 있어도 넉넉하겄다."

갈머리댁이 자리를 잡아 앉으며 혼잣소리를 했다.

"쟈들이 아들딸 나서 방이야 마루야 가득할 때까지 오래오래 사십시요."

조카며느리가 달랑 받았다. 모두 웃었다.

"오래 사셔야지라."

벌써 얼굴이 불콰해진 아들이 맞장구를 쳤다.

"숙모님처럼 강단진 분도 드물 거여. 저 나이에 하루도 손 놀 때를 못 봤구먼."

조카도 술잔을 들고 껄껄 웃었다.

"강단지면 멋 하겄어?"

갈머리댁은 심드렁한 표정으로 뇌었다.

"그 무슨 말씀이요? 자식들 잊어불겄다, 멋이 걱정이요?"

조카는 거듭 껄껄거렸다.

그때였다.

"와, 맞았다 !"

저쪽 산등성이에서 아이들 서넛이 환성을 질렀다.

"잡아라 !"

녀석들은 고함을 지르며 묵정밭을 가로질렀다. 그때 돌담 사립문으로 장끼 한마리가 솟궈 들어 고추밭으로 내달았다. 날개를 푸닥거리며 제집 찾아들듯 달려든 장끼는 앵두나무 아래 돌담에다 고개를 처박고 죽은 듯이 엎드렸다. 장끼는 한쪽 날개를 맞은 것 같았다.

"저깄다."

총 든 녀석이 고추밭으로 뛰어들어 장끼를 덥석 끌어안았다. 거세게 푸닥거리는 장끼 날개를 싸잡아 쥐었다.

"와 !"

패거리들이 몰려들며 환성을 질렀다.

"이놈들아 !"

내산양반이 고함을 지르며 마루에서 내려섰다. 삽사리도 앙칼지게 짖었다. 내산댁을 따라온 강아지도 덩달아 짖고 나섰다.

"오매오매. 저것이 먼 일이란가?"

갈머리댁이 힘없이 뇌었다. 한 녀석은 새끼 날에다 새 모가지를 꿴 꿰미를 들고 있었다. 비둘기도 한마리 늘어져 있고 어치도 두마리나 허연 배때기를 뒤집고 있었다.

"이놈들아, 지금이 금렵기간인지 몰라? 그 새들이 지금 새끼를 까냈단 말이야. 새끼를 !"

내산양반은 화가 머리끝까지 치솟아 새 꿰미를 가리키며 버럭버럭 고함을 질렀다. 그때 장끼가 푸닥거렸다.

"너희들은 그냥 둘 수 없어. 총 이리 내놔. 금렵기간에 산짐승을 잡은 놈들은 혼쭐이 나야 해. 파출소에다 신고할 테니 총은 경찰서에서 찾아가. 빨리 내놔 !"

내산양반은 엄격한 표정으로 소리를 지르며 손을 내밀었다. 삽사리와 강아지도 연방 짖고 있었다.

"잘못했습니다. 더는 안 잡겠습니다."

총 든 녀석이 고개를 숙였다. 갈머리댁은 넋 나간 표정으로 늘어져 있는 꿩만 보고 있었다.

"빨리 안 내놔 ?"

내산양반은 거듭 고함을 지르며 다가섰다.

"정말 잘못했습니다. 지금이 새끼 깔 땐 줄 몰랐습니다."

녀석은 총을 뒤로 감추며 고개를 굽실거렸다. 경찰서를 들먹이자 겁을 먹은 것 같았다.

"그 나이에 그런 지각도 없단 말이야? 지금 둥지 속에서는 털도 안 난 새끼들이 어미가 먹이 물고 오기를 기다리고 있어. 눈도 안 뜬 새끼들도 있단 말이야. 어미를 잡아버렸으니 그런 새끼들은 어떻게 되겠어?"

내산양반은 삿대질을 하며 고래고래 고함을 질렀다. 멍청하게 건너다보고 있는 갈머리댁 얼굴이 점점 희어지고 있었다.

"잘못했습니다. 다시는 안 잡겠습니다."

녀석들은 정말 뉘우치는 표정이었다.

"얼굴 봐났으니까 또 한번만 이런 못된 짓을 했단 봐라. 바로 경찰서에다 전화를 할 거야."

"알겠습니다."

녀석들은 살았다는 듯이 고개를 굽실거렸다. 그때 한녀석이 꿩을 받아들었다. 꿩이 거세게 푸닥거리는 바람에 날개를 놓치고 말았다.

"워매. 저 피 !"

내산댁이 진저리를 쳤다. 날개에서 피가 튀어 녀석들 하얀 옷에 벌겋게 박혔다. 내산양반 옷에까지 튀었다.

"어어. 이거."

내산양반은 우거지상판으로 옷을 내려다봤다. 녀석들은 꿩을 아무렁게나 끌어안으며 대문으로 내달았다.

"아니, 왜 이러시요?"

며느리가 시어머니를 보며 깜짝 놀랐다. 갈머리댁은 얼굴이 백지장이 되어 옆으로 쓰러질 것 같았다.

"아이고, 어머님 !"

아들도 놀라 부축했다.

"멀쩡하시던 분이 왜 이러실까? 쇠고기 잡수신 것이 체했으까?"

내산댁이 소리를 질렀다.

"그런 것 같소. 체한 데 먹는 약 없소?"

며느리가 다급하게 물었다.

"없구먼."

"괜찮다. 괜찮아."

갈머리댁은 힘없이 뇌었다.

"체하셨구먼. 병원으로 가야겠어."

아들이 다급하게 토방으로 내려섰다. 바지 주머니에서 자동차 열쇠를 꺼내 아내한테 던지고 어머니를 훌쩍 안았다. 차로 달렸다.

"아니다. 괜찮다. 안 체했다. 안 체했어."

"틀림없이 체했소. 병원에 가면 금방 나을 거요."

아들은 정신없이 달려가서 뒷자리에 눕혔다. 먼저 들어간 며느리가 차 안에서 시어머니를 부축했다.

"아니다. 안 쳈다. 안 쳈어."

갈머리댁은 머리까지 저으며 뇌었지만, 차는 부르릉 시동이 걸렸다. 대문을 나서자 차는 꼬리에 먼지를 달고 미끄러졌다.

── 깩깩 깩깩

어치 한쌍이 깩깩거리며 달리는 차를 따라 날아가고 있었다.

『내일을 여는 작가』 1996년 9월호(통권 3호); 2006년 7월 개고*

---

* '산새들의 합창'→'보리피리' 작품명 변경.

가라앉는
땅

1

강상구는 트럭을 몰고 바삐 산굽이를 돌았다. 저만큼 앞에 달리는 트럭에는 젊은이들이 손에 든 몽둥이를 위아래로 내질러 박자를 맞춰 목이 찢어져라 노래를 불렀다. 그런 트럭이 다섯대나 되었다. 댐 공사장으로 시위하러 가는 젊은이들이다. 재작년부터 시작된 이곳 댐 공사는 갖가지 말썽이 끊이지 않더니 드디어 수몰지구 주민들이 들고일어난 것이다. 들판에는 벼가 누렇게 익어가고 파란 하늘에는 뭉게구름이 떠 있다.

"보상하고 공사하라. 좋다, 좋다."

젊은이들은 몽둥이를 공중으로 내지르며 악다구니를 썼다.

트럭들이 재를 넘어 임시도로로 들어서자, 트럭 꼬리에 갑자기 황토가 부옇게 솟아올랐다. 앞차가 안 보일 지경이었다. 트럭들은 먼지를 뚫고 울퉁불퉁한 비포장도로를 속력껏 내달았다. 강상구는 속력을 줄여 먼지를 피하며 뒤따랐다. 공사장에 들어서자 앞차들이 멈추기 시작했다. 먼저 온 트럭들이 이십여대나 되었다.

널찍한 공사 현장 가물막이 둑에는 군중들이 잔뜩 몰려 있고, 플래카드가 수십개 펄럭이고 있었다. 군중들이 천여명은 될 것 같았다. 군중들 수를 보자 강상구 가슴이 툭 내려앉았다. 저 수면 제대로 판을 벌일 수 있을 것 같았다.

── 깨갱깽 깽깽 깨갱깽 깽깽

풍물패들이 네댓패 판을 잡고 휘돌고, 확성기는 확성기대로 깡깡 쇳소리를 내지르고 있었다. 들판에는 여기저기 불도저·포클레인·덤프트럭들이 어수선하게 멈춰 있었다. 주민들이 어제 공사장에서 인부들을 몰아내고 공사장을 차지한 것이다. 차들이 멈춰 있는 꼴은 일하다 도망친 모습을 그대로 보여주고 있었다. 강상구는 차를 멈춰놓고 계속 몰려오는 차를 보고 있었다.

"강 위원니임!"

플래카드를 펴 든 젊은이들이 강상구를 향해 소리를 질렀다. 플래카드가 공중에서 바람을 잔뜩 안고 있었다. 강상구가 웃으며 손을 흔들어주었다.

'정부는 잠음 끄고, 선 보상 후 공사.'

플래카드 아래에는 'XX대학교 XX향우회'라 쓰여 있었다.

"구호 한번 시원하다."

차에서 내린 사람들이 학생들 대열 뒤에 붙었다.

"주택과 대지 값을 현실가로 보상하라."

"영세민도 사람이다. 생계대책 보장하라."

학생들 행렬 뒤에는 사람들이 계속 따라붙었다.

"대학생들이 오고 있습니다. 여러분 박수로 맞아주십시요."

확성기가 소리를 질렀다. 군중들이 박수를 치며 함성을 질렀다.

"정착조건 조성하라."

학생들은 의기양양하게 다가가고 군중들은 연방 박수를 치며 함성을 질렀다. 풍물패들은 한껏 신나게 두들겼다.

"댐 농사꾼 몰아내고 진짜 농민 보호하자."

댐 농사꾼이란 댐 공사를 빌미로 여러가지 사기 행각을 벌이는 외지 사람들이었다. 댐 공사하는 데만 철새처럼 찾아다니며, 일테면 다년생 작물의 보상조건이 유리한 점을 이용해서 미리 천마나 인삼을 심거나, 보상조건이 복잡한 토지를 사들여 농간을 부리는 따위였다.

트럭 한대가 올라오자 강상구가 번쩍 손을 들었다. 트럭은 강상구 곁을 지나 저쪽에 주차를 했다. 강상구가 그쪽으로 갔다.

"그쪽 사람들도 참여하기로 결정했어. 오후에 올 거야."

대책위원 이종구가 차에서 내리며 말했다.

"조마조마했더니 정말 다행이다."

강상구는 굳었던 얼굴이 활짝 펴졌다. 얼마 전에 대책위원회가 개편되는 과정에서 알력이 있었던 지역 사람들이었다.

"그런데 문제가 있어. 이천상이 그 작자가 그쪽에서는 윗자리로 장을 벌여도 크게 벌이고 있는 것 같아. 그 작자들 농간에 멀쩡한 노인들이 거의 나자빠지는 모양이야."

이종구가 앞장서며 말했다.

"묏자리?"

"영감 한분은 벌써 묏자리에다 꼴아박은 돈이 천만원이 넘는다는 거야."

"뭐야, 천만원?"

강상구는 눈을 크게 뜨며 걸음을 멈췄다.

"가짜인지 진짜인지 모르는 그 풍수란 작자들이 떠벌리는 명당 타령에 촌영감들이 해롱해롱 제정신들이 아닌 모양이야. 이천상이 그 작자가 거기 풀어논 풍수만도 셋이나 된다는 거야"

"하필 이 판에 그 작자가 또 속을 썩이는구면."

수염이 덥수룩한 강상구 얼굴이 일그러졌다. 껑충한 키가 갑자기 모래밭에 장대 꼴이었다.

"젊은 축들이 작자를 작살내버리겠다고 벼르고 있어. 성깔깨나 있는 애들이 여럿이 나선 것 같아."

"건 안 돼. 말려야 해. 그랬다가는 이 일까지 산통 깨져. 경찰도 우리가 이렇게 나오니까 태도가 달라지고 있어. 어제 정보과장 만났더니 자기들이 봐주는 데도 한계가 있다고 뼈 있는 말을 하더라구."

"체 보고 옷 짓고 꼴 보고 이름 짓는다더니, 이천상이 그 작자는 상판부터 뒷간 쥐새끼 상판에 꼴값을 해도 한두벌로 하지 않는구면."

"강 선생님!"

길을 내려가던 두사람이 걸음을 멈췄다.

"저게 누구야?"

이종구가 깜짝 놀랐다. 강상구도 눈이 둥그레졌다. 산뜻하게 차린 젊은 여자 두사람이 환하게 웃으며 다가오고 있었다.

"어서 오십쇼. 미인들이 두분이나 응원을 오시다니 이번 싸움은 영락없이 이겨놨습니다."

이종구가 너스레를 떨었다. 여기 중학교 선생 남경미와 유남희였다.

"꼭 이기길 바래요."

남경미가 깔깔 웃었다. 목소리가 여간 명랑하지 않았다. 얼굴도 목소리처럼 맑았다. 구겨졌던 강상구 얼굴이 활짝 펴졌다.

"오랜만이에요."

남경미가 강상구 곁으로 다가서며 새삼스럽게 고개를 꾸벅했다.

"잘 지냈어?"

"무슨 공사를 저렇게 크게 하지요?"

유남희가 공사장을 내려다보며 놀랐다.

"우리들도 저 공사판만 보면 사하라사막에 온 것같이 숨이 칵칵 막힙니다. 저놈의 공사판이 저렇게 넓으니까 확성기 소리도 제대로 퍼지지 않고, 꽹과리 소리도 삼켜버린다니까요."

이 공사장을 보면 누구나 놀란다. 공사 규모부터가 엄청났기 때문이다. 댐이라면 강줄기를 막아 이쪽 산줄기에서 저쪽 산줄기로 둑을 쌓으면 그만일 것 같고, 댐이 크면 크기만큼 둑을 높이 쌓으면 될 것 같은데 그게 그렇게 간단하지 않았다. 일 킬로가 넘는 길쭉한

산줄기를 거의 중턱까지 헐어내고, 아래쪽은 또 무엇을 하자는 것
인지 산줄기를 더 깊숙이 파 들어가고 있었다. 지금 일하는 것만 보
고는 앞으로 댐이 어떤 모양이 될는지 가늠도 하기 어려웠다.

"정말 어마어마하네요."

"장마 졌을 때 물이 넘어 나가는 수문만 하더라도 엄청나기 때문
에 그 기초공사도 그만큼 단단히 해야 하고, 산중턱으로 도로도 새
로 내야 하고, 댐을 관리하는 건물이며 기념관이며 전시장에 그런
구조물도 한둘이 아닙니다."

이종구가 차근하게 설명했다.

"요구사항은 먹혀들 것 같아요?"

"어떻게 될는지 아득합니다."

이종구와 유남희가 이야기하는 사이 남경미는 강상구와 나란히
걷고 있었다. 그렇지만 두사람 사이에는 침묵이 흐르고 있었다. 강
상구가 남경미를 한번 돌아봤을 뿐, 남경미는 앞만 보고 걸었다. 아
까 깔깔거리던 표정하고는 딴판이었다.

"오늘 용케 틈을 냈네."

한참 만에 강상구가 입을 열었다.

"오빠한테 이야기할 것도 있고."

남경미는 눈을 들지 않고 말했다.

"뭔데?"

"이따 조용히 이야기할게요. 점심 같이 할 수 있겠죠?"

"그러지."

강상구는 갑자기 얼굴이 굳어지며 남경미를 보았으나, 남경미는

그대로 앞만 보며 걷고 있었다. 확성기는 연방 악다구니를 쓰고, 플래카드를 앞세운 학생들은 꽹과리를 치며 공사판을 휘돌고 있었다.

"강철같이 단결하여 수몰 권익 쟁취하자."

"선 보상 쟁취하여 수몰 권익 사수하자."

확성기는 연방 쇳소리를 깡깡 내지르고 군중들은 큰 소리로 복창했다.

"저 천막은 무슨 천막들이지요?"

유남희가 물었다. 군중들 주변에는 여기저기 천막이 대여섯개나 쳐져 있었다.

"사람 모인 속은 엿장수가 먼저 안다지 않습니까? 하하하."

먹을거리 장수들 천막 같았다.

"역시 장삿속은 무섭군요."

유남희는 까르르 웃었다.

"여기야, 여기."

저쪽에서 강상구에게 소리를 질렀다. 대책위원들이었다. 이십여명이 그늘에 몰려 앉아 있었다.

"그럼 이따 뵙겠어요."

남경미는 강상구한테 고개를 꾸벅하고 돌아섰다. 강상구와 이종구는 대책위원들 쪽으로 가고 두 여자는 군중들 쪽으로 갔다.

"경미 누나!"

대책위원들 쪽에서 달려오는 아이가 있었다. 열네댓살쯤 되는 아이가 피켓을 매고 달려왔다.

"두식이도 왔구나?"

남경미는 웃으며 서 있었다.

"데모를 낼도 하고 모래도 하고 날마다 한대여. 나도 날마다 나올 거야."

침을 흘리는 게 좀 모자란 아이 같았다.

"두식이도 한몫 단단히 하는구나."

"히히히. 나도 날마다 이것 들고 다닐 거야."

두식이는 '선 보상 후 공사'의 피켓을 들어 보이며 자랑스럽게 웃었다.

"그래. 그런 것도 들고 다니고 소리도 맘껏 질러!"

두식이는 낄낄거리며 피켓을 둘러메고 대책위원들 쪽으로 달려갔다. 천막에는 여러가지 과자며 음료수며 술 상자들이 가득가득 쌓여 있었다.

"방금 그림 한번 근사하던데, 뭐가 잘돼가는 게 아냐?"

강상구 또래 대책위원이었다. 모두 웃었다.

"싱거운 자식."

"인마. 꺼벙하게 놀지 말고 걸렸다 하면 사정없이 채라고."

그는 두 손으로 낚싯대 채는 시늉을 했다. 너무 사정없이 채는 바람에 뒷사람이 깜짝 놀라 고개를 숙였다. 와 웃었다.

"낚시질만 잘하게. 걸렸다 하면 뒷일은 내가 맡겠네."

대책위원장이 끼어들었다.

"시위를 날마다 계속해서 하자는 의견들이구먼. 두 구역으로 나눠서 하루씩 교대로 하자는 걸세."

간사가 두사람에게 말했다.

"좋은 생각입니다. 가을걷이가 닥치면 하고 싶어도 못할 테니 기회는 지금뿐입니다."

이종구가 맞장구를 쳤다. 강상구도 고개를 끄덕였다.

"그렇지만, 날마다 여기 나와서 우리끼리 악만 쓰면 뭣 합니까? 읍내로 나가서 하자는 문제를 아퀴 지읍시다."

한쪽에서 강상구와 이종구를 보며 말했다.

"그것은 따로 이야기하기로 했잖소?"

"군중들이 당장 떠들고 나올 기세입니다."

"그 문제는 신중하게 생각해야 합니다. 여기서는 호랑이 잡을 소리 해도 경찰들하고 맞서면 사정이 달라집니다. 경찰들한테 밀려 해산을 당해버리면 일판은 죽도 밥도 안됩니다."

강상구가 침착하게 말했다.

"그려. 이런 데서 큰소리치는 사람들 못 믿어. 경찰하고 맞서면 마포바지에 방귀 꼴이야."

"하여간, 그 문제는 정부 태도 보아가면서 의논합시다. 그리고 사람들 동원하는 문제는 동네마다 대책위원들이 한사람씩 맡아 이장하고 책임지기로 하면 어떻겠습니까?"

"좋은 의견입니다."

주민들 모으기가 이만저만 어려운 일이 아니었다. 수몰민들은 이해관계가 들쭉날쭉이라 의견을 모으기도 어렵고 사람 모으기는 더 어려웠다. 처음 댐 막는다는 고시가 나붙을 때부터 댐건설결사반대투쟁위원회와 보상대책위원회가 따로 조직되어 그동안 대책위원회만도 네댓번이나 개편될 지경이었다. 문제점도 복잡하고 그에 따른 대응책도 갖가지로 엇갈리다가, 요사이는 겨우 '선 보상 후 공사'로 목소리가 모아졌다.

댐을 막으면 물이 몇년 동안 천천히 차기 때문에 일년 단위로 물에 먼저 잠기는 전답과 나중에 잠기는 곳은 보상도 일년 단위로 그 순차에 따라 하기 때문에 이삼년 뒤에 보상받을 사람들은 이만저만 손해가 아니었다. 이미 떠나기로 작정한 사람들에게는 발목을 묶어놓은 꼴인데다가, 그사이 이주 예정지 땅값이 올라 이주계획이 뒤죽박죽이 되는가 하면, 그 시차를 이용해서 댐 농사꾼들 농간이 끼어들고, 문제가 한두가지가 아니었다. 초기에는 너나없이 보상가격이 얼마인지 그것에만 눈을 밝혔고 보상 시차 문제는 뒷전이었다.

그런데 시차 문제로 목소리가 높아지자 한쪽에서는 이미 자기 보따리 챙기기에 바빴다. 수몰지역 사람들은 자기 돈 챙기면 뿔뿔이 흩어져버리는 장꾼들처럼 자기하고 상관없는 일이라 쇠귀에 독경 소리였다. 지금 내세우고 있는 요구사항도 '선 보상 후 공사'를 비롯해서 '집값과 대지값 현 시가 보상' '영세민 생계대책 수립' '정착요건 조성' 등인데, 이런 문제도 겉으로는 고함소리가 높았으나 자기 형편에 따라 속마음은 여러갈래였다. 가장 중요한 '선 보상'만 하더라도 당장 지금 모여 있는 사람들도 시차가 다른 판이라 대책위원들은 살얼음을 밟는 기분이었다.

"대책위원님들께서 나오십니다. 힘찬 박수로 맞아주십시오."

박수가 쏟아졌다. 위원장이 단으로 올라서고 대책위원들은 뒤로 늘어섰다. 올라가서 말할 단은 자갈을 쌓아 올려 조금 높게 만들었다.

"이렇게 많이 나와주셔서 감사합니다. 오늘도 다시 말씀드리거니와 뭉치면 살고 흩어지면 죽습니다. 의논이 맞으면 포도청 들보도 뽑아 옵니다. 우리들이 한덩어리로 똘똘 뭉치면 못할 것이 없습니다. 우리 주민들이 그렇게 반대했는데도 지금 여기에서 공사를 강행한 게 무엇 때문입니까? 우리들이 그만큼 만만하게 보였기 때문입니다. 무른 땅이니까 말뚝을 박고 뻗을 자리 보아 발 뻗은 것입니다."

위원장은 주먹을 휘둘렀다.

"요사이 시차 보상만 하더라도 그렇습니다. 문제가 무엇인지 뻔히 알고 있으면서도 정부는 꿈쩍도 않고 있습니다. 한치 벌레도 닷푼 결기는 있습니다. 우리도 만만치 않다는 것을 보여주어야 합니다. 만만치 않다는 걸 보이는 방법이 무엇입니까? 단결입니다. 첫째도 단결이요, 둘째도 단결이요, 셋째도 단결입니다. 단결은 어떻게 하는 것이 단결입니까? 첫째는 이런 자리에는 한사람도 빠지지말고 나와야 하고, 둘째는 한번 결정한 일은 절대로 엄발나는 사람 없이 끝까지 밀고 나가는 것입니다. 개도 짓는 개를 돌아보고 꽃도 가시 센 꽃은 꺾지 못합니다. 댐 막는다고 고시 나붙은 뒤로 지금까지 우리들은 만만하게 보일 일이 한두가지가 아니었습니다. 여러분, 내 말이 틀렸습니까, 맞습니까?"

위원장이 소리를 질렀다.

"맞습니다. 정신 차려야 합니다."

모두 고함을 질렀다.

"그렇습니다. 정신 차려야 합니다. 당장 천마 심는 댐 농사꾼들만 하더라도 우리들 책임이 없다고 할 수 없습니다. 울타리가 허술하니까 강아지가 기어들어 부뚜막에도 오르고 마루에도 오른 것입니다. 강철같이 단결을 해야 합니다. 뭉치면 살고 흩어지면 죽습니다. 죽는 것이 숨이 꼴딱 넘어가는 것만 죽는 것입니까? 집하고 전답이 물속으로 들어가는 마당에 보상을 제대로 못 받으면 죽는 목숨이 아니고 무엇입니까? 첫째도 단결, 둘째도 단결입니다. 모기도 천이 모이면 천둥소리를 냅니다. 내 말이 맞습니까, 틀렸습니까?"

대책위원장이 주먹을 치켜들며 소리를 질렀다.

"맞소."

군중들은 악다구니를 썼다. 댐 농사꾼들 설치는 데도 주민들 책임이 없지 않다는 말은 그들에게 농토를 임대해준 사실을 지적한 말이었다.

"여기서 이렇게 소리만 지르면 뭣 합니까? 읍내로 나갑시다."

앞쪽에서 소리를 질렀다.

"옳소."

군중들이 더 크게 악다구니를 썼다.

"이 자갈밭에서 아무리 악을 써봤자 허공에 주먹질이제 멋이요?"

군중들은 와글와글 끓었다.

"알겠습니다. 제 말씀 더 들어주십시요."

위원장이 진정을 시켰다. 조용해졌다.

"이 사람도 그 점 잘 알고 있습니다. 대책위원회서도 의논을 하고 있는 중입니다. 일에는 순서가 있습니다. 지금 우리들이 이렇게 기둥을 치고 있으니까 들보 울리는 것 봐가면서 대처해야 합니다. 자갈밭에서 허공에 주먹질이라고 했는데 여기는 그냥 자갈밭이 아닙니다. 공사장입니다. 우리는 지금 공사장을 점령하고 공사를 중단시키고 있습니다."

"여기서도 이렇게 모이고 읍내서도 모입시다."

"옳소."

악다구니가 쏟아졌다.

"지금까지도 참아왔습니다. 자칫하다가는 다 된 밥에 코 빠집니다."

대책위원장이 여유 있게 달래자 잠잠해졌다.

"읍내로 가는 문제는 차차 의논하기로 하고, 방금 대책위원회에서 결정한 문제를 말씀드리겠습니다. 이 데모를 장기화하기로 했습니다. 우리 요구를 들어주겠다는 확답이 떨어질 때까지 계속하자는 것입니다."

"옳소. 끝장을 봅시다."

"그렇지만, 모두 할 일들이 많은데 날마다 이렇게 나올 수는 없습니다. 수몰지역을 두 구역으로 나누어서, 하루는 이 구역이 하고 하루는 저 구역이 하고, 하루씩 대거리로 하자는 것입니다. 금방 가을걷이가 시작될 테니 기회는 이때뿐입니다. 기왕 시작한 일이니까 화끈하게 버티면서 확답을 얻어내야 합니다."

"옳소."

"한달이고 두달이고 버팁시다."

위원장은 종이를 펴 들고 구역별로 동네 이름을 불렀다.

"남경미 선생!"

그때 뒤에서 낮은 목소리로 남경미를 부르는 사람이 있었다.

"잘 만났습니다. 지금 한말(韓末) 의병들 제각도 수몰된다고 옮겨 짓자는 의견이 있는데, 남 선생은 의병 후손으로 이 문제를 어떻게 생각하십니까?"

김팔규라는 사람이었다. 수몰지역 문화재 보존 대책이며 수몰지구 여러 문제점을 글로 써서 신문이나 잡지에 내고 있었다. 어렸을 때 이곳을 떠났던 사람이라는데, 작년 가을부터 나타나서 지금은 여기에 집까지 얻어놓고 날마다 현장을 쫓아다니고 있었다. 이곳 사람들은 그를 김 기자라 했다.

"후손으로서야 백번 환영할 일이지요."

남경미가 웃으며 대답했다.

"제각을 짓는다면 남 선생도 돈으로 협조할 의향이 있으십니까?"

김팔규는 수첩을 들고 물었다.

"가계별로 내지 않을까요?"

"이런 일은 후손도 후손이지만 군민들이 참여해야 하지 않을까요?"

"어느 경우든 기꺼이 참여하겠습니다."

"훌륭한 생각입니다. 여기 군수 영감님께서도 문화재며 특히 그런 일에 관심이 많습니다. 제가 알아내어 후손들에게 알려준 의병들만 하더라도 열사람이 넘습니다. 까맣게 모르고 있다가 얼마나 좋아하는지 그동안 뛰어다닌 보람을 느꼈습니다. 농토가 물에 잠기고 동네가 잠기는 거야 하는 수 없지만, 그런 역사적 사실들까지 물에 잠겨서는 안 되겠습니다."

김팔규는 은근히 자기 자랑을 하며 입침을 튀겼다.

그때 위원장 목소리가 높아졌다.

"오늘 여러분들 앞에 특별히 소개할 분들이 계십니다. 한분은 여러분이 잘 아시는 우리 대책위원회 강상구 위원이올시다. 강 위원 이리 나오시오."

모두 강상구를 봤다. 강상구는 머쓱한 표정으로 서 있었다. 거듭 나오라고 채근하자 강상구는 어색한 표정으로 앞으로 나갔다. 그는 성큼한 키에 앙바틈한 허우대가 여간 헌칠하지 않았다.

"아시는 분들은 다 아시겠지만 강상구 씨는 제일 먼저 보상을 받아 이미 이주를 하신 분입니다. 그랬으면서도 지금까지 계속해서 대책위원 일을 맡고 계십니다. 특히 요사이는 축사를 신축하느라 눈코 뜰 새 없는데, 대책위원회 일이라면 먹던 숟가락도 내던지고 나서는 분이십니다. 평소에는 사리가 어떻고 단결이 어떻고 거품 물던 사람들도, 보상만 받았다 하면 과부 방에 들었던 새벽 중 내빼듯 하는데 강상구 씨는 당장 오늘만 하더라도 신축하는 축사 일을 인부들한테 맡겨놓고 나왔습니다. 강상구 씨한테 한 말씀 부탁하겠습니다. 가물막이 둑이 무너지게 박수로 맞아주십시오."

"강상구 최고다."

박수가 쏟아졌다. 김팔규가 달려가서 카메라를 들이댔다.

"여태까지 모두 똑같이 손 맞잡고 일을 했는데, 느닷없이 이렇게 치켜세우니까 어리둥절합니다. 저는 전부터 맡고 있던 대책위원을 그대로 맡고 있을 뿐입니다. 먼 데로 떠난 사람들은 대책위원을 맡고 싶어도 못 맡겠지만, 저야 과부 방에 들었던 새벽 중도 아닌데 어제까지 손잡고 일하던 사람들을 놔두고 어디로 내빼겠습니까? 따지고 보면 모두 같이 싸웠으니 보상을 먼저 받은 사람들은, 계 하는 계꾼으로 치면 곗돈 먼저 탄 사람이나 마찬가집니다. 먼저 받았으니까 되레 더 열심히 일을 해야지요. 하여간 보상이 끝날 때까지 여러분과 함께 열심히 하겠습니다. 감사합니다."

"강상구 최고다."

함성소리와 박수가 한껏 요란스러웠다.

"사람이 저래야 혀. 저것이 사람의 도리라, 이 말이여."

"생긴 것도 의젓하고 겉볼안이라고 말하는 것도 듬직하구먼. 서울서 대학을 다니다 말았다제?"

"도청에서도 근무했던 사람이여."

"또 소개할 분들이 계십니다. 이분들은 농사도 짓지 않고, 다른 사람들 같으면 소싸움에 닭 보듯 할 처지인데 여기까지 우리들을 격려하러 오셨습니다. 읍내 중학교 남경미 선생과 유남희 선생을 소개합니다. 두 분 이리 나오십시요."

"어머머."

요란스럽게 박수가 쏟아졌다. 두 여자는 어쩔 줄을 모르고 발을 동동 굴렀다. 저쪽 젊은이들은 꽁지발로 잔뜩 키를 돋워 그들을 보며 어서 나서라고 소리를 질렀다. 곁에서 나가라고 떼밀자 하는 수 없이 앞으로 나갔다.

"앞에 가는 선생이 학송리 키다리 영감 손잔디 강상구 저 사람하고 혼담이 있다는 것 같더만."

"아하. 시방 위원장이 저렇게 불러내는 것도 속으로 그런 꿍심이 있었구면."

"그러고 본께 위원장 저 사람 수월찮이 속이 놀놀한 사람이네."

노인들은 낮은 소리로 숙덕였다.

"박수로 맞아주십시요."

"여선생들 최고다."

군중들은 요란스럽게 박수를 치며 소리를 질렀다. 단에 올라선 두 사람은 얼굴이 더 벌게졌다.

"특히 남경미 선생은 지난번 대책위원들이 농성할 때도 부녀회원들과 함께 자원봉사를 하신 적이 있고, 또 할아버님 할머님께 효성도 지극해서 그런 소문도 자자하신 분이십니다."

"수몰효자 아니고 진짜 효자구나."

군중 속에서 소리를 질렀다. 와 웃었다.

"그렇습니다. 진짜 효잡니다. 그리고 유남희 선생은 생판 객지 사람인데 이렇게 나오셨습니다. 소리꾼도 추임새 가락으로 놀더라고 이런 분들이 이렇게 격려를 해주시니 천군만마의 응원군보다 더 힘이 됩니다. 오늘은 토요일인데도 좋은 일 다 제쳐놓고 이 앙상한 자갈밭에까지 오셨습니다. 한 말씀씩 듣도록 하겠습니다."

위원장이 마이크 키를 낮추어놓고 옆으로 옮겨 섰다.

"이런 높은 자리에 서다니 정말 너무 엉뚱합니다. 수몰지역 사정은 저희들이 가르치는 학생들 가정 사정이기도 하고, 저는 저의 큰 댁도 수몰지역 주민이라 안타까운 마음으로 늘 관심은 가지고 있었지만, 한 일은 아무것도 없습니다. 오늘은 겸사겸사 한번 와봤는데 이런 자리에까지 올라오게 되니 몸 둘 바를 모르겠습니다. 아무쪼록 요구하시는 일들이 뜻대로 이루어지시기 빌겠습니다. 앞으로도 마음으로나마 성원을 하겠습니다. 끝까지 힘내십시요."

남경미는 깊숙이 고개를 숙였다. 박수가 쏟아졌다. 김팔규는 앉아서 찍고 서서 찍고 정신없이 나댔다.

"저는 남경미 선생한테 묻어서 왔습니다. 저도 마음속으로나마 여러분들 편에서 일이 잘 되시기를 빌겠습니다. 끝까지 힘내십시요."

유남희도 깊숙이 고개를 숙였다. 두사람은 도망치듯 내려왔다.

"여선생들 최고다."

젊은이들이 유독 크게 악다구니를 썼다.

"저분들한테 박수 한번 더 칩시다."

또 박수가 쏟아졌다. 두사람은 걸음을 멈추고 다시 허리를 굽혔다.

"고마운 분들입니다. 같은 수몰민들도 보상만 받았다 하면 돌아서는 등짝이 싸늘한데 정말 감사합니다."

"수몰효자 말고 저런 진짜 효자는 대책위원회에서 상을 줍시다."

"좋습니다. 대책위원회에서 의논해보겠습니다."

모두 웃었다. 수몰효자란 말도 댐 농사꾼처럼 수몰지역의 세태에서 나온 유행어였다. 평소에는 시골 부모들한테 일년에 한두번 올까 말까 하던 자식들이 보상이 나온다고 하자 갑자기 효자가 되어, 더구나 형제들이 여럿일 경우 경쟁이라도 하듯 부모들한테 뻔질나게 들락거리며 공대가 이만저만 극진하지 않았다.

"이번에는 여러분들 말씀을 듣기로 하겠습니다. 여기 나와 꼭 하시고 싶은 말씀이 계신 분은 누구든지 나오셔서 기탄없이 말씀해주십시오."

"여깄소."

위원장 말이 떨어지기 바쁘게 한사람이 번쩍 손을 들었다. 얼굴이 시커먼 중년 사내가 적잖이 흥분한 표정으로 나갔다.

"야, 두식이 너 이리 와."

사내는 느닷없이 대책위원들 뒤에 서성거리고 있는 두식이 곁으로 갔다. 피켓을 메고 있던 두식이는 깜짝 놀라 뒷걸음질을 쳤다.

"이리 와!"

사내는 다짜고짜 두식이 손을 잡고 죄지은 놈 잡아가듯 끌고 갔다. 졸지에 손목이 잡힌 두식이는 겁에 질려 잔뜩 버텼지만, 사내는 목매기송아지 끌 듯 끌고 단으로 올라갔다.

"저는 학송리 사는 김중만이라고 합니다. 이 아이는 우리 동네 김두식이라는 아인데 집도 절도 없고 논밭 한뙈기도 없이 시방 팔십객 할머니하고 달랑 둘이 살고 있습니다. 시방 내 말이 무슨 말이냐 하면, 수몰쩍인 견지에서 볼 쩍에 이런 아이들은 앞으로 어떻게 살아가느냐, 내 말은 바로 이것입니다. 지금까지 동네서 살 쩍에는 동네 사람들이 모두가 협조적인 견지에서 십시일반으로 도와줬기 때문에 그럭저럭 살아왔습니다. 그렇지만 동네가 물속으로 들어가버리면 이런 사람은 어떻게 삽니까? 보상쩍인 견지에서 일을 올바로 하려면 이런 사람들부터 제일 우선쩍으로 대책을 세워줘야할 게 아니냐, 시방 내 말은 바로 이겁다."

쩍 쩍 할 때마다 바위라도 쩍쩍 벌어지는 것 같았다.

"옳소."

모두 웃으며 악다구니를 썼다. 두식이는 손을 빼려고 팔을 비틀었으나 김중만이는 더 세게 틀어잡고 마이크를 뽑아 몽둥이 휘두르듯 내두르며 계속했다. 김팔규는 사진을 찍으랴 수첩에 적으랴 정신이 없었다.

"이런 사람들한테도 이주비랍시고 숭년 거지 동냥 주듯 몇푼씩 던져준다고 하지마는, 이주비만 딸랑 몇푼 던져주면 집을 마련할 수가 없는데 어디로 이주를 할 것이며, 더구나 직업적인 견지에서 이런 풍신을 해가지고 어떻게 벌어먹고 사느냐, 내 말은 시방 바로 이겁다. 가만있어, 이 자식아."

'이 자식아' 소리가 확성기로 꽝 부풀자 군중들이 와 웃었다. 두식이는 '선 보상 후 공사' 피켓을 그대로 둘러메고 금방 울음을 터뜨릴 것 같은 상판이었다.

"지금 사는 동네서야 시방 살고 있는 행랑채도 있고 행랑채가 아니면 빈집도 수두룩한께 주택적인 견지에서 주택 문제는 완전히 해결된 셈이고, 힘든 일은 못 하지마는 소 키우고 돼지 키우는 집 잔심부름도 해주고, 축사를 비울 쩍에는 축사도 지켜주고, 동네 사람들이 급하게 아플 쩍에는 약방에 달려가서 약도 사다 주고, 그렇게 살아왔은께 그런 것도 직업적인 견지에서 볼 쩍에는 직업이다, 시방 내 말은 이겁다. 지금 댐 공사 하는 것을 수몰적인 견지에서 한마디로 뚝 자를 것 같으면, 우리들 논에 물 대고 공장 돌릴란께 느그들은 싸갖고 꺼져라, 시방 이것인디, 즈그들 물 마시고 공업용

수 농업용수 하자고 이런 사람들까지 몽둥이로 소 몰듯이 무지막지하게 쫓아내는 것이, 도리적인 견지에서 말이 되냐, 시방 내 말은 바로 이겁다."

사내는 마이크를 치켜들며 악을 썼다.

"옳소. 김중만이 최고다."

군중들은 더 크게 박수를 치며 웃었다. 위원장도 웃으며 곁으로 갔다.

"말 덜 끝났은께 가만있으시요."

김중만이는 위원장을 돌아보며 소리를 질러놓고 계속했다.

"우리들이 오늘 이런 데모를 하는 것도 영세민도 사람인께 대책적인 견지에서 살길을 마련하라, 시방 이것인디, 기왕에 그런 요구를 하고 나섰으면 그런 요구부터 우선적인 견지에서 관철을 하자, 시방 내 말은 이겁다. 이런 사람들을 내저쳐두면, 이런 사람들은 모두 다 떠난 동네에서 비 맞은 수탉매이로 쭈그리고 앉아 있다가 물속으로 이렇게 들어가는 재주밖에 없다, 시방 내 말은 바로 이겁다."

김중만이는 두 손을 수영선수 다이빙하듯 물속으로 내리꽂는 시늉을 했다. 모두 와 웃었다. 김중만이는 씩씩거리며 위원장한테 마이크를 넘겼다.

"말씀 고맙습니다. 김중만 씨가 말씀을 하셔도 골담만 쏙 뽑아서 하셨습니다."

위원장 말에 모두 웃었다.

"이 자식아, 너도 이런 데 나왔으면 니 먹을 소금부터 챙기제 이것이 멋이여! 그런 것 놔두고 이것 들어."

김중만이는 두식이 피켓을 빼앗아 내던지고 한쪽에 쌓아둔 피켓 속에서 다른 것을 하나 뽑아 주었다. 김중만이 손에서 해방된 두식이는 새 피켓을 메고 저만치 뒤로 내뺐다. '영세민도 사람이다. 생계대책 보장하라.'

"생기기는 무주 구천동 숯장수같이 생긴 작자가, 말은 골담만 골라서 하는구먼."

담배를 뻐끔거리고 있던 영감이 한마디 했다.

"말이야 골담이제마는 우리도 한 어깨에 두지게 세지게인데 저런 사람까지 업고 가기로 하면 일 가닥을 어디서부터 추려야 할 것이여?"

곁에 영감이 구시렁거렸다.

"남 선생은 한동네니까, 옛날 저 두식이 할아버지 보셨겠네요?"

김팔규가 다가오며 물었다.

"아녜요. 제가 태어나기 전에 이미 돌아가셨지요."

"그랬던가요. 왜정시대 왜놈들이 여기다 댐을 막으려고 할 때 왜놈들 상대할 사람은 쟤 할아버지밖에 없었다고 하더군요."

이 댐은 왜정시대에도 막으려 했는데 서슬이 시퍼런 일본사람들을 상대로 수몰로 말미암은 여러가지 문제를 웬만큼 조정했던 사람이 바로 두식이 할아버지였다.

"비단 조상에 개똥 자손이라고 저 아이는 풍신이 저 꼴이지만, 그 동네 사람들은 그 할아버지 때문에 그 집 식구들을 천덕꾸러기 취급을 않는 거 아닙니까? 그러니까 저런 사람들한테는 할아버지가 베풀어놓은 음덕이 재산치고는 큰 재산인데, 그런 걸 김중만 씨

표현으로 '보상쩍인' 견지에서 따지면 논밭 한두마지기 값에 대겠습니까?"

두 여자는 웃으며 고개를 끄덕였다.

"여러분 이번에는 또 반가운 사람들을 소개하겠습니다. 이 지방 출신 대학생들이 우리들을 격려하러 내려왔습니다. 정말 고마운 일입니다. 대학생들 말을 한번 들어보겠습니다. 이어서 노래도 부른다니까 즐겁게 들어주십시요."

학생 이십여명이 플래카드를 들고 올라왔다. 서너명은 기타를 들고 있었다. '정부는 잠음 끄고 선 보상 후 공사' 플래카드를 뒤에 늘어뜨리고 자리를 골라 섰다. 군중들은 학생들 구호를 보며 다시 웃었다.

"정말 고생하십니다. 그동안 저희들은 공부한답시고 남의 일 구경하듯 구경만 하고 있었습니다. 대단히 죄송합니다. 지금 정부 처사는 부당하기 짝이 없습니다. 그동안 우리 농민들은 빼앗길 만큼 빼앗기고 뜯길 만큼 뜯겼습니다. 그런데 이번에는 조상 대대로 살아오던 터전에서 억지로 몰아내면서까지 농민들의 정당한 요구를 외면하고 있습니다. 이런 정부를 상대할 때는 투쟁밖에는 길이 없습니다. 끝까지 싸워서 수몰민의 정당한 이익을 쟁취해야 합니다."

학생 대표는 한참 열변을 토했다.

"끝까지 투쟁하시기 바라면서 여러분들의 투쟁을 격려하는 마음으로 서툴지만 노래를 한번 부르겠습니다."

독점재벌 어쩌고 하는 소리에 잠시 덩둘했던 군중들은 노래를 부른다고 하자 얼굴이 환해졌다. 학생들은 「선구자」를 시작으로 요사이 한창 유행인 김건모의 「잘못된 만남」까지 흥겹게 불렀다. 김건모 노래가 나오자 다른 젊은이들도 몰려나와 엉덩이를 흔들어 댔다.

"저것이 멋이여?"

그때 한쪽에서 눈을 크게 떴다. 공사장으로 덤프트럭이 한대 들어오고 있었다.

"야, 저것들 뭐야?"

엉덩이를 흔들던 젊은이들도 그쪽을 봤다. 쥐 본 고양이 눈들이었다.

"야, 저놈들 죽여!"

젊은이들이 소리를 지르며 쫓아갔다. 트럭은 꼬리에 부옇게 먼지를 달고 포클레인들이 몰려 있는 데로 달렸다.

"이 자식들, 뭐야?"

젊은이들은 악다구니를 쓰며 쫓아갔다. 트럭에서 한사람이 뛰어내렸다. 포클레인 운전석으로 올라갔다. 다급하게 운전석을 뒤지는 것 같았다. 젊은이들이 쫓아가려 하자 뒤지던 사람이 옷가지와 가방을 들고 뛰어내렸다. 덤프트럭으로 홀딱 올라탔다. 부르릉, 트럭은 크게 원을 그으며 꼬리에 부옇게 먼지를 달고 도망쳤다.

"새끼들, 죽여!"

젊은이들은 주먹질을 하며 소리를 질렀다. 군중들은 모두 웃었다.

"그럼 좀 쉬었다가 점심 먹고 또 모이겠습니다."

대책위원장 말에 군중들은 자리에서 일어섰다.

── 깨갱깽 깽깽 깨갱깽 깽깽

풍물패들이 또 판을 잡았다.

── 깨갱객깽깽 깨갱객깽깽

대여섯패가 신나게 두들겼다.

2

남경미와 유남희는 풍물 소리를 뒤로 하고 아까 왔던 언덕배기를 향했다. 강상구가 다가왔다.

"지금 갈 수 있어요? 저 재 너머 아까 왔던 길처에 새로 생긴 식당 있죠. 거기 어때요?"

남경미가 묻자 강상구가 고개를 끄덕였다.

"그럼, 우리 먼저 가 있을게요."

뒤에는 꽹과리 소리가 요란스러웠다.

"누나, 가?"

두식이가 어깨에 피켓을 둘러메고 달려왔다.

"두식이도 한몫 단단히 하는걸."

남경미가 걸음을 멈추며 웃었다.

"나도 날마다 나올 거야."

두식이는 피켓 글씨가 이쪽으로 보이게 메며 자랑스럽게 말했다. 남경미는 돌아서서 핸드백을 열었다.

"이거 오늘 점심 사 먹고, 나중에도 맛있는 거 사 먹어."

지폐를 한장 내밀었다. 두식이는 대번에 입이 벌어지며 선뜻 손을 내밀었다. 돈을 받으려던 두식이는 깜짝 놀라 내밀었던 손을 움츠리며, 놀란 눈으로 지폐와 남경미를 번갈아 봤다. 만원짜리 지폐였다.

"나는 이제부터 서울 가서 살게 됐어. 서울에 있는 중학교에서 근무하게 됐거든. 지금 서울로 가는 길이야."

"그럼, 인자 여기는 안 와?"

"글쎄, 쉽게 못 올 것 같다. 어서 받아."

남경미가 채근했으나 두식이는 얼른 받지 않았다.

"이거 점심 사 먹고 할머니도 뭐 사다 드려. 어서 받아 !"

남경미가 거듭 채근하자 손을 내밀었다.

"잘 있어."

남경미는 두식이 어깨를 가볍게 두들겨주고 돌아섰다. 두식이는 손에 돈을 쥐고 남경미 뒷모습을 보고 있었다. 남경미는 손수건으로 눈물을 훔쳤다. 두식이는 그대로 보고 있었다. 등성이로 올라선 남경미는 차 곁으로 가며 뒤를 돌아보았다. 저쪽으로 가던 두식이가 다시 돌아보았다. 남경미는 손을 흔들었다. 두식이도 손을 들었다. 차가 움직였다. 남경미 눈에서는 계속 눈물이 흘렀다. 비탈길을 내려가던 남경미가 차를 멈추고 차근히 눈자위를 수습했다.

"미안해요. 마음을 단단히 먹고 왔는데 안 되네요."

남경미는 유남희를 돌아보며 웃었다.

"그 아이는 형편이 여간 딱하지 않더군요."

유남희가 한마디 했다.

"저 아이네 집처럼 기구하게 망해버린 집도 드물 거예요. 옛날에는 동네서 제일 부자였고 아까 김팔규 씨 말대로 할아버지는 대단한 분이셨는데 왜정시대와 6·25를 겪으면서 험하게 몰락했지요. 할머니는 심성이 어찌나 고운지 나는 그 할머니가 고생하는 걸 보면 괜히 내가 무슨 죄라도 짓고 있는 것 같아요."

"딱한 경우가 한두가지가 아니더군요. 우리 반 아이 하나는 그 동네서 잘 사는 편이라는데 보상금을 받아보았자 농협 빚에다 사채 갚고 나면 아무것도 남는 것이 없다는 거예요. 그런 집은 동네가 물에 잠기면 올 데 갈 데가 없다더군요."

"수몰이 되지 않는다면 그런 사람들도 빚을 그대로 안고 살면서 그때그때 벌어서 이자를 갚으며 걱정 없이 살아갈 사람들이지요."

"생활의 파괴라는 말이 실감이 가더라고요."

차가 재를 넘었다. 들판으로 나 있는 길로 들어섰다. 식당은 댐에 물이 찰 것을 예상하고 풍치가 좋은 곳에 자리를 잡은 것 같았다.

"어숍쇼. 마수손님이 기분 좋은 분들로 두분이나 오시는군요."

젊은이가 나오며 너스레를 떨었다. 두어번 왔던 집이라 얼굴을 기억하는 것 같았다.

"댐에 물이 차면 여기는 물이 어디까지 차지요?"

"저 건너 저기 큰 바위 있죠? 바로 그 밑에까지 찹니다."

이 집은 얼마 전에 집을 지으면서 미리 그걸 가늠하고 지었는지 물이 차면 이 집은 경관이 그럴듯할 것 같았다.

"매화야, 너도 수몰지역에서 왔니? 일찌감치 안전한 데로 이주를 했구나."

유남희가 매화나무 가지를 만지며 웃었다.

"사람 팔자 시간문제라더니 나무 팔자는 품종 문제더라구요. 도랑가에 흔해빠진 버드나무나 산자락의 도토리나무 같은 흔한 나무는 그대로 물에 잠기지만, 저런 매화나무 같은 관상수는 뿌리 하나라도 다칠까 조심조심 이런 데로 모셔오거든요."

젊은이 말에 두 여자는 한참 웃었다. 그렇게 보아 그런지 수몰되지 않을 지역은 나무도 활기가 넘치는 것 같았다.

방에 자리를 잡아 앉자 또 차 한대가 들어와 남경미 차 곁에 멎었다. 저쪽 자리로 안내했다. 식당은 널찍한 방 하나였다.

"댐 사기꾼들."

물수건과 식수를 가져온 젊은이가 피식 웃으며 속삭였다. 일행은 세명이었고 그들은 술부터 불렀다. 목소리들이 큰 게 전작이 있는 것 같았다. 그러고 보니 읍내 거리에서 본 듯한 사람들이었다. 이번에는 승용차가 두대 왔다.

"어라. 대책위원님들도 오시네."

젊은이가 뛰어나갔다. 강상구와 이종구가 낯선 사람들과 들어왔다.

"방해해서 죄송합니다."

이종구가 이쪽을 향해 걸쭉하게 웃으며 들어섰다. 일행이 일곱명이나 되었다. 그들은 따로 앉고 강상구는 이쪽으로 왔다.

"서울로 가서 사는 중학교 동창들이야. 그냥 여기는 여기대로 시켜."

강상구가 남경미 앞자리에 앉으며 말했다.

"일부러들 오셨나요?"

"수몰 보상하고 관계가 있다면 있는 친구도 있지만, 데모한다는 뉴스 듣고 겸사겸사 온 친구들이야. 십오륙년 만에 온 친구도 있어."

"오늘 외지 사람들이 많이 온 것 같더니 모두 신문 보고 왔군요."

저쪽 댐 사기꾼들 자리는 떠들썩했다.

"상월리 출신 장진호라고 알아?"

"노동운동 하다 지금 징역 살고 있잖아요?"

"얼마 전에 출감했어."

"삼년이나 받았다더니 벌써 출감했나요? 저하고는 초등학교 동창인걸요."

"지금 오고 있을 거야. 다음 달에 결혼하는 모양인데 신부 될 여자하고 큰댁 할아버지 할머니께 인사 겸 해서 오는 것 같아."

"어머. 신붓감은 어떤 여자래요?"

"같이 노동운동 했던 여자라더군. 그 동네서 오늘 잔치 있는 거 알지? 정초에 못 지냈던 동제(洞祭)를 겸해서 걸쭉하게 지네. 대책위원들도 가고 많이들 구경 갈 거야."

그때였다.

"여보시요. 촌놈? 촌놈이 어쨌다는 거야!"

느닷없이 이종구가 일어서며 저쪽을 향해 소리를 질렀다.

"왜 그러십니까? 다른 사람들 이야깁니다."

저쪽 댐 농사꾼들이 놀라 손을 저었다.

"다른 촌놈들 이야기를 왜 여기 촌놈들한테까지 울려오게 촌놈 촌놈이냐, 말이야?"

이종구는 버럭 고함을 질렀다.

"왜 반말이요?"

저쪽에서도 맞고함을 질렀다.

"촌놈들 말은 반말인 줄 몰라?"

이종구는 한발 앞으로 나서며 한판 붙을 기세였다.

"고정하십시오. 그게 아닌데 미안합니다. 제가 사과하지요."

그중 나이 지긋한 사내가 굽실거리며 다가와서 어깨를 두들겼다.

"고정 좋아하네."

이종구는 어깨 두들기는 손을 손등으로 사정없이 쳐버렸다.

"왜 이러십니까? 이렇게 사과를 하지 않습니까?"

작자는 여간 능글맞지 않았다.

"이천상 씨, 사과를 한다니까 말씀인데, 당신 내 말 똑똑히 들어두시요. 당신도 아시다시피 지금 여기는 멀쩡한 땅이 물속으로 가라앉는 바람에 흙만 파먹고 살던 촌놈들이 지금 물속으로 들어가는 논밭 값을 건지느라 미치고 환장할 지경입니다. 그런데 요새 텔레비전 보면, 아프리카 벌판에 다른 짐승이 잡아놓은 짐승이나 여투고 댕기는 하이에나라는 걸레 같은 짐승이 있더군요. 지금 여기에도 수몰지역 보상금에 입맛 다시며 어슬렁거리고 다니는 하이에나 같은 쓰레기들이 한둘이 아닙니다. 촌놈들은 원래 무식하니까 멀리 있는 법보다 가까이 있는 주먹을 선호합니다. 이런 데 다니다가 그 하이에나 같은 작자들 만나거든 우리들은 주먹을 선호한다는 이 말씀 꼭 좀 전해주시요."

이종구는 비슬거리며 말했으나 눈에는 살기가 번득이고 있었다.

"아이고, 무슨 말씀이십니까? 오해가 있으신 모양인데 나중에 따로 한번 이야기합시다. 미안합니다. 우리는 자리를 옮기겠습니다."

"오해?"

이종구는 말꼬리를 빠듯 치켜세웠다.

"다음에 차근히 한번 이야기하지요."

돌아서던 이천상이는 다시 고개를 주억거려놓고, 패거리들에게 얼른 일어서라고 채근했다. 일행은 상판이 곱지 않으나 이천상이가 거듭 채근하자 일어섰다. 이종구는 할기시 노려보고 있었고, 작자들은 엉덩이 차인 걸음으로 식당을 빠져나갔다. 이천상이는 지저분한 상판이 이종구 말대로 천해 보였다.

"앉아라, 앉아."

강상구가 이종구를 붙잡아 앉혔다.

"야, 너 언제부터 그렇게 됐냐? 서울 오면 골목 하나는 차지하겠다."

친구들이 너스레를 떨었다.

"무자치 독사 된다는 말 몰라? 수몰 등쌀에 악밖에 안 남았다."

이종구는 친구들이 권하는 술잔을 받아 단숨에 들이켰다. 이쪽 상에 밥이 왔다. 저쪽 패들은 떠들썩하게 술잔만 오가고 있었다. 두 여자는 말없이 밥을 먹었다.

"여기서는 아무래도 이야기할 분위기가 안 되겠는데요."

유남희가 숟가락을 놓으며 낮은 소리로 말했다.

"글쎄요. 떠난다는 말이라도 제대로 하고 가려 했더니 분위기도 그렇고, 징역 살고 나온 동창까지 온다는데 그냥 떠나기도 야박하고."

남경미는 쓸쓸한 표정으로 말했다. 저쪽 자리는 웃음판이 호들 갑스러웠다.

"하루쯤 더 있다 가는 게 어때요. 이따 잔치 끝난 다음에 기회를 만들 수도 있잖겠어요?"

유남희 말에 남경미는 잠시 말이 없었다. 두 여자가 일어서자 강상구와 이종구가 다가왔다. 둘 다 얼굴이 불콰했다. 남경미는 계산대로 갔다.

"그냥 두십시요. 오늘은 서울 사람들 것 먹읍시다."

이종구가 손을 활활 저었다.

"나한테 할 이야기 있다고 했지?"

강상구가 따라오며 물었다.

"좀 차근하게 이야기를 하려 했는데……"

남경미는 아래로 눈길을 깔며 말했다. 잠시 말이 없었다.

"저녁에 상월리서 뵙겠어요."

남경미가 말하며 돌아섰다. 강상구는 차 곁으로 따라갔다.

"이따 뵙겠어요."

남경미는 창밖으로 고개를 숙이며 액셀을 밟았다. 강상구는 그 대로 서서 남경미 차를 보고 있다가 잠시 먼 산을 봤다. 눈길이 여 간 쓸쓸하지 않았다.

"떠난다는 말을 하기가 이렇게 어려울 줄 미처 몰랐네요. 이따 만나도 제대로 입이 벌어질 것 같지가 않네요."

남경미는 유남희를 돌아보며 말했다. 일그러진 남경미는 웃음도 여간 쓸쓸해 보이지 않았다.

"정 어려우면 그냥 떠나지요. 얼굴 맞대고 말하는 것보다 서울 가서 전화로 할 수도 있을 거고."

남경미는 말없이 차를 몰았다. 한참 달리다 속력을 줄였다.

"저기 정자가 보이지요. 저 정자 한번 가볼까요?"

남경미가 강 건너 쪽으로 고개를 돌리며 말했다.

"저 정자도 물에 잠기겠죠?"

"강상구 씨가 이야기했던 정자가 저거예요."

"아, 저 정자군요."

유남희가 반색을 했다.

작년 가을 단풍이 한창 산을 물들였을 무렵 남경미와 유남희가 새로 이주한 강상구 집에 놀러간 적이 있었다. 도시로 시집간 강상구 누이가 친정에 와서 불렀던 것이다. 남경미와는 어렸을 때부터 이웃집에서 자라며 둘이 똑같이 상구 오빠 상구 오빠 하고 쫄쫄 따라다녔던 사이였다.

"경치가 정말 아름답네요."

"그렇습니까? 나는 풀이나 나뭇잎이 가축 먹이로만 보이더니 그 말을 듣고 나니 제 눈에도 경치가 보이는군요."

강상구 말에 모두 웃었다.

"강 사장님은 꼭 미국 서부시대 개척자 같아요. 힘들지 않아요?"

유남희가 물었다.

"개척자? 멋있다는 이야기겠죠? 멋이 아니라 오깁니다."

"오기라뇨?"

"시골에 사는 사람들을 얕보는 눈초리에 오기가 나서 그 눈초리에 맞서 있습니다. 농사짓거나 가축 기르는 사람들을 낙오자로 얕보는 그런 눈초리 말입니다. 장사하는 게 상업이고, 공장 돌리는 게 공업이듯이, 농사짓는 것은 농업이고 가축 기르는 것은 축산업 아닙니까? 똑같이 어엿한 업이다, 이거지요."

"세상 통념에 맞서면 세상 사람들 전부를 상대로 싸우자는 거예요?"

강상구 누이가 퉁겼다.

"지금 농촌은 시집을 여자도 없는데 무슨 정신 나간 소리냐, 이 말이군."

강상구가 껄껄 웃었다.

"잘 아시는군요."

누이는 달랑 받으며 입을 비쭉했다. 이종구 이야기였다. 어느 종교단체에서 합동으로 맞선을 보고 합동으로 식을 올렸던 결혼이 이년 만에 파경이 났던 것이다.

"말로 맞서는 게 아니고 축산업도 어엿한 사업으로 그만큼 격을 올리자는 거야. 농업이나 축산업도 지금은 기계화되고 기업화되어가는 세상이야. 코 싸매고 쇠똥 치우던 시대는 지나가고 있어."

강상구는 누이가 따라준 커피 잔을 받아들며 웃었다. 커피 잔을 든 강상구의 가느다란 손가락에 책상물림의 흔적이 추억처럼 남아 있었다.

"그렇지만, 시골 살기가 그게 보통 일인가요? 지금 도시에서는 말단 공무원 아내도 살 빼느라 다이어트에, 테니스다 볼링이다 정신이 없어요."

"그래. 구멍 뚫린 바지가 되레 멋이 되는 세상이니까."

강상구는 남경미를 보며 웃었다. 언젠가 구멍 뚫린 바지 이야기가 나오자 그건 가난한 사람들을 모욕하는 철딱서니 없는 짓이라고 정색을 한 적이 있었다.

"잘 아시는군요. 시부모와 남편이 며느리를 공주 모시듯 해서, 며느리가 집안에서 혼자 손톱이나 다듬고 있다고 칩시다. 그러다가 갑자기 소나기라도 쏟아지면 어쩌지요? 사료 포대를 제대로 옮기겠어요, 우케 멍석을 닦달해서 곡식을 제대로 담아 들이겠어요. 기계화, 기계화 하지만 농촌 생활 자체가 변하려면 아득한 이야기예요."

누이는 점점 목소리가 빨라졌다.

"더 있잖아. 온 집안이 쇠똥 냄새고 옷에도 쇠똥 냄새가 찌들어 있지."

강상구는 큰 소리로 껄껄 웃었다.

"잘도 아시는군요."

강상구 누이는 남경미 들으라고 하는 소리가 아니고 노상 하는 핀잔 같았다.

"그렇지만, 지금 세상은 크게 변하고 있어. 여태 도시로만 몰리던 돈이 지금은 시골로도 와서 소 돼지 축사에 붙고 있거든. 국민소득 일만불이란 게 만만한 게 아냐. 당장 축산업만 하더라도 수공업적인 단계를 빠른 속도로 벗어나 가속도가 붙고 있어. 더구나 국제적으로 판이 넓어진 세상이라 지금 소 백마리면 기업축산은 꿈이 아니야. 그런 사람들은 십년을 목표로 소 사오백두 기업을 내다

보고 있거든. 지금 월급쟁이로 취직했을 때 십년 뒤의 모습과 소기업주로 십년 뒤의 모습을 비교해서 나는 이쪽을 택하고 있어. 거기에는 별장급 전원주택이 포함되어 있지. 더구나 나는 그 별장 곁에 사치스런 덤까지 하나 붙겠어. 저기 제동리 강가에 멋있는 정자 있지? 그게 내 친구네 건데 그 정자를 저기 강가로 옮기기로 했거든.”

강상구는 장난스럽게 웃었다.

“꿈이 화려하시군요.”

누이는 시답잖다는 가락이었다.

“꿈은 이루기가 어렵기 때문에 무지개처럼 화려한 거고, 깨지기도 쉬우니까 스릴이 있는 거야. 나는 지금 시골 벌판에서 무지개를 쫓고 있어. 나 혼자 쫓는 게 아니라 여럿이 쫓고 있고, 나는 선두에서 쫓고 있는 편이라 내가 탄 차는 유턴을 못해.”

강상구는 여유 있게 웃었다.

그들은 강 건너 정자로 갔다.

“정자가 별로 낡지 않았군요.”

유남희가 정자로 들어서며 말했다.

“김팔규 씨 글을 보니까 한말 의병봉기 때 우두머리들이 모의를 했다는 정자가 이 정자 같던데 아직도 멀쩡하군요.”

유남희는 기둥을 만지며 정자 여기저기를 맵쓸어봤다.

“김팔규 씨는 무슨 일이든지 그런 쪽으로만 부풀리는 사람이라 그 이야기에도 바람이 많이 들었을 거예요.”

두사람은 한참 웃었다.

“나는 이십년쯤 뒤 이 정자에 앉아 있는 마나님이 남경미 씨면 좋겠다."

유남희가 혼잣소리로 말했다.

"그런 모습은 아름다울지 몰라도 시골에서 그 이십년의 세월은 끔찍해요. 쇠똥 냄새도 싫고 시골 사람들 무지도 싫어요."

남경미는 쓸쓸하게 웃었다.

3

"강상구 씨는 정말 별난 사람이더구먼."

김선희가 장진호한테 귤을 까서 내밀며 말했다. 기차는 부지런히 들판을 달리고 있었다.

"그가 고향에 내려간 지 오륙년쯤 되었을 때던가, 이제 농촌에다 뿌리를 내릴 작정이냐고 했더니, 뿌리를 내린 것이 아니라 농민들하고 함께 견디는 거라며 웃더군. 같이 견딘다니 농촌운동을 하는 거냐니까, 지금 우리 현실에서 운동이란 건 코미디고 그냥 견디는 거라며, 운동이라는 말은 정신 건강에도 좋지 않으니 자기한테는 그런 말 쓰지 말래. 간단히 농협 같은 것만 보더라도 농업협동조합이라는 이름이 말하듯이 농민들이 서로 협동하자는 기구 아니냐, 그 협동을 할 당사자들은 두말할 것도 없이 농민들이고 주인도 농민인데, 임시특례법이란 걸 만들어 그 주인들은 농협의 운영에는 얼씬도 못하게 철벽으로 막아놓고 있는 판국이다. '잠시만 특별히'라는 그 '임시'와 '특례'가 일이년도 아니고 적잖이 이십년이 넘고 있는데, 그러면서도 농협 건물 옆구리 운동장만 한 벽면에는 '농협은 농민의 것'이라고 대문짝만하게 써놓고 있다. 이런 코미디 속에서 운동이랍시고 정색을 하면 그것은 또 얼마나 웃기는 코미디며, 그 속에서 무슨 변화를 열망으로 지닐 때 그런 인생은 얼마나 고달프겠냐고 웃더군. 그 특례법이란 거 알지?"

"우리도 많이 들었잖아? 하여간 재미있는 분이야."

김선희는 헤프게 웃었다.

"곁에서 구경하기는 재미있지만, 본인은 별로 재미가 없는 것 같아. 벌써 서른살에 꼭지가 차고도 두어살이나 덤이 얹혔는데 아직 '농촌총각' 신세도 못 면했잖아."

"어머. 그런 사람한테도 시집올 여자가 없단 말이야?"

"결혼 문제가 그만큼 심각한 것 같애. 그런 걸 봐도 견딘다는 말이 실감나더군. 운동을 좋아하는 세상이라 한때 농촌총각 장가보내기 운동이 벌어졌잖아? 그때 그이 친구 하나가 그 운동 덕분에 아내를 맞았던 모양인데, 일년도 못 가서 봇짐을 쌌대. 바로 작년 일이던가 그래."

"정말 답답한 일이구면. 재산은 어느 정도야?"

"소가 삼십여마리고 사슴이 대여섯마리 되는 모양인데, 빚이 있는지 모르지만 소만 하더라도 한마리에 삼백만원 턱이니까 삼십여마리라면 일억이 넘겠군."

"그거면 웬만한 도시에서는 아파트 한채 값은 되겠는걸."

"전부터 오라는 회사가 있는 모양인데, 농촌에서 끝까지 견딜 모양이더군. 그 형님 편지 한번 읽어볼래."

장진호가 선반에서 가방을 내려 큰 봉투에서 종이첩을 뽑아냈다.

"안에 있을 때 한달에 한번 꼴로 보내온 편지야. 며칠 전에 전화를 하다가 이 편지 이야기가 나오자 한번 보고 싶다길래 복사했어."

장진호는 복사지 한장을 뽑아 넘겼다.

"내가 대학을 일년 다니다가 보따리 싸서 낙향할 때 기분 짐작하겠지? 그게 바로 소값 파동 때문이었어. 권력자 한 녀석이 외국 소를 들여다 떼돈을 버는 바람에 소 기르던 농가들이 쑥대밭이 되었던 거야. 그가 누군 줄 알겠지? 옛날에는 부자 하나가 나려면 세 동네가 망한다고 했는데, 이 작자는 온 나라 소 기르는 사람들 전부 말아먹은 거지. 내려와서 집안 꼴을 보니 맥살이 줄 끊어진 기타와 한 짝이더군. 아버지는 화병으로 누워 계시고 집안 꼴이 말씀이 아니었어. 소 기르는 경험을 웬만큼 터득하신 아버지께서 한 파수만 제대로 기르면 얼마라는 계산으로, 빚을 내서 송아지를 열마리나 사셨는데 그게 독장사경륜이 되고 말았으니 화병이 날만 했지. 우리 아버지 별명이 뭔 줄 알아? 좁쌀영감이야. 영감이 되기도 훨씬 전 사십대 때 얻은 별명이야. 꼭 옹졸하대서가 아니라 꼼꼼해도 지나치게 꼼꼼해서 붙은 별명인데, 요새 같은 세상에 담배도 필터담배는 피워본 적이 없고, 필터 없는 맨담배나마 한개비를 통째로 피우시는 게 아녀. 담뱃갑 가운데를 두동강으로 잘라서 그 반쪽 갑에서 뽑아낸 토막담배를 손수 만드신 대뿌리 파이프에다 끼어 완전 연소를 시키는 분이셨어."

그는 멀겋게 웃었다.

"송아지 열마리 값은 우리 전 재산과 맞먹는 돈인데, 그 일생일

172

대의 투기가 독장사 옹기 짐 꼴로 박살나버렸으니 화병이 나지 않고 배기겠어. 그 무렵에는 소값이 그만큼 안정된데다 기르는 데도 자신이 있었고, 더구나 하나뿐인 아들이 이름 있는 대학에 들어가는 바람에 크게 힘을 내어 송충이가 갈잎을 한번 잡수셔봤던 건데 하늘이 무너지고 말았던 거지. 그때 내가 시골에 발목이 묶여버렸던 건 아버님이 자리 지고 계시니 당장 소한테 사료 주고 물 주고, 소 생원 수발이 온통 나한테 떨어지고 말았기 때문이었어. 할 일이 어디 그뿐이겠어? 농협 빚과 사채 이자 내랴, 사료 사오랴, 술덤병 물덤병 정신없이 나대다가 어느날 손을 봤더니 반년 동안 손톱 깎은 기억이 없는데, 깎을 손톱이 없더군."

그는 두 손을 뒤집어 손톱을 보이며 웃었다.

"그러는 사이 아버지 동업자들 도움을 받게 되었는데, 대학을 그만뒀다는 내 처지 때문에 그이들 손길이 그만큼 따뜻해서, 그이들 따스한 체온에 그동안 닭살이 졌던 마음과 얼굴 상판이 어느새 조금 풀려 있더군. 더구나 벼락칠 때는 천하가 한맘 한뜻이라고 모두 비슷하게 궁지에 몰린 사람들이라 그만큼 똘똘 뭉쳐 한덩어리가 되었던 건데, 같이 의논하고 같이 궁리를 짜다보니 나도 그 한덩어리 속에 깊숙이 발이 빠져 있더군. 그렇지만, 그때까지만 해도 농촌 탈출의 꿈은 변함이 없었어. 그때나 지금이나 어떤 모양으로 남아 있든 농촌에 남아 있다는 건 그 자체가 낙오잖아? 그러나 십여년이 지난 지금 나는 농촌에 뿌리가 깊이 박히고, 두루 얽혀 이제는 농촌을 떠날 수도 없고 떠날 생각도 없어. 낙오니 뭐니 그런 말이 끼어들 여지가 없으니 이세 나는 제대로 촌놈이 되어버렸다고 할까?

하하하.”

“그뒤 그이 아버님은 어떻게 되셨어?”

김선희가 편지에서 눈을 떼며 물었다.

“그게 처음 편지지? 지금은 어머니하고 둘이 사시는데, 이거 읽어봐.”

장진호는 다른 편지를 뽑아 주었다.

“너도 내 재능 타령을 하는 게 시골을 뜨라는 가락인데, 어느 곳에 어떤 모양으로 뿌리를 내렸든 한번 뿌리 내린 데를 뜨기란 빈 밥상 물리듯 쉽지 않아. 내가 도청에 근무하다 나왔던 거 너도 알고 있잖아? 내가 처음 통한의 낙향을 했을 때 우리 집에서 짊어지고 있던 빚을 삼년 만에 다 갚고 살림을 어지간히 추스르게 되었어. 그때는 오로지 농촌을 탈출하려고, 그러자면 집안 살림부터 웬만하게 가닥을 잡아놔야 하겠어서 물불 가리지 않고 뛰었던 거지. 사료 구입에도 나름대로 요령을 부리고 마침 친구 아버지가 농협 전무여서 돈 변통도 유리한 편이라 가능한 모든 조건을 다 동원하고 밤잠을 설치며 농촌 탈출이란 절체절명의 목표를 항해 들숨 날숨이 없었던 거야. 살림이 방불하게 가닥이 잡힐 무렵 무엇보다 다행인 것은 아버님이 건강을 회복하신 거야.”

장진호는 편지를 읽다가 잠시 그치고 담배를 물었다.

“집안일을 아버님께 물려주고 몇달 동안 시험 준비를 해서 도청으로 발령이 났는데, 일년 만에 경리 사고가 나고 말았어. 사고내용은 복잡하지만, 간단히 말하면 내가 책임을 떠넘기려고 할 경우 내 처지는 좀 유리해질 수도 있는 그런 사건이었어. 그렇지만, 내가 그렇게 버티면 우선 동료들도 다치고 그 사고와 관련이 있는 회사까지 여러 골이 시끄럽게 생겼더군. 더구나 그렇게 버티다 보면 나 자신도 좀 지저분해질 것 같고, 그래서 깨끗하게 책임을 지고 사표를 던졌던 거지. 그런데 그 사건과 관계가 있던 건축회사 사장이 나중에 자세한 내막을 알고 나를 자기 회사에 특채를 하겠다고 엉뚱한 제안을 해오지 않겠어. 나는 과전(瓜田)에 불납리(不納履) 아니냐고 좀 유식한 가락으로 정중하게 거절했어."

그는 계속했다.

"그 사고로 내가 변상해야 할 돈이 소 다섯마리 값이었는데, 소를 팔고 나니 토막담배를 줄담배로 피우시던 아버지가 다시 자리에 누우신 거야. 당장 또 우리 소 생원님들 수발이 내 차지가 되더군. 그런데 내 낙향을 누구보다 반기는 사람들은 지난 삼년 동안 같이 얼렸던 동네 사람들이었어. 사실 그 삼년 동안 농민들의 험한 처지가 우리의 경제구조와 농업정책 속에서 제대로 보이기 시작하더군. 도시 사람들보다 십여년씩은 더 늙어버린 동업자들 몰골과 아버지 토막담배의 검약에 자꾸 한숨이 나왔지만, 나는 애써 외면하고 말았던 거야. 좀 안다는 사람들이 건듯하면 내뱉는 '수탈' 같은 말은 아버지 시대의 기억이 떠올라 듣기도 싫었고, 어차피 나는 농촌을 떠나기로 작정한 사람 아니냐며, 그런 현실을 정면으로 보려 하지도 않았고 깊이 생각하지도 않았던 거야."

그는 꺼진 담뱃불을 다시 붙였다.

"그런데, 내가 다시 낙향한 얼마 뒤 가쁜 숨을 내쉬며 내 걱정만 하시던 아버님께서 딸깍 숨을 거두신 거야. 굴건세복을 하고, 발목

굵기의 동아줄로 묶어놓은 죄인 형상이라는 그 모양으로 서서, 아버지의 제단 앞에 엎드린 동업자들의 찌든 몰골들을 보고 있자니, 그들의 겉늙은 십여년씩의 세월과 아버지 토막담배 반쪽의 행방에 새삼스레 숨이 가빠오더군. 나는 그제야 경제학원론 정도를 읽은 내 어설픈 경제지식이나마 지난 삼년 동안 그들에게 크게 소용이 되었다는 생각이 들더군. 내가 고향을 떠나는 내 뒷모습이 그이들의 눈으로 다가들며 가슴이 더워오더군. 그렇지만, 꼭 그런 감상으로만 시골에 주저앉았던 건 아냐. 거기도 사람 사는 데고 삼년 동안 터득했던 경험은 내가 가진 가장 확실한 재산이라는 생각이 들며, 농촌 생활에 어지간히 전망이 서기도 했던 거지.”

그는 담배연기를 뿜으며 쓸쓸하게 웃었다.

“지금은 회장님이 되신 그때 그 건축회사 사장님은 지금도 마음만 있으면 자기 회사로 오라고 소식을 전해오고, 얼마 전에는 땅이 필요하면 자기가 사서 임대를 해주겠다는 제안까지 해왔더군. 고마운 분이지. 그분은 그때 나를 의리의 사나이 돌쇠쯤으로 깊은 인상을 받았던 모양이야. 하하.

“의리의 사나이 돌쇠. 그 의리의 사나이가 아직 장가도 못 가고 있구면.”

김선희가 고개를 들며 웃었다. 일그러진 웃음이었다.

“그 의리의 사나이가 지금은 수몰지역 보상 문제 때문에 또 정신이 없는 모양이더군. 자기는 벌써 보상을 받아서 이주를 했는데, 그 지역 일이라 손을 빼지 못하는 것 같아.”

“그런 일이라고 의리가 외출하겠어?”

"꼭 무슨 의리라기보다 그 형님은 담배를 끊으면서도 못 끊는 사람들이 열패감을 느낄까봐, 나는 기침 때문에 하는 수 없이 끊는다고 부러 핑계를 대어 곁의 사람들을 편하게 해주는 그런 사람이야."

"그런 사람들은 항상 자기 주머니는 가볍잖아?"

"그래도 그만한 재산을 모은 걸 보면 대단해."

"거기 인쇄물은 혹시 주간지 야냐? 사진 보니까 그 글은 나도 읽은 것 같네."

"다른 사람 글인데 오려서 보낸 거야."

장진호가 주간지 오린 걸 뽑아 내밀었다. 그곳 출신이 편지 형식으로 쓴 글이었다.

"동네가 없어져버리면 어떻게 되지요? 첩첩산중 산골짜기가 고향이거나 바다 한가운데 외딴섬이 고향이거나, 고향은 언제나 제 모양대로 제자리에 있으니까 고향이고, 그렇게 있어야 봄이면 봄대로 가을이면 가을대로 고향의 모습을 상상하다가, 도시에서 지치고 짜증나고 한숨 나올 때는 횅하니 한번 다녀올 수도 있는 곳이 고향인데, 그 고향이 물속에 잠겨 자취가 없어져버리면 어떻게 되는 거지요. 휴전선 북쪽에 고향을 둔 사람들도 당장은 갈 수가 없지만, 고향이 옛날 그 자리에 제 모습대로 있는 것만은 확실하므로, 그래서 언젠가는 갈 수 있으리라 생각하고 그리워하며 그날을 기다리는데, 고향의 집이며 논밭이며 냇가며 길이며 정자나무가 몽땅 물속에 잠겨버리고, 고향이 있던 자리가 산중턱까지 물이 차서 질펀한 호수의 퍼런 수면만 햇볕을 반짝이고 있다면 그런 모습은 생각하기만 해도 황당하잖아요?"

"고향을 떠난 사람들한테는 고향을 빼앗아간 보상을 해야겠구먼."

김선희는 소리내어 읽다가 까르르 웃었다.

"그런 말은 한가한 사람들 감상이고, 거기를 떠나는 사람들 사정은 이만저만 심각하지 않아. 땅값을 비롯해서 모든 걸 현지 기준으로는 상당히 후하게 쳐주는 편이라는데, 그런 것으로는 문제가 제대로 해결되지 않는 것 같아. 논값은 평당 칠만원으로 시가의 세배 가량이고, 묏등 같은 것도 풍수 대는 비용까지 촘촘히 계산을 한다지만, 각도를 조금만 달리하면 가장 후하다는 집값만 하더라도 기준 자체가 터무니없다는 거야. 집값은 잘 받아야 일이천만인데 웬만한 도시 아파트 한채가 억대잖아? 대대로 살아오던 주민들을 억지로 내보내려면 그들이 원하는 데다 지금 살고 있는 만큼 살 수 있도록 모셔야 할 텐데 주거 문제는 또 그렇다 치고, 일테면 개인택시 운전사들은 그 택시를 몰고 다른 데 가서는 영업을 할 수도 없다는 거야. 다른 데도 제 고장 사람들이 개인택시 신청을 해놓고 줄을 서 있는데, 어느 기관장이 그런 사람들한테 영업허가를 내주겠어. 소 돼지 기르는 사람들도 폐수에다 냄새 때문에 어디서도 받아주지 않는다는군. 더구나 보상받을 것이라고는 밭 한뙈기도 없는 영세민이 이주민의 십 퍼센트가 넘는다는데, 이런 사람들 가운데는 동네 그늘이 아니면 쪽박도 제대로 찰 수 없는 반편이들이 태반이라는군."

"맞아. 동네마다 그런 모자란 사람들이 한둘씩은 있지."

"그래도 그 형님은 원체 인심을 얻고 살아 그랬던지 지금 새로 들어간 동네서는 되레 환영을 하며 맞아들인 모양이야."

"그런 덕이라도 봐야겠지."

"노인 문제도 여간 심각하지 않은 것 같아. 여태까지 고향에 남아 있는 노인들은 도시는 죽어도 싫다며 고향에서 살다가 고향에 묻히겠다는 사람들인데, 그런 노인들까지 억지로 몰아내는 꼴이잖아?"

"그런 노인들은 고목을 뽑아다가 다른 데로 옮겨 심은 꼴이겠군."

"당장 우리 할아버지만 하더라도 지금 한숨이 땅이 꺼져. 댐 반대 투쟁을 할 때는 집회가 있는 날이면 새벽부터 이웃 동네까지 다니시며 한사람도 빠지지 말고 다 나오라고 성화를 부리셨다잖아."

"지금은 어때?"

"별수 있겠어. 푸푸 한숨소리만 더 거세지고 건듯하면 신경질이야. 엊그제는 국회의원이고 장관이고 다 도적놈들이라고 전화통에다 대고 화를 내시더군. 그래서 내가 뭐라고 한 줄 알아. 거 보세요. 노동판은 더 문제가 많아요. 오죽했으면 저 같은 사람들이 앞에 나서겠어요, 이랬더니 그 소리에는 또 시끄러, 하고 고함을 지르시더라고."

"어이구. 그 틈에도 자기의 장을 봤군."

두사람은 한참 웃었다.

"그래도 우리 할아버지처럼 내외가 함께 사시는 노인들은 나아. 이것도 그 형님이 써 보낸 건데, 홀로 사시던 어떤 영감이 보상금을 받아 서울 사는 아들 아파트 늘리는 데 보태 자기도 일찌감치 아들한테 가서 같이 살았던 모양이야. 아파트 구조란 게 모두 그 꼴이라, 그 영감도 식당 옆 굴속 같은 골방에서 기거를 하게 되었던 모양인데, 그 답답한 골방에서 앉았다 섰다 하다가 하루는 이상한 걸 봤어."

"뭔데?"

"며느리가 무슨 옷가지를 하나 쓰레기통에 버리는데, 무슨 더러운 것 처치하듯 쇠 집게에 걸쳐 상을 잔뜩 찌푸리고 쓰레기통에 넣는 거야. 무엇이 저렇게 더러운 게 있나 하고 찬찬히 보니까 자기가 벗어 내놓은 팬티더래. 다시 봐도 영락없는 자기 팬티더란 거야. 그동안 팬티를 항상 새 것으로만 내주어 이상하다 했다가 그 의문이 그렇게 험한 꼴로 풀린 거지. 영감은 그 길로 온다 간다 말도 없이 가방을 챙겨 들고 고향으로 내려와버렸다는구면. 다행히 자기 통장에 얼마쯤 꼽쳐논 게 있었던지 자기 친구네 동네 빈집을 손질해서 엉덩이를 디밀고 사는데, 어째서 내려왔느냐고 아무리 물어도 입을 처깔하고 있다가, 한참 뒤에야 가장 친한 친구한테만 한숨 섞어 귓속말로 속삭인 말이 자기 귀에까지 들어왔다고 적어 보냈더군."

"아아."

김선희는 아 소리를 길게 빼며 몇번이나 고개를 끄덕였다.

"그럼, 그 영감님은 앞으로 어떻게 살지?"

"그러게 말이야. 오늘 저녁 우리 동네서 잔치 베푼다고 했잖아? 이미 보상을 받아 동네 사람들이 반 이상 떠나버렸다는데, 새삼스럽게 잔치를 베푼다는 걸 보면 동네 사람들이 계속 떠나는 사이 그런 저런 일이 쌓이다보니, 동네 사람들이 그게 아니라는 생각이 들어 한판 마시며 기분을 풀자는 것 같아. 대대로 오순도순 살던 사람들이 고향을 떠나 뿔뿔이 헤어지자니, 객지에서 살아갈 일도 캄캄할 거고 떠나는 심사도 말이 아닐 거고, 그동안 동네 사람들끼리 빚 처리야 뭐야 꼬이고 뒤틀린 일도 많지 않겠어? 우리 동네는 동제(洞祭)를 유독 정성스럽게 지냈는데, 동제 겸 해서 잔치를 베푼다는 걸 보면 지난 정월에는 동제도 지내지 못할 만큼 경황이 없었던 것 같아."

"전에 시골에서 거덜난 사람들이 고향을 떠날 때 빚잔치를 벌였다더니 그런 잔치 비슷하겠네."

"맞아. 그 빚잔치는 나도 말로만 들었는데, 색갈이며 뭐며 빚을 지고 있던 사람들이, 나는 있는 것이라고는 통통 털어봤자 이것뿐이요 하고 손을 털면, 동네 사람들은 속이 쓰린 대로 챙기고 나서, 거덜난 사람한테 잔치를 베풀어 잘 가라고 웃으며 보내주었거든. 도시 풍속으로 치면 부도가 난 건데 거품을 물고 쥐어뜯는 게 아니라 되레 잔치를 베풀어, '잘 가거라' '잘 살아라' '힘 잡거든 다시 오너라', 떠나는 손을 맞잡고 눈물을 흘렸던 거지."

두 사람 웃는 얼굴에는 빚잔치 광경이 아득히 떠오르는 것 같았다. 기차는 부지런히 들판을 달리고 있었다.

4

상월리 당산나무에는 전등이 수십개 매달려 휘황찬란하게 주변을 밝히고, 사람들이 잔뜩 모여 웅성거리고 있었다. 당산나무는 별로 크지도 않고 볼품도 없었으나 전등불이 가지마다 늦가을 감나무에 감 열리듯 열리자 갑자기 크리스마스트리라도 된 것같이 호사스런 꼴이었다. 동네로 들어오는 길에는 승용차와 소형 트럭이 줄줄이 서 있었다.

당산나무 아래 교자상에는 음식이 가득 차려져 있고, 상 한가운데는 자배기만 한 돼지 대가리가 입을 벌리고 있었다. 갖가지 음식이 홍동백서(紅東白西) 어동육서(魚東肉西)로 푸짐하게 차려져 있었다. 당산나무 밑동에는 종이로 쓴 신위가 석장이나 나란히 붙어 있었다. 천룡지신(天龍之神) 당산지신(堂山之神) 수중지신(水中之神).

당산나무 아래 널찍한 마당에는 멍석이 여러장 깔려 있었다. 동네 멍석은 있는 대로 내온 것 같았다. 한쪽에는 맥주와 소주 상자가 가득가득 쌓여 있고 곁에는 북·장고·징 등 풍물도 놓여 있었다. 동네 사람들은 어른 아이 할 것 없이 다 나오고 외지 사람들도 많이 온 것 같았다. 대책위원장을 비롯해서 강상구며 이종구 등 대책위원들도 얼굴이 보였다. 장진호와 김선희는 젊은이들과 어울려 있고 대학생들도 한쪽에서 떠들고 있었다. 남경미와 유남희는 보이지 않았다.

이내 이장이 마이크를 잡았다.

"안녕하십니까? 상월리 이장 이동민이올시다. 바쁘신데도 이렇게 왕림해주신 대책위원장님을 비롯한 대책위원님들과 내빈 여러분께 이 동네 동민들을 대표해서 심심한 감사를 드리는 바입니다. 특히 물심양면으로 적극적인 협조를 해주신 대책위원회에 대하여 고개 숙여 감사를 드리고, 기타 여러가지로 협조를 해주신 많은 분들께도 깊은 감사를 드립니다. 그럼 지금부터 전 면장님이신 강찬우 선생께서 제를 집전해주시겠습니다."

강찬우가 앞으로 나섰다. 환갑이 갓 넘었을까 한 강찬우가 무릎을 꿇고 정중하게 술을 따라 제상에 올린 다음 축문을 펴 들었다.

"유세차 을해년 구월 십오일 상월리 동민 대표 전 면장 강찬우는 밝은 마음으로 감히 고하여 아뢰나이다. 앉아서 삼천리 보시고 서서 구만리 보시는 천룡지신 당산지신 수중지신, 영신 제위께 상월리 전 동민이 지성으로 성찬을 장만하여 올리오니 흠향하시고 들어주십시오. 영신 제위께서도 아시는 바와 같이 이 고장에 댐을 막아 우리 동네도 댐 속으로 수몰되어 전 동민이 전국 방방곡곡 산지사방으로 뿔뿔이 흩어지게 되었나이다. 우리 주민들로서야 자다가 날벼락이오나 댐을 막는 것은 국가적 대사인즉 기왕지사는 기왕지사로 치거니와 이주자들에 대한 당국의 보상으로 말씀을 올리면 부당한 일이 한두가지가 아니옵나이다. 영신 제위께서는 보상을 관장하는 관리들로 하여금 일을 처리할 적에는 우선적으로 주민들의 처지를 깊이 살펴서 처리하도록 보살펴주시고, 특히 지금 시차적으로 보상금을 지급하는 일은 여러가지로 문제가 많사오니 수몰 지역 전 주민들에게 한꺼번에 일괄적으로 보상을 한 연후에 공사를 하도록 살펴주시옵기를 간절히 비옵나이다."

축문은 영세민 대책이며 대지값의 현실화 등 오늘 시위 현장에서 구호로 내세운 일들을 열거하며, 그에 대한 주민들의 요구가 성취되도록 굽어살펴달라는 내용으로 이어지고 있었다.

그때 차 한대가 전조등을 훤하게 밝히고 들어왔다. 강상구가 유독 눈을 밝혔다. 대책위원들이었다.

"영험하신 영신 제위께서는 만리타향 낯선 고장으로 이주하는 동민들을 고루 굽어보시고, 장사하는 사람들이나, 농사짓는 사람들이나, 가축을 기르는 사람들이나 모두 사업이 번창하도록 살펴주시옵고, 이 마을 출신 공무원들이나 회사원들도 운수 대통하고, 군 복무하는 젊은이들도 무고 무탈하게 복무를 마치도록 보살펴주시옵소서. 그동안 동민들끼리는 서로 간에 주고받은 것을 처리하는 것이나 기타 여러가지 일로 마음에 맺혔던 일들이 불소하오니, 그런 섭섭한 마음도 모두 여기 물속에다 깊이 묻어버리고 가벼운 마음으로 떠나도록 살펴주옵시고, 이 동네 사람들이 어디 가서 살든지 산에 가면 산신령님께서 물에 가면 용왕님께서 아무 탈이 없이 지켜주시옵소서."

강찬우 씨는 정중하게 읽고 나서 축문을 촛불에 가져다 댔다. 축문이 공중에서 활활 타올랐다.

"아따 소지 한번 곱게 오른다."

할머니들이 감탄을 했다. 타오른 소지가 허연 재로 변하며 조각조각 흩어져 날아갔다. 이어서 대책위원장이 아헌을 올리고 이장이 종헌을 올렸다.

"잔마다 정성이 철철 넘친다."

"소원들이 모두 시원스럽게들 이루어지겠다."

할머니들 덕담에 모두 빙그레 웃었다. 음식상이 나오기 시작했다.

"모두들 자리를 골라 앉읍시다."

강찬우가 소리를 질렀다. 그때 또 승용차 한대가 들어섰다. 모두 그쪽을 봤다. 강상구 눈이 다시 빛났다. 김팔규였다.

"아이고, 늦었습니다. 늦었어."

김팔규는 허리를 깊숙이 숙이며 뛰어들었다.

"어서 오셔. 자리가 한 자리 비었기에 뉘 자린고 했더마는 김 기자님 자리였구면."

모두 웃었다. 김팔규는 제상을 향해 팡팡 플래시를 터뜨렸다. 늦게 참석한 제주처럼 정신없이 나댔다.

"당하에 몰려 있는 잡신들은 모두 이리 와서 내 말을 들어라."

이장이 엉뚱한 데서 크게 소리를 질렀다. 모두 깜짝 놀라 돌아봤다. 이장은 저쪽 축대 끝에서 어둠속을 향해 소리를 지르고 있었다. 양쪽 손에는 마개를 딴 소주병과 맥주병이 하나씩 들려 있었다. 이장은 술병을 땅에다 놓고 봉투에서 종이를 뽑았다. 채반에다 음식을 담아 온 여자들이 축대 옆 길가에다 짚을 깔고 음식을 늘어놨다. 나물이며 고기며 떡이며 밥이며 수북하게 놨다. 김팔규는 거기도 평평 플래시를 터뜨렸다.

"여기저기 박혀 있는 잡신들은 들어라. 을해년 가을을 맞이하여 본 동네 동민들이 수몰로 말미암아 동네를 떠나는 처지에 임하여, 마지막 최후로 동제를 지내는 마당에 우리 동네 각종 잡신 너희들에게 고한다."

이장은 강찬우와는 달리 엄격한 목소리로 크게 읽어 내려갔다.

"우리 동민들이 동네를 떠나는 마당에 임하고 본즉, 김가나 박가나 이가나 홍가나 여러 각종 성바지들이 너희들 잡신들하고도 이것이 마지막이다 생각하니 섭섭한 마음이 가일층 더하는 바이다. 이번 동제에도 우리 동민들은 오란 데 없고 갈 데 없고 먹을 데 없는 너희들을 위하여 온갖 음식을 정성스럽게 장만하여 차려놨으니 배부르게 많이들 먹어라. 많이들 먹고 여기저기 다니다가 각종 이로운 것이 있으면 이 동네로 가져오고 각종 해로운 것은 너희들이 전부 가지고 가거라. 겸하여 이 동네 동민들이 이 동네를 마지막 떠나는 날까지 못된 해코지는 절대로 시행하지 말 것을 엄중히 경고하는 바이다. 만약에 그렇지 않을 시에는 너희들 혼백들을 거리 중천에 화염으로 엄벌에 처할 것인즉 명심하기 바라는 바이다. 어, 팟쇠!"

이장은 '어, 팟쇠' 소리를 크게 내질렀다. 베슬베슬 웃고 있던 사람들이 와 웃었다. 이장도 빙그레 웃으며 라이터를 꺼내 축문이 아니라 공갈 문에다 불을 켜댔다. 이 종이는 창호지가 아니라 불붙은 종이가 금방 아래로 내려앉았다. 이장은 양손으로 번갈아 받아 올려 깨끗이 태웠다. 김팔규는 연방 플래시를 터뜨렸다. 이장이 이번에는 곁에 놔뒀던 소주병과 맥주병을 집어 들었다.

"술도 맥주랑 쐬주랑 모두 맑은 술이다. 많이들 먹어라. 많이들 먹어."

이장은 이번에는 다정하게 말하며 술병을 양손에 하나씩 들고 활활 내저어 고루 뿌렸다.

"잡신들 하나는 야무지게 닦달하는구먼."

이종구 말에 모두 웃었다.

"아무리 잡신이라고 각종 이로운 것은 전부 가져오고 각종 해로운 것은 전부 가져가라니 너무 야박하지 않은가?"

대책위원장이 핀잔을 주었다.

"못된 것들은 못된 것을 좋아할 것인께 즈그들 취미에 맞춰 한소리여."

이장은 멍석으로 들어서며 웃었다.

모두 상에 둘러앉아 술을 권했다. 젊은 축들과 대학생들은 여러 패로 앉았다. 장진호와 김선희도 한쪽 멍석에 동네 젊은이들과 얼려 술잔을 권했다. 남경미와 유남희는 아직도 나타나지 않았다. 술판이 무르익자 금방 목소리들이 커지기 시작했다.

한참 먹고 마시고 나자 노인들부터 담배를 물기 시작했다. 입술을 닦으며 나온 젊은이들도 담배를 물며 한사람씩 풍물 있는 데로 가서 끈을 조여 매기도 하고 채를 고르기도 했다.

　—깨갱깽 깽깽 깨갱깽 깽깽

풍물패들은 제자리에 서서 한참 손을 맞췄다.

　—깨갱깽 깽깽 딱

풍물 소리가 딱 멈췄다.

"상전이 벽해 되어 수몰민들이 고향을 떠나는 마당에 동제도 거룩하게 지냈것다, 이참에는 우리 풍물패들이 동제 잡수신 여러 영신들을 모시고 한판 놀아보는디, 놀아도 걸팍지게 놀것다. 처라."

　—깨갱깽 깽깽 깨갱깽 깽깽

풍물패들은 판을 잡아 돌며 두들겨댔다. 상쇠는 칠십객이 넘은 영감이었으나 목소리도 쇳소리로 창창하고 채 잡은 손놀림도 여간 힘지지 않았다.

　—깨갱깽 깽깽 딱

"여러 영신께 아뢰나이다. 이 동네 사람들이 대대손손 오순도순 살아오던 동네가 물이 차서 멀쩡한 땅이 물속으로 가라앉는 판이라 우리 미련한 중생들은 관이나 민이나 두루 인사불성이옵나이다. 수몰민들은 너나없이 소나기 만난 장꾼들 꼴이고, 보상을 관장하는 관리들은 귀에다 말뚝 박은 벽창호와 한 짝이올시다. 여러 영신들께서는 맑은 눈으로 고루고루 살펴보시고, 물속으로 가라앉혀야 할 것이 있으면 여축없이 가려내시어 댐 속으로 깊숙이 가라앉히시고, 가라앉지 말아야 할 것은 물 위에 덩실덩실 띄우셔서 떠나는 백성들이 수원수구 없이 웃는 낯으로 떠나도록 두루두루 살펴주시옵소서. 특히나 선 보상 문제는 당장 둥둥 띄워 올리도록 굽어살피시옵소서. 쳐라!"

──깨갱깽 깽깽 깨갱깽 깽깽

"잘 논다."

동네 사람들이 덩실덩실 춤을 추며 판으로 들어섰다. 대책위원장도 엉덩이를 우쭐거리며 들어섰다. 위원장은 익살스럽게 엉덩이를 내두르며 구경하는 사람들 손을 잡아 판으로 끌어들였다. 할머니들도 우쭐거리며 들어섰다.

"이 못된 조리중 놈, 어서 들어서라."

느닷없이 한쪽에서 깡 소리를 질렀다. 대책위원 한사람이 새끼로 이종구 허리를 묶어 안으로 끌고 들어왔다. 관중들이 와 웃었다. 이종구 머리에는 운동모가 뒤집혀 챙이 뒤로 가게 씌워졌고 등에는 구멍 뚫린 북이 새끼로 얽어 지워져 있었다. 이종구를 끌고 나온 사람은 작대기에 새끼를 묶어 총 모양으로 메고, 어깨판은 고장난 비행기 날개 모양으로 크게 휘저으며 잔뜩 거드름을 피우고, 이

188

종구는 병신스럽게 엉덩이를 우쭐거리고 있었다.

　　── 깨갱깽 깽깽 딱

"너 조리중 이놈, 이리 썩 나서라."

판을 멈춘 상쇠가 꽹과리채로 이종구를 가리켰다.

"조리중 이놈, 듣거라. 너 상판을 찬찬히 본께 요새 수몰지역에 기어들어 댐 농사를 짓고 있는 댐 농사꾼이 분명하구나. 이노옴, 중 놈이 파계를 하고 조리를 돌면 국으로 조리나 돌 일이지, 산신 제물에 메뚜기 뛰어들듯 수몰지역에까지 뛰어들어 댐 농사를 짓는단 말이냐. 말 죽은 원통보다 체 장수 몰려드는 것이 더 속상하더라고, 너 같은 놈들 때문에 지금 수몰지역 주민들은 신경질이 얼마나 났는지, 머리통이 고슴도치 머리통이 될 지경이다. 이놈, 당장 지옥으로 물러가거라. 이번에는 저 댐 농사꾼 놈을 지옥으로 보내는디, 속 거천리 잘 가라고 배송타령 가락으로 한바탕 두들기것다. 쳐라!"

　　── 깨갱깽 깽깽 깨갱깽 깽깽

어느새 장진호도 북을 메고 얼리고 대학생들도 서너명이 북을 메고 판을 휘저었다.

"학생들도 솜씨가 제법이네."

"공부하는 아이들이 언제 저런 솜씨까지 저렇게 익혔어?"

노인들이 감탄했다. 판은 한참 신나게 어우러졌다.

　　── 깨갱깽 깽깽 딱.

"또 한판 먹고 나서 놉시다."

상쇠가 꽹과리를 내리고 후유 숨을 내쉬었다.

"자네는 몸은 늙었어도 채 솜씨나 넉살 솜씨는 하나도 안 늙었구면."

"아이고, 나이한테는 못 해보겠구면."

상쇠는 고개를 내둘렀다.

"자네 눈감을 적에는 그 솜씨 관 밖에 내놓고 가얄 것이여."

노인들이 한마디씩 했다. 모두 다시 자리를 골라 앉았다. 여자들이 새로 국물을 떠오고 안주를 가져왔다.

"이번에는 대학생들이 한판 벌이겠답니다. 요새 학생들은 취미도 고루고루고 재주도 가지가지라 여기 나온 학생들은 이런 풍물로 노는 가락수가 테레비에서 그 코미디 노는 코미디언들 뺨치는 솜씨들이랍니다."

학생들 셋이 풍물을 들고 나왔다. 하나는 꽹과리고 둘은 북이었다.

"저희들은 대학 놀이패들입니다. 서툰 솜씨나마 여러 어르신을 위로하는 마음으로 한판 놀아볼까 합니다. 짝이 맞지 않아서 꽹과리하고 북만 나왔습니다."

꽹과리 든 학생이 정중하게 인사를 했다. 북재비들이 자리를 잡아 앉았다.

─깨갱깽 깽깽 덩덩 뚝딱 뚝딱

한참 두들겼다.

"아따, 저 쇠 잡은 아이는 예사 솜씨가 아니네. 쇠를 어디서 얼마나 잡아봤간데 저래?"

노인들은 모두 입이 벌어졌다.

"인자 본께 저 아이는 진구지 째보 손자구만."

"별놈들이네. 요새 젊은 놈들은 모두가 뛰고 뒤틀고 뒹굴고 초랭이 방정만 떠는 중 알았등마는 저런 아이들도 있었구먼."

"수가 많아논께 취미도 가지가지겠제."

　　—깨갱깽 깽깽 딱.

"옛날에 꼰날에 두꺼비 씨름하고 각다귀 장기 뒤던 시절에 그때도 이렇게 수몰이 되는 데가 있었는데, 세상 꼴은 그때나 지금이나 별로 다를 것이 없었던가, 거기도 댐 농사 짓는 댐 농사꾼들이 어물전에 쇠파리 꾀듯 하고, 수몰효자도 줄로 생겨나서 수몰지역이 시끌쩍했던가보더라. 그 가운데서 수몰효자 똘남씨 똘남댁 이야기를 한번 풀어보는디."

"그들먹하게 풀어봐라."

북재비들이 추임새를 넣으며 한참 두들겨댔다.

　　—깨갱깽 깽깽 깨갱깽 깽깽

　　—덩덩 뚝딱 뚝딱

"수몰지구 출신으로 서울서 회사에 다니는 똘남씨 똘남댁 부부로 말할 것 같으면, 이 사람들이 시골 부모님들 알기를 신다 버린 구두짝으로 알아, 평소에는 바쁘다, 시간이 없다, 부모들한테는 기껏 설하고 추석하고 양 명절에나 한번씩 다녀갈까 말까 하더니마는, 고향 동네가 수몰이 되어 제 아버지 앞으로 보상금이 나온다고 하자, 똘남씨 똘남댁 두 부부 가슴에 대번에 효성이 장마에 생수 터지듯 솟아나서 홀로 사는 시골 아버지한테 드나들기를 풀 방구리에 생쥐 드나들듯 했것다."

"효성 한번 똑떨어지는구나."

　　—깨갱깽 깽깽 깨갱깽 깽깽

──덩덩 뚝딱 뚝딱

　"아들 며느리 지극한 효성에 똘남씨 아버님은 날이면 날마다 입은 바지개가 되고, 눈은 초사흘 초승달이 되어서 허허 하하 웃음소리가 구들장이 들썩이고 들보가 흔들리는 판에, 기다리고 기다리던 보상금이 나왔것다. 보상금이 얼만고 하니 일억 몇천만원, 그런께 그 돈을 세종대왕 그려진 만원짜리 지폐로 계산을 할작시면, 일만 만 자 만장 하고도 일천 천 자 수천장을 더 보탠 액수로구나. 아들 내외 효성에 감탄한 영감은 일억 몇천만원짜리 수표를 내외한테 내주는디, 너희들도 내 집을 장만하여 남부럽잖게 살라고 덕담까지 푸짐하게 얹어서, 수표에다 도장까지 설날 아침 맏손주 세뱃돈 주듯 선뜻 내주었것다. 수표를 받아든 똘남씨 똘남댁 거동 보소. 입이 귀밑까지 찢어져서 심봉사 바랑 뒤져 내빼는 뺑덕 엄씨 달려가듯 정신없이 서울로 달려가는디, 희희덕거리며 그 달려가는 꼴 한번 가관이었던가보더라."

　"똘남씨 내외 수지맞았구나!"

　　──깨갱깽 깽깽 깨갱깽 깽깽

　　──덩덩 뚝딱 뚝딱

　풍물패들은 한참 동안 신나게 두들겼다.

　그때 큰길에서 또 승용차 한대가 들어오자, 강상구는 눈을 밝혔으나 남경미와 유남희는 끝내 나타나지 않았다.

　"젊은 놈들이 참말로 구성지게는 노네. 저 녀석들은 저 길로 나서도 밥 먹고 살겠구먼."

　노인들은 연방 감탄이었다. 젊은이들은 완전히 판을 휘어잡았다.

"전세 살던 똘남씨 똘남댁은 대번에 아파트를 내 집으로 장만하여 그 지극한 효성으로 아버님도 서울로 모셔갔것다. 서울로 올라간 영감은 효성이 지극한 아들 내외 아파트에서 방 한칸을 차지하고 사는데, 방이란 것이 식당 옆에 되짝만 한 골방이라 창이란 것은 또 천장에 아득히 매달려, 방구석이 어둡고 답답하기가 대낮에도 전등불을 켜야 할 지경이라, 여태까지 문만 열면 앞마당 뒷마당이 훤하던 집에서 집안이 내 세상으로 활개 펴고 살던 영감이, 이런 굴속 같은 골방에서 살자 하니, 누워도 벌떡증이요 앉아도 폭폭증이요 서도 갑갑증이구나. 벌떡증 폭폭증 갑갑증을 못 이겨서 집을 나서면 발길 닿는 데라고는 노인당뿐인데, 노인당 영감들하고는 아직도 설면설면 정이 붙지 않아 이 골목 저 골목 낯선 골목이나 하염없이 바장이다가, 그날도 한숨을 푸푸 내쉬면서 골방에 들어와서 또 앉았다 누웠다 벌떡증 폭폭증을 폭폭 끓이면서, 창 뒤쪽을 얼핏 내다본다는 것이 보아도 요상스럽고 해괴한 광경을 보았것다. 며느리, 그러니까 똘남댁이 무슨 옷가지를 하나 쓰레기통에다 버리는디, 그 옷가지가 더러워도 얼마나 더러운 옷가지였던지, 그 옷가지를 플라스틱 막대기에다 이렇게 걸쳐서 고개를 뒤쪽으로 이렇게 천리만리나 빼고 버리는디, 찬찬히 본께 자기가 벗어 내놓은 팬티가 아닌가? 다시 보아도 자기 팬티요, 또 보아도 자기 팬티구나."

젊은이는 고개를 뒤로 쭉 빼고 버리는 시늉을 익살스럽게 하고 있었다. 그때 웃던 군중들 웃음이 잦아지며 둥그런 눈들이 한곳으로 모아지고 있었다.

"이놈!"

군중들 눈길이 모아졌던 데서 영감 한사람이 버럭 고함을 지르며 앞으로 나섰다.

"이 못된 놈, 네깐 놈들이 멋을 안다고 그런 소리를 만중 앞에서 왜장을 치느냐?"

영감은 삿대질을 하며 고래고래 고함을 질렀다.

"네놈들이 멋을 알아?"

영감은 거듭 고함을 질렀다. 영감은 얼굴이 백지장으로 굳어졌고 고함소리는 하늘을 찔렀다. 놀던 학생들은 말할 것도 없고 군중들은 모두 말뚝처럼 굳어 영감만 보고 있었다.

"고정하게. 고정하게. 철없는 아이들 아닌가?"

영감들이 달려들며 진정을 시켰다.

"이놈들아, 네놈들이 멋을 아냐 말이여?"

영감은 영감들한테 등을 밀려 저쪽으로 가면서도 거듭거듭 고함을 질렀다. 영감의 고함소리는 거의 절망적이었다.

판은 대번에 얼음장으로 굳어버렸다. 영감들이 영감을 부축하고 승용차 쪽으로 갔다. 군중들은 영감이 승용차에 타고 떠날 때까지 그쪽만 보고 있었다.

5

"형님, 저희들 왔습니다."

장진호와 김선희가 강상구한테 고개를 꾸벅했다.

"왔냐?"

도랑에서 거푸집에 못질을 하고 있던 강상구가 활짝 웃으며 일어섰다. 도랑에 콘크리트를 치는 것 같았다.

"금방 레미콘이 오게 돼서 미안하다. 잠깐 기다려라. 저기까지 못만 치면 된다."

강상구는 거푸집 끝을 가리켰다. 얼마 남지 않았다.

"염려 마십시오."

강상구는 나무젓가락만큼씩 굵은 못을 큼직한 망치로 깡깡 박았다. 망치 대가리가 두홉들이 소주병보다 더 컸다.

"집자리를 잘 잡으셨는걸요. 개울도 맑고 경치도 그만입니다."

장진호가 주변을 둘러보며 감탄했다.

"여러사람들이 눈독을 들이던 데라 돈이 꽤나 들었다."

동네서 한참 떨어진 곳이라 소 키우기에는 안성맞춤일 것 같았다. 산자락 밑에 외따로 한채 있는 살림집도 여간 아늑하지 않았다. 축사가 큼직하고 곁에 철제 골격만 세워진 신축 축사는 더 컸다.

"오늘은 시위 현장에 안 나가도 되나요?"

"레미콘 차례 얻기가 어려워서 오늘은 하는 수 없이 양해를 얻었다."

강상구는 깡깡 망치질을 하며 띄엄띄엄 말했다.

"새로 짓는 것도 소 축삽니까?"

김선희가 물었다.

"예. 설계가 좀 복잡해서 일이 까다롭습니다. 저런 일도 웬만한 일은 자기 손으로 해야 하니 시골서는 목수에 토수에 전천후 인간이 돼야 합니다."

강상구는 경황 중에도 김선희를 향해 웃어주고 다시 깡깡 못질을 했다. 망치가 원체 커서 못이 무에 박히듯 쑥쑥 들어갔다.

"그래도 자기가 자기 일을 한다는 게 얼마나 속 편합니까? 남 밑에서 월급 받고 하는 일은 하면 할수록 지겨워요."

"그래도 수입 하나는 꼬박꼬박 제때 들어오잖아요. 우리는 농축산물 수입한다는 소리만 들어도 가슴에서 텅텅 기둥이 내려앉습니다. 월급쟁이들이 부러울 때가 한두번이 아닙니다."

"무슨 일이든지 수월한 일은 없는 것 같아요."

그때 승용차 한대가 들어왔다. 강상구는 손을 멈추고 보고 있었다. 차는 저쪽 동네로 방향을 꺾었다.

"전에 형님 동네 출신 남경미 있잖아요? 어제 읍내서 만났네요. 서울에 있는 학교로 발령이 났다더군요."

"서울로 발령이 나?"

강상구는 눈이 둥그레졌다.

"모르고 계셨군요. 서울서는 교직이 하늘에 별 따기라던데 잘됐더군요. 여기를 떠나는 참이었는데 용케 만나 차 한잔 했네요."

"언제 떠난다더냐?"

강상구 눈이 더 커졌다.

"제가 여기 온다는 소식은 형님한테서 들었다며 못 보고 갈 줄 알았더니 만났다고 몹시 반가워하더군요. 고향이 없어지니까 그도 떠나기가 더 섭섭한지 눈물을 보입디다. 명랑하고 당돌하기로 소문난 아인데 차에 타고도 자꾸 눈물을 훔치는 바람에 나도 눈물이 날 것 같아 혼났네요."

장진호는 헤프게 웃었다. 잠시 허공에 눈길이 떠 있던 강상구는
이내 못이 담긴 통을 더듬어 못을 집었다. 순간이었지만, 그의 눈
에는 하늘이 전부 담기는 것 같은 공허한 눈이었다. 강상구 표정을
보고 있던 김선희가 놀란 눈으로 장진호를 봤다. 강상구는 못을 판
자에 대고 탕탕 망치질을 했다. 못이 자리를 잡자 판자와 각목을
싸잡고 망치를 번쩍 올려 깡 내리쳤다.

"아이고!"

강상구는 망치를 내던지며 손가락을 싸잡았다. 왼손 검지에서
피가 쏟아지며 금방 손에 피가 벌게졌다.

"어머머."

김선희가 비명을 질렀다. 장진호는 건성으로 달려들고 김선희는
핸드백에서 얼른 손수건을 꺼냈다.

"찢어요. 하나는 좀 가늘게!"

김선희가 장진호한테 손수건을 내밀며 소리를 질렀다.

"가만 계세요. 지혈부터 시켜야 합니다. 여기요."

손수건 조각을 받아 든 김선희가 다친 손가락이 돋아난 데를 가
리켰다.

"조심하세요. 뼈가 상한 것 같습니다."

강상구는 상을 찌푸리며 손을 내밀었다. 김선희가 단단히 조여
묶었다. 피를 닦아낸 다음 조심스럽게 상처를 처맸다. 솜씨가 여간
능란하지 않았다.

"빨리 병원으로 갑시다."

장진호가 저쪽 트럭을 돌아보며 서둘렀다. 그때 레미콘 차가 나타났다. 강상구는 장진호한테 차 열쇠를 던져주고 레미콘 차 곁으로 갔다.

"못질을 하다가 손을 다쳤습니다. 저쪽부터 일을 하십시오. 나 얼른 병원에 다녀오겠소."

강상구는 일을 시켜놓고 냇가로 내려섰다. 김선희도 따라갔다.

"가만 계세요."

김선희가 강상구 손을 잡아 피를 씻었다.

"이거, 미안합니다."

강상구가 허리춤에서 수건을 뽑아주며 웃었다. 장진호가 트럭을 몰고 왔다. 강상구와 김선희가 운전석 옆자리에 조여 앉았다.

"아프지요?"

김선희가 손을 보며 물었다.

"견딜 만합니다. 뼈는 상하지 않았으면 좋겠는데."

"너무 세게 맞은 것 같아 걱정이네요."

"시골살이가 이렇습니다. 모처럼 놀러왔는데 미안합니다."

강상구는 김선희한테 새삼스럽게 고개를 숙였다.

"무슨 말씀이세요."

읍내까지는 십여분 거리였다. 차가 경찰서 앞을 지날 때였다.

"멈춰!"

길가 한군데로 눈이 간 강상구가 갑자기 소리를 질렀다.

"저 사람들이 무슨 일이지?"

강상구가 차에서 내려 그쪽으로 갔다.

"아이고, 오는구먼."

사람들이 강상구한테로 몰려왔다.

"웬일이야?"

"사기꾼 왕초 이천상이 있잖아? 그 작자를 강호리 아이들이 두들겨 패버렸어."

"많이?"

강상구가 놀라 물었다.

"이빨이 두개나 나가고, 두들겨 패도 우악스럽게는 팬 것 같아. 지금 그 아이들도 잡혀오고 이종구도 데려갔어."

"이종구는 왜?"

강상구 눈이 더 커졌다.

"그 아이들 배후를 조사한다는 것 같아. 그 동네 대책위원, 그 사람도 데려왔다는 거 같아!"

강상구는 얼굴이 구겨졌다.

"위원장이랑 위원들이 서장 만나러 간다고 금방 들어갔구먼."

"그래? 나도 다녀올게."

강상구가 경찰서를 향해 바쁜 걸음을 쳤다.

"너무 단단히 묶어서 손가락이 까맣게 죽었는데."

김선희가 장진호를 돌아봤다.

"형님, 치료부터 해야 하잖아요?"

장진호가 쫓아가며 소리를 질렀다.

"괜찮아!"

강상구는 바쁜 걸음으로 내달았다.

"왜 이렇게들 시끄럽습니까?"

강상구가 서장실로 들어서자 서장이 핀잔부터 주었다. 정보과장
도 서장 곁에 앉아 있었다.

"솔직히 말해서 지금까지 우리가 수몰민들을 얼마나 배려해주었
습니까? 지금 공사 현장 점령하고 있는 것만도 저쪽에서는 아우성
입니다. 그 회사는 하루에 손해가 얼만 줄 압니까? 그래도 우리는
날마다 수몰민들 요구를 들어줘야 한다고 위에다 건의를 하고 있습
니다. 이 판에 일을 이렇게 일을 벌이면 우리는 어쩌란 말입니까?"

서장은 목소리가 높았다.

"알고 있습니다. 서장님께서 여태까지 얼마나 너그럽게 봐주고
계시는지 잘 알고 있습니다. 그렇지만, 대책위원들까지 데려오니
까 주민들이 동요하고 있습니다."

위원장이 조심스럽게 말했다.

"우리가 괜한 사람들을 데려온 줄 압니까?"

정보과장이 빠듯 말꼬리를 올렸다.

"무슨 말씀인지 알겠습니다."

강상구가 갈마들었다.

"그렇지만 이종구 씨는 그 동네 풍수들 일은 어제야 알았습니다.
우연히 어제 술자리에서 이천상 씨를 만나 술김에 가만두지 않겠
다고 을러멘 일은 있습니다마는, 오늘 사건의 가해자들하고는 아
무 관계도 없습니다. 그건 제가 잘 압니다."

강상구는 서장과 정보과장을 번갈아 보며 차근하게 말했다.

"그 공갈이 허투루 친 공갈인 줄 아시오? 그 사람 어제 그 동네

가서 그 아이들을 만나고 왔던 거예요. 도대체 뭘 믿고 만인 앞에서 공갈까지 칩니까? 당장 위에서 전화가 빗발치고 있어요."

정보과장이 목소리를 높였다.

"그 사람들 데려온 것은 시위하고는 전혀 별개의 사건입니다. 그 사건하고는 연관 짓지 마세요."

서장이 뒤를 눌렀다.

"까마귀 날자 배 떨어지더라고 이거 참 답답합니다."

대책위원장이 고추 먹은 소리를 했다.

"하여간, 군중들이 읍내로 몰려오면 일판은 심각해집니다. 요새 정부 태도 알지요? 공사장을 점령하고 있는 것만도 우리는 부담이 한짐입니다. 괜히 이것도 저것도 산통만 깨는 일이니까 잘들 생각하시오. 더구나 학생들까지 가세한 모양인데 그렇게 되면 문제는 또다릅니다."

그때 전화기가 울렸다. 정보과장이 받았다.

"군중들이 출발한다고? 출발했어?"

모두 눈이 둥그레졌다. 시위 현장에서 여기까지는 삼십여리였다.

"시위 군중들이 움직인답니다. 기세가 만만찮은 것 같습니다."

정보과장이 서장한테 말했다. 그때 갑자기 바깥이 소란스러웠다. 과장이 벌떡 일어나 창문을 열었다.

──대책위원 석방하라.

──경찰은 각성하라.

군중들이 정문 앞에서 악을 쓰고 있었다. 사오십명쯤 되는 것 같았다. 차를 타고 현지 경찰들 몰래 빠져나온 모양이었다.

"저런 것도 모르고 뭘 하고 있어?"

서장이 과장한테 고함을 질렀다. 과장은 상판이 노래졌다.

"몰려와서 읍내를 휩쓸면 우리도 거기까지는 손 개 없고 있을 수 없습니다. 어떻게 하겠소?"

서장이 자리에 앉으며 차근하게 다그쳤다. 위원장은 강상구를 돌아봤다.

"도망칠 사람들이 아니니 우선 대책위원들부터 내놓고 대처하면 어떻겠습니까?"

강상구는 다친 손을 싸안고 조심스럽게 말했다.

"우리들이 사람들을 장난으로 잡아들이는 줄 아시요?"

"그렇지만, 저희들 힘도 한계가 뻔합니다. 주민들은 그런 일을 빌미로 경찰이 수몰민들을 탄압한다고 단순하게 생각한 것 같습니다. 그렇지 않아도 어제도 읍내로 진출하자고 아우성이었습니다."

"데려온 사람들은 피해자들이 배후조종 증거까지 제시한 사람들입니다. 그런 사람들을 군중들이 몰려와서 아우성친다고 내주란 말입니까? 우리는 명백한 증거가 있으니 군중들을 설득시킬 책임은 당신들한테 있습니다."

서장은 던지듯 내뱉었다.

"그렇지만 불은 꺼놓고 봐야 하지 않겠습니까?"

대책위원장이 굽실거리며 말했다.

"경찰을 무엇으로 보고 하는 소리요?"

서장 말꼬리가 버럭 올라갔다.

──대책위원 석방하라.

── 경찰은 각성하라.

밖에서는 아우성소리가 점점 높아가고 있었다.

"사실은 어제도 겨우 진정을 시켰습니다."

"끌어모은 것은 당신들이니까 그 책임도 당신들이 져야지요."

"끌어모은 이유야 잘 알고 계시잖습니까?"

강상구가 나섰다.

"그동안 당신들 하는 일이 얼마나 뒤죽박죽이었습니까? 당장 지금 내걸고 있는 선 보상만 하더라도 처음부터 그렇게 나왔어야지요."

서장이 손바닥으로 탁자를 쳤다.

"그 말을 하자면 한이 없습니다. 수몰민들 형편 잘 아시잖습니까?"

강상구가 침착하게 말했다. 밖에서는 구호 소리가 점점 요란스러워졌다.

"당장 저 사람들부터 해산시키시오. 공사장도 언제까지 방치할 수 없지만, 읍내까지 휘저으면 우리는 법대로 하는 수밖에 없소. 누구든지 가차 없이 잡아들이겠단 말입니다. 내 말 명심하시오."

서장은 던지듯 쏘아놓고 퉁기듯 자리를 박찼다. 멍청하게 서장을 보고 있던 대책위원들도 힘없이 일어섰다.

"서장 말은 우리들도 잡아들이겠다는 소리잖아?"

서장실을 나서자 대책위원 한사람이 겁먹은 소리로 뇌었다.

"이판사판, 기왕 부딪칠 것 잘됐지 뭐."

위원장이 돌아보며 웃었다.

"잡아갈 테면 잡아가라지."

── 철통같이 단결하여 수몰권익 쟁취하자.

정문에서는 연방 악다구니가 쏟아졌다. 경찰들이 정문을 가로막고 군중들은 목이 찢어져라 악을 썼다. 군중들은 수가 점점 늘어난 것 같았다. 저쪽 차고 곁에서는 방석모를 쓴 경찰들이 최루탄 발사기를 챙기고 있었다. 현관을 나서던 대책위원들은 잠시 걸음을 멈추고 경찰들과 군중들을 번갈아 보았다. 다친 손을 가리고 양쪽을 돌아보고 있는 강상구는 유독 껑충한 키가 벌판에 꽂힌 장대처럼 쓸쓸해 보였다.

『실천문학』 1996년 가을호(통권 43호); 2006년 7월 개고

길
아래서

아무리 고개를 내둘러도 작년까지 다니던 옛 도로가 보이지 않는다. 고속버스는 새로 난 사차선 고속도로를 날듯이 달리고, 김주호 씨는 유리창에 눈을 대고 이차선 옛길을 찾아 눈을 번득인다. 이따금 멀리 가까이 옛 도로가 한두군데 보였지만, 그 도로가 일반 도로로 이어졌는지 그냥 버려져 있는지 그런 걸 보려 하면, 금방 길이 높이 떠오르거나 가드레일이 시야를 가려버렸다.

승주 조계산 선암사를 다니느라 일년에 두세번씩 사십여년을 다니던 길이었다. 그 이차선 도로를 다니며 이 고속도로 공사하는 걸 볼 때는 공사지역이 거의가 험한 산악지대라, 저 앞은 높은 산이고 저기는 아득한 계곡인데, 어쩌자고 저런 데를 허무는지 고개를 갸웃거렸던 곳이 한두군데가 아니었다.

그런데 오늘 새로 난 고속도로를 달려보니, 높은 산줄기는 굴을 뚫고 계곡은 다리를 놔, 이런 길이 아주 옛날부터 이렇게 예정되어 있다가 이제야 비로소 모습을 드러낸 것 같아 두루 신기하기만 했다.

버스가 도롯가에 멈췄다. 이 버스는 고속도로를 달리지만, 고속도로 군데군데 간이정류장에 멈추는 일반고속버스였다. 선암사를 가려면 여기서 완행버스로 갈아타야 한다.

김주호 씨는 해마다 선암사에 두번씩 다니는데, 그가 하는 일은 두가지다. 하나는 선암사 화장실 대청소고, 또 한가지는 6·25 때 여기서 죽은 임자 없는 귀신 제사 지내는 일이었다. 화장실 대청소는 지난 가을에 해버렸고, 오늘은 제사 지내러 가는 길이다. 그런데 금년부터는 일이 한가지 더 생겼다. 절 근처 묵정밭을 일궈 남새밭을 가꾸는 일이었다.

완행버스가 왔다. 시골 버스답게 천천히 와서 천천히 멈췄고, 김주호 씨가 타자 천천히 출발했다.

"나무관세음보살."

의자에 등을 기대자 김주호 씨 입에서 버릇처럼 염불이 새어 나왔다. 6·25전쟁이 한창이던 오십여년전, 군인들을 가득 실은 군용트럭(GMC)이 한밤중에 낭떠러지에서 개울로 굴러떨어졌던 사건이 떠오른 것이다. 쾅. 쾅. 쾅.

선암사에서 오랜만에 배불리 먹고 달게 자고 있는데 비상이 걸렸다. 그때 군 트럭 운전병이었던 김주호 씨는 소대장과 선임하사가 속삭이는 말에 깜짝 놀랐다. 거기서 십리쯤 되는 동네에 빨치산들이 십여명이나 잠입했다는 것이다. 그렇다면, 김주호 자기 외삼촌이 두목인 그곳 출신 빨치산들일 게 틀림없었다. 거기에는 자기 형님도 끼여 있었다. 어둠속에서 낮은 소리로 소대장 지시가 다급했다. 일개 소대 병력이 출동할 모양이었다. 정규군 일개 소대가 출동하면 그들은 거의 몰살당할 판이었다. 이 일을 어쩐다? 가다가 트럭을 어디다 처박아버릴까? '그래. 바로 그거다. 그것밖에는 방법이 없어.' 처박아버릴 맞춤한 장소까지 떠올랐다. 주먹을 사려쥐었다.

지금 멈춰 있는 출동지점에서 비탈길을 십여 미터쯤 내려가면 길이 거의 직각으로 꺾이고, 그 아래는 두길이나 아득한 낭떠러지였다. 트럭을 거기다 처박아버리자. 그러면 병사들은 별로 다치지 않고, 트럭은 움직일 수 없을 것이다.

사고원인은 운전 부주의고, 운전 부주의는 과실죄일 뿐이다. 나는 운전교육도 속성이었고, 운전경력도 겨우 이개월, 그나마 지프를 몰다가 트럭은 사흘 전에 이 부대로 전속되어 처음이었다. 징역을 살면 얼마나 살겠는가? 이를 악물었다. 운전석에 오르자, 가슴이 뛰며 몸뚱이가 공중으로 떠오르는 것 같았다. 바삐 날고 있는 먹구름장 사이로 언뜻번뜻 스치는 달이, 마치 형님과 외삼촌이 숨가쁘게 내닫는 것 같았다.

"출발!"

소대장과 선임하사가 조수석으로 뛰어오르며 소리를 질렀다. 기어를 넣고 액셀을 밟았다. 부르릉, 차가 움직였다. 가슴속에서 심장 뛰는 소리가 귀에 들릴 것 같았다. 비탈길에 들어서는 순간이었다.

소대장이 어깨를 툭 쳤다. 예? 소스라치게 놀랐다. 속마음이 들킨 것 같았다.

"쌔꺄, 조심하란 말이야."

예, 예. 큰 소리로 대답하며 다급하게 브레이크를 밟았다. 브레이크가 듣지 않았다. 어라. 잘못 밟았나? 다시 힘껏 밟았다. 부르릉, 차가 미끄러지듯 내달았다. 쌔꺄! 소대장과 선임하사 고함소리가 찢어졌다. 있는 힘을 다해 다시 브레이크를 밟으며 핸들을 꺾었다. 그러나 트럭은 이미 허공에 떴고, 핸들을 꺾었기 때문에 트럭 한쪽이 낭떠러지로 휘청 쏠리고 있었다. 쾅, 쾅, 쾅.

소대장과 선임하사를 비롯한 다섯명이 즉사하고, 반 이상이 중상이었다. 김주호 씨는 정강이뼈가 부러졌으나, 그런 건 부상 축에도 들지 않았다. 병원은 수라장이었다. 찢어지는 고함소리, 기어드는 신음소리!

그때 비명 같은 고함소리와 함께 김주호 씨 볼에서 불이 났다. 너도 죽어, 이 쌔꺄, 죽어. 죽어. 죽어! 김주호 씨는 그 병사를 빤히 쳐다보며 얼굴을 그대로 맡기고 있었다. 내가 이렇게 엄청난 일을 저질렀다니, 엔진이라도 멈추듯 숨이 딸각 멈춰버리고 몸뚱이는 수증기처럼 증발해버렸으면 싶었다.

김주호 씨는 부상자들을 피해 격리수용 되었다. 그날 저녁이었다. 계호하는 헌병들이 속삭이는 소리에 소스라치게 놀랐다. 그 동네에 빨치산들이 들었다는 건 거짓 정보였다는 것이다. 거짓 정보? 그럼 그런 맹랑한 거짓 정보에 이 많은 사람들이 이 꼴이 됐단 말인가? 아니, 그러니까 결국 내가 그런 거짓 정보에 이 사람들을 이렇게 죽이고 병신을 만든 게 아닌가? 차가 굴러떨어진 건 브레이크 탓이었지만, 그것은 내가 제정신이 아니었기 때문이었다. 트럭을 개울에다 처박아버리겠다고 작정한 다음부터는 너무도 겁에 질려 군화 끈을 맨다면서도 치렁치렁 끌고 운전석에 올랐고, 곁에서 하는 소대장 말도 알아듣지 못할 지경이었다.

브레이크가 듣지 않았던 것 같았는데, 그것도 이상했다. 그날 해거름에 정비병이 정비를 한 다음 출동지점으로 이동할 때까지도 멀쩡했으며, 그뒤로는 차를 움직인 적이 없었다. 겁에 질려 브레이크를 헛밟았는지도 모를 일이었다. 어찌 됐든 내가 당황하지만 않았더라면, 낭떠러지로 떨어지지는 않았을 것이다. 왼쪽 언덕에다 박아버릴 여유가 충분했기 때문이다. 죽으라고 고함치던 병사들의 악다구니가 살아왔다.

자살밖에는 길이 없었다. 어렸을 때 보았던 한겨울 논고랑의 꿩이 떠올랐다. 얼갈이해놓은 논고랑에서 먹이를 찾고 있는 꿩을 향해 돌팔매질을 했다. 꿩은 갑작스런 공격에 후다닥 날개를 퍼덕이며 논고랑으로 도망치다가, 사뭇 다급해지자 벼락덩이 밑에다 고개를 처박았다. 좁은 고랑이라 두 날개가 양쪽 두둑에 부딪혀 날아오르지 못하고, 제 깐에는 숨는답시고 그렇게 고개만 처박고 있던 것이다.

자살 결심을 굳히자 마음이 좀 가라앉았다. 바로 수사가 시작되었다. 자살할 기회만 노리고 있었으므로 수사에는 관심이 없었다. 수사관은 꼬치꼬치 파고들었지만, 브레이크가 듣지 않았다는 말은 하지 않았다. 그랬다가는 정비병까지 졸경을 칠 텐데 어차피 죽기로 작정한 마당에 정비병까지 끌어들이고 싶지 않았다. 정비병이 정비를 잘못했다 하더라도 그것은 실수였을 것이므로 그의 실수까지 안아버리고 싶었다.

치료가 어지간해지자 헌병대 영창으로 이송되었다. 노끈까지 준비해놓고 자살 기회를 노렸으나 쉽지 않았다. 영창을 지키는 헌병들 임무는 탈옥 다음으로는 자해와 자살 방지였다. 목숨 끊는 것쯤 마음 하나 먹기에 달린 줄 알았더니 그게 아니었다. 죽을 기회를 얻기가 이렇게 어렵다는 것 또한 놀라운 일이었다.

그렇게 두달이 지날 무렵이었다. 어느날 갑자기 살고 싶다는 생각이 들었다. 그 욕구가 너무 절실했다. 죗값은 우선 징역으로 치르고, 그뒤로도 두고두고 치르겠다고 작정했다. 징역은 이년이 선고되었다. 이년을 다소곳이 살고 불명예제대를 했다. 그러나 병사들의 그 아우성소리와 신음소리는 쉽사리 사라지지 않았다. 군 트럭만 봐도 소름이 끼치고, 꿈속에서도 시뻘겋게 피를 뒤집어쓴 병사들이 아우성을 치며 허우적거렸다.

세월이 약이어서 십여년이 지나자 결혼을 했다. 그러나 그게 아니었다. 첫날밤, 좋게 일어서는 것 같던 아래가 신부를 껴안자 바짝 움츠러들어버렸다. 아무리 나대도 살아나지 않았다. 작자는 한숨을 쉬며 눈을 감았고 신부는 눈물을 흘렸다. 옛날 원혼들이 신방 이불 속으로 들어와 조화를 부린 것 같았다.

그 담으로 집을 나가 정처 없이 떠돌았다. 노동판에서 막일을 하다, 산판 벌목 인부로 산속에 깊숙이 처박히다, 안강망 어선을 타고 아득한 바다에 묻히다, 그렇게 몸을 굴리기를 일년도 훨씬 더

한 어느날이었다. 술잔을 앞에 놓고 길게 뿜은 담배연기 속에 갑자기 선암사가 어른거렸다. 선암사! 거기는 어디를 가더라도 그쪽을 향해서는 자세도 바로 할 수 없던 곳이었다. 그렇지만 이제 갈 데는 거기밖에 없을 것 같았다. 가서 무얼 어쩌자는 무슨 방도가 떠오른 것도 아니었다. 그렇지만 선암사에 가야 어떻게든 무슨 규정이 날 것 같았다.

"선암사!"

거기 가면 대번에 우광쾅 벼락이라도 떨어질 것 같았다. 몇번이나 망설이다가 마음을 사려 먹고 도살장에 들어가는 소처럼 뒤를 당겨 선암사를 향했다.

선암사는 길이며 숲이며 옛 모습 그대로였다. 두려웠던 깐으로는 발걸음이 쉬웠다. 트럭이 곤두박였던 낭떠러지가 가까워지자 가슴이 뛰었다. 멀리서부터 지옥을 보듯 그 낭떠러지를 보며 걸었다. 트럭이 옆구리를 박았던 바위는 옛 모습 그대로 개울 한가운데 버티고 있고, 개울물도 맑게 흐르고 있었다.

산굽이를 돌아서자 무지개다리와 선녀가 내려온다는 강선루가 덩실하고, 멀리 일주문이 보였다. 옛집에라도 찾아온 듯 가슴이 울렁거렸다. 무지개다리와 강선루를 지나갔다. 상점을 지나 한참 올라가다가 일주문을 저만치 두고 발을 멈췄다. 더는 발걸음이 떨어지지 않았다. 그렇지만, 여기서 돌아서면 자기는 영영 사람 구실을 못할 것 같다는 생각이었다. 지금처럼 정처 없이 떠돌아다니다가, 어디 쓰레기더미나 후미진 산자락 돌무더기 같은 데서 거리귀신이 되고 말 것 같았다.

담배만 뻐금거리며 서성거리다 길가 바윗돌에 엉덩이를 내려놨다. 멍청하게 앉아 담배만 뻐금거리고 있었다. 그때 유쾌한 웃음소리와 함께 환상처럼 이상한 광경이 눈에 들어왔다. 술이 곤드레 취한 사람들이 저쪽에서 깔깔거리며 쇠스랑으로 무얼 꺼내고 있었다. 어라, 눈이 번쩍했다. 옛날 군인으로 여기에서 며칠간 주둔할 때 기억이 떠올랐다. 자기도 모르게 벌떡 일어섰다. 가까이 가자 오물 냄새가 코를 찔렀다. 사람들은 화장실에서 오물을 꺼내고 있었다.

이 절은 큰 절이라 화장실도 규모가 컸지만, 규모보다 화장실 구조가 여간 그럴싸한 게 아니었다. 누구든지 이 화장실에 들어갈 때는 예사 화장실이거니 하고 들어갔다가, 일을 보고 나올 때는 신기한 눈으로 다시 뒤를 돌아보았고, 그런 걸 유심히 뜯어보는 사람들은 화장실 건물의 구조에 감탄했다.

일은 세사람이 하고 있었다. 한사람은 승복을 입었지만, 머리를 기른 게 불목하니 같았고, 다른 두사람은 삯일꾼들인 듯했다. 그들은 화장실 바닥 안쪽에 두엄처럼 쌓여 있는 오물을 평지로 꺼내고 있었다. 오물은 많이 쌓였고 그들은 땀을 뻘뻘 흘리며 꺼내고 있었다.

"나도 일 좀 합시다. 그냥 해드리지요."

작자는 물고 있던 담배꽁초를 내던지며 대번에 웃통을 벗었다. 곁에 있는 쇠스랑을 집어 들자, 일꾼들은 머쓱한 눈으로 작자를 건너다봤다.

"허허. 어디서 죄를 많이 짓고 댕기다 온 사람 같은디, 이 일은 아무나 하는 일이 아니요. 이 독한 냄새에 대번에 코피가 터져요. 그런 직심이면 기왕 절에까지 왔으니, 부처님 앞에 가서 불공이나 드리고 가시요."

늙수그레한 일꾼이 껄껄 웃으며 핀잔을 던졌다.

"불공은 불공이고, 어디 한번 해봅시다."

더 말릴 새도 없이 입은 옷 그대로 쇠스랑으로 오물을 찍었다. 냄새가 코를 찔렀다. 코를 찌른다는 말이 정말 찌르는 그대로라 하게 독했다. 냄새가 독하면 독할수록 이거야말로 내가 할 일이다 싶었다. 숨 돌릴 겨를도 없이 그악스레 쇠스랑을 찍어 끌어당겼다. 일꾼들은 연방 키득거렸다. 얼마나 가나 보자는 가락이었다. 그러다 어느새 웃음소리가 잦아지기 시작했다. 억척도 억척이지만, 그들 가락에 맞춰 일 후리는 솜씨가 절구질에 욱이는 손 들락거리듯 하는 것이 어정잡이가 아니구나 싶은 모양이었다.

요사채와 길을 사이에 두고 가파른 언덕에 자리잡은 화장실은, 그 구조를 위에서 보면 군대 야전변소 모양으로 세면만 칸을 막은, 그런 칸막이가 남녀용을 합쳐 이십여개나 되었고, 오물은 두세길 아래 떨어졌다.

바닥에 오물이 쌓이면 그때마다 풀을 베다 덮기 때문에, 아래서 불어오는 바람에 냄새는 냄새대로 날아가버리고, 오물은 오물대로 말라 두엄이 되었다. 그 오물을 일년에 한번씩 꺼내서 바짝 말리면 두엄으로는 이만한 두엄이 없다는 것이다. 바짝 말리므로 밭으로 내기도 쉽고, 옛날 기생충이 많을 때도 기생충 알은 거의 말라버렸을 거라 했다.

그러니까, 이 건물은 화장실이라기보다 뒷간이라 해야 제격이었다. 그래서 그랬는지 '화장실'이란 표찰 말고, 허름한 판자에다 '뒤싼'이라 쓴 표찰을 따로 하나 달아놨다. 예사롭게 일을 보고 나오던 사람들은 건물의 독특한 구조에 무심코 고개를 돌리다가 '뒤싼?' 하며 걸음을 멈췄고, 어른들은 어른들대로 아이들은 아이들대로 '뒤싼?' '싼뒤?' '싼디?' 하며 고개를 갸웃거리다 웃다 했다.

"쉬었다 합시다."

불목하니가 소리를 질렀다. 모두 땀을 닦으며 연장을 놨다.

"당신, 어디서 이런 뒷간만 치다 왔소, 어쨌소? 굴러온 돌이 박힌 돌 뺀다더마는 이러다가는 우리들 이 알량한 일감 떨어지게 생겼소."

나이 지긋한 이가 너털웃음을 터뜨렸다. 불목하니는 이 잔은 당신이 먼저 받으라며, 김주호 씨한테 먼저 소주잔을 디밀었다. 김주호 씨는 손을 저었으나 한사코 들이댔다.

"뒷간 치는 데 일꾼 모셔오기가 이만저만 어렵지 않은데, 지옥에 납신 지장보살님도 아니고, 살다보니 당신 같은 사람도 있소그려."

김주호 씨는 가지 밭에 든 사람처럼 어색하게 웃으며 술잔을 받았다.

"저, 피!"

술잔을 입으로 가져가던 김주호 씨는 깜짝 놀랐다. 말간 소주잔에 핏방울이 벌겋게 퍼졌다. 모두 까르르 웃었다. 불목하니가 잽싸게 그의 얼굴을 공중으로 젖히며 뒤통수를 두들겼다. 일꾼 한사람이 쑥을 뜯어다 비벼 내밀고, 다른 사람은 오물에서 하얀 뒤지를 추려 깨끗한 데만 골라 코 주변을 수습해주었다.

"송충이가 갈잎을 묵어도 함부로 묵으면, 동티가 나도 이렇게 험하게 나는 거요."

"맞소. 갈잎도 갈잎입니다마는, 술을 마시면서 뒷간 터줏대감한테 고수레도 안 했으니, 동티까지 겹친 것 같소. 쇠뿔도 각각 염불도 뭇뭇이라고 내 몫으로 고수레를 해야겠소."

김주호 씨는 너스레를 떨며, 소주병을 가져다 새로 술을 따랐다.

"뒷간 터줏대감님, 내가 인사가 늦었습니다. 술 받으십시오. 고수레!"

걸쭉하게 너스레를 떨며 여기저기 고루 뿌렸다. 선불 맞은 멧돼지처럼 불문곡직 뛰어들어 부라퀴처럼 나대는 깐으로는 너름새가 제법이다 싶은지, 모두 누런 이빨을 있는 대로 내놓고 웃었다. 김주호 씨도 오랜만에 환하게 웃었다. 없는 주변머리에 이런 익살을 부려본 것도 집 나오고 처음이었다. 그는 다음 날 마지막 풀을 베다 바닥에 깔 때까지 들숨 날숨이 없었다. 일을 끝내고 나자 어디 창자 속에 더께더께 끼었던 무슨 오물이라도 씻겨 나간 것 같았다.

김주호 씨는 뒷간 일이 끝난 다음에도 불목하니를 따라 수긋하게 나무도 해 나르고, 장작도 패고, 새벽같이 일어나 절간 구석구석 비질도 하고, 입안에 혀 놀듯 진일 마른일 가리지 않았다. 그동안 보살할미며 절 식구들을 따라 새벽 예불에도 나가 그들 곁에 다소곳이 서서 예불 흉내도 냈다. 그렇게 한달 가까이 지내는 사이 절 물정도 방불하게 가늠이 잡혀가고 있었다.

그러던 어느날, 이 끝 저 끝 뒤얽히는 생각에 밤중까지 잠을 설치다가, 그날따라 유난히 은은하게 다가드는 풍경 소리에 슬그머니 밖으로 나갔다. 풀벌레들도 숨을 죽인 한밤중의 적요 속에 한군데 법당만 안온하게 불빛을 안고 있었다. 부처님이 이리 오라고 손짓이라도 하는 것 같았다. 그 손짓에 이끌리듯 두근거리는 가슴을 안고 천천히 법당 앞으로 갔다. 큼직한 옆문의 문고리를 잡아당겼다. 무겁게 문이 열리고, 부처님은 조용히 앉아 계셨다. 그 앞에 한참 서 있다가 무릎을 꿇고 다소곳이 허리를 굽혔다. 그 순간 얼마 전에 삼천배 하던 사람이 떠올랐다. 그 달음으로 연거푸 절을 하기 시작했다.

그동안 예불에 나가 절을 하면서도 강아지 머루 먹듯 건성으로 흉내만 냈던 터라, 손놀림 발놀림이 제대로 예모에 맞는 것인지 모르겠지만, 절을 하고 나서 부처님을 쳐다보면 그때마다 제대로 절을 받아주고 계신 것 같아 안심이었다. 한참 절을 하다가 그쪽으로도 정신이 들어, 절을 할 때마다 절의 수를 세기 시작했다. 백자리, 이백자리, 삼백자리를 넘어서자 다리가 꼬이고 허리가 휘어질 것 같았다. 이를 악물고 더 정성스레 손을 모으고 허리를 굽혔다.

새벽 예불이 끝나고 다시 시작할 때는 불목하니와 보살할미가 시중을 들어주었다. 그들이 보살피자 새로 힘이 나는 것 같았다. 젖 먹던 힘까지 짜내 몸을 일으키고 허리를 굽혔다. 마치 악귀들이 발목을 붙잡고 지옥으로 끌어당기는 것 같았으나, 그 지옥에서 기어 나오듯 아득바득 삼천배를 했다. 온몸의 뼈마디가 따로따로 떨어진 것 같고, 몸뚱이는 물먹은 빨래 뭉텅이 꼴로 천근만근이었다. 그래도 한 구실 했다는 생각에 눌렸던 마음은 물 위의 낙엽처럼 가벼웠다.

잠부터 푹 잤다. 몸이 풀리자 오랜만에 집 생각이 났다. 정말 오랜만이었다. 그러고 보니 일년도 넘게 소식 한마디 전하지 않았다. 신부는 진작 친정으로 가버렸겠지만, 식구들은 또 얼마나 애를 태웠겠는가? 갖가지 생각이 꼬여 들며 마음이 다급해졌다. 열흘 묵은 나그네 하룻길 바빠하더라고 다음 날 새벽같이 길을 나섰다.

식구들은 죽었던 사람이 살아온 듯 놀랐고, 그때까지 기다리고 있던 신부는 넋 나간 눈으로 빤히 보고 있다가 얼굴을 싸안고 부엌으로 달아났다. 식구들은, 그동안 몸은 성했느냐, 어쩌면 그렇게 소식 한장 없었느냐, 어느 순간에 또 훌쩍 일어설지 몰라 슬슬 눈치 살피며 타박도 아니고 칭찬도 아니게 조심조심 물었다. 작자는 주눅이 들면 쥐여주는 말도 제대로 비벼내지 못하는 주변머리라 붙잡혀 온 두꺼비처럼 눈만 끔벅이고 있었다. 밤이 되어 아내와 한 이불 속에 들어가자 서로가 떨어져 나갔던 몸뚱이 다른 한쪽이라도 찾은 듯 복받치는 눈물을 주체 못하며, 서로 끌어안았다 다시 안고 고쳐서 안기를 거듭했다. 곡절이 너무 컸던 다음이라 뒤얽히는 구름과 쏟아지는 비의 조화가 여름 한낮 소나기처럼 질펀하였다.

김주호 씨는 그뒤로도 해마다 선암사 뒷간 일을 계속했다. 벌써 사십여년 동안 한해도 거르지 않았고, 그 일에는 두루 미립이 나서 절에서도 그 일이라면 밑 빠진 가마솥 놓고 땜장이 기다리듯 그가 올 때까지 일을 물려두고 있었다. 김주호 씨는 뒷간 일을 하기 시작하면서부터 뒷간 일 말고 옛날 그때 억울하게 죽은 병사들 극락 왕생을 비는 제사 예불도 올리기 시작했다. 제사라야 절에서 간단하게 마련해준 제물을 차려놓고 한밤중에 혼자 예불을 올리는 것이었다.

이번에는 그 제삿날이 오늘이었다. 사고가 났던 날은 며칠 전이었지만, 사고 이삼일 뒤까지 병사들이 죽었으므로 제삿날을 그만큼 늦춰 잡은 것이다. 제물은 이미 보살할미한테 전화로 부탁해놨다. 보살할미는 요사이 유독 김주호 씨 말이라면 무작정 예예였다. 전에도 그랬지만 얼마 전 남새밭을 가꾸면서부터는 더했다.

아주 옛날 어느 때는 스님들이 천명도 넘었다는 이 절은 절 전답도 전답이었지만, 절 주변 산자락에 남새밭도 질펀하여 철따라 갖가지 채소는 물론이고, 가을 김장까지 그 많은 대중이 먹고도 남았다는 것이다. 그러나 근자에는 그 너르고 기름진 땅이 폐가 집마당처럼 잡초만 우거지고 있었다. 가까이 몇년 전만 하더라도 무야 배추야 고루 가꿨으나 요사이는 스님들이 손에 흙이라면 노소간에 고개를 내두른데다, 삯일꾼들도 품삯에 밥에 술에 그 돈도 만만찮고 비료값에다 약값까지 계산하면 사다 먹는 게 되레 낫다는 것이다.

그렇지만 농사일이 손에 익은 김주호 씨는 전부터 여기저기 산자락마다 묵어 있는 묵정밭으로만 눈이 끌리던 차에, 보살할미가 저 좋은 땅 놔두고 겉절이 상추 한주먹까지 농약으로 뒤발한 시장거라야 맛이더냐고 푸념하는 소리에 당장 연장을 메고 나섰던 것이다. 오래 묵었던 땅이라 연장을 대자 팥고물처럼 흙이 갖고 놀고 싶게 부드럽더니, 상추가 힘을 타기 시작하자 소리라도 지르듯 솟아올랐다.

버스에서 내리자 소나기가 한줄기 지나가는 바람에 절 아래 상점에서 비를 그었다. 빗줄기가 제법 거세더니 금방 그쳤다.

"처사니임!"

등에 책가방을 짊어진 예닐곱살짜리 동자승이 김주호 씨를 부르며 달려왔다. 하얀 까까머리에 승복을 입은 동자승은, 더러 영화에나 나오는 동자승 모양 그대로 살결이 보송보송하고 얼굴도 티 없이 맑았다.

"아이고, 월정이구나. 내가 지금 우리 월정 동자가 제일 먼저 반길 것이다 하고 오는 참이다."

"그동안 안녕하셨습니까? 나무관세음보살."

월정은 새삼스럽게 두 발을 모으고 합장을 하며 다소곳이 고개를 숙였고, 김주호 씨는 절에 별일 없느냐며 월정의 머리를 쓰다듬어주었다. 월정은 아무 일도 없다며 팔랑팔랑 앞장을 섰다.

이 아이는 여기 주지스님이 어디 여관에서 새벽길을 나서다가 어느 집 대문 앞에서 태도 자르지 않은 핏덩어리를 주워다 기른 아이였다. 그런 아이치고는 얼굴이 밝고 영특하기가 예사 아이가 아니라 승속 간에 귀여워하지 않는 사람이 없었다. 학교에서도 선생님이 예뻐하는 것 같았고, 또래들하고도 잘 얼려 이따금 여남은명이 떼몰려와서 앞뒷산을 휘지르다가 우르르 몰려들어 절에서 밥을 먹기도 했다.

"처사님, 저것 좀 보세요. 지난번에 대학생들이 길가에 자란 나무에 죄다 저렇게 이름표를 달아났거든요. 저기 바위 뒤에 껑충한 나무는 산가막살나무, 그뒤에 작달막한 건 난티잎개암나무, 저 위에 저건 감태나무, 저기 껑충껑충 서 있는 것은 정금나무, 여기 요거는 그냥 딸기나무가 아니고 수리딸기나무, 저기 서로 엇갈려 자란 나무는 대팻집나무, 저것은 부처님이 그 밑에서 득도하셨다는 보리수나무.”

월정은 위아래로 손가락질하며 나무 이름을 줄줄이 불러댔다.

“나무 이름을 알게 되니까 나무들이 모두 갑자기 친구들이 된 것 같아요. 제가 이름을 부르면 좋아서 깔깔거리며 손을 흔드는 것 같거든요. 저기 저건 노린재나무거든요. 야, 노린재나무야. 나야, 나 월정이야. 저 보세요. 이파리로 손을 흔드는 것 같죠?”

월정은 깔깔 웃었다. 영특한 아이라 벌써 나무 이름을 죄다 외우고 있었다.

“처사님, 이게 무슨 나문지 아세요. 이렇게 작고 우습게 생겼지만 그래도 귀한 나무인지 이 나무한테도 이름표를 달아놨거든요. 이게 말발도리나무. 이름도 우습죠?”

바위가 벌어진 푸석돌 틈에서 좁스럽게 자란 나무를 가리키며 킬킬거렸다. 괴상스런 데서 옹색스레 자라는 나무답게 원줄기가 어느 것인지 모르게 여러 줄기가 모질게 자라고 있었다.

월정은 연달아 나무 이름을 부르며 어떤 나무한테는 어째서 다른 나무한테 기대고 있느냐고 타박을 하기도 하고, 어떤 나무한테는 이쪽 빈 데로 가지를 뻗으라고 소리를 지르기도 했다.

김주호 씨는 옛날 트럭을 처박았던 길 아래 낭떠러지가 가까워지자 주머니에서 담뱃갑을 꺼냈다. 옛날 개울에 트럭을 박았던 바위에 노랑할미새 한마리가 꼬리를 깝죽거리고 있었다. 할미새가 또 한마리 날아왔다. 김주호 씨는 걸음을 멈추고 담뱃갑을 꺼내 한참 헛만지다가 담배를 한개비 뽑아 불을 붙였다. 할미새는 꼬리를 깝죽거리며 바지런히 근처를 옮겨 다니고, 김주호 씨 눈은 한참 할미새를 따라다니고 있었다. 저만치 가던 월정이 눈이 똥그래지며 이쪽을 보고 있었다.

"저쪽 남새밭에 배추 많이 자랐는지 모르겠다."

"많이 자랐어요. 보살할머니가 솎아다가 나물을 해 먹고 있어요."

"흐음. 땅심이 그렇게 실한 밭에서는 벌레도 별로 일지 않느니라."

"처사님이 늘 드시던 방에는 열흘 전에 불공 손님이 한분 드셨는데, 오늘 가셨을 거예요. 오늘 가신다고 어젯밤에 제사 예불을 드렸거든요."

김주호 씨는 법당과 요사채를 다녀서 객사로 갔다. 방문 옆 마루 귀퉁이에 가방이 하나 놓여 있었다. 오늘 간다던 손님이 아직 떠나지는 않은 모양이었다. 김주호 씨는 방에다 가방을 던져놓고 남새밭으로 갔다.

산굽이를 돌자 개울 건너 남새밭이 온통 연둣빛으로 파랬다. 김주호 씨는 입이 벌어졌다. 한창 물이 오른 배추는 아까 내린 소나기로 한결 더 싱싱해 보이고, 배춧잎은 잎사귀마다 방울방울 물방울을 달고 소리라도 치듯 자라고 있었다. 산마루에 얹힌 해는 소나기 뒤의 맑은 햇살을 배추밭에만 쏟아붓는 것 같았고, 빗방울을 머금은 연둣빛 잎사귀는 햇살을 그대로 투과하듯 투명하고 고왔다. 배춧잎은 먼저 잎이고 나중 잎이고 모두가 속잎처럼 부드러워 바람이 조금만 세게 불어도 그대로 바스러질 듯 연해 보였다.

"어머님, 죄송합니다."

취한 듯이 배추밭을 보고 섰던 김주호 씨는 낮은 소리로 우물거렸다. 자신도 모르게 나온 소리였다. 실없이 주변을 돌아보며 혼자 웃었다. 김주호 씨는 봄배추 잎사귀가 이렇게 아름다웠던가, 생전 처음 본 것처럼 놀라웠고 그 순간 갑자기 자기 어머니가 떠올랐던 것이다. 돌아가신 지 이십년도 넘는 어머니였다.

김주호 씨는 어렸을 때 어머니를 몹시 원망한 적이 있었다. 남의 집에는 장독대나 남새밭 가에 접시꽃이며 맨드라미는 물론이고, 어떤 집에는 모란에 장미에 철 따라 갖가지 꽃들이 화려한데 자기 집에는 그 흔해빠진 접시꽃이나 맨드라미 한그루도 없었다. 어머니는 그런 꽃들은 아예 안중에도 없는 것 같았고 남새밭 귀퉁이에 손바닥만 한 땅만 나도 상추나 배추 따위 푸성귀만 넣었다. 그런 어머니가 무식하고 탐욕스럽게만 보여 김주호 씨는 늘 지르퉁했고 까닭 없이 심통을 부리기도 했다.

그러던 김주호 씨가 상추나 배추가 모란꽃이나 장미꽃보다 훨씬 더 아름답다는 사실을 깨닫고 놀란 적이 있었다. 상추나 배추라기보다 그런 푸성귀가 지니고 있는 초록빛이 모란꽃이나 장미꽃의 빨간색이나 노란색보다 훨씬 더 아름답다는 사실을 깨달은 것이다. 그것은 마치 돌덩어리가 갑자기 금덩어리로나 바뀐 만큼 놀라운 일이었고 그때의 충격은 지금도 잊을 수가 없었다.

군 트럭 추락 사건으로 헌병대 영창에 수감되어 있을 때였다. 한달 만에 처음으로 운동을 하라며 밖으로 내보냈다. 한달 가까이 장마가 들어 그 음습하고 우중충한 지하실에 갇혀 있다가 그날 처음으로 어두컴컴한 동굴 속에서 햇볕 세상으로 나간 셈이었다.

복도를 지나 막 운동장으로 나서는 순간이었다. 자신도 모르게 그 자리에 우뚝 멈추고 말았다. 하얀 담장 너머로 하늘을 찌르듯 껑충하게 솟은 버드나무가 눈에 들어왔던 것이다. 여태까지 무심하게만 보아왔던 버드나무가 너무도 아름다웠다. 원색으로 하얀 담장 너머, 역시 원색으로 파란 하늘을 배경으로 껑충하게 솟은 버드나무의 초록색, 햇살에 반짝이고 있는 그 초록색은 너무도 아름다웠다. 그는 그대로 멍청하게 서서 버드나무만 보고 있었다. 저 버드나무의 저 흔해빠진 초록색이 도대체 이렇게도 아름다웠더란 말인가? 개울가 버려진 땅에서 키만 껑충할 뿐 나무로서도 볼품이 없고 목재로도 쓰임새가 없는 저 버드나무가, 더구나 산과 들 온 세상을 전부 뒤덮고 있는 저 초록색이 이렇게 아름다울 줄은 정말 상상도 못한 일이었다.

그는 넋 나간 사람처럼 그 자리에 서서 버드나무만 보고 있었다. 이 세상에 새로 눈이 뜨인 것 같았고 그동안 까맣게 잊고 있던 무슨 소중한 것을 새로 발견한 기분이었다. 뭐 하고 있느냐는 헌병의 핀잔에 잠시 걷는 시늉을 하다가 다시 버드나무를 바라보았다. 다시 봐도 역시 아름다웠다. 화단에는 석류꽃과 달리아와 봉숭아가 피어 있었다. 그런 꽃들의 분홍색이나 노란색은 버드나무의 초록색과 비교가 되지 않았다. 그런 색깔들의 그 화사한 색조는 되레 잡스럽게까지 느껴졌다. 잡스러움, 이 또한 놀라운 일이어서 다시 비교해봤지만 역시 잡스러웠다. 도대체 이 흔해빠진 초록색이 어째서 이제야 이렇게 아름답게 보이는지 이 또한 알 수가 없는 일이었다.

그는 목발을 짚은 채 운동 시간 삼십분을 내내 버드나무만 바라보고 있었다. 방에 들어오자 그 감동이 조금 가라앉으며 어머니가 떠올랐다. 옛날 남새밭에 배추나 시금치 따위 푸성귀만 심던 어머니를 이제야 비로소 이해할 수 있을 것 같았다. 그때 어머니 눈에는 푸성귀나 벼 보리 같은 곡식의 초록색이 맨드라미나 접시꽃은 물론이고 모란꽃이나 장미꽃보다 훨씬 더 아름답게 보였을 것 같았다. 더구나 배추나 무나 시금치 같은 푸성귀는 자식들과 먹고 사는 먹을거리였으므로 그만큼 더 곱게 보였을 것이다.

어디서 촐랑거리다 왔는지 다람쥐 한마리가 물푸레나무에 붙어 똥그란 눈알을 굴리며 김주호 씨를 보고 있었다.

"으음. 그렇게 낮은 데로 다녀라, 족제비들이 너희들 씨를 말린다고 텔레비에서 야단이더라."

다람쥐는 대답이라도 하듯 깡충깡충 뛰어 가지에서 가지로 내달았다.

"안녕하십니까? 이 채전 가꾸시는 영감님이시군요?"

말쑥한 양복에 신수가 훤해 보이는 영감이 위쪽 암자에서 내려오며 알은체했다. 영감님 말씀 많이 들었다며 자기는 홍만호라고 자기소개를 했다.

"영감님께서는 절에다 보시를 해도 크게 하고 계시더군요. 저하고 연세가 비슷한 것 같은데 화장실 일만 하더라도 정말 놀랍습니다. 꼭 한번 뵙고 싶었는데 이렇게 쉬 뵐 줄 알았더라면 하루쯤 더 묵어가는걸. 허 참."

월정이 말한 영감 같았다.

"나도 이 절하고 묘하게 연이 닿아 한 열흘 동안 부처님께 참회를 했습니다. 헌데 이제 여기 절하고도 연이 다한 것 같아 저기 암자까지 다니며 작별인사를 하고 오는 길입니다."

홍만호 씨는 묻지 않은 말을 늘어놓으며 길가 바위에 걸터앉았다.

"연이 다하시다니요?"

김주호 씨도 이쪽 바위에 앉으며 물었다.

"허허. 내 몸뚱이 사정이 그렇게 돼버렸습니다. 암이란 놈이 내 간에다 차근하게 판을 벌여버렸어요."

홍만호 씨는 허허 웃었다. 갑작스런 말에 김주호 씨는 멍한 눈으로 홍만호 씨를 보고 있었다. 농까지 하며 대수롭지 않게 웃었으나 웃음소리에는 짙은 공허가 깔려 있었다. 그렇게 보아 그런지 언뜻 좋아 보이던 안색도 핏기가 없고 입술마저 까실까실 밭아 보였다. 홍만호 씨는 이야기를 계속했다.

"내 큰아들이 미국 큰 병원에 의사로 있는데, 어서 와서 치료를 받으라고 사뭇 다그치는 바람에 미국까지 병 자랑을 하러 가게 되었습니다. 내 몸속에 그런 병이 있는 줄은 까맣게 모르고 있었더니, 아무래도 병세가 이번에 떠나면 고향 산천 구경하기는 그른 것 같습니다."

고향 산천이란 말에 애조가 짙게 묻어났다.

"서울 처사님!"

그때 월정이 달려오며 홍만호 씨를 불렀다. 자동차가 금방 여기 도착한다는 전화가 왔다고 했다. 홍만호 씨는 알았다며 시계를 봤다.

"나는 6·25 전부터 이 절하고 연이 있어 어제는 저 동자 아이를 붙잡고 여태까지 혼자만 안고 있던 이야기를 털어놓기도 했습니다. 영감님하고도 하룻밤쯤 함께 지냈으면 좋겠는데 시간이 이렇게 엇갈렸습니다그려."

"6·25 전부터 이 절하고 연이 있으셨다면, 6·25 때 저 아래 낭떠러지에서 일어났던 군 트럭 전복 사건 아시겠군요?"

"영감님이 그걸 아십니까?"

홍만호 씨는 김주호 씨를 빤히 건너다보고 있었고, 김주호 씨는 가슴이 벌떡거리며 숨이 가빠왔다. 홍만호 씨는 자기가 그 사고의 장본인이라는 걸 알고 능청을 떨고 있는 게 아닌가 싶었다.

"예. 아, 알고 있지요."

김주호 씨는 홍만호 씨 눈길을 피하며 떠듬거렸다. 홍만호 씨는 눈길을 허공에 띄웠다. 김주호 씨는 거세게 뛰는 가슴을 누르며 튀어나올 것 같은 눈으로 홍만호 씨 옆얼굴만 보고 있었다.

"너무도 처참했지요. 죽은 사람들은 기왕 죽은 사람들이었지만, 다친 사람들도 거의 사람 구실 못했을 것입니다."

홍만호 씨 말에는 애조가 넘쳐났고 푸석푸석한 얼굴은 한껏 처연해 보였다. 홍씨는 김주호 씨를 한참 보고 있다가 다시 허공에 눈길을 띄웠다.

"사상(思想). 허허. 그 사상!"

홍만호 씨는 무슨 생각인지 한참 또 공허하게 웃었다.

"그 사상에 홀렸을 적에는 돈을 가지고 거들먹거리는 작자들은 모두 벌레로 보였지요. 그들 편인 군인이나 경찰들은 더 못된 벌레로 보였고, 그래서 그런 작자들을 많이 죽이면 많이 죽인 만큼 사

람 구실을 하는 것 같았습니다. 헌데 그 사상이란 도깨비는 온데간
데없어져버리고 지금까지 남은 것은 죄업(罪業)만 한짐입니다."

자기는 그때 좌익으로 쫓기다가 당시 좌익들 은신처로는 군대만
한 데가 없어 돈을 쓰고 입대를 했는데, 이건 처음부터 적진에 들
어간 셈이라 은신이라기보다 험하게 개판을 치며 떵떵거렸노라고
또 허허 웃었다.

"전쟁이 끝나자 이번에는 또 굶어 죽지 말자고 이를 악물고 돈을
벌었지요. 이를 악물어도 전보다 더 험하게 악물고 나댔더니, 어느
새 공장이 치솟아 올라가고 수출로 돈을 긁기 시작했습니다. 그런
데 이건 또 뭡니까? 노동자들이 노동조합을 조직하더니 이 작자
들이 건듯하면 노임을 올리라고 파업입니다. 여태까지 예예 하던
녀석들이 하루아침에 목에다 힘을 주고 나한테 삿대질까지 하며
대들지 않겠습니까? 나도 힘꼴이나 쓰는 건달들을 모아 구사대(救
社隊)를 조직했습니다. 대번에 몽둥이로 작살을 내버렸습니다. 하
하하."

그는 공허하게 웃었다.

"그런데 구사대 몽둥이에 피투성이가 되어 나동그라진 노조원
들의 그 시뻘건 눈, 그 시뻘겋게 핏발 선 눈 속에서 뜻밖에도 옛날
내 눈을 발견했습니다. 허허. 그들 눈에 비친 그 벌레는 또 얼마나
험상스런 벌레였겠습니까? 허허허."

홍만호 씨는 허탈하게 웃었고, 김주호 씨는 진작부터 제정신이 아
니어서 도깨비니 벌레니 하는 말들이 거의 귀에 엉겨오지 않았다.

"헌데, 한가지 물어봅시다. 그때 저 아래서 개울에 처박힌 군용

트럭에 영감님도 타셨던가요?"

김주호 씨는 털어놓을 작정을 하자 그때 홍만호 씨가 부상을 당했으면 얼마나 당했는지 그것부터 알고 싶었다.

"마루에 놔두신 할아버지 가방 가져왔습니다."

월정이 달려오며 소리를 질렀다. 그때 저 아래 길에서 승용차가 올라오고 있었다. 운전사가 차를 멈추고 밖으로 나와 소리를 질렀다.

"비행장 가는 길 도로 보수공사를 하느라 길이 많이 막힙니다. 자칫하면 늦겠습니다. 서두르십시오."

"허허. 이거 이야기를 하다 말겠구려. 그때 나는 정비병이라 트럭 정비만 하고 그 트럭에는 타지 않았았지요."

홍만호 씨는 가볍게 말하며 일어섰다.

"그럼 그 멀쩡한 트럭 브레이크를 고장 내났던 게 바로 당신?"

김주호 씨는 튀어나올 것 같은 눈으로 홍만호 씨를 보고 있었다.

"나는 먼저 갑니다. 허허허."

홍만호 씨는 못 들은 척 차에 올랐고, 김주호 씨는 멍청하게 멀어지는 차를 보고 있었다.

『창작과비평』 2001년 가을호(통권 113호); 2006년 7월 개고

들국화
송이송이

매부리코 영감이 털보 영감을 업고 징검돌을 건너뛰었다. 예사 때는 큰길 다니듯 하는 징검다리가 어제 쏟아진 폭우에 징검돌이 아직 머리를 내밀지 않아 여간 위태롭지 않았다. 뒤에서는 파란 잠바에 빨간 배낭을 짊어진 소년이 조마조마한 눈으로 보고 있었다.

"안 되겠어. 저건 너무 멀어. 벗고 건너세. 벗고."

털보가 매부리코 등짝을 두들겼다. 눈을 부릅뜨고 제자리에서 두어번 바장이던 매부리코가 홀쩍 뛰었다. 아이갸 아이갸, 하는 순간 가까스로 중심을 잡았다.

"내려, 내려. 저건 너무 멀어. 여기서 물에 빠져노먼 오도 가도 못해."

이번 징검돌은 아까보다 더 먼데다가 몸뚱이가 둥글어 밑이 바닥에 제대로 박혔을 것 같지 않았다.

"가만있으라고 해도 방정맞게 오금 뜨기는!"

매부리코는 보채는 아이 닦달하듯 깍지 꼈던 손을 풀어 털보 엉덩이를 쥐어박았다. 매부리코는 또 한참 바장이다가 훌쩍 뛰었다. 징검돌이 뒤뚱하는 순간 또 날렵하게 건너뛰어 모래밭으로 몸을 날렸다.

소년은 그제야 깔깔거리며 그도 징검돌을 팔랑팔랑 건너뛰었다. 깔깔거리는 웃음소리는 꽃잎이라도 흩어져 날리듯 경쾌했다. 아이 양손에는 털보 목발이 하나씩 들려 있었다.

"명호가 또 내 발을 가져왔구나."

털보는 양쪽 겨드랑이에 목발을 바꿔 잡고 뒤뚱거리며 저쪽 산자락으로 갔다. 다리 하나는 매달아논 물건 꼴로 무릎 아래서 혼자 덜렁거렸다. 털보는 산골짜기를 쳐다보았다.

그때 매부리코는 건너왔던 징검다리를 다시 건너가서 배낭을 지고 징검다리를 건너왔다.

"그 훤하던 길이 흔적도 없구먼. 이렇게 소삽한 길을 어떻게 올라가지?"

털보는 골짜기를 쳐다보며 살래살래 고개를 저었다.

"소삽하든 칙칙하든 두마장도 못 되는 길, 엉덩이로 뭉개선들 못 가겠어? 가풀막은 내가 또 등품을 팔 테니 염려 놓게."

일행은 털보가 옛날에 살았던 집터를 찾아가고 있는 참이었다. 집이 아니고 집터였다. 집은 오십여년 전 털보 식구들이 여기를 뜰 때 불에 타서 잿더미가 되어버렸다. 어렸을 때 털보는 저 위로 서

너마장이나 되는 산속에 살았고, 매부리코는 이 아래 다섯가호 사는 동네에서 살았다. 위아래 동네를 통틀어 또래는 둘뿐이어서 하루가 멀다 하게 올라가고 내려가서 젖떼기 강아지 싸대듯 산을 누비고 논둑 밭둑을 휘젓고 다녔다. 그러다가 털보 집에서 빨치산들한테 밥해준 게 발각되어 경찰은 이들을 처참하게 쫓아내고 집은 불질러버렸다. 식구들은 갈아입을 옷가지 하나도 들고 나오지 못하고 큰길에서 집이 불타는 것을 보고 있었다.

그랬던 두 영감이 오랜만에 고향에 온 것이다. 삼십여년 전에 고향을 떠났던 매부리코는 그사이 간혹 왔지만, 털보는 오십여년 전에 고향을 떠난 뒤 꼭 한번 왔을 뿐 그뒤로는 삼십여년 만에 처음이었다. 두사람은 엊그제 서울 횡단보도에서 만났다. 횡단보도에서 신호를 기다리며 서로 빤히 건너다보던 두 영감은, 길 한가운데서 손을 잡고 오매, 아이고, 소리를 연발하다가 매부리코가 털보를 돌려세워 보도 밖으로 끌었다.

"이것이 시방 얼마 만이여?"

"내가 죽일 놈이네. 애먼 자네까지 생고생을 시켜놓고 여태까지 고향에 한번 못 갔으니, 내가 낯이 없네. 낯이 없어."

털보는 퀭한 눈으로 매부리코를 보며 제자리에서 허물어질 것 같은 표정이었다.

"모두 지난 일인께 그것은 그것이고, 다리는 어쩌다가 이렇게 되었어? 혹시 그때 다친 거 아녀?"

매부리코는 털보 다리를 보며 물었고, 털보는 힘없이 고개를 끄덕이며 멀겋게 웃었다. 새삼스럽게 한심한 눈으로 털보 다리와 매무새를 훑어보던 매부리코는 그제야 정신이 난 듯 주변을 두리번 거렸다.

늙다리들이 눈치 안 보고 마실 만한 술집을 찾아 뒷골목을 한참 헤매는 사이, 건둥건둥 펼쳐놓는 이야기만 추슬러봐도 털보가 저 다리를 끌고 살아온 형편이 한눈에 훤했다. 피붙이는 고사하고 오다가다 마누라 명색 하나 맞아본 적이 없는 것 같고, 저 몸뚱이를 목발에 얹고 서울 바닥을 허우적거리며, 그가 자꾸 뇌는 말마따나 그럭저럭 목구멍에 거미줄이나 걷어내며 질긴 목숨 질기게 끌고 온 듯했다.

"잔 받게. 이 험한 세상을 자네는 두벌 세벌 험하게 살아왔구먼."

매부리코는 털보 잔에 소주를 따르며 탄식했고, 털보는 버릇인 듯 멀건 웃음을 더 멀겋게 웃으며 대번에 잔을 비웠다. 매부리코는 털보 잔에 거푸 술을 따랐다. 명호는 할아버지를 따라왔다가 할아버지 곁에 앉아 똥그란 눈으로 털보 할아버지를 건너다보고 있었다.

"나는 지금까지도 알 수 없는 것이 그 일인디, 자네 같은 사람이 어쩌다가 걸려도 간첩으로 걸렸던가?"

매부리코는 간첩 소리를 해놓고 제물에 깜짝 놀라 똥그란 눈으로 주변을 두리번거렸고, 새우깡을 우적이던 명호도 새우깡 씹던 입을 멈췄다. 대낮이라 술청에는 그들 일행뿐이었다.

"무식이 죄였어, 무식이. 그때 옆방에서 매타작에 자네 악쓰는 소리 들을 적에는 그 자리에서 칵 죽지 못한 것이 한이었어."

매부리코는 도대체 그게 어떻게 된 일이냐고 다시 채근했다. 털보가 앉아 있는 뒷벽에는 무슨 선전 포스터에 홀랑 벗은 아가씨가 엉덩이 한쪽을 조금 틀고 요염하게 웃고 있었다.

"그때가 전라도로 고속도로가 처음 깔린 해였네"

거푸 서너잔을 들이켠 털보는 담배연기를 길게 뿜으며 한숨부터
쉬었다.

"생전 처음으로 고속버스를 탔다가 휴게소에서 혼이 난 적이 있
었네."

차에서 내릴 때는 손님들이 내리는 운김에 싸여 덜렁 내렸는데,
화장실에 갔다 와서 그 차를 찾으니까 이 차나 저 차나 생김새가
똑같아, 꼭 옛날 장판에서 야바위꾼들이 놀리다 멈춰놓은 약갑 한
가지더라는 것이다.

"눈구멍이 있어도 망울이 없어논께 어디 간다고 써 붙여놓은 표
찰을 읽어내겠는가, 번호판을 알아묵겠는가? 이 사람 저 사람 붙잡
고 입 동냥으로 차를 찾기는 찾았는디, 그렇게 한참 덤벙거리다 차
로 올라선께, 이참에는 아이고 그 눈살들, 운전사야 손님들이야, 나
를 째려보는 그 눈살에 간에 쩍쩍 금이 가데그랴."

그 고속버스를 탔을 때는 이런 차를 타면 고향에도 당일치기로
다녀올 것 같아 당장 한번 다녀오려니 했다가, 그렇게 졸경을 치르
고 나자 고속버스라면 보기만 해도 정나미가 떨어지더라는 것이
다. 간첩 이야기를 한다는 사람이 웬 고속버스 이야기를 서발 너발
이나 늘어놓고 있었다.

"그러다가 하루는 존 꾀가 하나 떠오르지 않겠는가? 자동차라면
작은 차든 큰 차든 앞 유리창 양쪽에 거울이 하나씩 달렸잖아? 휴
게소에서 변소 갈 적에 그 거울 모가지에다 수건을 묶어놓고 가면

영락없이 그 차를 찾겄등만."

매부리코는 그렇겄다고 건성으로 웃었고, 명호는 새우깡 씹는 소리를 조심하며 듣고 있었다.

"그 꾀가 떠오르자 떡 소리 들은 귀신매이로 대번에 엉덩이가 들썩거리네그려. 그래서 당일치기로 갔다 올라고 허리끈에다 수건만 하나 달랑 차고 나섰제 어쨌더란가."

명호는 새우깡 씹던 입을 멈췄다. 글자를 모르는 할아버지도 있다는 게 놀라웠고 그러면 당장 지하철 같은 건 어떻게 타고 다녔는지 알 수 없었다.

"재수가 없으려면 접시 물에도 빠져 죽는다등마는 그 수건이 생사람을 잡았어. 자네도 알다시피 그때 동네 가서 자네도 만나고 우리가 살던 집 집터도 돌아보고 다시 서울로 올라고 고속버스 표를 끊고 있는 참인디."

시커멓게 생긴 작가가 자기를 한쪽으로 끌고 가더니 덜렁 수갑을 채우더라는 것이다. 웬일이냐 해도 무작정 시커먼 지프로 밀어넣더라는 것이다.

"두멍 쓰고 밤길 걷기도 아니고 겁에 질려 실려 갔등마는, 한다는 소리가, 다 알고 있다, 안 죽을라면 순순히 불어라, 이러네그랴. 느닷없는 소리에 벼락에 깨난 잠충이매이로 눈만 멀뚱멀뚱하고 있다가, 한참 만에야 옛날에 살았던 집 집터에 갔다 온다고 그랬제 어쨌겄는가."

'집도 아니고 이십여년 전에 살았던 집터가 보고 싶어서 서울서 여기까지 버스를 세번이나 갈아타고 천리 길을 왔단 말이야? 집터는 맨땅인데 보기는 무엇을 봤지? 우리가 핫바지로 보이냐? 또 여기 올 때 중간 휴게소에서는 누구한테 연락했냐? 뭐야, 수건으로 타고 온 차를 그렇게 표시해놨다고? 늙은 유세로 사람 친다더니 청맹과니 유세로 의뭉 떠는 꼬락서니라니? 그럼 그 아랫동네서 김달곤이한테는 무슨 연락을 했냐? 저 몽둥이 안 보이냐? 여기가 어딘지 알지? 저 몽둥이를 장난으로 갖다 논 줄 알아? 좋게 끝내자. 휴게소에서 연락한 것은 누구고, 집터에는 무엇 하러 갔냐. 또 김달곤이한테는 무슨 연락을 했지?'

"참말로 사람 환장하겠등만. 내가 차에다 수건 걸어논 것을 보고 어떤 작자가 수상한 사람이라고 신고를 했던 모양이여, 수건은 글자를 몰라서 그래 걸어놨단께 그것은 그래도 말이 되데마는, 서울서 빈 집터 보러 갔다는 말은, 내가 생각해봐도 그런 총찮은 소리가 없더만."

그 전에는 거기 가도 집터에는 맨 처음에 갔을 때 한번 가보고 그뒤로는 간 적이 없는데, 그날은 시간이 남아서 집터라도 한번 가보고 싶은 생각이 간절했었다는 것이다.

"자네 말을 듣고 본께 나도 가닥이 잡히는구먼. 그래도 자네는 그런 언턱거리나 있었네마는 영도 상도 모르는 나는 어쨌겠는가? 비가 억수로 쏟아지는 한밤중에 잠옷 바람으로 끌려 나와 시커먼 지프차로 등짝이 떼밀렸으니 날벼락도 그런 날벼락이 어딨겠어?"

"그러기 말이여. 작자들은 내가 수건 걸어놓은 신고를 받고, 내가 고속버스에서 내릴 때부터 그 지프차로 주욱 따라붙었던 것 같어."

눈이 커지고 있던 명호는 똥그란 눈으로 할아버지를 보았다. 할아버지와 할머니는 옛날 당신들이 살아오신 이야기를 많이 하셨지만, 명호는 할아버지가 그런 어마어마한 사건에 걸렸다는 말은 여태 들어본 적이 없었다. 정신 번쩍 들며 털보 할아버지 이야기 가운데 수건 이야기가 새삼스레 아리송했다. 수건 걸어놓은 게 그게 어떻게 간첩이란 표시가 되는지 알 수 없었다.

"아이고, 그 절간 사천왕 지팡이매이로 껀정한 작자 말이여. 실실 웃음시로 내 등을 주무르더니, 맷집은 좋다마는 내 손에는 몇 조금 못 간다. 어서 불라고 작대기로 등을 갈기는디, 아이고 한대 맞은께 제발 두대 정이 없등만. 그래도 멋이 불 건덕지가 있어야 불 거 아녀?"

할아버지가 이야기하시는 사이 명호는 털보 할아버지 얼굴을 찬찬히 뜯어보았다. 닳아진 가죽장갑처럼 얼굴이 시커멀 뿐 만화나 영화에서 보았던 간첩 같은 구석은 한군데도 없었다. 그저 평범한 시골 할아버지였고, 유독 큰 눈은 전에 시골에서 봤던 암소 눈처럼 멀겠으며, 그 눈에는 지금도 눈물이 가득 고여 있는 것처럼 슬퍼 보였다.

"전기 지짐은 안 당했던가?"

"말도 말게. 몽둥이는 양반이고 그놈의 전기 지짐에, 꼬칫가리 물에, 그때 일을 생각만 해도 꿈자리가 사나워. 그런디 자네 다리는 어쩌다가 그렇게 되었어?"

그 작자들 각목 모서리에 맞았다는 것이다. 교도소에서 치료를 한다고 했지만, 곤죽이 된 삭신에다 얼이 든 다리를 한겨울 맨바닥에다 얼려놨으니 무사하겠냐고 했다.

"그라면 징역은 먼 죄로 일년이나 살았어? 차에다 수건 걸어논 것도 죄고, 집터 찾아간 것도 죄란 말이여?"

"그때 본께 작자들 손에 법이란 것은 도깨비방맹이도 아니고, 옹기쟁이 손에 진흙 뭉텅이도 아니더만. 6·25 때 불렀던 노래 한나 불러보라고 하글래 그때 들었던 노래가 한토막 떠올라서 「장백산 줄기줄기 피어린 자국」인가, 그걸 떠듬떠듬 부르는 시늉을 했잖았겄어."

'너 여기서 살아 나갈 길은 딱 한가지뿐이다. 아무 술집에나 가서 술 잔뜩 퍼마시고 그 노래를 불러라. 여기서 맞아 죽겠느냐, 노래를 부르겠냐? 그 노래를 부르면 길어야 일년 산다. 일을 쉽게 끝내자.'

"그래서 대번에 예예 해부렀어. 그 징그러운 데서만 빠져나간다면 일년이 아니라 십년을 살아도 한이 없겠등만. 죽을 운수 안 낀 것만 천행이다 싶어, 재판정에서고 어디서고 말이 땅에 떨어지면 흙 묻을세라 묻는 대로 예예 해부렀어. 허허허."

털보는 또 멀겋게 웃었다. 명호는 저 시커먼 할아버지가 노래 부르는 모습이 얼른 떠오르지 않았다. 술을 마셨다고 공포에 질려서도 노래를 부를 수 있는 것인지, 공포에 질린 표정만 떠오를 뿐 노래 부르는 표정은 떠오르지 않았다.

"그려. 나도 겪어봤은께 말이네마는 거그 가본께 저승이 따로 없더먼."

"저승? 말도 말게. 징역을 살고 나온께 진짜 저승은 바로 눈앞에서 기다리고 있더만. 출옥이랍시고 걸레 같은 몸뚱이를 끗고 나왔등마는, 아는 사람을 만나면 빈말일망정 인사는 고사하고 모두가 살쾡이 만난 퇴깽이 눈이여. 그런 눈으로 보고 있다가 돌아서는 등짝에서는 또 찬바람이 나네그려. 허허. 빨갱이를 만난 거여, 빨갱이. 저승사자보다 더 무선 빨갱이 말이여, 빨갱이. 허허허."

"빨갱이? 그려. 그때 징역을 살지 않은 나도 빨갱이가 되아부렀어. 쉬쉬 함시로 난 소문이라 소문이 나도 어떻게 났던지, 만나는 사람마다 힐끔힐끔 눈치 봄시로 실실 피하네그랴. 나만 그런다면 또 몰라. 반공포스터야 작문이야 그런 걸로 상까지 탔던 초등학교 삼학년짜리가 하루아침에 빨갱이 자식이 되어갖고 징징 움시로 학교를 안 갈락 하네그랴."

정나미가 떨어져서 바로 동네를 뜨고 말았다는 것이다. 명호는 지금 제 동생 학년인 삼학년짜리 옛날 자기 아버지가 울고 있는 장면이 떠오르며 할아버지가 서울로 이사 온 까닭을 이제야 알 수 있을 것 같았다. 지금도 이따금 무엇에 놀란 듯 아무렇지 않은 일에도 턱없이 눈이 커지는 아버지 모습이 떠올랐다.

"나는 자네가 나 때문에 그런 험한 일을 당한 줄은 지금까지 꿈에도 생각을 못했어. 그런디 죄 없는 그 아들까지 그 꼴을 당했구만."

감옥에서 나와서도 보안관찰 대상이라 어디를 가려면 경찰서에 신고를 해야 하고, 그게 아니더라도 빨갱이 딱지를 달고 고향에 가면 그게 또 무슨 불집이 될지 몰라, 고향에 갈 생각은 아예 접고 살았다며, 털보는 또 그 멀건 웃음을 더 멀겋게 웃었다.

"험한 세상이었어. 그럼 자네는 그 몸으로 입에 풀칠은 어떻게 하고 사는가?"

"그래도 생목숨 그냥 죽으란 법은 없더만. 굽은 나무는 안장감, 꺾인 나무는 길마감, 나 같은 풍신도 소용 닿는 데가 있데그랴."

감옥에서 낯익은 이가 자기 정상을 딱하게 보았던지 자기 친척 벽돌공장 수위로 추천을 해줬다는 것이다. 앉은자리에서 먹고 자고 해야 할 풍신에는 한자리에 구워 박혀 문간 지키는 수위만 한 자리가 없더라고 또 멀겋게 웃었다.

"허허. 이 세상에 털보 자네 나고 수위 자리 났구먼."

두 영감은 한참 웃었다.

"이 사람이 늦는 모양이구만."

큰길을 내려다보던 매부리코가 먼저 가자며 배낭을 챙겼다. 벼가 누릇누릇 알이 차고 있는 산골 들판에는 따가운 초가을 햇살이 눈부시게 내리붓고, 나무와 숲이 울창한 산에서는 나뭇잎들이 반짝반짝 햇살을 튕기며 장난이라도 치는 듯했다.

길은 초입부터 덤불에 묻혀 흔적도 없었다. 험하게 뒤얽힌 덩굴들이 위아래로 몸뚱이를 휘감았다.

"오냐, 네놈들 심술 빤히 짐작하고 내가 낫을 빌려 왔다."

매부리코는 거세게 낫을 휘둘렀다. 왈짜가 망해도 발길질 하나는 남더라고 농사일이 손에 밴 사람이라 그런 솜씨는 나이를 타지 않았다. 낫자루에 침 뱉어 잡은 낫이 검객 손에 칼자루 놀듯 위아래 사방으로 희뜩거리며 덩굴을 가르고 나뭇가지를 날렸다.

예전에는 동네 사람들이 땔나무야 두엄이야 웬만하면 산으로 올라붙었지만, 요사이 산은 낮은 산이나 높은 산이나 초봄에 산나물 꾼들 발 끊기고 나면, 설과 추석 양 명절에 성묘꾼들뿐이었다.

242

길은 올라갈수록 나무와 풀이 더 억셌다. 나뭇가지를 감고 올라가는 칡덩굴이 앞을 막고, 산딸기 억센 가시가 팔목을 할퀴었다. 매부리코가 어지간히 후리고 올라가는데도 덩굴은 덩굴대로 남아, 털보는 다리 감는 놈 걷어내랴, 목발에 얽히는 놈 풀어내랴, 늙은 곰 가재 뒤지듯 꼼지락대고 있었다.

"제가 풀어드릴게요."

앞에 가던 명호가 뛰어왔다. 명호는 털보 목발에 감기는 덩굴을 풀어냈다. 굼뜨게 꾸물대는 털보 앞에서 날렵하게 나대는 명호 모습은 곡마단에서 재동 아이가 곰을 놀리고 있는 것 같았다. 축 처진 회색 등산모에 우중충한 밤색 잠바를 걸친 털보는 갈데없는 곰이었고, 노란 모자에서부터 원색으로만 파랗고 빨간 잠바에 배낭을 짊어진 명호는 영락없는 재동 아이였다.

저 위에 있는 털보 집터는 산골도 그냥 산골이 아니었다. 지리산 주맥에서 여러갈래로 가지를 쳐서 내려오던 산줄기 하나가, 또 가지를 쳐서 흘러내려오다가 중간에서 우뚝 고개를 들어, 우람한 바위 하나를 끼고 조금 외어 틀었던 그 안쪽 조그마한 평지가 그의 집터였다. 덩실한 바위 밑에는 옹달샘이 맑고, 집터는 해가 돋으면 햇살이 바로 닿는 돋을양지였다.

털보네가 처음 갔을 적에는 이미 귀틀집이 하나 들어앉아, 내외가 털보 또래 계집아이 하나를 데리고 사람 사는 시늉을 하고 있었다. 털보네도 그 곁에 귀틀집을 쌓아 올리고, 그이들이 일구고 남은 집터서리 바위틈에 괭잇날이 들어갈 만한 데면 구석구석 채소 씨앗을 넣어, 그들도 산짐승들에 비겨 방불하게 사람 사는 시늉을 내기 시작했다.

"여기 자가용 내려가네. 거기 그냥 있어."

매부리코가 한참 저 위에다 배낭을 부려놓고 수건으로 땀을 훔치며 내려왔다. 매부리코는 등을 들이댔으나 털보는 덩굴만 쳐달라고 손을 저었다. 매부리코는 거듭 등을 디밀었지만 털보가 한사코 고개를 저었다. 매부리코는 하는 수 없이 바닥에 깔린 덩굴을 낫으로 후려치며 올라갔다.

"호랭이가 요새도 있었더라면 새끼 칠 자리 걱정은 없었겠구만."

명호는 털보 발을 감는 덩굴을 날래게 풀고, 털보는 있는 힘을 다해서 목발을 옮겼다. 몇번이나 쉬며 올라가다가 비탈 하나를 올라챘을 때였다.

"야, 멋있다."

먼저 올라간 명호가 뛰어가며 소리를 질렀다. 저만치 미루나무가 한그루 풍성하게 가지를 벌리고 있었다.

"배고파 안 되겠네. 여기서 점심 먹고 가세. 뱃가죽이 등짝에 올라붙는 것이 자칫했다가는 길도 없는 산중에서 걸레부정 나겠네. 후유."

가지를 넓게 드리운 미루나무 아래는 앉을 자리가 널찍했다. 벌컥벌컥 물을 들이켠 두 영감 얼굴에서는 땀이 빗물 흐르듯 했다. 매부리코는 배낭을 풀어 냄비에 국거리를 풀어 버너에 얹었다. 밥은 김밥으로 미리 준비해 왔다.

"이 험한 가시덤불을 헤치다가도 나는 생각이 자꾸 그 생각인디, 말이여."

매부리코는 소주병을 따서 털보한테 주둥이를 내밀며 고개를 갸 웃거렸다.

"이렇게 땀 흘리고 찾아가봤자 빈 집터뿐인디 거기 가서 보기는 뭣을 보자는 것인가? 그때도 저 집터에 찾아갔다가 졸갱이를 쳐도 그렇게 험하게 쳤잖어?"

서울서 간첩 이야기가 끝나자 털보는 말끝마다 고향고향, 고향 타령이었고 술기운이 오르자 같이 한번 가자고 바짝 다그치기 시 작했다. 매부리코는 건성으로 고개를 끄덕이면서도, 까투리 날아 간 데는 알자리나 있겠지만, 불타버린 집터를 찾아가서 무엇을 보 자는 거냐고 뜨악한 기분이었다. 그러나 털보는 술기운이 오를수 록 매양 고향 타령이었고, 성치 않은 다리를 바짝바짝 조여 앉자 그도 고향 소리가 달리 울려오기 시작했었다. 자신도 고향을 뜬 뒤 로 내리 삼십여년 동안이나 날품팔이로 허우적거렸던 지난날이 털 보 목발에 얹히며 고향 소리가 외양간 풍경 소리처럼 그윽하게 다 가왔던 것이다. 매부리코는 옛 동네에 조카가 살고 있어 이쪽에 올 일이 있을 때면 더러 선걸음으로 들러봤으나 옛날 다섯가호였던 집이 세가호로 줄고 사는 꼴도 궁기가 너덜거려 근래는 그나마 들 르지 않았다.

"그려. 이 나이에 멋을 숨기겠는가? 잔 받게."

털보는 매부리코 잔에 술을 따르며 그 멀건 웃음을 더 멀겋게 웃 었다.

"전에 그 우리 집 곁에서 같이 살던 가시내 생각나는가?"

"맞아. 우리하고 동갑짜리 그 가시내 말이제? 말 한마디만 건네도 얼굴이 홍시가 돼갖고 금방 울 것같이 숨을 데만 찾던 그 가시내, 지금도 눈에 선하구만.”

“달랑 두집 사는 그런 산중에서 동갑짜리 가이내 머이매가 나이가 차가면 으짜겄는가? 그 가이내는 자네 말대로 부끄럼을 타도 너무 타등마는 나중에는 날마다 보는 나를 봐도 얼굴이 벌게지데그랴. 그때가 열일곱살 땐디 양쪽 부모들도 눈치를 채고 혼샛말이 오가고 있었네.”

그 집에서는 기왕 이런 산중에 숨어 사는 팔자라면 딸이라도 곁에 두고 싶었던 모양이고, 자기 집에서도 싫지 않은 눈치였다는 것이다.

“서로 먼 데로 보내고 데려오고 할 것 없이, 수양딸로 며느리 삼자는 격이겠구만.”

매부리코가 허허 웃었다.

“그때가 6·25 나기 전에 산사람들, 그 빨치산들 말이여, 그 사람들이 그쪽으로 밀려들어오고 있을 때였네. 그 사람들한테 한두번 밥을 해준 적이 있었는디, 다 된 밥에 코 빠진다고 그것이 어떻게 불거졌던가 그 까탈로 양쪽 아부지들이 경찰에 덜컥 붙잡혀 갔네그랴.”

“맞아. 그랬어. 그건 나도 알아. 그때는 그런 일이 있고서야 무사할 장사 없었제.”

명호는 무슨 소린지 알 수 없어 눈만 끔벅거리고 있었다.

이틀을 기다려도 소식이 없더니 이번에는 두 어머니들까지 잡아갔다는 것이다. 그 집에는 젖먹이 아들이 하나 있었는데, 그 젖먹이는 그 어머니가 업고 가고 집에는 달랑 둘이만 남아 어두워질 때까지 사립문께서 기다리고 있었다는 것이다.

"그때는 무슨 재변이었던지 밤이면 늑대들까지 그 난리를 쳤던지 모르겠어. 날이 저물어지면 늑대가 집 가까이 와서 금방 덮칠 것같이 우네그려. 그래서 그 가시내가 혼자 얼마나 겁을 먹을까 싶어서 그 집 방으로 갔제 어쨌더란가?"

"맞네. 밤이면 그 험한 울음소리를 지름시로 앞뒷산을 뜯고 댕겠제. 그 짐승은 울음소리도 어쩌면 그렇게 생긴 목자하고 똑같았는지 몰라. 으으으 소리를 길게 빼고 울면 오죽이나 소름이 끼쳤어?"

"그날 저녁에야 말고 밤이 되자 이것들이 꼭 집에 어른들 없는 중 안 것매이로 뒤란에까지 뽀짝 와서 으르렁거리네그려. 이 잡것들이 금방 창문을 뚫고 들어올 것 같아서 등잔불부터 꺼부렀제 으쨌더란가?"

"허허. 부모들은 고생하고 계셨지마는, 그것은 또 그것이고 그런께 짐승들이 신방을 채래줬다, 이 말인가?"

매부리코는 지레 앞지르며 음충맞게 웃었다.

"남녀 이치란 것이 묘한 것이등만. 무서워서 벌벌 떨잔께 무작정 구석지로만 몰려지는디 그때 본께 정분하고 무섬정이 따로따로가 아니더라고."

"허허. 그런 기막힌 일도 쉽지 않지."

매부리코는 맞장구를 치며 주책없이 한참 웃었다. 명호는 무슨 소린지 모르는 척했다.

"그런데 만나자 이별이라고 바로 그뒤에 일이 벌어졌어. 부모들이 풀려나오기는 나왔지마는, 두 양반 다 몸이 매타작에 걸레가 되어갖고 우황 든 소처럼 끙끙 앓고 계셨네. 그런데 다음날 경찰이 나와서 두집에다 불을 질러버렸어. 그건 자네도 알 것이네."

"그려. 알아. 우리 동네 사람들이 모두 나와서 불타는 걸 봤어. 그란께 그 불을 그 작자들이 질렀던 거제?"

"그 작자들 아니면 절간 중들이 질렀겄는가?"

부모들이 풀려나올 때 다른 데로 나가서 살겠다고 도장까지 찍고 나왔으니, 그러잖아도 웬만큼 몸만 풀리면 떠나려고 이삿짐을 꾸리고 있었는데, 날짜를 며칠 어겼다고 그런 짓을 해버렸다는 것이다.

"험한 세상이었어."

"두집 식구가 양쪽 아부지들을 부축하고 껍질에서 뽑혀 나온 달팽이매로 자네 동네 가서 잤는디, 아침에 일어나봤더니 그 집은 온다 간다 말도 없이 동네를 뜨고 말았잖은가."

"그럼, 그 처자도 식구들하고 떠났단 말인가?

"그려. 그려."

영감은 곰방대에 담배를 재며 멀겋게 웃었다.

"그럼. 그뒤로 그 처자는 못 만났단 말인가?"

"허허허. 한번이래도 만났으면 이토록 가슴에 맺혔겠는가. 그날 저녁 자네 동네로 가기 전에 큰길에 서서 집이 타는 불빛에 둘이 언뜻 눈을 맞댔던 것이 마지막이었어."

영감 입에서는 담배연기가 길게 꼬리를 끌었다.

"아까 밥해줬다는 빨치들이 뭐요?"

여태 숨을 죽이고 있던 명호가 조심스럽게 물었다. 어떤 사람들인지는 모르지만 밥 좀 해줬다고 그렇게 처참하게 집을 태워버리다니 도무지 알 수 없는 것 같았다.

"그리고 본께 너희들은 반공포스타야 반공작문이야 그런 숙제 안 하고 학교 댕기는구나. 빨치란 건 말이다, 좌익, 빨치산, 이북 사람들 편에 섰던 사람들, 그런 사람들이 이런 깊은 산에 숨어 있다가 경찰들하고 싸웠거든."

매부리코는 지리산이 옛날 한때는 그 사람들 소굴일 때가 있었다고 했고, 털보는 네가 오학년이라 했냐며 세상 많이 달라졌다고 웃었다.

그때 털보 집은 8·15 전에 이 산골로 들어와서 구년 만이었고, 그 처녀 집은 십이년 만이었다고 했다. 지리산에 박혀도 이렇게 깊은 데 박힌 사람들은 고향을 등진 사연들이 거의가 다시는 고향에 돌아갈 수 없는 형편들이었다. 옛날에는 아전 따위 못된 관속을 두들겨 패놓고 들어온 사람, 농민봉기나 크게는 농민전쟁에 앞장섰던 사람, 상전 딸과 정분이 났거나 도망친 노비도 있었고, 왜정 때 소작분쟁이 심할 때는 지주나 마름하고는 물론이고 소작인들끼리도 칼부림이 예사였고, 공출과 징용으로 관속배들이 설칠 때는 주먹에 핏사발이나 든 사람치고 눈에 생목이 오르지 않는 사람이 없었다. 그때는 지리산 골짜기 골짜기가 이런 사람들로 만원이었고, 깊이 박힌 사람들일수록 붙잡혔다 하면 목숨 도모가 간데없는 사람들이라 유유상종, 서로 내 것 네 것 없이 살면서도 여기 들어온 사연이나 고향 주소를 입에 올리는 건 금기 중에 금기여서 자식들한테도 말하지 않은 사람이 많아, 어쩌다가 조상 줄거리라도 따지는 자리에서는 거의가 갈데없는 곤쇠아비 아들이었다.

"그 처자가 그뒤로 우리 동네 한번 온 적이 있는디 그것은 알고 있었던가?"

자기가 장가가던 해였으므로 스물세살 때였다고 했다.

"알고 있어. 내가 여기 첨 왔던 것은 그 처녀가 다녀간 바로 그다음 해였네. 그 처녀가 그때 한번 오고 그뒤로는 온 적이 없었던 걸 보면, 시집가라는 졸림을 당하다가 내 소식을 들으려고 왔던 모냥인디, 나는 그 처녀가 여기 올 줄은 꿈에도 생각을 못하고 헛다리만 짚고 댕겼어."

"헛다리라니?"

"그 처녀 고향이 충청도 음성이라는 말을 얼핏 들은 적이 있어, 철 지난 엿목판 리아카를 끌고 서툰 엿가위질에 애꿎은 엿단쇠 소리나 흥얼거림시로 음성 천지를 메고 뜯었제 으쨌더란가."

중 도망은 절간 마룻장이나 뜯어보겠지만, 달리는 길이 없어 고향으로 안 갔을 줄 빤히 알면서도 혹시나 해서 일년 동안이나 그이 아버지 이름 석자만 달랑 들고 초등학생 구구 외듯 그이 이름만 묻고 다녔으니, 날아간 구름장 찾기지 무엇이겠느냐고 멀쩡게 웃었다.

"가만있자. 인제 생각나는데 자네가 우리 어머니한테 그이 식구들이 오면 주라고 자네 집 주소를 남겨놓고 갔던 것이, 그러고 본께 그 처자 만나자는 속셈이었네그려."

매부리코는 눈을 크게 떴고 털보는 맥살없이 웃었다. 그 처녀가 여기를 다녀간 뒤 털보는 그 주소를 맡겨놓고 처음에는 해마다 여기를 다녀갔고, 간첩사건이 날 무렵에는 이삼년 만에 한번 꼴로 다녀갔다고 했다.

"나는 풀려나자마자 그 주소 적은 쪽지부터 없애버렸어. 고문을 당할 적에는 그런 생각이 나지 않더니 풀려난 뒤에야 그 생각이 나서 이것이 또 무슨 꼬투리가 될지 모른다 싶어 대번에 꼬실라부렀그만."

"잘했네. 나도 빈 집터에 뭣 하러 갔냐고 사뭇 험하게 닦달할 적에는 그 처녀 생각에 갔다는 소리가 금방 입술을 들추고 나올라 하더마는 이빨을 물고 참았어. 그 말을 했다가는 그 식구들까지 찾아내서 닦달을 할 것 같고, 더구나 그 처녀는 시집가서 살 것인데 날벼락도 그런 날벼락이 어딨겠는가?"

"그 말만 했더라도 집터에 왔던 것이 말이 된께 자네 다리까지 그 꼴은 안 됐을 거 아닌가?"

"거, 먼 소리 !"

털보는 내가 당하고 말지 될 법이나 한 소리냐고 손사래를 쳤고, 매부리코는 그 꼴을 당하고도 이 나이토록 그 여자를 못 잊고 빈 집터를 찾아오다니, 자네가 여자라면 열녀비를 세워도 두어개 세워야겠다고 웃었다.

"그동안 하룬들 잊을 날이 있었겠는가? 여기라도 한번 다녀가고 싶었지마는 빨갱이 딱지가 붙어논께 엄두가 나야지. 더구나 서울살이가 곤곤할 적마다 옛날 여기서 살았던 생각이 간절하고, 혼자라도 여기 와서 푹 파묻히고 싶은 생각이 굴뚝같았어."

"그려 그려. 나도 그랬어."

털보는 그러던 참에 남북이 대통령들까지 손을 잡는 걸 보자 이제 잡혀갈 걱정은 없겠다 싶어 엉덩이가 들썩거리고 있던 참에 자네를 만났다고 했다. 털보는 말을 마치며 잠시 먼 데다 눈길을 띄우고 있었다. 소 눈처럼 그 큰 눈에는 옛날이 가득하게 담기고 있는 듯했다. 명호는 그런 털보 할아버지가 너무도 가엾게 보였다.

"이 작자가, 먼 일이 이렇게 바쁜고?"

매부리코가 큰길을 내려다보며 그릇을 챙겼다.

산이 높아지며 아름드리나무들이 어깨를 걸치자 길이 한결 수월했다. 나무 그늘에 수풀이 기세가 꺾인 것이다. 털보는 이런 데서나 매부리코 수고를 덜어주자는 듯 깐에는 제법 날래게 목발을 다그쳤다. 집터가 가까워지자 길이 더 틔었다. 혼자 덜레덜레 내달았던 매부리코가 갑자기 소리를 지르며 내려왔다.

"허허. 이것이 먼 일이란가? 집터에 웬 들국화가 훤하네. 사람은 안 살아도 들국화가 장을 치고 있구먼."

"뭣이, 들국화?"

"양쪽 집터에 들국화가 이른 봄 제주 들판에 유채꽃이여."

"집도 없는 맨땅에 먼 들국화가 그리 많아?"

털보는 한껏 힘을 내어 허물어진 돌계단을 올라챘다.

"허, 이것이 먼 일이여?"

털보는 넋 나간 꼴로 멍청하게 서 있었다. 들국화는 일행을 반기기라도 하듯 산허리를 넘어온 초가을 바람을 타고 물결을 치고 있었다. 남새밭과 마당이었던 데는 잡목과 잡초가 우거지고 조금 높은 집터 두군데만 들국화가 밭을 이루고 있었다. 털보는 들국화 속으로 목발을 옮겼다. 명호도 따라 들어갔다. 들국화는 파도를 치며 강아지가 주인 어르듯 털보와 명호 허리를 감싸고 휘돌았다. 들국화가 집터 가득히 심어져 있는 건 아니고 양쪽 다 두세평 정도에만 촘촘히 들어차 있었다.

"이 들국화가 제절로 자란 것이 아닌 것 같네. 근자에 누가 맘묵고 심었구먼. 어리친 개 한마리 얼씬거리지 않는 이 산중에 들국화가 제사날로야 이렇게 제 세상을 만들겠어?"

매부리코가 눈을 밝혔으나 털보는 넋 나간 꼴로 주변을 두리번거렸다.

"저 들국화 속에 저 억새 덤불이랑 싸리나무 무더기 보게. 누가 심었어도 사오년 전에 심은 것 같네. 짐작 가는 것이 없어?"

매부리코는 들국화와 키를 겨루고 있는 싸리나무와 억새 무더기를 가리키며 눈을 가늘게 떴고, 털보는 고개를 끄덕이며 눈길이 한참 안으로 잦아들고 있었다. 들국화는 파도를 치며 사람들을 거듭거듭 쓸어안았다.

"그이가 왔다 간 것이 틀림없네. 여기다가 이런 꽃을 심을 사람이라면 그이 내놓고 누가 있어? 자네가 그렇게 오고 싶어서 발싸심을 하등마는 그러고 본께 씌어낸 것이 있었네그려."

매부리코는 내 말이 어쩌냐는 듯 똥그란 눈으로 털보를 봤다.

"아까 자네 조카며느리한테 물어봤는디, 근자에는 그런 이가 온 적이 없대여."

"아녀. 그이 아니면 누가 이래놨겠어. 이 들국화는 약초로도 쓰제마는 이 흔한 들국화를 누가 이런 데까지 와서 약초로 가꾸겠는가?"

털보는 건너편 집터로 목발을 옮겼다. 산골짜기를 타고 몰려온 바람에 들국화는 여기서도 한껏 거세게 털보를 감고 돌았다.

"하, 물 맑다. 자네들은 예전에 이 물 묵고 살았지?"

매부리코가 저쪽 높은 바위 아래서 소리를 질렀다. 털보가 돌아봤다. 털보를 따라다니던 명호가 후다닥 뛰어갔다.

"물맛 좋다."

옹달샘에 납작 엎드려 물을 들이켜고 난 매부리코가 소매로 입을 쓸며 감탄했다. 높은 바위 바로 아래 자배기보다 조금 큰 옹달샘이 물을 가득 안고 졸졸졸 아래로 흘려보내고 있었다. 명호도 할아버지처럼 엎드려 물을 마셨다. 물은 시원하기가 이가 시릴 지경이었다. 큰비 뒤라 샘물은 유리처럼 맑았다.

자! 매부리코가 널찍한 청미래덩굴 잎사귀를 원뿔 꼴로 접어 털보한테 물을 떠주었다. 명호도 할아버지 흉내를 내어 조심조심 물을 떠서 디밀었다.

"우리 명호가 떠준 물은 더 시원하다."

샘물은 속삭이듯 소리를 내며 흘러내리고 도랑가 잡풀 속에는 철 늦은 금강초롱 꽃대가 솟아올라 장난감 초롱 같은 연분홍 꽃망울을 줄줄이 매달고 수줍게 고개를 숙이고 있었다. 저쪽에는 마타리꽃이 하늘을 향해 키를 겨루며 노란 꽃가지들을 할랑거리고 있었다.

한참 옹달샘을 보고 있던 털보는 저쪽 집터 장독대 자리로 갔다.

장독대 돌 사이에 용담이 탐스런 보라색 꽃망울들을 물고 있었다. 꽃망울을 둘러싼 두터운 잎사귀들은 누가 꽃망울이라도 건드릴세라 감싸고 있고, 그 곁에는 닭의 볏이 더뎅이진 것 같은 맨드라미도 여러그루였다.

얼핏 저쪽 장독대 자리로 눈이 간 털보는 그쪽으로 목발을 옮겼다. 거기도 꽃망울을 물고 있는 용담이 여러그루였다. 털보는 누구 손이라도 만지듯 꽃망울을 만지며 주변을 둘러봤다. 여기도 맨드라미가 여러그루 꽃이 더뎅이져 있었다.

"금강산도 식후경이야."

매부리코는 등산 세간을 모두 풀어 어느새 불판에 고기를 올려놓고 있었다.

"자네 말대로 그이가 왔던 것이 틀림없네. 저기 꽃나무 보이잖는가? 저것도 제절로 자란 게 아니구먼. 그때는 그이 집 장꽝에만 심었었는디, 이참에는 우리 장꽝 자리에도 심어놨어. 나물 캐러 가면 유독 저런 꽃을 지성스럽게 캐다 심었거든."

털보 눈에는 빛이 번쩍이고 목소리에도 한껏 힘이 올랐다.

"그이 마음도 자네하고 똑같았구먼. 그런디 이만한 땅을 이만치 후려서 들국화야 뭐야 꽃을 심을라면 여자 혼자 손으로는 하루 이틀 일감이 아닐 것 같은걸."

"그도 그려."

"여그 뜰 적에 포대기에 쌓였던 자기 동생하고 항꾸네 온 것이 아닌가 몰라. 저기 저 잡목 등걸 보게. 저런 나무도 그때 베어낸 것 같은디 저런 나무가 여자 손으로 될 일인가?"

매부리코는 여기저기 그루터기를 가리켰다. 움이 돋아 있는 잡목 그루터기가 여럿이었다.

"그렇구만. 그런디 저런 등걸은 오륙년이 아니라 십여년은 넘은 것 같아. 움이 난 것들은 저렇게 살아 있고 소나무 같은 것은 썩어서 그루터기도 없어졌을 거여."

매부리코는 그렇겠다고 고개를 끄덕였다.

"사람 정이란 것이 이렇게 무서운 것이구먼. 그려 그려. 하찮은 철새들도 제가 낳고 자란 데가 고향이라 철 지나면 그 머나먼 고향 길에 오르잖는가? 그이 남매도 지남철 날바늘매이로 지나새나 마음 두른 여기다가 어느 땐가 기약 없이 찾아와서 왔다 갔다는 표적으로 이렇게 꽃밭을 일궈놓고 갔던 것 같구먼."

매부리코 말에는 그답지 않게 한껏 애조가 어려 있었다.

"자네 생각은 으쩐가? 그이들이 이담에 다시 한번 오잖겠어?"

매부리코는 술잔을 건네며 눈을 가늘게 떴다.

"나도 시방 그 생각이네. 그래서 나는 아주 작정을 했구먼."

"작정이라니?"

"오늘부터 여기 꽉 눌러앉아 있을 작정이네. 자네 저 천막이랑 등산 세간살이 모두 나한테 넘기게. 자네도 아끼는 물건 거저 주라는 말이 아녀. 값은 지대로 치를 것인께 자네는 새로 장만하게."

"그야 어렵잖네마는 그래도 서울 가서 살림살이야 뭐야 그런 것은 챙겨 와야 하지 않어?"

"정신없는 소리! 당장 내일이래도 올지 모르는데 어떻게 여기를 비워?"

털보는 무슨 모욕이라도 당한 것처럼 눈알을 부라렸다.

"그럼 서울 살림은?"

"살림이나 마나 사글세 방 한칸에 엉덩이나 디밀고 있던 살림, 한나도 아까울 것 없네. 자네가 가서 내불 것은 내불고 대강대강 간동그려서 택배 있잖은가, 택배로 이 아래 자네 조카 집으로 부쳐."

셋방은 월세라 보증금만 받으면 된다며 주인한테 사정 이야기하고, 주인이 자기 통장번호 알고 있으니 집 나가면 보증금 받는 대로 통장에 넣어달라고 하라는 것이다. 보증금은 천만원인데 그게 자기 전 재산이라며, 주인은 전부터 잘 아는 처지라 떼어먹을 사람 아니라 했다. 매부리코는 허허 웃었다.

명호는 여태 무슨 영화의 주인공 곁에서 가슴을 조여오다가 그 결말에 온 것 같은 기분이었다. 이제 할아버지는 바로 이 자리에서 그 할머니를 만나는 장면만 남은 셈이었다. 그게 오십여년 만이라는 생각이 들자 지난번 남북정상회담 뒤 이산가족들이 만나던 장면들이 떠올랐다. 그 눈물겨운 장면이 바로 이 자리에서 벌어질 거라 생각하면 생각만 해도 신이 났다.

"여기저기 널려 있는 저런 돌 날라다가 돌담집을 지으면, 둘이 살아갈 집 한칸은 쉽게 지을 수 있네. 이 몸뚱이 가지고도 그만한 일은 추리고 남네."

털보는 단숨에 술을 털어 넣으며 카아 소리가 한껏 요란스러웠다.

명호는 지레 털보 할아버지가 여기에다 지을 아담한 돌담집이 떠올랐다. 그 돌담집 앞에서 할아버지와 할머니가 만나 여기저기 꽃도 심고 채소도 가꾸는 모습이 다가오며 신나는 생각이 하나 번쩍했다. 할아버지가 집을 지을 때 친구들하고 함께 와서 돌도 날라다 주고 흙도 이겨주고 거들자는 생각이었다. 지난 여름방학 때 담임선생님하고 강가로 캠핑 갔을 때는 친구들 다섯이 돌로 널찍하게 성을 쌓은 적이 있었다. 형한테도 말하면 형도 친구들이랑 떼몰려올지 모르겠고, 친구들은 저 옹달샘 이야기만 해도 어서 가자고 야단일 것 같았다. 그렇게 도와주고 나서 나중에 털보 할아버지가 할머니를 만나 함께 살 때는 다시 한번 오고 싶었다. 그때 털보 할아버지는 아주 반갑게 맞아줄 것 같았다.

"아이고, 당숙님, 죄송합니다."

그때 매부리코 조카가 가쁜 숨을 헐떡거리며 계단을 올라왔다. 서른대여섯살쯤 되어 보였다.

"궁금한 것부터 물어보자. 혹시 옛날에 이 집터에서 이 영감님하고 같이 사셨다는 이가 찾아온 적 없었더냐?"

"예. 그이가 한번 오셨습니다. 그렇지만 할머님이 살아 계셨을 때니까 십년도 넘었는걸요."

"무슨 일로 오셨다더냐?"

"무슨 일로 오셨던지는 모르겠습니다마는, 할머니하고 이야기하시다가 돌아가실 때 버스길까지 울고 가시던 모습만 떠오릅니다. 그때 젊은 남자도 한분 함께 오셔서 곁에서 부축하고 가셨습니다."

사내는 털보를 힐끔거리며 조심스럽게 대답했다.

"혹시 저이를 찾지는 않았다더냐?"

"이제 생각하니 그이가 여기 와서 그때야 영감님 옛날 간첩사건 소식을 처음 듣고 그렇게 울고 가셨습니다. 그때 여기서는 영감님

간첩 소문이 아주 험하게 났거든요."

"그렇겠지. 허허허."

"영감님은 여기서 사실 때도 영감님 댁이 빨치산들 소굴이어서 경찰들이 집에 불을 질러 내쫓았다는데, 그뒤로도 계속 간첩 노릇을 하다가 잡혀갔고, 잡혀가서는 애먼 당숙님까지 끌고 들어가서 당숙님도 여기서 못 살게 했다고 소문이 났습니다. 그래서 여기서 함께 살았다던 그 여자한테도 동네 사람들 눈길이 곱지 않았습니다."

"그려 그려. 그 사정 눈앞에 훤하네. 억지 빨갱이가 여러 가슴에 못을 박았구먼. 자!"

털보는 잔을 비우고 잔을 넘겼다. 명호는 어이없는 말에 두사람을 번갈아 보았다. 그런 소문이 어떻게 그렇게 엉뚱하게 날 수 있는지 알 수 없었고, 웃으며 잔을 권하는 털보 할아버지가 너무 가여워 보였다.

"그이가 그뒤로는 또 안 왔던가?"

그뒤로도 한두번 왔다는 말을 들은 것도 같은데, 동네는 들르지 않았던 것 같다며, 자기는 군대 갔다 온 뒤로는 객지 생활을 오래 했기 때문에 자세히는 모르겠다고 했다.

"그 여자 분이 사오년 전에도 여기 온 성부른디, 전에 네가 만났을 적에는 몸은 성해 보이더냐?"

사내는 무슨 병색이 있어 보이지는 않더라고 했다.

"그이는 강단진 내림이라 지금도 정정할 거여. 틀림없이 또 올 것이구먼."

그동안 술이 거나해진 털보는 금방 느긋한 표정으로 말했다. 매부리코는 그이가 털보하고 결혼하려던 사이였는데 헤어지게 되었다는 사연을 대충 늘어놨다.

"그래서 저이는 지금 여기다 오두막을 짓고 그이를 기다릴 작정이시다."

매부리코 말에 젊은이는 고개부터 저었다.

"여기는 국립공원입니다. 여기다 집을 지으면 관청에서 가만있들 않을 것인데요."

"멋이, 국립공원? 국립공원인께 가만있지 않으면 으쩐단 말인가?"

털보는 국립에다 힘을 주며 눈을 부라렸다.

"국립공원에서는 나뭇가지 하나도 손을 못 댑니다. 오두막이든 움막이든 짓기만 하면 대번에 나와서 헐어버릴 겁니다."

"멋이, 집을 헐어?"

털보는 버럭 소리를 질렀다.

"여그는 전에 내가 살던 데여. 판장이 다 된 이 늙은이가 이 험한 몸뎅이를 끗고 제 살던 데 와서 움막 하나 치는디, 그것도 집이라고 헐어낸단 말이여?"

털보는 그게 말이 되느냐는 가락으로 눈을 부라렸다.

"국립공원은 그린벨트하고는 또달리 단속이 이만저만 심한 게 아닙니다. 쉽게 생각 마십시오."

털보는 놀란 눈으로 매부리코를 돌아봤다.

"그러면 속 편하게 이 아랫동네다 방을 하나 얻어보게."

사내는 자기 동네는 내놓을 만한 방이 없다고 했고, 털보도 절레

절레 고개를 저었다.

"그이가 여기 왔다가 동네를 안 들르고 가면 으짤 것이여? 이 아래 들머리 가까운 데 어디다 벽돌로 웬만하게 지어야겠구먼."

"그러겄네. 그러면 짓기도 훨씬 수월하겄어."

"여기는 땅값이 비쌉니다."

이 근처에 관광호텔이 들어선다는 소문이 나서 땅값이 턱없이 올라, 내놓은 땅도 없지마는 이삼천만원 밑으로는 명함도 못 내민다는 것이다.

"뭣이, 이삼천만?"

두 영감은 입이 떡 벌어졌다.

"오두막 하나 지을 자투리땅도 없단 말이냐?"

사내는 그런 말은 옛날이야기라며 웃었다. 두 영감은 뒤통수라도 맞은 듯 넋 나간 꼴로 서로 빤히 건너다보고 있었다. 털보 큰 눈은 놀라움이 어렸다가 다시 소눈처럼 힘없이 멀게지고 있었다. 명호는 새우깡 씹는 소리가 조심스러워 입놀림을 멈추고 털보 할아버지 멀건 눈을 빤히 건너다보고 있었다.

『실천문학』 2001년 여름호(통권 62호); 2006년 7월 개고

북소리
둥둥

1

　김명호는 금방 지나친 영감이 어쩐지 낯이 익었다. 산자락 고갯길을 내려가다가 도로에 차선 긋는 도색차를 만나 잠깐 멈춰 있는 사이였다. 벼가 익어가는 논두렁에 앉아 있는 영감이 낯이 익은 사람 같았다. 명호는 잿길을 오르며 고개를 갸웃거렸다. 틀림없이 무슨 중요한 일로 만난 사람 같은데, 누구인지 생각이 나지 않았다. 기분 좋은 일로 만났던 것 같은 친밀감까지 느껴졌으나, 도무지 어디서 만났던 사람인지 알 수 없었다. 고향 사람 같지는 않고, 근래는 저런 시골 노인과 가까이한 일이 없는데 언제 어떻게 만났던 사람일까? 시커먼 얼굴에는 주름살이 깊었으나, 얼핏 스친 눈길에서는 만만찮은 단기가 느껴졌다.

차를 돌릴까 했으나 누군지도 모르고 차를 돌리기는 좀 어설펐다. 그러나 어찌 된 일인지 추레하게 앉아 있던 그 영감 모습이 오래오래 남아, 그 궁금증에 짜증이 날 지경이었다.

그러던 그 영감 기억이 번개처럼 머리를 때린 건 그 서너달 뒤였다. 광주 시내 수창초등학교 옆길에서 신호를 기다리는 참이었다. 그 학교의 오래된 벽돌담이 눈에 들어오는 순간, 명호 입에서는 자기도 모르게 아 소리가 튀어나왔다. 이십여년 전 5·18광주민중항쟁 때 이 거리에서 시위대와 공수단이 맞붙었던 난장판이 떠오르고, 그 속에서 그 영감 모습이 덩실하게 솟아올랐다.

5·18광주항쟁이 최고조로 치닫고 있던 5월 20일 한낮이었다. 회사는 전날부터 휴무여서 명호는 시내를 돌아다니며, 시민들과 공수단이 맞붙는 현장을 구경하고 다녔다. 수창초등학교 뒤 사거리에서 시위대가 사거리 네 도로에서 돌멩이를 던지며 육박해가자 공수단은 사거리 한가운데로 몰리고 있었다.

"공수단이 포위되었다. 죽여라."

시위대는 신이 나서 악다구니를 쓰며 돌멩이를 던졌다. 공수단은 소나기처럼 쏟아지는 돌멩이에 당황한 것 같았고, 시위대는 잔뜩 신이 나서 악다구니를 쓰며 돌멩이를 던졌다.

"저쪽을 뚫어라."

그때 공수단 장교가 수창초등학교 뒤쪽 거리를 가리키며 고함을 질렀다. 공수단은 그쪽을 향해 돌격했다. 그쪽 시위대가 우르르 도망치며 수없이 넘어졌다. 공수단은 닥치는 대로 시위대를 후려갈기고, 쓰러진 사람들은 어깨를 비틀어서 끌고 갔다. 나중에 안 일이지만 공수단 곤봉은 나무 가운데서 제일 무겁고 단단하다는 박달나무로 깎은 것이었다. 길이는 장정들 팔 길이에 굵기도 팔뚝 굵기였다.

"공수단 죽여라 !"

도망치던 시위대가 돌아서서 고함을 지르며 쫓아갔다. 젊은이들은 길바닥을 두리번거리며 쫓아갔지만, 길바닥에는 돌멩이가 없었다. 물러가던 공수단이 다시 쫓아왔다. 젊은이들은 돌멩이를 찾아 길바닥을 두리번거리며 도망쳤다. 돌멩이는 사거리 한가운데만 널려 있었다.

그때였다. 각목과 동바리 따위 건축 폐품을 덩실하게 실은 리어카가 이쪽으로 오고 있었다. 리어카는 시위대가 물러간 거리를 내 세상 만난 듯 거침없이 오고 있었다. 각목과 동바리에는 시멘트와 흙이 덕지덕지 묻은 게 땔나무로나 싣고 오는 것 같았다.

"야, 각목이다!"

시위대가 리어카로 우르르 몰려갔다. 무작정 각목과 동바리를 뽑아냈다. 굶주린 이리 떼가 먹이에 달라붙은 꼴이었다. 리어카를 끌고 오던 중늙은이는 저만큼 뒤로 물러서 멍청하게 보고 있었다. 리어카에 가득하던 각목과 동바리가 삽시간에 흔적도 없이 사라져 버리고, 수레는 짐 벗은 망아지처럼 길 한가운데 덩그렇게 멈춰 있었다.

늦게 달려온 시위대는 리어카를 보더니, 길에 뒹굴고 있는 서끌 굵기의 동바리로 리어카를 후려갈겼다. 리어카 손잡이를 부러뜨리고 바닥 판자도 뜯어냈다. 이쪽으로 밀리고 있던 시위대가 그걸 들고 공수단을 향해 고함을 지르며 달려갔다.

리어카는 완전히 분해되어 판자 조각 하나 남지 않았다. 굴대만 양쪽에 고무타이어를 달고 길 한가운데 덩그렇게 남아 있었다. 굶주린 맹수들이 짐승의 가죽이며 살이며 창자까지 말끔히 뜯어먹고 뼈만 남은 꼴이었다.

각목과 동바리를 울러멘 시위대는 대번에 돌격대로 변했다. 길쭉한 각목으로 쑤시고 갈기며 육박해 들어갔다. 공수대원들은 무춤무춤 물러섰다. 각목은 이 미터가 넘는 것도 있었다. 공수대원들의 짧은 곤봉은 상대가 되지 않았다. 길가 시민들도 기세가 올라 시위대도 소리를 지르며 육박해갔다.

한참 뒤로 밀리던 공수대원들이 사거리에서 다시 전열을 가다듬었다. 공수대원들이 증원되어 새로 저지선을 형성한 것이다. 거기서 더는 물러서지 않을 것 같은 자세였다. 시위대는 고함을 지르며 육박해 들어가고 길가 군중들은 악을 쓰며 돌멩이를 던졌다.

"어라."

돌멩이를 찾아 희번덕거리던 명호는 우뚝 멈췄다. 아까 그 리어카 임자가 이번에는 보도블록을 번개 같은 솜씨로 깨고 있었다. 어디서 났는지 쇠망치로 벽돌을 깨는 손놀림은 무슨 요술쟁이가 요술을 부리는 것 같았다. 사방 이십 센티 크기의 보도블록을 왼손으로 홀쩍 위로 던져 탕 치고, 그 조각을 또 홀쩍 던져 탕 탕, 손놀림도 번개 같고 공중에서 깨지는 벽돌의 크기도 멀리 던지기에 알맞았다. 마치 전쟁터에서 소총수들한테 실탄을 공급하듯, 시위대한테 보도블록을 공급하고 있었다.

"비켜요. 비켜!"

리어카꾼은 앉은걸음으로 자리를 옮겨가며 날파람 나게 보도블록을 깼다. 그이 곁에는 금방 보도블록을 뽑아내는 사람이 생기고 깨뜨린 블록조각을 시위대한테 나르는 사람들이 생겼다. 탁 탁 타닥, 이 난장판 속에서 무슨 능란한 작업조 한패가 신나게 일을 하고 있는 꼴이었다. 이 무시무시한 싸움판에서 작동하고 있는 그 희한한 광경을 명호는 잠시 멍청하게 보고 있었다. 한 장면의 예술이었다.

"공수단이 물러간다. 죽여라."

공수대원들이 무춤무춤 사거리로 물러가고 있었다. 벽돌조각의 원호사격을 받는 각목부대는 한층 기세가 올라 각목을 휘두르며 사거리로 육박해 들어갔다. 각목과 벽돌의 합동작전에 사거리의 그 완강하던 저항선이 무너지고 있었다. 시위대는 그 기세로 공수단을 향해 육박해갔다. 구경하던 시민들도 함성을 지르며 내달았다.

"저놈들이 물러가는구나. 허허허."

벽돌 깨던 사내는 이제야 허리를 펴고 수건으로 땀을 닦으며 웃었다.

"고생하셨습니다. 목마르지요? 갑시다. 가서 선한 맥주 한잔 합시다. 내가 한잔 사리다."

명호는 바로 곁에 있는 맥줏집을 가리키며 사내 등을 밀었다. 사내는 손을 저었다. 명호는 무작정 등을 떼밀었다.

"아이고, 벽돌 깨시던 분 아녀? 어서 오시요."

맥주잔을 들고 있던 술손들이 소리를 질렀다.

"도대체 어디서 그런 솜씨가 나옵니까? 벽돌 일을 하시는 것 같았는데, 그래도 그렇지, 어쩌면 그렇게 기막힌 솜씨를 지녔지요?"

"뭐, 솜씨랄 게 있습니까? 흐흐흐."

조금 헤프게 웃는 게 여간 순박해 보이지 않았다.

"아이고, 이이가 여기 오셨구먼. 같이 좀 앉읍시다. 이 술은 내가 사겠소."

술손 한패가 들어오다가 사내를 보고 양해도 구하지 않고 합석했다. 모두 수인사를 했다. 사내는 유기수라 했다. 마디가 굵은 손가락이며 시커먼 얼굴이 막일을 하는 사람 같았다. 그렇지만, 그렇게 보아 그런지 작달막한 키에 눈매가 여간 날카롭지 않은 게, 막일을 해도 그냥 막일만 하는 사람 같지 않았다.

"당신 그 손은 손이 아니라 기곕다, 기계. 꼭 요술을 부리는 것 같습다."

"자, 먼저 내 술 한잔 받으시오. 벽돌 실탄을 제대로 공급하는 바람에 공수단을 쉽게 물리쳤습니다."

옆자리 사내가 술잔을 건넸다.

"나도 아까 나가서 구경했소. 이 세병은 내가 그냥 이분한테 내는 거요."

술집 주모가 술상에 안주와 맥주를 늘어놓으며 깔깔거렸다.

"허. 술 인심 한번 좋다."

또 한바탕 웃음이 터졌다.

"아까 싣고 오던 폐자재는 땔감으로 가져오신 것 같아 별로 아깝지 않겠지만, 그 리어카가 그 꼴이 되어서 어쩌지요?"

저쪽 자리에서 물었다. 웃는 사람도 있었으나 거의가 덩둘한 표정이었다. 말을 꺼낸 사람이 리어카가 작살났던 말을 했다.

"그럼 여기서 그 리어카값을 모읍시다. 나도 술을 사려 했는데, 내 차례가 오지 않겠고 리어카값이나 조금 내겠소."

저쪽 자리에 앉았던 사내가 지갑에서 만원짜리를 두장이나 쑥쑥 뽑아 흔들었다. 대번에 너도나도 만원짜리 오천원짜리를 내밀었다. 제안한 사내가 돌아다니며 돈을 거뒀다. 명호도 만원을 냈다.

"그 리어카, 십만원이면 사겠지요? 이거 십삼만원입니다. 이걸로 더 존 걸로 장만하시요."

사내가 돈을 내밀자 유기수 씨는 손을 저었다. 모두 받으라고 소리를 질렀다. 유기수 씨가 거듭 손을 젓자 돈 거둔 사내가 돈을 유기수 씨 바지 주머니에다 쑤셔넣었다. 너털웃음이 쏟아지고 술판은 다시 축제판이었다.

명호가 그뒤 유기수 씨 소식을 들은 것은 광주항쟁이 끝난 한달쯤 뒤였다. 그때 시위를 하다가 공수단원에게 붙잡혀 몽둥이에 어깨가 부러진 직장 동료가 유기수 씨와 같은 감방에 수감되었던 것이다.

유기수 씨는 그날 맥줏집에서 나온 뒤 한시간도 못 돼서 계엄군에게 붙잡혀 간 것 같았다. 그가 수사과정에서 당한 처참한 고문도 고문이지만, 그보다 왜정시대 만주에서 나서 6·25 때 월남했다는 유기수 씨의 지난날이 예사롭지 않았다. 명호는 그 동료한테 술을 사며 유기수 씨 이야기를 들었다.

유기수 씨는 만주 흑룡강(헤이룽장) 하류 조선족 동네서 갖신 만드는 갖바치 아들로 태어났다는 것이다. 그이 아버지는 갖신뿐만 아니라 북이나 장구도 만들었는데, 유기수 씨가 세상에 나올 때는 좀 과장하면 운명이라고나 해야 할 사건이 벌어졌다. 그 동네에는 조선 독립군들이 이따금 나타났는데, 일본군이 독립군을 토벌하러 오면 그 아버지가 북을 둥둥 쳐서 일본군이 온다는 신호를 해주었다. 허탕을 친 일본군들은 착검한 총을 들고 그 집으로 들이닥쳤다.

"북을 만들어서 북소리를 시험해본 것입니다. 크게도 쳐보고 작게도 쳐보지요. 오늘뿐만 아니라 어제도 치고 그제도 쳤습니다. 동네 사람들한테 물어보시요."

그들 앞에서 북을 쳐 보이며 시치미를 뗐다. 일본군들은 집안에 갖신이며 북이며 장구며 금방 무두질해놓은 쇠가죽을 보고 물러갔다. 그러다가 꼬리가 길어 밟히고 말았다. 아버지는 일본군 사령부로 끌려가 모진 고문 때문에 그 길로 세상을 떴고 집안은 거덜이 나고 말았다.

유기수 씨는 공교롭게도 그 아버지가 일본군이 몰려온다는 것을 알리는 북소리, 둥, 둥, 둥, 하는 그 마지막 북소리를 들으며 태어났다. 처음 산기가 있을 때는 둥둥 소리가 낮은 소리가 났고, 산기가 한창 심할 때는 더 크게, 마지막 둥둥 할 때는 으앙 첫소리를 질렀으며, 일본군이 들이닥쳐 아버지를 붙잡아 갈 때는 더 크게 울었다.

그렇게 태어난 유기수 씨는 자라면서 예사롭지 않은 징후가 나타나기 시작했다. 어디서 북소리든 장구 소리든 풍물 소리만 나면 밥숟가락도 내던지고 뛰쳐나갔다. 그렇게 나가 북소리 장구 소리 가락에 방방 떠서 내내 제정신이 아니었다. 그는 풍물 소리라면 차근하게 치는 무당 푸닥거리 소리에도 방방 떴고, 장판 약장수 북소리에도 정신이 팔려 판이 끝날 때까지 쭈그려 앉아 있었다. 나중에는 유랑극단 북소리에 들떠 아예 극단을 따라가버렸다. 그 바람에 어머니는 백리도 넘는 데까지 쫓아가서 붙잡아 오기도 했다.

8·15 뒤 일본이 물러가자 그는 어머니를 따라 함경북도 아버지 고향으로 갔다. 그때는 어디서나 그랬듯이 거기서도, 거의 날마다 무슨 대회 무슨 대회가 벌어져 꽹과리 소리와 북소리가 요란스러웠다. 유기수 씨는 아침에 밥숟갈만 뺐다 하면 책보를 허리에 졸라매고 학교가 아니라 대회장으로 달렸다. 거기 가서 의자도 날라다 주고, 주전자에 물도 떠오고, 또 어른들 틈에 끼여 함성도 지르며 방방 떴다가 그때마다 어머니한테 덜미를 잡혀 학교로 끌려갔다.

6·25가 터졌다. 낙동강까지 밀고 갔던 인민군이 거꾸로 압록강까지 밀리더니, 중공군이 참전하자 전세가 다시 뒤집혔다. 중공군의 인해전술에 기세가 꺾인 미군이 후퇴한다는 소문에 이어 느닷없는 소문이 뒤따랐다. 미군이 물러가면 바로 원자탄을 때려 삼팔선 이북은 쑥대밭을 만든다는 것이다. 그 소문을 들은 사람들은 벼락소리에 깨어난 잠꾸러기들처럼 눈만 멀뚱거렸다. 2차대전 말기에 일본에 던진 원자폭탄 소문을 모르는 사람이 없었다. 원자탄 소문과 함께 북쪽으로 진격했던 미군과 남한군은 물론이고, 북쪽 피난민들까지 실어가려고 미국 화물선이 기다리고 있다는 소문이었다.

그 소문이 나자 사람들은 소나기 만난 장꾼들 꼴이었다. 미군이 일본에 던졌던 그 무지막지한 원자폭탄에 맞으면 죽어 귀신도 온전한 귀신이 못 될 것 같았다. 정신이 나간 사람들은 술덤벙물덤벙, 도망꾼 봇짐보다 더 험하게 뭉뚱그린 피난 보따리를 이고 지고, 흥남으로, 흥남으로, 장마에 개미떼처럼 큰 길 작은 길을 모두 메웠다. 병역 적령에 한살이 못 미쳐 인민군에 가지 않았던 유기수 씨는, 이웃 동네 큰집 식구들과 함께 흥남으로 가서 어머니와 누나를 만나기로 약속하고 새벽같이 길을 떠났다. 큰집에 가자 큰집 식구들도 이미 집을 떠나고 없었다. 혼자 흥남으로 달렸다. 흥남에 도착한 유기수 씨는 그 엄청난 인파에 입이 떡 벌어졌다. 그 군중 속을 정신없이 헤집고 다녔다. 그러나 큰집 식구들은 물론이고 어머니와 누나도 만날 수가 없었다.

유기수 씨는 사람과 짐짝으로 발 디딜 틈이 없는 배 안을 두번 세번 뒤졌지만, 어머니와 누나는 물론이고 동네 사람 하나도 만날 수 없었다. 아는 사람이라고는 할아버지 동네 처녀 한사람을 만났을 뿐이었다. 그 처녀도 이웃 동네 외갓집에 갔다가 가족들과 헤어져 무작정 흥남으로 달려왔다는 것이다.

두사람은 부산에 도착할 때까지 배 안을 몇번이나 뒤졌지만, 아는 사람은 하나도 없었다. 부산에 내려서도 둘이 붙어 다니며 굶다 먹다 하며, 밤이면 피난민 텐트 속에서 한겨울 추위를 견디며 웅크리고 잤다. 그렇게 자다 보면 두사람은 서로 부둥켜안고 있기 십상이었다. 그렇게 지내는 사이 두사람은 처지 따지고 계제 찾을 겨를도 없이 그냥 부부가 되고 말았다. 부부가 되자 자신들 처지도 세상이 뒤바뀐 것만큼이나 험하게 뒤바뀌어버렸다. 여태까지 찾던 사람들이 거꾸로 이제는 만나서는 안 될 사람들이 되고 만 것이다.

서울이 수복되자 북쪽 피난민들은 한걸음이라도 고향이 가까운 서울로 서울로만 올라붙었다. 그러나 유기수 씨 내외는 서로 얼굴만 보고 있었다. 북쪽 피난민들은 너나없이 서울로만 가는 것을 보자, 자기들이 가장 가지 말아야 할 곳은 바로 서울이었고, 부산에 남아 있기도 꺼림칙했다. 그들이 갈 곳은 북한 사람들이 별로 가지 않는 곳이라 그들의 발길은 자연스레 전라도를 향했다. 여기서도 깊은 산골에 박혀버릴까 하다가 그래도 하루 벌어 하루 먹기로는 도시라야 할 것 같아 광주에 터를 잡았다.

2

"그 사람 풀려나도 사람 구실 못할 거요."

유기수 씨와 함께 잡혀가서 함께 고문을 받았던 박씨는 유기수 씨 과거 이야기를 하고 나서 살래살래 고개를 저었다. 그들이 붙잡히자 처음에는 그들을 어느 대학 강당에다 몰아넣었다. 붙잡힐 때 초주검이 되었던 그들은 강당에 들어가자 자기처럼 잡혀온 사람들이 오십여명이나 되어, 조금은 안심이 되었다. 그러나 그것도 잠깐이었다.

"경애하는 인민공화국 동무들이 모두 여기 계시는구먼. 야, 이 새끼 너 조선민주주의인민공화국 만세 한번 불러봐."

벌겋게 핏발 선 공수대원이 아무나 군홧발로 차며 소리를 질렀다. 멍한 눈으로 쳐다보고 있자 다시 차며 소리를 질렀다.

"새꺄, 말이 말 같지 않아?"

군홧발로 옆구리를 찼다. 옆구리를 껴안고 뒹굴었다. 갈비뼈가 어긋난 것 같았다.

"이 새끼 엄살 부리는 것 봐."

군홧발은 두번 세번 들어왔고, 그래도 분이 안 풀리면 대검으로 아무 데나 푹푹 쑤셨다. 나중에는 이삼십명이 몰려와서 분풀이를 했다. 그때 세사람이나 죽었다.

그들을 교도소로 실어갈 때는 그 운반차가 그대로 지옥이었다. 그 차는 사방이 밀폐된 소형 무기운반차였는데, 사람들을 소총을 세워서 재듯 옴나위를 못할 만큼 밀어넣고, 문을 닫을 때는 서너명이 밖에서 두번 세번 굴러서 닫았다. 그다음 양쪽에 하나씩 있는 손수건 크기의 유리창을 깨고 최루탄을 두방이나 터뜨려 안으로 넣었다. 사람들은 미꾸라지 통에서 소금벼락 맞은 미꾸라지 꼴이었다. 교도소에 도착하여 문이 열리자 오물에 범벅이 된 사람들이 시체처럼 쏟아졌다.

"나는 시위하다 잡힐 때 공수단 곤봉에 갈비뼈가 부러졌습니다. 유기수 씨는 나중에는 또 간첩 혐의를 받아 고문을 당하며 몽둥이에 무릎뼈를 잘못 맞아 왼쪽 다리를 제대로 움직이지 못했습니다. 그이를 그뒤로는 만나지 못했는데, 그 다리는 병신이 되었을 것입니다."

"간첩 혐의요?"

명호는 간첩이란 말에 눈알이 주발만 해졌다.

"그 난장판에 간첩 혐원들 오죽하겠어요. 피난을 광주로 왔다는 게 간첩 혐의였답니다. 북한 피난민들은 거의 서울로 갔는데, 아무 연고도 없는 광주로 온 게 수상하다는 것이었답니다. 그동안 고정 간첩 노릇을 한 게 틀림없다고 패더랍니다."

그때는 그 정도의 꼬투리라면 간첩 혐의를 열번도 덮어씌울 만했다. 당시 광주항쟁에 대한 전두환 일당의 일차적인 수사전략은 광주항쟁이 북한의 사주를 받아 일어난 것으로 조작하려는 것이었다. 그래서 집안에 6·25 때 부역한 사람이 있거나, 그런 쪽으로 무슨 꼬투리만 있으면 억지 간첩을 만들었다. 항쟁 당시 확성기로 계엄군의 만행을 낱낱이 들어 방송했던 여자는, 그를 간첩으로 조작하려는 고문방법이 얼마나 야수적이었던지, 여자의 수치심으로는 누구한테 그가 당했던 일을 하소연도 할 수 없어 고문 이야기만 나오면 그냥 펑펑 울기만 한다고 했다.

유기수 씨가 간첩 혐의로 수사를 받았다는 말을 듣는 순간, 명호는 등줄기에 소름이 주욱 끼쳤다. 명호는 반공법의 '반' 자만 들어도 머리끝이 서는 사람이었다. 6·25 때 부역했다가 행방불명된 작은아버지 때문에, 아버지 세대가 당한 고통은 놔두고 자신이 당한 곤욕만도 이만저만이 아니었다. 취직할 때는 말할 것도 없고 결혼할 때까지 악귀처럼 질기게 달라붙었다.

"허허. 그런다고 아무런들 그 유기수 씨를 그렇게 깡그리 잊어버릴 수가?"

명호는 혼자 멀겋게 웃었다. 명호는 5·18 때 유기수 씨와 함께 붙잡혀 갔었다는 직장 동료에게 전화를 걸었다. 그는 회사를 그만두고 중개사 자격을 따서 사무실을 내고 있었다.

"5·18 때 박형과 함께 잡혀갔던 그 유기수 씨가 지금 어디서 살지요?"

칠팔년 전에 광주를 떴다며 무슨 일로 찾느냐고 했다. 자기가 유기수 씨를 봤던 이야기를 하자, 빚보증을 섰다가 거덜이 나서 어디 시골로 들어갔다는 말을 들었는데, 그런 시골에서 사는 모양이라고 했다. 빚보증을 섰다가 거덜이 났다는 말이 가슴을 후볐다. 퇴근 길에 박씨 사무실에 들렀다.

"5·18 부상자로 장애등급이 10등급이었다니까 보상금이 어지간 했겠지요. 그때 살던 집 전세 값에다 그 보상금을 합쳐 이 변두리에다 웬만한 단독주택을 하나 장만했습니다."

유기수 씨가 그 집을 살 때는 자기가 소개했었는데, 고문 후유증으로 통증이 심해, 그런 데 좋다는 뱀을 잡고 단방약으로 약초를 캐러 다녔는데, 그런 일로 돌아다니며 봐두었던 산골로 이사를 한 것 같다고 했다.

"그 걸립패 상쇠 유기수 씨 이야긴가요?"

저쪽에서 바둑 두는 것을 구경하고 있던 사람이 끼어들었다. 그렇다고 하자 그 노인이 여기 살 적에는 해마다 걸립패를 꾸며 정초에는 골목이 떠들썩했는데, 그 노인 떠난 뒤로는 광주에서 풍물 구경 못했다며 아쉬워했다.

"그이는 꽹과리야 장구야 새납까지 타고난 풍물재비였지요."

그가 걸립패를 꾸릴 때는 노인당 노인들이 모두 나섰고, 동사무소에서 후원까지 하여 그 걸립패는 이 동네 자랑거리였다고 했다. 그 말을 듣고 보니 정초에 이 근방에서 걸립패들이 거리를 누비던 걸 봤던 기억이 떠올랐다. 그러니까 유기수 씨가 떠난 뒤로는 걸립패가 사라져버렸던 것 같았다.

명호는 그 얼마 뒤 음력 정월 보름 무렵, 지난번에 논두렁에 앉아 있던 유기수 씨를 보았던 동네 앞을 지나다가 차를 멈췄다. 동네서 두엄을 지고 나오는 노인이 있었기 때문이었다.

"혹시 이 동네에 유기수 씨라는 분이 사십니까?"

턱에 염소수염 같은 노란 수염이 붙어 있는 노인은 이쪽을 힐끔 한번 보더니, 가타부타 말이 없이 지나가버렸다. 노인은 물이 칠렁한 논으로 가더니 걸음을 멈췄다. 부릴 자리를 잡아 몇번 바장이다가 논에다 두엄을 부렸다.

"오늘이 우수(雨水) 날이라, 금년 농사는 이걸로 시작이오. 우리 동네 이름이 양지골인데 '우숫물 제날에 지고 양지골 가뭄 탄 적 없다'는 말이 전해오지라. 우숫물이 이리도 치렁하게 졌으니 금년 시절은 괜찮을 것 같소. 농사짓고 사는 사람들한테는 뭐니 뭐니 해도 시절이 좋아야지라."

염소수염은 자기 말만 늘어놓으며 오고 있었다.

"아까 누가 여기 사냐고 물은 것 같았는데 누구라고 했소?"

유기수 씨라 하자 그런 사람 안 산다고 손을 저었다. 명호는 여기에 왼데 사람이 버는 논은 없느냐고 물었다.

"왼데 사람이오? 문전에 있는 논도 묵히는 세상에 어떤 시러베 아들 놈이 이런 데까지 와서 남의 논을 벌겠소?"

명호는 지난 가을에 여기를 지나다가 유기수 씨란 이가 이 논두렁에 앉아 있는 것을 보았다며, 그이가 혹시 약초라도 캐러 다니다가 여기 쉬어 앉았던 게 아닌지 모르겠다고 했다.

"허허. 그런께 시방 서울 가서 박 서방을 찾고 계시요그랴."

염소수염은 요새도 이런 답답한 사람이 있느냐는 듯 혼자 웃었다. 말주변이 걸쭉한 게 오지랖이 어지간하겠다 싶어, 그는 5·18 때 많이 맞아 그 통증 때문에 약초를 캐러 다닌다더라는 말도 했다.

"아이고, 그 5·18 부상자들인가 뭣인가 그 작자들은 말도 마시요. 진짜로 싸운 사람들은 가만있는데, 굿 보다가 곤봉 몇대 맞은 걸 갖고 부상자로 신고해서 보상금은 보상금대로 타먹고, 그 유세로 설치는 것 보면 그런 작자들은 꼴도 뵈기 싫소."

노인은 또 엉뚱한 소리를 했다. 이 동네에 그런 얼치기가 있는 게 아닌가 싶었다.

"그이는 그렇게 설칠 사람이 아닙니다. 나이가 칠십 가깝고, 작달막하고 호리호리한 몸피에 한쪽 다리를 조금 절름거립니다."

"나이가 칠십에 가깝고 다리를 절어라우? 그이 이름이 뭣이라 했소?"

"유기수 씨입니다."

"유기수 씨라우? 워매, 그라고 본께 내가 우리 상쇠 영감 함자를 헛들었네. 그 사람 우리 면 걸립패 상쇠요 상쇠."

자기들은 그이를 상쇠 영감이라고만 부르기 때문에, 아까 이름만 듣고는 얼른 알아듣지 못했다며 한참 웃었다.

"그 양반 키는 다듬잇방망이만 해도 사람 하나는 참말로 야무진 사람이지라. 유독 풍물 솜씨는 남한 천지에서는 그이 덮을 사람 없을 것이요."

그이는 지금 걸립패를 이끌고 동네마다 돌고 있을 거라며, 지금 어느 동네를 돌고 있는지 그것은 면사무소 가서 물어보라고 했다. 그이가 무의탁 노인들 생활을 도우려고 해마다 정초에 걸립패를 꾸려 동네마다 돌고 있다는 것이다.

명호가 핸드폰을 꺼내자 자기가 알아보겠다며 면사무소로 전화를 걸어서 자기한테 바꿔달라고 했다. 명호는 전화를 걸어 핸드폰을 넘겼다.

"나, 양지골 이장인디 누구여? 웅 그려. 상쇠 영감 만나려고 찾아온 사람이 있어. 걸궁패가 시방 어디서 놀고 있제? 멋이 으째? 저승사자가 잡아가불다니? 그라면 그이가 그저께 죽어버렸단 말이여?"

염소수염은 핸드폰을 다른 손으로 바꿔 잡으며 버럭버럭 고함을 질렀다.

"네끼 못된 작자. 장난으로 할 소리가 따로 있제, 그런 소리가 장난으로 할 소리여? 나는 상쇠 영감이 죽어부렀다는 소린 줄 알고 깜짝 놀랬네. 지금도 가슴이 벌렁벌렁하구만."

염소수염은 전화기에다 대고 소리를 질렀다.

"그 양반 요새 몸이 쪼깐 안 좋다더니 그이 마누라가 집으로 데려가버렸다요. 마누라한테는 꼼짝 못한다더마는, 다른 데도 아니고 걸궁판에서 그 고집쟁이를 끗고 갔다면 저승사자가 따로 없구만. 하하하."

염소수염은 혼자 한참 웃었다.

"그래도 그이가 나서서 걸궁패라도 꾸며서 땅땅거리고 댕긴 께, 비온 날 파장매이로 휘엉하던 농촌이 사람 산 것 같소. 가만있 자. 그이가 5·18 때 많이 맞아서 지금도 몸이 바글바글한다더마 는……"

염소수염은 잠시 혼자 구시렁거렸다.

"가만있자. 그러고 본께 나도 그이 만날 일이 있소. 같이 갑시다. 여기 잠깐 기다리고 있으시요."

염소수염은 무슨 중요한 일이라도 있는 듯 바삐 동네로 내달았 다. 한참 만에 옷을 갈아입고 왔다. 한손에는 신문지로 싼 두홉들이 소주병이 하나 들려 있었다. 유기수 씨 동네는 면 소재지에서도 산 골짜기로 한참 들어간다고 했다.

명호는 면사무소 소재지 상점에서 내의를 한벌 사고 술과 안주 도 고루 샀다. 오불꼬불한 산굽이를 네댓개 돌자 산자락에 집이 네 댓가호가 오순도순 몰려 있었다. 유기수 씨 집은 맨 앞집이었다. 비 어 있었다던 집치고는 뼈대도 실해 보이고 마당도 널찍했다.

"상쇠 영감님 계시요. 나 양지골 김창곤이요."

염소수염은 소리를 질렀다. 방문이 열리며 부인이 내다봤다.

"뉘시요? 영감님은 많이 편찮으십니다마는."

부인은 장난꾸러기 꾀러 온 개구쟁이 노려보듯 잔뜩 경계하는 눈이었다.

"아짐씨, 상쇠 어른이 몸이 안 좋으시다는 말씀을 듣고, 내가 시 방 존 약을 갖고 오는 길이요. 이 사람은 상쇠 영감을 잘 아시는 분이고."

부인은 걸립패하고는 상관없겠다 싶어 그런지 싸늘하던 얼굴이 조금 펴지는 것 같았다. 그때 부인 곁으로 유기수 씨 얼굴이 나왔다.

"아이고, 상쇠 영감님. 얼굴이 반쪽이 되아부렀소그려. 내가 시방 귀한 손님을 한분 모시고 왔소. 가만있자, 당신이 먼 일로 상쇠 영감님을 뵈러 온다고 했지라? 남의 집 삼년 살고 주인 성 묻는다 더마는 내가 시방 그 짝이 되아부렀네. 하하하."

염소수염은 자신도 어이가 없는지 명호를 돌아보며 웃었다. 유기수 씨는 게슴츠레한 눈으로 명호를 건너다보며 눈을 씀벅였다.

"광주서 왔습니다. 광주 5·18 때 영감님 리어카 부서지던 날 술 샀던 사람입니다. 지난 가을 양지골 동네 앞을 지나다가 영감님이 논두렁에 앉아 계시는 걸 보고……"

중개사 박씨한테서 대충 소식을 듣고 한번 뵙고 싶어서 지나는 길에 찾아왔다고 했다.

유기수 씨는 저고리를 걸치며 어서 들어오라고 서둘렀다.

"그 리어카 생각을 하면 자다가도 웃음이 나오지라. 허허."

유기수 씨는 힘없이 웃었다. 염소수염은 이것은 저이가 사온 거라며 부인한테 내의며 술이며 안줏감을 넘기고 나서, 들고 왔던 병에서 고무밴드를 풀었다. 두홉들이 소주병에 노란 술이 가득했다.

"영감님이 편찮으시단 말씀을 듣고……"

염소수염은 유기수 씨 귀에 바짝 입을 대고 손바닥으로 입을 가리며 속삭였다.

"이것이 그냥 술이 아니고 능사주요, 능사주. 땅에 묻어놓은 지가 칠팔년이 되었소. 영감님께서 자리 지고 계신단 말씀 들은께 남새밭 귀퉁이에다 이걸 묻었던 생각이 머리에 번쩍합디다. 그래서 대번에 파내서 한병 따라 왔소."

염소수염은 소주병을 보물단지처럼 유기수 씨한테 건넸다.

"칠팔년이라면 이만한 물건도 쉽지 않지라. 맞아서 얼병 든 통증에는 이것 덮을 약이 없습니다."

6·25 때 어혈 들었던 사람들도 모두 이 능사주로 버텼다며, 자기도 지금까지 이런 능사주를 비롯한 뱀술로 버텨온다고 했다.

"그냥 마실 술은 사오셨고, 지난번에 캐온 더덕, 그거 생으로 쭉쭉 찢고……"

부인은 금방 환한 얼굴로 술상을 봐왔다. 유기수 씨는 두사람한테 술을 따르고 나서 자기는 말 그대로 약주를 한잔하겠다며 손수 능사주를 따랐다.

"저는 지금도 궁금한 게 한가지 있습니다. 5·18 때 영감님께서 리어카에다 각목이야 폐자재를 잔뜩 싣고 오시지 않았습니까? 그거 땔감으로밖에는 소용이 없는 허섭스레기였는데 어디서 그런 걸 그렇게 많이 실어왔지요?"

"그 이야기라면 말도 마시요."

부인이 대번에 말머리를 낚았다. 유기수 씨는 멀겋게 웃고 있었다.

"그때 우리 집은 그 반대쪽으로 십리도 더 되는 학동이었어요. 시위대한테 그런 걸 거기만 실어다 준 줄 아시요?"

그날 거기 말고도 데모하는 데마다 그런 폐자재를 두 행보나 실

어다 주었다는 것이다. 유기수 씨는 허허 웃으며 기왕 술을 입에
댔으니, 소주를 한잔 해야겠다고 명호 앞에 잔을 내밀었다.

"그걸 운반해 온 일이 수사과정에서 들통이 나버렸으니 무슨 꼴
이 됐겠습니까? 그때 나는 꼭 죽는 줄만 알았지요."

전라도로 피난 왔다는 그거 한가지만 가지고도 고정간첩으로 몰
고 있는 판에, 그 각목 사건이 드러나자 무슨 조직의 지시가 없고
서야 각목을 그토록 계획적으로 실어 나를 수가 있느냐고 몰아세
우더라는 것이다. 까무러친 것만 대여섯번은 됐을 거라며 절레절
레 고개를 저었다. 명호는 부인 눈치를 살피며 유기수 씨한테 잔을
넘겼다. 부인은 그게 석잔째라며 이제 더는 안 된다고 했다.

3

그때였다. 느닷없이 동구 짬에서 풍물 소리가 났다.

"먼 소리여?"

문을 열었다. 걸궁패들이 트럭을 타고 산굽이를 돌아오고 있었
다. 풍물패들은 요란스럽게 풍물을 치며 동네로 들어왔다. 풍물패
들은 이 집으로 들어오지 않고 동네 안 골목으로 들어가고, 상쇠인
듯한 이만 이리 왔다.

"누워 계시는 줄 알았더니 많이 회복되신 것 같습니다. 오늘은 영
감님 병문안을 가자고 하도 야단들이어서 이렇게 몰려왔습니다."

걸립패는 집집마다 돌아다니며 마당밟이를 하고, 몇사람은 차에

신고 온 술이며 안주며 먹을거리를 유기수 씨 집으로 가져왔다. 걸립패는 금방 유기수 씨 집으로 들어왔다.

　　— 겐지겐 겐지겐 겐지겐 깽깽 겐지겐 겐지겐 겐지겐 깽깽

　걸립패는 변소며 외양간이며 집안을 구석구석 돌고 마당으로 나왔다.

　요사이 걸립패치고는 수도 열댓명이나 되고, 구색도 포수에 조리중에 날라리 등 잡색까지 두루 망불했다. 복색은 쇠재비 셋은 부포상모 전립에다 더그레를 걸치고 색띠를 띠었으며, 나머지 징재비 장고재비 두사람과 북재비 다섯은 흰 바지저고리에 색띠만 띠고 모두 고깔을 썼다. 나이는 거의 육십을 넘은 것 같았고, 그래도 북재비 다섯 가운데서 수북하고 부북 말고 종북은 오십여세, 사북하고 끝북은 사십세와 삼십세쯤으로 보였다.

　　— 겐지겐지겐지 딱

　마당으로 나온 걸립패는 안방 문을 향해 늘어섰다. 상쇠가 쇠 소리를 멈추고 소리를 질렀다.

　"유세차 임오년 정월 초이레, 지산면 걸립패 가짜 상쇠 박갑식이는 진짜 상쇠 유기수 씨 영감님께 그제부터 오늘까지 사흘 동안 여남은 동네서 놀았던 보고를 올리고자 하나이다."

　　— 겐지겐지겐지 깽깽깽

　유기수 씨는 방에서 웃으며 보고 있었다.

　"당산나무 있는 동네는 당산 할아버지 앞에 당굿을 치고, 집집마다 다니며 문굿·마당굿·성주굿·조왕굿·터주굿·장독굿, 바깥에 변소가 있는 집에는 변소굿, 시설하우스에는 하우스굿, 돼지우리에

는 돈사굿, 외양간에는 우사굿, 부정한 귀신은 몰아내고 까다로운 귀신은 달래고, 지산면 남부 지역 십여 동네를 무사히 돌고 오늘 여기 왔나이다."

걸립패들은 풍물을 두들기며 유기수 씨를 향해 공손히 절을 했다. 유기수 씨는 옷을 입고 토방으로 내려섰다.

"날씨도 추운데 고생들 했네. 나는 집에 자리 지고 누워서도 날마다 마음은 굿판에 있었구먼. 아직도 몇 동네가 남은 것 같은데, 나머지 동네 모두 돌 때까지 수고들 하게."

"예. 말씀대로 하겠습니다."

── 겐지겐지겐지 깽깽깽

모두 풍물을 두들기며 유기수 씨를 향해 공손히 절을 했다.

"금강산도 식후경이라 한바탕 먹고 놀세."

── 둥 두두둥 딱.

모두 풍물을 놓고 자리에 앉았다. 부지런히 술잔이 오갔다. 염소수염과 명호도 함께 얼렸다. 모두 한참 마셨을 때였다. 수북이 북을 치고 나섰다.

"괴기는 씹어야 맛이고 말은 해야 맛이더라고, 부쇠 영감님은 상쇠 영감님 앞에서는 꼼짝달싹 못하는 사람인께 내가 상쇠 영감님께 한 말씀 해야 쓰겠소."

── 둥 두두둥 딱.

"우리들은 먼 길 가까운 길 가리지 않고 동네마다 찾아댕김시로 젖 먹던 힘까지 짜내고, 있는 흥 없는 흥 다 내서 놀아도, 동네 사람들은 칭찬은커녕 한다는 말들이 무엇인 줄 아십니까? 이 동네를 가도 유기수 씨는 왜 안 왔소? 저 동네 가도 유기수 씨는 어디 갔소? 눈앞에서 놀아주는 사람들한테는 칭찬은 한마디 없고, 없는 사람만 찾느라고, 유기수 씨, 유기수 씨, 유기수 씨, 유기수 씨, 유기수 씨."

──둥 두두둥 딱.

모두 와 웃었다.

"이렇게 유기수 씨 유기수 씨니, 우리 불상한 쇠재비 징재비 장구재비 북재비, 날라리에다 포수에 저 불쌍한 조리중까지, 모두가 맥이 빠지고 힘이 빠져서, 걸궁이고 걸립이고 싹 걷어치우고, 유기수 씨 그 상쇠 영감님한테 가서, 담판을 짓든지 씨름을 하든지 결판을 내자고, 시방 이렇게 몰려왔소이다."

──궁궁 궁딱꿍.

"결판을 냅시다."

풍물꾼들이 고함을 질렀다. 유기수 씨는 반잔만 마신 소주잔을 들고 웃고 있었다. 그때 조리중이 익살스럽게 병신 흉내를 내며 유기수 씨 앞으로 갔다.

"허허. 상쇠 영감님 큰일나부렸소. 빼도 박도 못하게 생겼는디 으쩌실라요? 방도는 딱 한가지뿐이요. 그것이 무엇이냐 하면 북춤, 그 북춤 한가지뿐이요."

"허허. 저 조리중이 눈치 하나는 절간에 가서도 젓갈을 얻어먹을 놈이라 내 속마음을 꼭 찝어내는구만. 상쇠 영감님, 방도는 그것뿐인께 어서 일어서시요."

──궁궁 궁딱꿍.

부북이 아까보다 더 크게 북을 두들기며 소리를 질렀다. 얼굴이 불콰해진 유기수 씨가 일어섰다. 그는 여기서도 벌써 소주를 두잔이나 마셨다.

"허허. 내가 시방 숭한 일이 나도 크게 나부렀네. 우리 집 마누라는 내가 걸립판에 나가기만 나가면 그 자리에서 봇짐을 싼다고 떵떵 을러메는디, 나는 마누라가 둘도 아니고 딱 하나뿐이라 하나뿐인 마누라가 봇짐을 싸는 것을 볼 수도 없고, 모두 이렇게 을러메고 나오는 것이 내가 북춤을 안 추는 날에는 내가 무사하들 못할 것 같고, 이 일을 어찌하면 좋단 말이여?"

─ 궁궁 궁딱꿍.

"우리들은 하늘이 두쪽으로 뽀개져도 상쇠 영감님 북춤 구경을 않고는 이 집에서 한걸음도 물러서지 않을 텐게 알아서 하시요."

─ 궁궁 궁딱꿍.

수북은 북이 터져라 힘껏 두들기며 소리를 질렀다.

"가만있자. 그래도 조리중 네놈이 쌕쌕 웃고 자빠졌는 것이, 무슨 궁리가 시방 마른 웅덩이에 물 고이듯 하는 것 같다. 어짜겠냐? 내가 이 곤란한 처지를 모면할 방도가 없겠느냐?"

유기수 씨는 벌건 얼굴로 조리중을 건너다보며 넉살을 떨었다.

"없소. 나는 중들 사는 절간에서 못된 짓만 골라서 하다가 이렇게 조리를 도는 놈이라, 웬만한 일에는 통박이 확 구르는디, 이 판에는 아무리 통박을 굴려도 앞뒤 산이 칵칵 막힌 것 같소. 방법이라면 딱 한가지, 여기 이 걸립패들 넋을 한번 쏙 빼놓는 재주밖에는 없을 것 같소."

"말 한번 잘한다."

──궁궁 궁딱꿍.

부북이 소리를 지르며 더 크게 장단을 쳤다.

"넋을 빼다니 생사람들 넋을 어떻게 뺀단 말이냐?"

"그야 간단하지라. 상쇠 영감님 그 북춤 한가락 그것이면, 모두가 넋이 빠져서 대번에 횟물 먹은 메기 꼴로 해롱해롱해질 것이요."

"맞소. 맞아. 북춤 한가락 치시요."

모두 고함을 질렀다.

"좋다. 죽은 사람 원도 풀어주려고 징 치고 장구 치고 해원굿을 하는디, 그런 소원 하나 못 들어주겠냐? 내가 시방 힘이 많이 달린다마는 한판 쳤다!"

유기수 씨가 소매를 걷어 올리자 곁에 있던 사람이 얼른 북을 건넸다. 유기수 씨는 왼쪽 어깨에 북 끈을 한바퀴 돌려 받게 조인 다음 북을 왼손 위에 올렸다.

"오매. 저 양반이 어쩔라고 저러고 나서는가 모르겠네."

부엌에서 나오던 유기수 씨 아내가 눈이 둥그레졌다.

──두둥둥 둥둥 두둥둥 둥둥

유기수 씨는 북을 치며 춤사위를 잡았다. 이내 삼진삼퇴 장단에 맞춰 앞으로 갔다 뒤로 갔다, 몸이 울렁거리는 파도에 얹혀 움직이는 것 같았다. 어깨판에도 가락이 얹히고 엉덩이에도 춤사위가 굼실거렸다.

──둥딱둥딱 두둥둥 둥딱

북소리 가락이 빨라지며 제자리에서 휘휘 돌았다. 돌다가 뚝 멈추고, 까치걸음으로 종종걸음을 치다가 앞으로 우르르 내달았다.

"참말로 기가 막힌 솜씨구먼. 저 양반 저승에 갈 적에는 저 솜씨는 관 밖에 내놓고 가셔야 할 것이여."

덩 덩 덩, 두 발을 넓게 벌리고 제자리에 딱 멈췄다. 덩 덩 덩, 있는 힘을 다해서 북을 후려갈겼다. 북과 몸이 하나로 얼려 회오리바람 휘돌듯 휘돌았다.

"오매, 저이가 어쩌려고 저러제?"

유기수 씨 아내는 애가 단 표정으로 두 손을 모아 쥐었다. 영감이 몸을 휘돌릴 때는 아내 얼굴이 새파래졌다.

"얼씨구 좋다. 얼씨구."

유기수 씨는 북을 하늘 높이 올려 공중에서 휘휘 돌렸다. 몸과 북이 한꺼번에 돌았다. 몸뚱이가 북에 매달려 빙빙 돌아가는 것 같았다.

"좋고. 얼씨구."

유기수 씨 춤사위는 신들린 것 같았고, 흥에 겨운 유기수 씨는 몸뚱이를 옆으로 휘익 휘익 돌렸다. 자반뒤지기였다. 몸을 사십오도로 회전시키는 자반뒤지기는 젊은이들도 힘이 부치는 재주가락이었다.

"허허, 저 영감 안 늙었네. 하나도 안 늙었어."

모두 박수를 치며 소리를 질렀다.

"아이고, 큰일나겠소. 그만하시요. 그만."

유기수 씨 부인이 참다 못해 소리를 질렀다. 유기수 씨는 다시 덩덩 느린 가락으로 북을 쳤다.

"자반뒤지기 한판만 더 도시요."

저쪽에서 소리를 질렀다. 유기수 씨는 씩 웃더니 북을 덩덩 치며 휘익 돌았다.

──덩덩 휘익, 덩덩 휘익, 덩덩 휘익.

발이 땅에 닿지 않고 몸이 공중에서 도는 것 같았다. 휘익 돌던 유기수 씨가 발끝에 무엇이 걸린 듯 몸이 휘청했다.

"아이고매!"

유기수 씨가 땅바닥에 널브러졌다. 마치 퉁기던 공이 바람이라도 빠져버린 것 같았다. 모두 다가갔다.

"아이고, 정신 차리시요."

부인이 유기수 씨를 무릎 위로 끌어안으며 소리를 질렀다. 부인은 정신 차리라고 거듭거듭 소리를 질렀다. 모두 들여다보고 있었다. 색색으로 고운 더그레에 색띠를 두른 풍물꾼들이 모두 고개를 처박았다. 꼭 그만큼 큰 연꽃 한송이가 꽃이파리를 그렇게 오므리고 있는 것 같았다.

"안 되겠다. 병원으로 가자. 차 가져와!"

상쇠가 소리를 질렀다. 명호는 사립께 있는 자기 차로 달렸다. 상쇠는 축 늘어진 유기수 씨를 안고 달려왔다. 부인이 먼저 차 안으로 들어가 남편을 받았다.

"정신 차리시요. 정신 차려!"

부인은 남편을 안고 거듭 소리를 질렀다. 부인은 연방 같은 소리를 내질렀다. 차가 동네를 빠져나갔다.

"정신 차리시요. 정신 차려!"

산굽이를 돌아가며 명호는 뒤를 돌아봤다. 부인한테 안긴 유기수 씨는 이미 고개가 축 처지고 있었다.

"돌아가셔도 그 솜씨는 관 밖에 내놓고 가시라 했는데, 그 솜씨를 그대로 지니고 가셨으니 저승에서는 잘 오셨다고 마중을 나올 것 같구먼."

"그려. 그려."

『문학동네』 2002년 봄호(통권 30호); 2006년 7월 개고

성묘

"시골에 재밌는 기삿감 하나 생겼던걸. 할머니가 정원수 가꾸시던 밭 있잖아? 거기다 당신이 묻히실 묘를 쓰셨대."

"무슨 소리야? 살아 계신 분이 당신 묘를 쓰셔? 더구나 선산에 당신 묏자리 있잖아?"

회사에 다니는 동생 전화에 윤주는 어리둥절한 표정이었다. 기삿감이라 한 건 윤주가 여성잡지 프리랜서라서 하는 말이었다.

"할아버지 곁에는 묻히기 싫다는 거겠지. 살아서는 하는 수 없이 사셨지만 저세상에서까지 일본 순사 곁에 눕고 싶지 않으시다는 거잖아? 후후후."

동생은 남의 일처럼 웃었다. 윤주는 순사 아내라는 말이 가시처럼 찔려왔다.

"방금 존경하는 김천주 의원님께서 전화를 한 거야. 김천주 의원님 방방 뜨는 게 볼만하더구먼. 집안 망신도 이런 망신이 어디 있냐고 고래고래 악을 쓰는 거야. 나 지금 전주에 출장 왔는데 내 핸드폰 번호까지 알아서 전화를 했어."

김천주 의원은 고향의 군의원을 지낸 집안 당숙이었다. 윤주는 그분 성격으로 보아 방방 뜨는 모습이 눈에 선했다.

"그럼 당숙님은 지금 어쩌자는 거야?"

"나도 꼭 그렇게 물었더니 그게 집안 장손이 할 소리냐고 고래고래 악을 쓰는 거야. 그래서 할머니께서 묘 쓰신 뜻이 명백하지 않느냐고 하려다가, 거기까지는 김 의원님 말씀따나 집안 장손이 할 소리가 아닌 것 같아 참았어. 킬킬"

동생은 남의 일 즐기듯 또 한참 킬킬거렸다.

"당숙님은 다음 선거 때문에 그 야단이겠지?"

"두말하면 잔소리지. 지방의원 선거가 서너달 앞으로 다가오잖아. 그 판에 집안 내력이 이번에는 옛날보다 더 험하게 뒤집힐 판이니 김 의원님 심사 짐작할 만하잖아?"

동생은 더 크게 웃었다. 이 말에는 윤주도 따라 웃지 않을 수 없었다. 그가 지난번 선거에 떨어졌던 것은 그이로서는 큰아버지의 일본 순사 내력이 뒤집혀도 험하게 뒤집혔기 때문이었다.

"집안사람들이 지금 당장 쳐들어가야 한다는 기세야. 그래서 나는 급한 일로 출장 중이라며 따돌려버렸어. 누나한테도 전화할 것 같아 알려주는 거야."

"뭐야? 그이가 당장 쳐들어갈지 모른다면서 그게 무슨 소리야?

나도 갈 테니까 너도 그리 와. 그이 극성 몰라? 그이는 선거밖에는 보이는 게 없는 사람이잖아. 우리가 내려가서 기를 꺾어버려야 해."

동생의 약삭빠른 말에 윤주는 대번에 버럭 소리를 질렀다. 사뭇 거세게 다그치자 동생은 알았다고 수그러졌다. 윤주는 그러지 않아도 가을철 관광지 취재 가려던 참인데, 고향에 가도 그런 데가 많아 부랴부랴 가방을 챙겼다. 할머니한테 전화를 걸었으나 받지 않았다. 그대로 출발했다.

김천주를 비롯한 일가들은 할머니 동네서 한참 떨어진 동네에 살고 있으므로 묘를 다 써버린 다음에야 소식을 듣고 방방 뜬 것 같았다. 윤주는 그런 가묘를 취재한 적이 있어 할머니가 쓰셨다는 가묘의 구조도 짐작할 수 있었다. 실제 묘하고 똑같이 써놨다가 본인이 죽어 장례를 치를 때는 묘 앞쪽만 조금 헐어내고 이미 설치해놓은 석관(石棺) 속으로 시체가 든 나무 관을 밀어넣고 봉해버리면 일이 끝나도록 되어 있는 구조였다. 그러니까 할머니도 당신이 돌아가셔서 장례를 치를 때는 상석이든 뭐든 다른 것은 아무것도 손댈 것이 없게 일을 해놓으신 모양이었다.

할머니는 삼십여 년 전에 이백 평 남짓한 밭에다 정원수를 심기 시작하여, 지금은 소나무·동백나무·배롱나무 등 갖가지 정원수가 그득했다. 정원수들은 모양새도 모양새지만 수령이 거의 삼십여 년짜리라 진작부터 나무장수들이 군침을 삼키며 들락거리는 것 같았다. 정원수는 두면 둘수록 돈이 된다고 그동안 한 그루도 손대지 않아, 매사에 두름성이 알뜰하신 분이라 뒷날을 내다봐도 멀리 내다보는 줄만 알았었다. 그랬더니 이제 보니 그런 엉뚱한 속셈이 있었던 것 같았다.

김천주가 묘일에 그렇게 기를 쓰고 나서는 것은 까닭이 뻔했다. 지난번 선거 때 유세장에서 괜히 경쟁 후보 집안 내력을 들어 인신 공격을 했다가, 되레 자기 집안 일본 순사 내력이 뒤집히는 바람에 자기는 자기대로 낙동강 오리알이 되고, 가만히 있는 집안사람들까지 망신을 당했다. 그런데 이런 엉뚱한 일로 집안 내력이 또 세상 사람들 입살에 오르내리면 일판은 뻔했으므로 그이 심사를 짐작할 만했다.

김천주는 앉은자리에서는 말이 청산유수였으나, 앉아서는 그렇게 거미줄 나오듯 하던 말이 연단에만 올라서면 주눅 든 어린아이 꼴로 원고 없이는 자기소개도 더듬거렸다. 그러던 그가 지난번 선거 막판 유세장 때는 기어코 일을 내고 말았다. 연단에 올라서자 정중하게 절을 하고 커엄 큰기침을 한 다음 근엄한 표정으로 원고를 읽어가는 참이었다. 아침부터 날씨가 바람이 불다 비를 뿌리다 하더니 느닷없이 회오리바람이 김천주가 읽고 있던 연설원고를 홀렁 낚아채버렸다. 비서가 쫓아가자 원고는 비서를 놀리듯 요리조리 홀쩍홀쩍 도망치더니, 하필 물웅덩이에 납작하게 달라붙고 말았다. 비서는 뜨거운 것 잡듯 원고 한쪽을 잡고 달려왔지만 글씨는 먹탕이었다.

아까부터 야유를 퍼붓던 상대방 후보 패거리들이 깔깔거리며 어서 계속하라고 소리를 질렀다. 김천주는 제물에 가을 고추처럼 벌겋게 약이 올라 애꿎은 연단만 상대 후보 마빡 갈기듯 내리치며, 야유하는 군중들을 향해 신성한 유세장 어쩌고 악을 쓰다가 엉뚱한 소리를 했다.

"군의원이 무엇입니까? 아무리 하찮은 군의회라 하더라도 신성한 의정단상에는 올라갈 사람이 올라가야 합니다. 못된 강아지 부뚜막에 오른다고 의정단상이 어딘데 최 후보 같은 사람이 의정단상을 넘본단 말입니까? 최 후보가 누군 줄 아십니까? 그 아버지가 우리 집에서 머슴살이했던 머슴이었습니다. 머슴!"

"뭐야, 머슴?"

느닷없는 소리에 상대편 운동원들이 와아 연단으로 뛰어올라갔다. 난장판이 벌어질 판이었으나 상대 후보가 기를 쓰고 뜯어말렸다. 김천주는 시간 종료 종이 울리고 마이크가 꺼진 뒤까지 책상을 치며 악을 쓰다가 내려왔다. 그가 내려오자 상대 후보는 여유만만하게 웃으며 연단으로 올라갔다.

"우리 아버님이 김천주 후보님 댁에서 머슴을 사셨다는 말씀은 사실이올시다."

사뭇 여유 있게 나오자 군중들은 물을 뿌린 듯했다.

"머슴이 무엇입니까? 머슴이라는 직업은 요사이 말로는 하면 생산직 노동자, 그 가운데서도 여기 모이신 대부분의 유권자 여러분들과 마찬가지로 농사를 짓는 농업 생산직 노동자올시다. 저기 운동장 귀퉁이에서 벽돌 찍는 건재회사를 봅시다. 저 회사에도 주인인 사장님이 있고, 그 밑에 넥타이 차고 사무 보는 관리직 노동자가 있으며, 손으로 직접 벽돌을 찍는 생산직 노동자가 있습니다. 옛날에도 농사가 많은 집에는 요사이 사장님에 해당하는 주인이 있었고, 서사라는 관리직 노동자가 있었으며, 논 갈고 밭 갈아 직접 농사를 짓는 머슴이라는 생산직 노동자가 있었습니다. 우리 아버님은 저이 댁에서 머슴을 살며 농업 생산직 노동자로 노동을 하시고, 새경 곧 임금을 받았습니다. 노동자가 노동을 하여 임금을 받아 생활한 게 무엇이 잘못입니까? 김천주 후보께 묻습니다. 우리 아버님 같은 생산직 후손들은 의정단상에 오를 수가 없다는 말씀 같은데, 그 까닭을 말해보시오. 분명히 말해야 합니다."

그는 크게 소리를 지르며 연단을 깡 쳤다.

"말해라, 어서 말해!"

군중들 고함소리가 하늘을 찔렀다. 그는 여유 있게 계속했다.

"기왕에 돌아가신 선조들을 들먹였으니 유권자 여러분들께 한 가지 물어보겠습니다. 일제시대 김천주 후보 백부님은 무엇을 했습니까?"

"일본 놈 순사, 일본 놈 똥개, 민족반역자!"

군중들은 소리를 지르며 웃었다. 유세장은 웃음판이 되었다.

"이 고을 사람치고 그이 모르시는 분은 안 계시겠지요. 그이는 말단 순사였지만 일본 천황 폐하에 대한 충성심은 이완용이보다 더 지극했습니다."

말주변이 좋은 그 후보는 좋은 꼬투리가 잡히자 김천주를 떡 주무르듯 했고, 연설이 끝나자 그들은 결승골 넣은 축구장 분위기였다. 그 후보 운동원들은 전쟁에서 이긴 장수 둘러싸듯 에워싸고 이제 선거는 끝났다고 환성을 지르며 떼몰려 나갔다.

제 성깔을 주체 못한 김천주는 제 손 찧어놓고 망치 흘기듯, 연기 쐰 고양이 상판으로 몰려 나가는 군중들을 노려보고 있었다. 여태 자동차 네 바퀴처럼 맞물려 돌아가던 운동원들도 이제 아무리 나대봤자 글렀다 싶었던지 파장에 장꾼 흩어지듯 흩어져버렸다. 심복 몇사람만 헛가게 걷어낸 빈 말뚝처럼 넓은 운동장 한가운데 멀뚱하게 서 있었다.

김천주는 낙선을 해도 그토록 험하게 낙선을 했지만, 그래도 미련을 버리지 못하고 그다음 선거 때도 패거리들을 달고 술덤벙물덤벙 정신없이 싸대고 다녔다. 건달들 몰리는 속은 쇠파리 꾀는 것하고 한가지라 그는 읍내 건달들을 앞뒤로 거느리고, 관내 경조사는 물론이고 어린아이들 돌잔치까지 큰 골목 작은 골목 정신없이 누비고 다녔다.

처녀 때 인물이 소문났던 신흥댁은 왜정시대 순사였던 윤주 할아버지와 억지 결혼을 하면서부터 기구한 생애가 시작되었다. 그 순사 누이동생과 초등학교 동창이어서 그 집에 자주 들락거렸는데 그이는 어렸을 때부터 윤주 할머니한테 눈독을 들였던 것 같았다. 그렇지만 권세가 아무리 서릿발 치는 순사라 하더라도 우선 나이가 자식 나이라 어림없는 일이었으나, 매사를 권세로만 우겨오던 작자라 살쾡이 닭장 노리듯 노리고 있다가 결정적인 약점을 잡았다. 친정 오라버니가 징용을 피하려고 호적을 고쳤다가 그 작자한테 꼬리를 잡힌 것이다.

이 작자 농간이면 오라버니는 물론이고 친척이던 호적서기까지 신세를 망칠 판이었다. 신흥댁은 결국 소도둑한테 고삐 쥐어준 꼴이 되어 열일곱 살 어린 나이로 꼼짝없이 끌려가는 신세가 되고 말았다. 본처까지 내치며 그런 짓을 하자 그러잖아도 오빠라면 눈에

칼을 세우던 그이 누이는 생사람 신세를 망쳐도 두사람이나 망친다고 자살소동까지 벌였다. 그렇지만 그때만 하더라도 계집아이 그런 소동쯤 강아지 찜부럭도 아니어서 그런 소문은 대문간 문지방도 넘지 못했다.

혼사를 치르고 나자 억지 결혼이든 아니든 순사 마누라는 마누라여서 8·15 전에는 주변의 매운 눈초리에 가슴을 조였고, 8·15 뒤에는 계급까지 올라 더 설치는 바람에 이때는 이때대로 가슴은 매양 토끼 가슴이었다.

6·25전쟁이 터졌다. 그이는 일찌감치 전투부대에 편성되어 후퇴해버렸지만, 그동안 순사 떠세로 물때썰때 모르고 설치던 일가 푸네기들은 험하게 몰리고 말았다. 대갓집 강아지 범 무서운 줄 모른다고 세월이 좋으니까 항상 동남풍일 줄만 알았다가 떼죽음을 당할 판이었다. 모두 몽둥이가 언제 어디서 들어올지 몰라 어른 아이 없이 해토머리 얼음판 밟듯 어디서 기침소리만 크게 나도 쿵쿵 가슴이 내려앉았다.

그 판에 이번에는 시누이가 덜렁 여성동맹(女性同盟) 간부로 완장을 차고 나섰다. 집안사람들은 두말할 것도 없고 가장 가까운 친구였던 신흥댁도 눈이 화등잔이 되었다. 진즉부터 그 조직에 들어 있었던지, 악질 순사 누이였는데도 위세가 만만찮았다. 몰리고 있던 집안사람들 형편으로는 지옥에서 부처님을 만난 꼴이었다. 그렇지만 이러다가 시국이 다시 뒤집히면 그때는 무슨 꼴이 될 것인가, 신흥댁은 부등가리 안 옆 조이듯 밤이면 밤대로 낮이면 낮대로 가슴은 두부장이 끓는 꼴이었다.

아니나 다를까, 세상이 손바닥 뒤집히듯 뒤집히더니 이번에는
여성동맹에 들어갔던 시누이가 그만 입산을 해버렸다. 그이는 그
때 스무살이 훨씬 넘은 나이였지만, 시집을 안 가서 그랬던지 소문
조차 소녀 빨치산으로 그럴싸하게 나는 바람에 몽둥이를 을러멘
사람들 눈에는 더 핏발이 섰다.

　피난 갔던 남편은 소식이 끊겨버려 옛날 순사 집안 위세 따위는
폭풍에 헌 울타리도 아니었고, 시국이 뒤집힐 때마다 불어닥친 바
람은 하늬바람 샛바람 할 것 없이 살을 에고 가슴을 할퀴는 태풍이
었다. 그 판에 소녀 빨치산 소문은 그 이름만큼이나 그럴싸하게 여
러갈래로 부풀어, 그런 소문이 나돌 때마다 신홍댁은 가슴에서 덜
컥덜컥 쥐덫이 내려앉았다. 그러나 어느 소문도 확실하지 않았고,
시누이 생사도 남편 생사도 끝내 오리무중이었다.

　윤주는 어렸을 때부터 옛날 그 소녀 빨치산에 관심이 많았지만,
그이 소식을 제대로 알게 된 것은 대학 다니던 어느 해 겨울방학 때
였다.

　"오늘 저녁이 너희 고모할머니 제삿날이다."

　윤주는 고모할머니라는 말에 어리둥절했다. 그러자 할머니는 소
녀 빨치산, 하고 빙그레 웃으며 바가지에 떠온 메 지을 쌀을 윤주
앞에 기울여 보였다. 이게 그이 메를 지을 쌀이라는 것이다.

　"오늘 너도 그이를 만나볼 것이다. 눈으로는 못 봐도 제사를 받
아먹으러 틀림없이 이 방에 다녀간다. 그이는 저세상에 가서는 새
가 된 것 같다."

　이건 또 무슨 터무니없는 소리인가? 거듭 눈을 말똥거리자 신홍

댁은 이걸 보라며 멥쌀 담은 바가지를 흔들어 보였다.

"쌀을 이렇게 흔들어서 창호지를 씌워 여기 놔두겠다. 이따 보면 내 말이 무슨 말인지 알 것이다."

신흥댁은 멥쌀을 고르게 흔들어 윤주한테 보인 다음 바가지에 창호지를 씌워서 윗목에 차려놓은 제상 곁에 조심스레 놨다. 이렇게 두었다가 메를 지으려고 가지고 갈 때 보면 거기에 귀신이 자기가 저세상에서 무엇이 되었는지 표적을 남긴다는 것이다. 짐승으로 환생했으면 짐승 발자국, 새로 환생했으면 새 발자국, 구렁이면 구렁이가 기어간 자국을 남긴다는 것이다. 어렸을 때부터 더러 들은 말이었지만, 정작 눈앞에서 그런 일이 일어난다니 도무지 믿어지지 않았다. 그러나 할머니 표정은 너무도 천연덕스러웠다.

댕, 댕, 댕, 벽시계가 열두시를 울리기 시작했다. 시계 소리가 마치 귀신이 다가오는 발자국 소리 같았다. 할머니는 열두번이 울리기를 기다렸다. 바가지에 씌워놓은 창호지를 조심스레 벗겼다. 순간 윤주는 눈을 의심했다. 편편하게 골라놨던 멥쌀에 무슨 자국이 찍혀 있었다. 너무도 또렷했다.

"이게 무슨 자국 같냐? 새 발자국 같지 않냐?"

윤주는 놀란 눈으로 할머니와 멥쌀을 번갈아 보았다. 새 발자국인지 무슨 발자국인지 그것은 확실하지 않았지만 쌀이 움푹 들어간 자국은 뚜렷했다. 도무지 믿어지지 않았으나 눈앞에 나타난 현상은 너무도 분명했다. 도대체 알 수 없는 일이었다. 쌀에 이런 자국이 생기려면 움푹 들어간 부분에 물리적인 힘이 가해졌기 때문인데 이게 어찌 된 일인가? 과학, 과학 하는 과학이란 사물이 움직이고 변하는 법칙과 이치를 체계화한 것인데, 물리적인 힘이 가해지지 않았는데도 쌀이 움직여 자국이 나 있으니, 이걸 어떻게 설명할 수 있을지 어리둥절했다. 그 힘이 크든 작든 거기에 현실적으로 힘이 가해졌다는 사실은 그 자국이 너무도 명백하게 말하고 있었다.

"그분은 해마다 제사를 잡수러 오셔서 당신께서 여기 오셨다는 인사를 이렇게 하시고, 나는 이걸 보고 그이가 다녀가셨다는 것을 알고, 여태까지 이렇게 둘이만 만났더니 오늘은 너하고 함께 만났구나."

신홍댁은 환하게 웃었다. 그 자국을 본 다음이라, 인사를 하신다거니 다녀가신다거니 그런 말을 할 때 윤주는 놀란 눈으로 실없이 주변을 둘러봤다. 그러니까 신홍댁은 어렸을 때 단짝 친구이자 시누이였던 빨치산을 지금까지 해마다 이런 방식으로 만나며 살아온 것 같았다. 시부모는 일찍 돌아가시고 외아들인 윤주 아버지는 도시에서 학교를 다녔으므로 신홍댁은 여태 해마다 혼자 이렇게 제사를 지내며 살아온 것이다.

"그이 제삿날은 어떻게 알았지요?"

"죽었는지 살았는지도 모르고 있다가 점쟁이한테 물어서 죽은 줄을 알았고, 제삿날도 그 점쟁이가 받아주었다. 너의 할아버지도 마찬가지다."

신홍댁은 초등학교일망정 근대교육을 받아 예전에는 점이라면 고개를 저었다. 그런데 그 친구가 산에서 죽은 뒤로 꿈에 자주 나타나도 예사롭게 나타나는 게 아니어서, 그 무렵 영하다고 소문났

304

던 귀신 점쟁이를 찾아가 생일생시를 넣었더니 대번에 그 친구가 점쟁이 입을 빌려 지난 일을 줄줄이 엮어내더라는 것이다.

"나는 우리 오라버니가 네 신세 망쳐놓은 것이 죽어서도 가슴에 얹혀 있다."

점쟁이 입을 빌려 말을 하며 한숨을 내쉬었다. 목소리도 비슷하고 빨치산 조직에 들어간 사연이며 입산해서 겪었던 일들을 한참 늘어놨다.

"나는 죽어서도 이 한 저 한 한이 맺혀도 두벌 세벌로 맺혀 날이면 날마다 거리 중천을 떠돌아다닌다. 허허허."

점쟁이는 한참 동안 울다 웃다 하더니 제대로 말을 하기 시작했다. 여성동맹이니 입산이니 그런 말은 하지 않아 곁에 있는 다른 점꾼들은 무슨 말인지 알아들을 수 없었지만 자기는 거의 다 알겠더라고 했다.

"나는 점이라고는 그게 처음이라 점쟁이한테 그이 나이하고 생일생시를 넣을 때까지도 긴가민가했다. 문복쟁이가 남의 돈 공으로 먹지 않는다더니, 입만 점쟁이 입이지 말은 너희 고모할머니가 하더구나. 목소리까지 그이 목소리 비슷해서 나는 너무 놀라 한참 동안 내 정신이 아니었다."

윤주는 멍청한 표정으로 할머니를 보고 있었다.

"너의 할아버지도 영락없이 당신이 나와서 말을 하더구나. 내 욕심만 챙기느라 내가 자네한테 못 할 짓을 해도 너무 했다고 한숨부터 푸푸 쉬더라."

"할아버지도요?"

"그려. 자기는 죄를 지어도 너무 많이 지어 지금은 그 앙얼을 받는 것 같다며, 그런 말을 하는 사이마다, 아이고 추워, 아이고 추워, 하고 추워 못 견디겠다고 벌벌 떠는 시늉을 하더라."

"그럼 할아버지는 점쟁이 입을 빌려서 할머니께 사과를 하신 건가요?"

"그렇지. 그래도 그런 말을 들으니까 안됐다 싶더구나. 그때 이쪽 지방 경찰들은 남해안에서 배를 타고 후퇴하다가 바다에서 좌익들하고 전투가 벌어졌다는데, 춥다고 떠는 걸 보면 싸우다가 바닷물에 빠져 돌아가신 게 아닌가 싶더라."

할머니는 쓸쓸하게 웃는 게 남편의 사과를 받아드렸던 것 같았다. 점쟁이라면 미신의 장본인으로 혐오감까지 느껴오던 윤주는 할머니의 진지한 태도에 얼떨떨한 기분이었다. 할머니는 초등학교를 나온 학력치고는 웬만한 정치 문제도 윤주하고 대화가 막히지 않는 터라, 할머니 이야기들을 어떻게 받아들여야 할지 한참 혼란에 빠졌다.

"그래서 둘이 다 씻김굿을 해줬더니 너희 할아버지는 안돈하신 것 같다마는, 너희 고모할머니는 이렇게 제사는 받아먹어도 아직까지 제대로 안돈을 못한 것 같다. 나는 지금도 그것이 마음에 걸려 이렇게 제사가 돌아오면 밤잠을 설친다."

할머니는 꼭 살아 있는 사람 이야기하듯 한숨을 쉬었다.

"아직도 안돈을 못 하시다니요?"

"이렇게 제사 때 와서 제사는 받아 잡수신다마는, 지금도 처녀귀신으로 중천을 떠도는 것 같다. 그런 처녀귀신들은 총각귀신을 찾아 혼사를 시켜주어야 제사도 제대로 받아먹고 안돈을 한다는데, 전에는 남의 눈이 껄끄러워서 엄두를 못 냈고, 지금은 혼사를 시켜주자 해도 그렇게 죽은 혼처를 찾기가 쉽지 않다. 그래서 지금도 피재에서 처녀귀신 났다는 소문 나면 그때마다 바로 무당을 불러 굿을 해준다."

"처녀귀신이라면 예전에 자주 소문나던 유치 피재 그 처녀귀신 말인가요?"

윤주는 겁에 질려 문을 돌아보며 눈이 똥그래졌다. 어렸을 때부터 그 피재 처녀귀신 소문을 숱해 들으며 자랐다. 트럭 운전사들이 한밤중에 차를 몰고 그 피재를 넘어가면, 달빛 아래 하얀 치마저고리를 입은 여자가 머리 풀고 재를 넘어가다가 차가 가까이 가면 없어져버린다는 것이다. 피재는 6·25 때 빨치산들이 엄청나게 죽은 재인데, 그 피재를 넘어가는 귀신은 한결같이 하얀 치마저고리에 머리는 산발했으며, 그 처녀귀신을 보았다는 사람들은 거의가 혼자 트럭을 몰고 가던 트럭 운전사들이었다.

그 처녀귀신이 난다는 장소는 항상 피재였으며 그런 이야기에는 어른들도 겁을 먹었지만, 윤주 또래 아이들은 더 벌벌 떨고 이불 속으로 파고들어갔다. 그런 이야기를 들은 뒤에는 조금만 어두워져도 혼자는 변소에도 가지 못했다.

"그런 귀신이 우리 귀신인지 남의 귀신인지 모르지마는, 오죽이나 한이 맺혔으면 그렇게 떠돌아다니다가 사람 눈에 보이겠냐?"

"그래서 그 귀신이 어느 귀신인지도 모르고 할머니가 굿을 해주신단 말씀이에요?"

그런다는 것이다. 그런 소문이 나면 제물을 장만하고 무당을 불러 밤중에 그 자리에 가서 천도를 비는 오구굿을 해준다고 했다. 그런 굿은 제대로 하자면 하룻밤 내내 해야 하지만, 산중에서 그렇게 오래 할 수도 없어 귀신이 나타났다는 곳을 어림잡아 간단히 음식을 차려놓고 한시간 정도 한다고 했다. 그 굿을 할 때는 무당도 단골무당이 따로 있고 택시도 단골택시가 있다고 했다. 택시 기사들은 항상 위험을 코앞에 달고 다니는 사람들이라 잘못 나섰다가 괜한 언걸을 입지 않을까 싶어 아무나 나서지 않기 때문에 그런 일을 이해하는 사람으로 돈을 넉넉히 주고 부리는 단골기사가 있다는 것이다.

윤주는 그때부터 할머니가 달리 보였다. 멥쌀에 역력한 흔적을 보았으면서도 제사니 오구굿이니 그런 것도 기연가미연가 실감이 가지 않았지만, 죽어서도 안정을 못하고 중천에 떠돈다는 외로운 영혼들에 대한 할머니의 정성은 살아 있는 사람에 대한 태도와는 또달리 가슴을 울렸다. 그것은 친구나 시누이라는 관계를 넘어 불행한 사람에 대한 애정이라 할 수 있어, 이런 굿이 허황한 일인지 모르지만 허황한지도 모르기 때문에 할머니의 정성이 더 가슴을 울렸다.

고속도로 휴게소에서 윤주는 할머니한테 전화를 걸었다. 언제나 그러듯 첫마디가 '오매, 내 새끼야'였다. 지금 할머니한테 가고 있다고 하자 그 작자들이 너희들한테까지 전화를 했더냐며 허허 웃었다.

"그분들이 아니고 동생한테서 들었어요. 집안사람들이 그렇게 야단들인가요?"

"야단인지 법석인지 모르겠다마는 너도 마침 잘 온다. 와서 굿등 구경이나 해라."

할머니는 동생한테 들었던 깐으로는 너무도 태연했다.

"당숙님은 이제 와서 어쩌자는 거지요?"

"그러게 말이다. 나 혼자 좋자고 하는 일이 아닌데, 건잠도 모르고 날장구 치고 있다."

할머니의 여유도 여유지만 당신 혼자 좋자는 일이 아니라거니, 날장구 친다거니, 뭔가 따로 무슨 내막이 있는 것 같아 윤주는 고개를 갸웃거렸다.

고속도로 세시간을 달리고 국도 한시간을 달려 들판 길로 들어섰다. 저만치 산자락 안쪽에 깊숙이 들어앉은 고향 동네가 한결 아늑했다. 산줄기들이 넓게 팔을 벌려 싸고 있는 동네는 오늘따라 할머니 품속처럼 푸근했다.

윤주는 정자나무 아래다 차를 세워놓고 어렸을 때처럼 큰 소리로 할머니를 부르며 대문으로 뛰어들었다.

"어서 오너라. 네 동생도 금방 온다고 전화 왔다."

신흥댁은 환하게 웃었다.

"저 작자들도 오는구나. 허허."

신흥댁은 들길을 내다보며 웃었다. 승용차가 세대나 들어오고 있었다. 윤주는 가슴이 철렁했다. 마치 적진에 들어오는 차들처럼 살기가 느껴졌다. 차들은 모두 정자나무 아래 윤주 차 곁에 멎었다. 김천주를 비롯해서 아홉명이나 되었다.

"모두 오랜만일세. 어서들 오게."

신흥댁은 태연스럽게 맞았다. 모두 손아래 항렬이라 싸잡아서
말을 놓는 것 같았다. 그들은 잔뜩 굳은 얼굴로 신흥댁한테 꾸벅꾸
벅 고개를 숙였다. 거의가 김천주보다 나이를 더 먹어 보였다. 일가
들이지만 동네가 한참 멀어 윤주가 아는 사람은 김천주 말고는 서
너사람이 될까 말까 했다. 거의 논에서 피사리라도 하다가 등을 떠
밀려 왔는지 입은 옷 그대로였다. 그들은 김천주를 따라 마당으로
들어섰다.

"우리들하고 의논 한마디 없이 어쩌자고 이러십니까?"

김천주가 신흥댁 앞으로 냅떠 서며 불퉁스럽게 따지고 들었다.

"의논? 이 일은 의논하고 타협하고 그럴 일이 아녀."

"그 무슨 말씀입니까? 묘 쓰고 제사 모시는 일은 문중 일로야 대
사 가운데서도 대사잖습니까?"

"자네는 군의원 선거 때 문중 사람들 표 얻으려고 문중 문중이지
자네가 언제부터 문중인가? 금년 설에는 죽은 문중 귀신은 그만두
고 산 귀신한테도 코빼기를 안 내놓기에 군의원 그만둔 줄 알았더
니, 비 온 날 두꺼비처럼 이렇게 나타나는 걸 보니 또 선거철 닥쳐
오는가? 허허."

김천주는 일그러진 상판을 더 으등그리며 담배꽁초를 던져 짓이
겼다. 자네가 언제부터 문중이냐는 말은 전에 문중 논을 팔아먹으
려다가 들통났던 일을 모집은 것이고, 금년 설에는 세배도 오지 않
아 낯짝이 양푼 밑바닥 같은 김천주도 꼼짝없이 당하고 있었다.

가을 다람쥐처럼 군의원 선거 때 표만 쫓아다녔기 때문에 선거

하고 관련지어 핀잔을 주자 더 맥을 못 추는 것 같았다. 거기에는 지난번 순사 집안 내력과는 전혀 다른 일이 있었다. 옛날 4·19 원인이 되었던 3·15부정선거 때 투표장에서 일어난 일이었다. 예나 제나 세상이 그렇게 험할 때는 덩덩하는 가락에 얼치기 충신들이 설치기 마련이라 그런 충신 하나가 신홍댁이 투표하러 들어간 기표소 포장을 들추고 기표하는 걸 엿보다가 신홍댁에게 들키고 말았다.

"표 찍는 걸 보려면 이런 것은 멀라고 쳐놨어 !"

신홍댁은 기표소 포장을 홱 잡아당겨 홀랑 벗겨버렸다. 하도 거세게 고함을 지르는 바람에 선거위원장까지 나서서 두 손이 파리발이 되었다. 그 일은 두고두고 화젯거리였는데, 선거 때면 지금도 그 이야기를 하며 웃는다. 김천주는 지난번 선거운동 때는 유세장에서 연단을 깡깡 치며 바로 그분이 우리 백모님이었다고 그 일을 여러번 팔아먹기도 했다.

"자네도 오랜만이네. 조카며느리는 요새 병세가 어쩐가? 지난번에 전화했더니 목소리가 아직도 힘이 없더만."

함께 온 늙수그레한 사내한테 물었다.

"예. 항상 그렇습니다."

그는 새삼스럽게 허리를 주억거리며 어물거렸다. 그는 심한 사팔뜨기라 한껏 신홍댁을 보고 있지만, 한쪽 눈은 한참 먼 산을 보고 있었다. 그래도 일행 가운데 그이 한사람이 넥타이며 차림새가 어지간했다. 젊었을 때 읍사무소 서기를 지내다가 지금은 '군자 말년에 배추씨 장사'로 문중 일을 보고 있었다. 평소에는 족보 일에 매달리고 시제 때는 집전을 맡기 때문에 위세라면 위세가 어지간했으나, 이런 일에까지 따라다니는 걸 보면 그도 갈데없는 김천주의 데림추 같았다.

신홍댁은 한사람 한사람 집안 안부를 물었고, 그때마다 모두 고개를 주억거리며 대답했다. 적진에 쳐들어오듯 시퍼렇게 들이닥쳤었던 사람들이 마치 귀순용사들처럼 고분고분 허리를 굽혔다. 김천주만 제 성깔을 이기지 못하고 고개를 돌리고 다시 담배를 태워 물었다.

"가세. 군의원님 들이닥친 기세가 호랑이라도 잡을 것 같길래 숨을 좀 가라앉히라고 한마디씩 했네."

신홍댁이 웃으며 묘를 향해 앞장을 섰다. 말씨가 거센 만큼 부드러운 말씨는 그만큼 사람들을 안정시키는 힘이 있었다. 젊어서부터 수없는 곡경을 수레꾼 고개 오르듯 질기게 헤쳐온 여자라, 유독 집안사람들한테는 그만큼 위세가 먹힌 것 같았다. 일행은 비 맞은 중들처럼 말없이 신홍댁 뒤를 따랐다. 윤주도 따라가며 자꾸 들길을 돌아봤다. 동생은 아직 나타나지 않았다.

산굽이를 돌아 자드락길로 들어서자 저쪽 산자락에 산소가 나타났다. 산소를 보던 윤주는 갑자기 눈이 둥그레졌다. 작년에도 묘가 한 봉이었는데 두 봉이었고, 그 묘 두 봉이 부부 묘처럼 나란히 앉아 있었다. 윤주는 저도 모르게 뒤를 돌아봤다. 일행도 모두 눈알이 튀어나올 것 같았다. 할아버지 묘는 선산에 있으므로 할아버지 묘일 까닭은 없었다. 모두 놀란 눈으로 묘를 보며 허수아비처럼 다가서고 있었다.

산소는 구색이 그럴싸했다. 울창하게 숲을 이루고 있던 정원수
는 거의 팔아넘겨버린 듯 이백평 가까운 밭에는 잔디가 융단처럼
파랗고, 소나무·동백나무·배롱나무 모두 모양 있게 서 있는 정원
수들이 여남은그루나 여유 있게 자리를 잡고 있었다. 주변에 울창
하게 자라고 있는 소나무들도 모두가 이 묘의 도래솔 구실을 하고
있었으며, 위아래 성큼성큼 자란 배롱나무들에는 꽃이 피어 묏벌
분위기가 여간 화려하지 않았다.

"아이고!"

뒤따르던 진밭등영감이 길바닥에 풀썩 주저앉았다. 묘만 보고
오다가 발을 헛디딘 것 같았다. 다치지는 않은 듯 부축하는 사람이
나 일어서는 사람이나 눈은 모두 묘에 꽂혀 있었다. 김천주를 비롯
한 일행은 모두가 호랑이한테라도 다가서듯 뛰어나올 것 같은 눈
으로 묘들을 보며 산소로 들어섰다.

묘는 두 봉 다 똑같이 윤이 반짝이는 까만 오석 상석을 받고 있
었고, 상석 앞면에는 멀리서 보아도 큼직큼직하게 새긴 글씨가 선
명했다. 일행은 허수아비들처럼 상석 앞으로 다가갔다. 하나는 '이
길례의 묘'이고 하나는 '김재원의 묘'였다. 이길례는 여자 이름인
걸로 보아 신흥댁 이름 같은데, 김재원은 누구일까? 일행들은 뛰
어나올 것 같은 눈으로 신흥댁을 힐끔거렸다. 신흥댁은 시치미를
떼고 묘 주변을 서성거렸다. 선산에 묻히지 않고 따로 묻히겠다는
사람이 이렇게 나란히 묻히려는 사람이 누구일까? 더구나 이런 상
석에 이름을 쓸 때는 한자로 쓰는데 한글로 쓴 것도 그렇고, 학생
(學生)이니 유인(孺人)이니 하는 존칭도 생략해버리고, 달랑 성과

이름만 쓴 것도 파격이었다. 화등잔 같은 눈들이 할머니한테로 쏠렸다.

그때 일행이 왔던 길에 윤주 동생이 뛰어왔다. 어른들에게 인사를 했지만, 모두 받는 둥 마는 둥이고, 눈들은 다시 신흥댁한테로 쏠렸다.

"이것이 뉘 묏등 같은가?"

신흥댁이 여유 있게 웃으며 물었다. 모두 귀순용사들의 덩둘한 표정으로 눈알만 뒤룩거리고 있었다.

"자네 김씨네 집안에서 한이 맺혀 죽은 사람일세. 짐작 가는 사람 없는가?"

신흥댁을 보고 있던 놀란 눈들이 서로 부산스레 부딪치다가 놀란 그대로 다시 신흥댁한테로 쏠렸다.

"모를 법도 하네. 자네들 고모뻘이라면 짐작이 갈는지 모르겠구면."

신흥댁은 연신 웃으며 말을 했고, 일행은 또 한번 모두 서로 눈을 맞대다가 그 눈들이 다시 신흥댁에게로 쏠렸다.

"6·25 때 입산했다가 죽은 빨치산 말일세."

빨치산? 그제야 몽둥이 맞은 사람들처럼 입이 벌어졌다. 김천주는 더 넋이 나간 꼴이었다.

"이분이 누구인지는 나도 죽을 때까지 입 다물고 있다가 죽을 적에 자식들한테나 말할까 했었네. 그런데 자네들이 시퍼렇게 몰려왔으니 토설을 않을 수가 없구면."

일행은 몽둥이 맞은 표정들이었다.

"자네들은 모르겠지만, 사실은 이 묏등은 오래전부터 이 자리에 있었네. 거기다가 이번에 봉분만 조금 돋워 올렸어."

일행은 다시 놀란 눈들을 마주쳤고 윤주도 놀랐다. 윤주는 어렸을 때 그 묘를 본 적이 있었다. 정원수 사이에 아기 묘처럼 작은 묘가 있었지만, 그저 임자 없는 묘인 줄만 알았다.

"자네들도 생각날 것이네마는, 6·25 뒤에 저기 유치면 피재에서 처녀귀신 났다는 소문이 오죽이나 자주 났는가? 트럭 운전사가 한밤중에 트럭을 몰고 피재를 넘어가는데, 그 깜깜한 밤에 하얀 옷에 머리를 푼 여자가 혼자 피재를 넘다가 자동차가 가까이 가면 없어져버렸다느니, 그냥 가는 게 아니라 춤을 추고 가더라거니, 그런 소문이 잊어질 만하면 나고 또 나고 했었지. 이 근래도 그런 소문이 더러 나더구먼."

일행은 인형극의 인형들처럼 굳어 있었다. 윤주 남매도 마찬가지였다.

"나는 그때마다 무당을 불러다가 거기 피재에 가서 오구굿을 해서 달래고, 여기 묻힌 자네들 고모는 점쟁이한테 날을 받아 제사를 지냈고, 얼마 뒤에는 혼을 불러다가 여기다 저렇게 묘를 썼네. 그러니까 저 묘는 누구 묘인지 지금까지 나 말고는 당골래밖에 모르네."

윤주는 새삼스레 할머니를 봤다. 제사 때 멥쌀은 보여주면서도 이 묘는 윤주한테도 말하지 않았다. 전에 아기 묘처럼 작았던 묘가 눈에 선했다.

"나는 그이를 여태까지 이렇게 끼고 살듯 했으니, 죽어서도 이렇

게 나란히 동무하기로 진작부터 작정을 했네. 내 남편이란 이 곁에
는 가기도 싫지마는, 저이를 죽어서까지 혼자 둘 수는 없네. 나는
코흘리개 적부터 친구였으니 죽어서도 이렇게 나란히 누워 지내기
로 작정을 했네.”

모두 숨을 죽이고 듣고 있었다.

“진밭등 자네는 이런 제례에 뱀뱀이가 밝은 사람이라 말이네마
는, 여자 팔자라는 것이 무엇인가? 죄 없는 죄인으로 온갖 궂은일
은 다 하지마는, 살아서 족보에 이름이 적히는가, 죽어서 비석에 이
름을 새겨지는가? 더구나 처녀로 죽은 이는 그 알량한 법도대로는
제사도 못 받아먹네.”

진밭등은 넋 나간 꼴로 한눈은 한참 저쪽 공중에 띄우고 한눈으
로만 신흥댁을 건너다보고 있다.

“하찮은 짐승들도 닭은 울고 개는 짖어 저마다 숨 타고 난 제 깜
냥껏 살다가 가잖는가? 저기 저이도 짧게 살다 터도 없이 갔네마는
옳든 글튼 그이 나름대로 자기가 작정한 자기 길을 가다 죽은 사람
이네. 나도 등걸음 칠 날이 코앞에 닥쳐오자 마음이 바쁘던 차에 대
통령까지 북한을 다녀오고, 이산가족도 만나고 시국이 이만치라도
풀리기에 이 일부터 했었네. 이제 나는 오늘 죽어도 여한이 없네.”

“허 참.”

여태 이마 밑으로 눈을 지릅뜨고 있던 김천주가 끝내 욱하는 성
미를 누르지 못하고 혀를 차며 돌아섰다. 초등학생들처럼 듣고 있
던 일행들이 김천주와 신흥댁을 번갈아 봤다.

“허 참? 허 참, 어쩐단 말인가?”

신홍댁이 대번에 김천주를 허옇게 노려봤다. 김천주는 얼결에 허텅지거리가 튀어나왔던지 찔끔하는 표정이었다. 선거 때 술덤벙 물덤벙 표만 쫓아다니다가 오늘은 제대로 걸린 것 같았다. 세배 왔을 때도 입을 재워놓지 못하고 무슨 말에나 한마디씩 끼어든다는 말이 모두 신둥부러진 소리여서 신홍댁한테 핀잔을 맞았다.

"자네 내 말 잘 들어. 자네는 선거 때 표밖에는 눈에 보이는 것이 없는 사람이지만 귀신 앞에서 그렇게 어긋했다가는 안 좋아. 뜬귀신이라고 시뻐보는 것 같은데, 뜬귀신이 동티를 내면 그런 동티는 더 험한 법이네. 그런 잡귀들이 발동해서 지벌을 때리기로 하면 선거판이라고 못 때릴 것 같아? 전에 피재에 처녀귀신 났다는 소문 날 때마다 내가 단골 불러다 굿한 것이 그냥 할 일이 없어서 하는 짓인 줄 아는가?"

뜬귀신이 어쩐다는 소리에 김천주는 뻣뻣하던 목이 금방 자라목이 되었다. 객기와 허풍으로만 설치던 김천주도 이런 일에 사위스럽기는 마찬가지인 것 같았다.

"기왕 이렇게들 왔으니 이분한테 인사들이나 하고 가게. 고양이 죽은 데 쥐 눈물도 아닐 줄 아네마는 축문 지어 축원은 못 해주더라도 이렇게 왔다가 인사도 없이 간대서야 사람의 도리가 아닐세. 귀신 접대해서 그른 일 없다지 않던가? 자네부터 앞으로 나서게!"

신홍댁이 김천주한테 손가락질을 했다. 김천주는 덩둘한 눈으로 주변을 둘러봤다.

"어서!"

신홍댁이 낮으나 힘진 소리로 다그쳤다. 어물어물하자 거듭 소리를 질렀다. 김천주는 신흥댁의 날카로운 눈과 부딪치자 찔끔하는 표정으로 성큼 앞으로 나섰다. 더 어물거렸다가는 저 할망구 성깔에 핀잔밖에 차례지는 것이 없겠다 싶은 모양이었다.

"자네들은 뭣 하고 있어?"

신흥댁 기세에 모두 주눅이 들어 한사람씩 앞으로 나섰다. 한쪽에 서 있던 윤주 동생도 그이들 뒤에 서고 윤주도 그 곁에 나란히 섰다. 진밭등만 난감한 표정으로 제자리에 서 있었다. 모두 그를 보고 있었다. 족보 만들고 시제 때면 격식 따라 홀기 불러 제례를 주관하던 처지인데, 아무리 고모라지만 처녀귀신 앞에 성묘라니 어이가 없는 모양이었다. 그는 이번에는 두 눈 다 한참 저쪽 하늘에 꽂혀 있었다.

"자네는 뭣하고 있어?"

신흥댁이 소리를 질렀다. 모두 놀란 눈으로 두사람을 번갈아 봤다. 진밭등이 컴, 컴, 밭은기침을 하며 입을 열었다.

"아무리 고모뻘이라고 하지마는 결혼도 않고 죽은 사람한테 성묘는 버, 법도에 없는 일입니다."

진밭등은 떠듬떠듬 말해놓고 눈을 거둬갔다.

"맞소. 법도도 법도지마는 나는 빨갱이 묏등에는 성묘 못하겠소."

김천주는 그제야 정신이 나는 듯 소리를 지르며 휙 돌아섰다. 자신의 무른 꼴에 새삼스레 화가 났던지 '빨갱이'에다 잔뜩 힘을 주어 소리를 질렀다. 다른 축들은 겁먹은 눈으로 양쪽을 힐끔거리더니 한사람씩 뒤로 물러서고 있었다.

"허허."

신홍댁이 멀쩡게 웃었다.

"절은 그런다 치고 이제부터 그 빨갱이 소리라도 그만들 하게. 빨갱이든 흰갱이든 그런 색깔도 이제 바랠 만큼 바랬어. 더구나 자네는 그런 색깔이라도 온전하게 지녀봤던가? 자네 선거 생각하고 그런 것 같은데 그래갖고는 되레 표가 떨어져."

신홍댁은 여유 있게 말했다.

"누나 !"

그때 윤주 동생이 윤주를 돌아봤다.

"우리는 성묘해야 하지 않아?"

그는 큰 소리로 말했다

"맞아 ! 여태 못한 것까지 합쳐 다섯자리쯤 하자."

"아냐, 열자리쯤 하지."

동생이 웃으며 한술 더 뜨고 나왔다. 남매는 곱게 절을 하기 시작했다. 모두 남매를 보고 있었다. 두자리, 세자리, 남매를 보고 있는 눈들이 튀어나올 것 같았다. 진밭등도 두 눈을 한껏 크게 뜨고 보고 있었으나 아무리 크게 떠도 한쪽 눈은 한참 딴 데를 보고 있었다.

『문학과 경계』 2002년 여름호(통권 5호): 2006년 7월 개고

꿈의
궁전

고향 동네가 골프장으로 변해 있었다. 중호는 새로 난 사차선 도로 가에 차를 멈추고 골프장을 건너다보고 있었다. 골프장은 융단을 깔아놓은 듯 곱고, 군데군데 가지런히 손질한 나무도 여간 싱싱하지 않았다. 자잘한 인공호수들도 물 색깔이 유난히 파랬다.

　개발, 개발 하는 개발의 또다른 모습이랄까? 중호는 지금은 골프장이 되어버린 저쪽 동네서 살았다. 골프장 이쪽 옛날 자기 친구가 살았던 오두막 자리에는 오층짜리 모텔이 덩실하고, 그 위쪽 자기 할머니 할아버지 묘가 있었던 곳에는 나무가 울창했다. 골프장과 들판의 경계를 이루며 새로 난 도로 저쪽에 중호 동네가 있었는데, 지금은 옛날 집은 한채도 남아 있지 않았다. 거기도 역시 모텔풍의 건물이 두채나 서 있고, 그 앞에는 이층짜리 상점들이 서너채나 들어앉아 있었다.

중호는 옛날에는 해마다 아버지를 따라 성묘를 왔지만, 미국 유학 시절을 포함해서 회사 주재원으로 외국에서 살았던 이십여년 동안은 발길이 끊겼었다. 그동안 전혀 변하지 않은 게 하나 있었다. 동네 앞에 서 있는 정자나무였다. 쥘부채를 펴놓은 것처럼 위쪽이 둥그런 정자나무는 풍성한 수세가 옛날 모습 그대로이고, 그 아래 들돌도 그대로였다. 정자나무 아래 크고 작은 들돌 두개가 형제처럼 나란히 앉아 있었다. 그 들돌이 떠오르자 중호는 자다 깨난 사람처럼 화들짝 정신이 드는 것 같았다. 중호는 골프장 앞으로 나 있는 도로로 차를 몰았다.

옛날에는 겨우 달구지나 다니던 길이 차선도 선명하게 직선으로 나 있었다. 도로 한쪽에는 무슨 성씨 세장산(世葬山)이라는 비가 헌칠했다. 전에는 이끼가 끼어 글씨도 알아보기 어려웠는데, 새까만 오석으로 덩실하게 바뀌어 있었다. 땅값이 오르자 땅속에 묻힌 백골도 호사를 하는 것 같았다.

들머리 우뚝한 건물은 예상했던 대로 모텔이고, '꿈의 궁전'이란 화려한 간판이 덩실했다. 중호는 차를 멈췄다. 옛날 친구 움막집이 궁전으로 변했다 할까? 이십년 동안 우리나라 모습은 내 친구 움막집이 모텔로 변한 만큼이나 달라진 것 같았다. 그 집은 재산이라고는 논밭 한뙈기도 없고 그 움막집 한채뿐이었지만, 저런 요지였으니 골프장이 들어설 때까지 살고 있었다면 집값을 어지간히 받았을 것 같았다.

중호는 '꿈의 궁전' 간판을 다시 보다가, 저쪽 옛날 자기 동네가 있던 데로 갔다. 덩실한 건물 두채는 역시 모텔이었고, 그 근처에 늘어선 낮은 건물들은 음식점과 상점이었다. 그 앞 텐트 아래 평상에는 술꾼들이 서너패 앉아 있었다.

중호는 큰길 아래 당산나무 아래다 차를 세웠다. 바람이 시원하게 맞아주었다. 정자나무는 그동안 더 자란 것 같지도 않았다. 옆으로 길쭉하게 뻗은 맨 아래 가지들은 지금도 손을 뻗으면 잡힐 듯 낭창하고, 어른 두사람이 팔을 펴서 껴안아도 한뼘쯤 남았던 몸통도 옛날 그대로였다.

정자나무 아래 앉아 있는 들돌은 옛 모습 그대로였다. 들돌이 고향 사람들을 만난 듯 반가웠다. 큰 들돌과 작은 들돌은 형제처럼 나란히 앉아 정자나무와 함께 이십여년 세월을 흘려보내고 있었다. 중호는 큰 들돌 위에 앉았다. 중호는 한참 앉았다가 길 건너 상점으로 갔다.

"이 동네서 살던 사람들은 모두들 동네를 떠났겠지요?"

깡통맥주를 한병 사며 물었다. 모두 떠나고 그때 이 동네 살던 사람들은 한사람도 없다고 했다. 맥주를 홀짝거리며 다시 정자나무 아래로 들어서자, 마치 옛사람을 반기듯 시원한 바람이 불어왔다.

"그래. 바로 이 바람이었어."

옛날에는 당산나무 아래 널찍한 정자가 있었고, 여름이면 점심을 먹은 동네 사람들이 모두 이리 나와 드르렁 드르렁 코를 골며 낮잠을 잤다. 그때 모습이 사진첩 넘어가듯 지나갔다. 맥주를 홀짝거리던 중호는 갑자기 눈이 둥그레졌다. 허름한 리어카에 나무 동바리를 가득 싣고 가는 사람을 유심히 보았다.

"여보게!"

중호는 길가로 가며 조심스럽게 불렀다. 사내가 돌아봤다.

"자네 일만이 아닌가?"

"오오매. 중호 자네가 이것이 먼 일이란가?"

아까 지나왔던 '꿈의 궁전' 자리 움막집에서 살았던 친구였다. 그러니까, 그는 여태까지 여기 살았던 것 같았다.

"야, 이거 얼마 만이야?"

중호는 두 손으로 일만이 두 손을 덥석 싸잡았다. 솔뿌리처럼 거친 손이 사포를 켠 듯 까칠했다. 똑같이 마흔다섯 동갑내긴데, 일만이는 시커먼 얼굴에 검은 버짐이며, 자기와 동갑이라고는 믿어지지 않을 지경으로 늙어버렸다. 시멘트가 더뎅이져 땔나무로도 어설퍼 보이는 나무는 무엇에 쓰자고 가져가는지 알 수 없고, 이 한더위에 때에 전 검정 잠바를 입은 몰골을 보니, 중호는 말쑥한 자기 모습이 민망스러울 지경이었다.

"미국 가서 산다등마는 은제 왔어?"

"얼마 전에 왔네. 리어카 저기 놔두고 점심이나 하세."

"오랜만에 만났은께 내가 삼세."

일만이는 자기가 사겠다는 말을 남기고, 다시 리어카 채를 잡았다. 윗몸을 잔뜩 앞으로 숙여 힘을 주었다. 어렸을 때 별명이 쇠똥구리였는데, 짐이 덩실한 리어카를 끄는 모습도 영락없이 쇠똥구리 꼴이었다.

"어느 집이 잘하지?"

"저 집으로 가세. 내가 삼세."

일만이는 그 주제에 제가 사겠다는 말을 거듭하며, 텐트 천 아래 평상을 가리켰다. 종업원이 오자 일만이는 또 제가 사겠다고 서둘렀다. 중호는 일만이한테 묻지도 않고 갈비구이를 시키며 술부터 가져오라 했다.

"동네 사람들은 모두 도시로 나갔겠지?"

당장 일만이가 어디서 어떻게 살고 있는지 그게 궁금했지만, 너무 험한 몰골에 말이 막혀 그가 지금 살고 있는 형편은 물을 용기가 나지 않았다. 그 부모들은 일찍 세상을 떴다는 소문은 들었지만, 옷매무새로 보아 아내가 있는 것 같지도 않았다.

"동네 사람들은 거진 도시로 나갔어. 골프장이 들어서는 바람에 모두들 땡잡았지."

일만이는 소주잔을 비우고 나서 힘없이 웃었다. 웃음에는 냉소의 그림자가 싸늘하게 스치고 있었다. '모두들 땡잡았다'는 그 모두들 속에는 일만이 자신은 들어 있지 않은 것 같아, 중호는 새삼스레 일만이 험상스런 몰골로 눈이 갔다. 모텔이 들어서는 요지였으니 땅값이 어지간했을 것 같은데, 이 어수룩한 작자가 혹시 사기라도 당한 게 아닌가 싶어, 중호는 지레 가슴이 철렁했다. 일만이는 거듭 소주를 털어 넣었다.

"자네는 지금 어디서 살지?"

"저 모퉁이 돌아간 데 여우골."

"뭐, 여우골?"

중호는 입으로 가져가던 맥주잔을 멈췄다. 그 골짜기는 여우골이란 이름이 말하듯 너무 외진데다, 근처에는 논밭 한뙈기도 없어

사람이 살 수 없는 곳이었다. 주제꼴로 보아 거기다가 의젓한 집을 지었을 것 같지는 않고, 거기 옹달샘이 하나 있었는데 거기다 움막이나 치고 사는 게 아닌가 싶었다. 그래도 구들은 놓아 저 나무를 땔감으로 싣고 가는 것 같았다.

"거기서 벌 치고 살그만."

"벌? 으음. 요새는 꿀값도 어지간하겠지?"

"꿀값이나 마나, 나는 한봉(韓蜂)인디, 트럭에다 양봉(洋蜂) 싣고 이리저리 옮겨 댕기는 양봉업자들 땜새 그것도 못해묵겠구먼. 그놈의 양봉은 한봉 집을 제집 드나들대끼 들어 댕김시로 꿀을 뺏어 가고, 꿀만 뺏어 가는 것이 아니라 한봉을 막 물어 죽여."

속이 여간 상하지 않은 듯 목소리가 커졌다. 그는 어렸을 때도 만날 만만쟁이로 또래 아이들한테 항상 구박을 당했는데, 그가 치고 있는 벌까지 양봉한테 구박을 당하는 것 같아 어이가 없었다.

"저 나무는 땔감으로밖에는 소용이 없겠는데, 무엇 하려고 가져가는 거야?"

"땔감으로."

"무슨 소리야? 땔나무라면 산에서 땔나무를 해서 때야지, 거꾸로 평지에서 땔감을 싣고 그 가파른 산으로 올라간단 말이야?"

어이없는 말에 큰 소리로 물었다.

"지금은 나무 단속이 어찌나 심하던지, 제절로 말라죽은 나뭇가지 하나도 손을 못 대게 단속하는구먼. 내가 거기서 살라고 움막을 치는 것도 안 된다고 쫓아내서, 그러면 꼭 일년만 살겠다고 도장을 여러군데다 찍고 허락을 받았구먼."

"그럼, 저 나무를 큰길까지는 리어카로 가지만, 그다음에는 저 시키먼 나무를 모두 지게로 그 높은 데까지 져 올린단 말이야?"

"그려. 달리 재주가 없는데 어쩔 것이여? 허허허."

"허허. 옛날에는 산에서 땔나무를 해서 지고 내려왔는데, 지금은 땔나무를 지고 산으로 올라간단 말이야?"

일만이는 그렇다며 힘없이 웃었다.

도로에서 그 옹달샘까지는 가시덩굴이 우거진 밭둑길로 일 킬로가 넘는 비탈길이었다. 중호는 어이가 없어 일만이를 멀겋게 건너다보고 있었다.

그때 종업원이 반찬을 가져왔다.

"이쪽에 놓은 이 고추는 일만씨 고추요. 하도 매운 고추 타령을 하시길래 장에서 일부러 매운 고추만 추려서 사왔소. 이 고추 드시면 입안에서 불이 날 거요. 히히히."

반찬을 늘어놓던 종업원은 고추 접시 한쪽 고추를 가리키며 킬킬거렸다.

"고맙소. 고추는 매운 맛으로 먹는 것이라, 우리 집에는 매운 종자만 사다가 심었더니, 지금 고추가 한참 쫄랑쫄랑 열고 있소."

쫄랑쫄랑이란 말에 어렸을 때 모습이 떠올라 가슴이 찌르르했다.

"옛날 자네 아버지가 매운 고추를 잘 잡수시더니 그런 식성도 내림이네그려."

자기 아버지를 들먹이자 일만이는 처음으로 얼굴을 환하게 펴고 웃었다. 일만이 아버지는 일만이와는 달리 미륵불처럼 앞가슴이 쩍 벌어졌다. 중호는 예전에 일만이 아버지가 자기 집에 품일 왔을 때 밥 먹던 모습이 지금도 눈에 선했다. 큼직한 사기 밥그릇에 꾹꾹 눌러 담은 밥은, 밥그릇 시울 위로 올라간 감투밥 무더기가 밥그릇에 담긴 밥보다 많을 지경이었다. 그런 밥을 숟가락으로 꾹꾹 욱여 거의 주먹 크기로 떠서 입에 넣고, 주황색으로 벌겋게 독이 오른 고추를 된장에 쿡 질러 우적우적 씹었다. 고추를 처음 씹을 때 픽, 고추 터지는 소리는 화로에서 밤톨 터지는 소리 같았고, 콧등에는 땀방울이 맑은 구슬처럼 뽀송뽀송 솟았다. 매운 고추의 독이 그렇게 땀방울로 솟아난 것 같아, 중호는 밥을 먹다 말고 그를 한참 동안 보고 있을 때도 있었다.

"저기 정자나무 밑에 큰 들돌은 자네 아버지가 허리 했던 뒤로는 그렇게 힘쓴 사람이 없었지?"

"없었어. 허허."

일만이는 환하게 웃었다. '허리 한다'는 말은 들돌을 껴안고 허리를 편다는 말인데, 보통 사람들은 두 무릎에 올리기도 어려운 들돌을 그이는 어깨 너머로 훌쩍 넘겨버렸다. 그래서 이 동네 아이들은 틈만 나면 작은 들돌을 껴안고 나댔다. 그때 일만이 동네 아이들은 모두 일만이 아버지처럼 저 들돌을 어깨 너머로 넘기는 게 가장 큰 꿈이었다.

일만이 아버지는 평소에는 아까 그 '꿈의 궁전' 자리에 있었던, 자기 집 뒤쪽 산자락에 붙어서 일만이 어머니와 함께 밭을 일구었다. 내외는 날마다 곰 가재 뒤지듯 산자락에 붙어 있었다. 그렇게 일만 하느라고 이쪽 동네에는 거의 오지 않았는데, 그날은 중호 집에 품을 팔러 왔다가 점심을 먹고 정자나무 아래서 쉬고 있는 사이 동네 사람들 권에 띄어 그렇게 힘을 한번 썼던 것이다.

들돌 들기는 역기 들기와는 전혀 다르다. 역기는 손잡이가 좋지만, 들돌은 그게 아니다. 몸뚱이가 공처럼 민틋하기 때문에 들돌을 껴안고 한참 더듬어야 겨우 시늉만 있는 언턱이 한두군데 걸릴 뿐이다. 그래서 평소에 여러번 껴안아 껴안는 요령이 생기지 않으면 제대로 들 수가 없다. 그런데 일만이 아버지는 들돌을 껴안아 들돌 몸뚱이를 잠깐 더듬고 대번에 그렇게 힘을 썼던 것이다.

들돌을 드는 데도 등급이라면 등급이 있었다. 들돌 언턱에 손을 붙이고 땅바닥에서 뿌리를 떼면 '뿌리 떼다'고 하는 제일 낮은 등급이고, 들돌 뿌리를 떼서 두 무릎 위에 올리면 '무릎 했다'는 두번째 등급, 들돌을 껴안고 허리를 펴면 '허리 했다'고 하는 세번째 등급, 들돌을 '한쪽 어깨 위로 올리면' 네번째 등급, '머리 위로 올려 공중으로 두 팔을 쭉 펴면, 맨 위 다섯째 등급이었다. 정자나무 아래는 큰 들돌과 작은 들돌이 있는데, 이 다섯 등급은 열대여섯살 젊은이들이 드는 작은 들돌에도 그대로 적용되었다.

웬만한 사람들은 뿌리도 못 떼는 들돌을, 일만이 아버지가 껴안고 쉽게 무릎 위에 올리자 동네 사람들은 눈알이 튀어나올 것 같았다. 몇번 숨을 바루어 쉰 다음 허리를 쭉 펼 때는 땀방울이 송알송알 솟은 얼굴이 펑 터질 것 같았다. 허리를 펴고 한참 가쁜 숨을 내쉬다가 마지막 들돌을 머리 위로 밀어 올리자 동네 사람들이 모두 자기들이 밀어 올리기라도 하는 것처럼 손을 잔뜩 그러쥐었다.

"와아!"

그 큰 들돌이 공중으로 덩실 올라가니 동네 사람들 입에서 저절로 탄성이 터졌다. 동네 사람들은 얼빠진 꼴로 일만이 아버지를 보고 있었고, 일만이 아버지는 자기가 들어 올렸던 들돌 위에 앉으며 웃었다. 그 웃음은 너무도 넉넉하고 평온했다.

"허허. 우리들은 여태까지 저런 장사를 곁에다 두고도 몰랐구먼."

그러니까, 저 들돌은 그때 한번 일만이 아버지 어깨 위에 흥청 떠올라 화려하게 호사를 한번 했을 뿐, 지금까지 그 자리에 그 모양으로 덤덤하게 앉아 있었다.

그때부터 중호를 비롯한 이 동네 아이들은 모두 자기도 일만이 아버지처럼, 저 큰 들돌을 그렇게 흥청 들어 올려 동네 사람들 감탄을 받아보는 게 꿈이었다. 중호도 자리에 누우면 그때마다 그 들돌을 덩실 들고 일만이 아버지처럼 후유 숨을 내쉬는, 자신의 모습을 떠올리며 자랐다.

이 동네는 여남은집밖에 안 되는 작은 동네라, 맞손잡이는 일만이뿐이어서 중호는 항상 저쪽에 있는 일만이 집에 가서 놀았다. 일만이는 그 부모들처럼 암띤 성격인데다, 어려서부터 집안일을 하느라 이 동네서 하나뿐인 친구 중호하고도 마음 놓고 놀지 못했다.

그 부모들은 품일 아니면 그 집 뒤 산자락을 밭으로 일구느라 언제나 거기 붙어 있었고, 일만이는 항상 집안일을 했다. 봄부터 가을까지는 거의 날마다 바구니를 들고 다니며 도랑에서 돼지먹이 풀을 베고, 저녁때는 쇠꼴을 벴다. 중호는 그렇게 일하는 일만이를 따라다니며, 봄에는 수풀을 뒤져 찔레 순을 꺾어 먹고, 딱쥐라고도 하는 잔대 뿌리를 캐 먹기도 했다. 가을에는 가을대로 산딸기야 다래야 머루를 따 먹는 재미로 꼴 베는 일만이를 따라 정신없이 들판을 휘지르고 다녔다.

　일만이는 풀은 풀대로 베면서도, 찔레 순이나 잔대 뿌리 따위 먹을거리는 먹을거리대로 중호보다 쉽게 찾아냈다. 잔대 같은 걸 캐는 솜씨도 날래고 자상해서 깊이 묻힌 작은 뿌리까지 상하지 않게 캐냈고, 가시가 앙상한 숲속에서 손가락보다 굵은 찔레 순을 꺾어 내기도 했다. 그는 그런 것을 꺾으면 무엇이든지 크고 탐스런 것은 중호한테 넘겼다.

　그때 가장 신나는 것은 보리 이삭이 여물어갈 무렵 풋보리 이삭을 꺾어다가 구워 먹는 풋보리 서리였다. 그렇지만 보리밭 임자한테 들키면 혼뜨검이 나기 때문에, 한참 외진 데 있는 밭에서 보리 이삭을 꺾어 왔다.

　한번은 풋보리 서리를 하다가 몇년 만에 한번이나 있을까 말까 한 땡을 잡기도 했다. 그날도 일만이가 돼지먹이 풀을 바구니에 가득 채운 다음이었다. 일만이는 보리밭에서 탐스런 것으로만 골라 풋보리 이삭을 끊고, 중호는 불 피울 삭정이를 줍고 있었다.

　"중호야!"

　풋보리 이삭을 꺾던 일만이가 큰 소리로 불렀다. 중호는 밭 주인이 오는 줄 알고 깜짝 놀라 길목부터 두리번거렸다. 오는 사람은 없고 일만이는 어서 이리 오라고 제자리에서 팔짝팔짝 뛰며 고함을 질렀다.

　"왜 그래?"

　"어서 와서 이걸 좀 보란 말이야!"

　보리밭 고랑을 가리키며 소리를 질렀다. 중호는 무슨 일인가 하여 달려갔다.

"야, 이게 뭐야?"

꿩알이었다. 보리밭 고랑 조금 움푹한 곳에 검은 반점들이 박힌 꿩알이 다섯개나 오밀조밀 몰려 있었다.

"저리 가서 궈 먹자!"

"불은 어떻게 피우지?"

중호 말에 일만이는 벙글 웃으며 저고리 안주머니에서 조그마한 주머니를 꺼냈다. 그 주머니에는 구슬치기하는 구슬, 녹슨 못, 성냥 알과 성냥집이며, 조그마한 주머니칼도 들어있었다. 삭정이를 주 워다가 불을 피웠다. 나무가 거의 타자 덜 탄 나무를 거둬냈다.

"가만!"

일만이가 잿불에다 꿩알을 묻으려 하자 중호가 손을 저었다. 중 호는 저쪽에 있는 탱자나무로 달려가서 탱자 가시를 꺾어 왔다. 꿩 알 길쭉한 쪽에다 탱자 가시로 조심스레 구멍을 두개씩 냈다.

"왜 그래?"

"이렇게 구멍을 내서 불에다 얹어야 해. 달걀을 불에다 구워 먹 을 때도 달걀을 불 위에다 그냥 얹어놓으면 달걀 속이 부풀어, 껍 질을 터뜨리고 속살이 모두 흘러나와버리거든. 꿩알도 마찬가질 거야."

중호 말에 일만이는 대단한 것이라도 배운 듯 고개를 크게 끄덕 였다. 두 녀석은 불에다 꿩알을 얹어놓고, 물총새가 물고기 노려보 듯 침을 삼키며 보고 있었다. 한참 만에 뚫어놓은 구멍에서 속살이 끓는 것 같았다.

"익는 것 같다. 꺼내자!"

꿩알을 꺼냈다. 하나씩 들고 후후 불며 조심조심 껍데기를 벗겼다. 꿩하고 닭은 크기가 비슷한데, 꿩알은 달걀에 비하면 아주 작았다. 조심조심 껍데기를 벗겨 입에 넣고 오래 우물거렸다. 두개씩 먹고 하나가 남았다.

"이걸 어떻게 나누지?"

중호가 꿩알을 가리키며 일만이를 봤다. 똑같이 나누기가 쉽지 않을 것 같았다. 아까 껍데기를 벗겨서 두쪽으로 자를 때, 흰자위도 제대로 나눠지지 않고 노른자위는 부서져버렸던 것이다.

"가만 !"

일만이가 갑자기 일어나더니 저쪽으로 달려갔다. 억새 잎사귀를 꺾어 왔다. 꿩알 껍데기를 벗긴 다음 톱날 같은 억새 날을 꿩알 한가운데다 댔다. 억새풀 저쪽 끝은 중호더러 잡으라 했다.

"자르자!"

꿩알을 한 쪽씩 잡고 목수들이 내릴톱으로 통나무 썰듯, 억새 톱으로 꿩알을 잘랐다.

"하하. 또옥같다."

정말 자로 잰 듯 똑같이 잘라졌다. 그들은 반쪽짜리 꿩알을 맞대보며 킬킬거렸다. 꿩알을 맛있게 먹고 다시 불을 피워 풋보리도 끊어다 구워 먹고, 그날 들판 잔치는 이만저만 풍성하지 않았다.

"내가 자네 집 장독대 자배기 깼던 게 초등학교 이학년 때였지?"

중호는 일만이 술잔에 소주를 따르며 웃었다. 갈비를 뜯고 있던 일만이도 쿡쿡 웃었다.

"그때 그 자배기 값을 돌려주기는 했지만, 나는 지금도 그게 빚으로 남아 있네."

그날도 중호는 언제나 그렇듯 학교 다녀와서 얼른 숙제를 해놓고, 일만이 집으로 달려갔다. 겨울철이라 일만이는 쇠죽을 쑤고 있었다. 부모들은 겨울철에도 첫새벽부터 땅거미가 일 때까지 집 뒤 산자락에 붙어 떼밭을 일구고 있었다.

"공 차자!"

일만이는 대번에 입이 벙그러지며, 장작불을 깊이 밀어넣어놓고 달려왔다. 좁은 마당 양쪽에 골문을 그려놓고 공을 찼다. 공은 조그마한 고무공이었다. 두 골이나 지고 있던 중호가 장독대 쪽으로 날아가는 공을 무리하게 멈추려다 그만 장독대로 쓰러졌다.

"아이고매!"

그만 장독대 가에 있는 조그마한 자배기를 깨뜨려버렸다. 일만이와 중호는 잔뜩 놀라 서로 얼굴만 보고 있었다. 그때 중호는 번쩍 떠오른 생각이 있었다. 자기 집 장독대에서 그만한 자배기를 몰래 가져다 놓으면 될 것 같았다. 그렇지만, 자기 집 자배기는 모양이 다른 것 같아 일만이 어머니가 금방 알아채고 도로 가져다 줄 같았다.

"걱정 마!"

잔뜩 겁을 먹고 있던 일만이가 제법 야무지게 나왔다. 평소 그답지 않은 태도에 중호는 멍청하게 보고 있었다. 일만이는 방으로 쪼르르 들어가더니 금방 나왔다. 환하게 웃으며 중호 앞에 손을 폈다.

천원짜리 한장이었다.

"지난겨울에 길에서 주운 건데, 여태까지 아무도 모르게 감춰뒀거든. 네가 저 자배기를 깨고 그 값으로 이 돈을 주고 갔다고 할게."

중호는 살았다 싶었다. 천원이면 저런 자배기 하나쯤 살 것 같았다. 중호는 일만이가 그때처럼 고마운 적이 없었다. 자기가 돈이 생기면 갚아줄 것은 물론이고, 평생 동안 이 은혜는 잊지 않겠다고 결심했다. 그러나 감쪽같다고 생각했던 그 알량한 모사는 하루도 못 가서 들통이 나고 말았다.

"중호 저 아이, 어쩌면 저렇게 슬거운 아이가 있다요?"

일만이 어머니가 중호 집으로 들어오며 중호 칭찬부터 했다. 중호는 가슴속에서 쿵 소리가 났다. 자배기 깨뜨린 것이 들통날 것은 두말할 것도 없고, 그 돈은 어디서 났느냐고 물으면 그걸 밝힐 일이 아뜩했다. 그때는 그만 나이의 시골 아이들한테는 '용돈'이란 그런 이름도 없었고, 세뱃돈 같은 것도 없었다. 일만이 어머니가 돌아가자 걱정했던 대로 아버지가 그 돈이 어디서 났느냐고 물었다. 얼떨결에 오래전에 길에서 주웠다고 했다.

"그 돈으로 군것질이나 하는 게 아니고, 그 돈을 지금까지 가지고 있었단 말이냐? 그만하면 자라서도 굶어 죽지는 않겠다. 하하하."

아버지 웃음소리가 요란스러웠다.

일만이 식구들은 이 동네 토박이가 아니었다. 일만이가 예닐곱 살 무렵, 그러니까 지금부터 이십여년 지금의 '꿈의 궁전' 자리에 오래 비어 있던 움막집으로 이사를 왔다. 그들이 이런 산골로 이사

오게 되었던 사정은 알 수 없지만, 그때 일만이 부모들이 이삿짐을 실어오던 모습은 지금도 눈에 선했다.

그때만 하더라도 어지간한 사람들은 이삿짐을 트럭으로 실어 날랐는데, 일만이 부모들은 이십리도 더 되는 동네서 이사를 오면서, 이삿짐을 모두 손수레에다 실어 날랐다. 멍석이며 장독이며 구유며, 그 무거운 돌절구에 돌확까지, 몇날 며칠을 실어 날랐다.

내외가 덩실한 이삿짐 수레를 앞에서 끌고 뒤에서 미는 꼴이, 영락없이 쇠똥구리가 쇠똥을 굴리고 가는 꼴이었다. 수레가 올라채기 어려울 데서는, 내외가 앞으로 갔다 뒤로 갔다 서두는 꼴도, 쇠똥구리가 장애물을 만나 나대는 꼴이었다. 그래서 그들은 동네에 들어오면서부터 쇠똥구리란 별명을 달게 되었다. 일만이는 '쇠똥구리 아들'이라 하다가 나중에는 '아들'이 떨어지고 그냥 '쇠똥구리'가 일만이 별명이 되었다.

늦가을에 이사 왔던 그들은 오자마자 집 뒤 산자락을 일구기 시작했다. 처음에는 남새밭을 조금 넓히는 줄 알았는데, 새벽부터 돌을 굴려내고 나무뿌리를 캐고, 겨울 내내 날마다 산자락에 붙어살았다.

쇠똥구리는 쇠똥을 굴려 가면 모두가 제 것이지만, 그 산은 임자가 따로 있으니 그들이 그렇게 산을 일궈봤자 자기들 땅이 아니었다. 그런데도 내외는 날마다 꾸물거려 그 겨울에 한마지기도 넘게 일궜다.

이듬해 중호와 일만이는 함께 초등학교에 입학했다. 학교가 오리나 되었으나 중호는 학교 다니는 게 항상 즐거웠다. 그렇지만, 일만이는 옷부터 궁기가 너덜거리는데다 시험을 보면 만날 꼴찌여서, 금방 아이들한테 만만쟁이가 되고 말았다. 동네서는 아무렇지도 않던 녀석이 학교에만 가면, 관청에 들어간 촌닭처럼 어수룩하게 쫄아들었다. 더구나 '쇠똥구리' 별명까지 퍼져, 쇠똥구리 쇠똥구리 하고 놀려대고, 그가 지나가면 괜히 발을 걸기도 하고, 옆구리를 쿡 쥐어박기도 했다. 중호는 그런 녀석들을 볼 때마다 주먹다짐을 하며, 일만이 놀리는 녀석은 가만두지 않겠다고 으름장을 놨지만, 소용없었다.

그러다가 사학년 때든가 일만이는 무슨 병인지 병을 한번 심하게 앓고 나더니, 아예 학교를 그만두고 말았다. 그때부터 일만이는 쇠꼴은 말할 것도 없고, 산자락 개간하는 일까지 거드느라 중호하고는 놀 틈이 없었다.

중호가 중학교 진학할 무렵 중호 집은 서울로 이사를 했다. 중호는 이사 간다는 게 이만저만 즐거운 일이 아니었지만, 그런 즐거움과는 달리 오래 살던 고향을 떠나는 게 여간 섭섭하지 않았다. 그러나 추석과 설 두 명절에는 선산에 성묘를 올 거라는 말을 듣자 다행이다 싶었다. 일만이 부모들이 일군 닷마지기 밭은, 그 산이 중호네 선산이라 처음부터 할아버지 내외 묘를 지키는 위토답(位土畓)으로 그대로 일만이 집에서 농사를 짓게 된다고 했다.

이삿짐을 실은 트럭이 떠난 다음, 식구들이 동네 사람들과 작별인사를 하고 있을 때였다. 금방 있던 일만이가 보이지 않았다. 한참 두리번거리는 사이 차가 출발하려 했다. 중호는 짚이는 게 있어 정자나무를 봤다. 암띤 녀석이라 정자나무 뒤에 숨어서 내다보고 있었다.

"야, 인마, 거기서 뭐하고 있어? 우리 식구들한테 인사해얄 게 아냐?"

중호가 고함을 질렀다. 일만이는 그제야 그 자리에서 허리를 깊숙이 숙였다.

중호는 해마다 설하고 추석 때는 아버지를 따라 성묘 와서 일만이를 만났다. 일만이는 어렸을 때부터 중호보다 키가 작아 키는 항상 그만큼 작은 대로였지만, 오랜만에 만나 악수를 할 때면, 그때마다 일만이의 손은 중호 손보다 더 크고 거칠어졌다. 중호는 일년에 한번씩 성묘를 올 때마다 그만큼씩 거칠어지는 일만이의 손과, 역시 그만큼씩 시커메지는 얼굴에서 세월과 함께 점점 멀어지는 거리를 느꼈다.

외국에 나간 뒤로는 더러 귀국길이 명절과 겹쳤을 때 몇번 성묘를 왔지만, 아버지가 돌아가신 뒤로는 그나마 발길이 뜨고 말았다. 아버지가 돌아가신 뒤 유품 속에 이천여평짜리 산을 비롯해서 이곳 땅문서가 대여섯개나 있었다. 그렇지만, 그 험한 산골 땅이 어느 세월에 돈이 되랴 싶어, 허드레 문서처럼 헌 봉투에 넣어 장롱 서랍 속에 던져놨었다.

그런데 그게 아니었다. 느닷없이 고향 읍내 사는 당숙이 미국으로 전화를 했다.

"옛날 자네 동네가 지금 부동산 바람을 타고 있네. 그 동네 앞으로 사차선 도로가 나자, 골프장 자리로는 그만한 자리가 드물다고 복덕방들이 신발깨나 닳고 다니고 있네. 그래서 그런 사정을 조카한테 알려주어야 하겠기에 전화를 걸었네. 혹시 누가 그 산을 팔라고 하면 쉽게 대답하지 말고 나한테 가라 하게."

당숙은 거기 산은 평당 얼마, 밭은 얼마, 묏자리는 얼마, 한참 주워섬겼다. 대충 어림잡아보니 그 땅을 처분하면 서울에 어지간한 아파트 한채 값은 될 것 같았다. 지구의 반대편에서 전화로 흘러오는 당숙 말을 듣는 사이, 더러 외국 생활이 고달플 때 이따금 향수로나 아련하게 떠오르던 고향이, 갑자기 커다란 돈덩어리로 다가오고 있었다.

그 무렵 회사 형편이 기울어 구조 조정 소문이 나돌 때라, 귀국하면 당장 살아갈 집이 걱정이어서 잔뜩 쫄아 있던 참이었다. 아내가 먼저 귀국하여 그 당숙의 도움으로 어지간한 값에 그 땅을 팔아, 삼천여만원쯤 빚을 안고 어지간한 아파트를 한채 샀다. 중호는 귀국하자마자 이리 와서 그 당숙한테 인사하고, 그 땅을 팔며 이장했다는, 할아버지 내외와 아버지 묘에 성묘를 한 다음, 여기 정자나무로 왔던 것이다.

"전에 그 우리 집터는 말이여, 우리한테 그냥 줄 만도 했었는디……"

일만이는 중호 잔에 맥주를 따르며 일그러진 표정으로 시르죽은 소리를 했다. 엉뚱한 말에 중호는 술을 받으며 일만이를 빤히 건너다봤다.

"그 집터는 옛날 자네 집에서 이전해 간 것으로 알고 있는데, 그게 무슨 말이야?"

중호는 들고 있던 술잔을 상에 놓으며 물었다. 중호는 여기 땅에는 별로 관심이 없었지만, 일만이 집터를 이전해주기로 했던 일은 기억이 뚜렷했다.

중호가 미국 가기 얼마 전이었다. 그때 일만이 아버지가 지금 무허가 건물 단속이 심한데, 자기가 살고 있는 집도 무허가 건물로 단속 대상이라며, 그 집도 등기를 해야 한다고 했다. 그러자면, 임야로 있는 그 집터를 대지로 지목을 바꿔야 하는데, 기왕 자기들이 지금까지 살아오고 있었으니, 그 집터를 자기한테 팔라고 한다는 것이다. 중호는 그때야 그 집터가 일만이 땅이 아니고 자기 집 땅이라는 걸 알았는데, 아버지한테 들은 거기 땅값도 몇푼 되지 않았다.

"산골짜기 땅이라 백여평이랬자, 웬만한 사람들 술 한상 값도 안 되겠습디다. 거저 줘버립시다."

"그게 무슨 소리야?"

"거기 밭만 하더라도 일만이 부모들이, 그렇게 힘을 들여 일궜는데, 그런 밭도 그이들 밭이 아니고 우리 소유 아닙니까? 그들이 일구지 않았더라면 그대로 산으로 있었을 테니, 그 평수의 임야 가격과 밭 가격의 차액만 따지더라도 그게 얼맙니까?"

아버지는 그때야 그이들 고진한 심성을 들먹이며 크게 생색이라도 내듯 누그러졌던 것이다.

"그때 우리가 잘못하기는 크게 잘못했어."

일만이는 다시 소주잔을 비우고 나서 울 것 같은 표정으로 우물거렸다.

"하필 그때야말로 우리 아부지가 병원에 입원해서 한창 들고나는 판이라, 거저 이전해 가라는 말을 듣고도 이전비가 없어서 이전을 못했어.”

측량비며 지목변경비에 건물 이전등기며, 그런 데 드는 자잘한 비용만도 만만치 않아, 당장 집이 뜯길 서슬만 피하고 집터 등기 이전은 미뤄뒀었다는 것이다. 그런데 그때 하필 중호 아버지가 돌아가신데다, 중호는 미국에 있었기 때문에 이전을 할 수가 없었다고 했다.

“그럼, 골프장 들어설 때는 그 집터 땅은 어떻게 됐지?”

중호는 짚여오는 게 있어, 속살에 얼음이 닿는 듯한 싸늘한 냉기를 느끼며 물었다.

“자네 당숙인가 그 양반 참말로 모질더구면.”

모질다는 말에 중호는 가슴속에서 쿵 소리가 나는 것 같았다.

“그 당숙이란 이가 그럼 그때 땅값은 치렀냐고 하길래, 그 땅은 자네 아버지가 우리한테 거저 주겠다고 이전해 가라는 걸 이전을 못했다고 했등마는……”

당숙이 했다는 말 가닥을 추려보니 어이가 없었다. 그때 땅값을 치렀더라도 이십년이 넘게 이전을 안 했으니 법적으로도 무효지만, 그동안 손바닥만 한 묏벌에 일년에 벌초 한번씩 해주고, 일곱 마지기나 되는 밭을 공짜로 벌어먹은 것만도 어딘데, 그 무슨 정신 나간 소리냐고 도적놈 닦달하듯 하더라는 것이다. 일만이가 말하는 사이, 중호는 성질이 괄괄한 당숙의 칼날 같은 쇳소리와 눈알을 부라리는 표정이 눈에 선했다.

“그럼 나한테 연락을 하지 그랬어?”

“나 같은 놈이 미국에 있는 자네한테 어떻게 연락을 해? 그 당숙

이란 이가 자네하고는 늘 의논을 하는 것 같아서 자네가 그러라고
한 줄 알았어."

중호는 어이가 없어 한참 동안 일만이를 보고 있었다. 그 집터
값을 돌려줘야겠다는 생각을 하며 그때 받았던 땅값을 어림잡아
보았다. 그게 작은 돈이 아니었다.

"허허. 이게 뭐야?"

당장 한푼도 수입이 없는 처지에, 당장 아파트에 얹혀온 빚만도
어깨를 누르고 있었다.

"나는 가야겠네. 벌이 새끼가 나올 때라 더 앉아 있을 수가 없
구먼."

일만이는 소주를 털어 넣고 일어섰다. 벌이 분봉하면 바로 잡
아야지 조금만 지체하면 멀리 날아가버린다는 걸 중호도 알고 있
었다.

"지금이 벌이 분봉할 때였구먼."

중호는 따라 일어섰지만 뭐라 말을 잇지 못했다. 일만이는 잠바
안주머니로 손이 가며 안채로 갔다.

"놔둬, 놔둬."

중호는 후다닥 달려가며 일만이 어깨를 잡았다.

"아녀. 오랜만에 고향에 왔는디 내가 사야제."

중호는 일만이를 밀치고 계산을 했다.

"나도 점심 살 돈은 있는디, 그럼 잘 가소잉."

일만이는 또 울음 반 웃음 반의 웃음을 흘리며, 사포처럼 까칠한
손으로 중호 손을 잡고 잔뜩 힘을 주어 흔들었다.

일만이는 리어카 채를 잡고 윗몸을 잔뜩 앞으로 숙였다. 거기는 도로가 조금 경사진 데라, 일만이는 몸을 잔뜩 앞으로 숙이고 리어카를 끌었다. 중호는 그 자리에 서서 보고 있었다.

옛날 그 부모들이 리어카에 이삿짐을 싣고 오던 모습이 떠올랐다. 일만이는 리어카를 갈지자로 요리조리 힘겹게 끌고 있었다. 길이 거의 평지라 차로 달릴 때는 경사가 느껴지지 않는 길이었다. 중호는 멍청하게 서서 일만이 리어카가 산굽이를 돌아갈 때까지 보고 있었다.

중호는 차를 몰고 아까 왔던 길을 되짚었다. '꿈의 궁전'이란 모텔 간판이 새삼스레 눈을 끌며, 리어카를 끌고 가던 일만이 모습이 겹쳤다. 중호는 모텔 앞에 차를 멈췄다. 모텔은 이제 지어 아직 개업을 않은 것 같았다. 중호는 차에서 내려 실없이 그 주변을 둘러보았다. 모텔 저쪽 개울가에 헌 집을 뜯어낸 시커먼 나무가 아무렇게나 쌓여 있었다.

"아아, 저게?"

그 목재가 일만이 집을 뜯어낸 나무 같았고, 일만이는 그 나무를 실어가고 있는 것 같았다. 아직도 두 수레는 될 것 같았다.

"허허."

중호는 시커먼 기둥과 서까래를 한참 보고 있다가 혼자 웃었다. 일만이가 사는 그 여우골에는 삭정이며 제절로 말라죽은 나무들이 지천으로 널려 있을 것인데, 그런 나무를 놔두고 집을 뜯은 나무를 싣고 가서, 또 일 킬로가 넘는 그 가파른 비탈은 지게로 져 올려야 할 판이었다.

그 여우골에서 일년 동안만 살겠다고 문서에 도장을 찍었다는데, 그 일년 동안 저 나무로 불을 때고 나면, 그는 어디로 갈까? 중호는 멀거니 나무를 보고 있었다.

『실천문학』 2002년 가을호(통권 67호); 2006년 7월 개고

돗돔이
오는 계절

병상에 누운 명호 눈앞에 푸른 바다가 아득히 펼쳐졌다. 여름 바다는 바람 한점 없이 숨을 죽이고 있다. 푸른 하늘은 두어무더기 흰구름을 띄우고 아래쪽 끝자락을 아득한 수평선에 드리우고 있다.

그 바다 한가운데 낚싯배 한척. 그 배에 명호와 친구 한수가 돗돔 낚시를 드리우고 있다. 명년 여름에는 꼭 둘이만 배를 타고 나가 돗돔을 낚기로 약속을 했는데, 바로 그 모습이었다.

그때 병실 문에 노크 소리가 나며 문이 열린다.

"나 치료받으러 가는 참이야."

옆 병실에 입원하고 있는 현주가 웃으며 들어섰다.

"어젯밤에는 잘 잤느냐?"

현주 어머니가 뒤따라 들어오며 명호에게 물었다. 명호는 잘 잤다고 했다. 토하고 여러번 잠이 깼지만, 그래도 잘 잔 편이었다.

"갔다 올게!"

현주는 명호에게 손을 들어 보이며 나갔다. 웃으며 돌아섰지만 웃음 뒤에는 두려움이 서려 있었다. 그 지겨운 방사선 치료를 받으러 가기 때문이다. 그러면서도 현주는 맑게 웃어주고 갔다. 명호와 현주는 둘이 다 백혈병이다. 현주가 깊이 눌러 쓴 뜨개모자 밑으로 나온 실낱같은 머리털이 새삼스레 애처로웠다.

현주가 왔다가 가버리자 병실은 새삼스레 휑 빈 것 같았다. 네개나 되는 병상이 어제와 오늘 사이에 갑자기 셋이나 비어버렸다. 명호 자리 건너편 병상 두 아이는 치료경과가 좋아 통원치료를 하게 되어 어제 나갔고, 출입문 쪽 아이는 치료비를 감당 못해 눈물을 앞세우고 조금 아까 나갔다. 그들이 나간 병상에는 환자보다 옷 보따리가 들어왔다. 이 방은 어린이들 입원실이라 새로 오는 아이들도 명호 또래일 것이다.

명호는 지하에 있는 치료실에서 방사선을 쪼이고 있을 현주 모습이 떠올랐다. 안전벨트가 발목·무릎·허리·팔·가슴·머리까지 채워진 채 겁먹은 눈을 천장에 꽂고, 방사선 뿜는 기계 소리 속에서 스피커로 흘러나오는 의사 선생님 말소리만 듣고 있을 것이다. 명호가 맨 처음 그런 치료를 받을 때 의사 선생님의 인자한 목소리가 너무도 반가웠다. 그 소리가 그치면 자기는 대번에 무시무시하게 무서운 세상으로 떨어져버릴 것 같았다.

명호와 현주는 둘이 다 급성 임파성 백혈병이다. 그들은 처음 발병하여 이 병원에 입원할 때도 같은 날 입원했고, 퇴원했다가 재발하여 다시 입원할 때는 현주가 입원한 다음날, 그러니까 하루 사이를 두고 명호가 입원했다. 같은 병인데다 병세도 거의 같고 치료방법도 같아, 간병하는 두 어머니들은 금방 친해졌고 명호와 현주도 마찬가지였다.

"동병상련(同病相憐)이라더니 우리들 사이가 바로 그렇군요."

두 어머니들은 이런 말을 하며 웃었다. 현주 어머니는 웃고 나서 두 아이들에게, '동병상련'이란 같은 병을 앓는 사람끼리는 서로 가엾게 여긴다는 말이라고 했다. 뜻풀이를 듣고 보니 명호는 그런 말도 있다는 게 여간 신기하지 않아, 혼자 입속으로 그 말을 여러 번 되새겼다.

처음 입원했을 때는 둘이 다 치료효과가 거의 비슷하게 나타났는데, 이번에는 그렇지 않았다. 현주는 일주일 전부터 백혈구 수치가 알아보게 내려가고 있었지만, 명호는 내려가지 않았다. 그사이 어머니 얼굴은 점점 어두워지고 있었다.

명호는 병세도 걱정이지만 치료비가 더 걱정이었다. 시내에서 슈퍼마켓을 내고 있는 현주 집은 치료비 걱정은 없는 것 같았지만, 작은 섬에서 멸치잡이 따위 고기잡이로 살아가고 있는 명호 집은 달랐다. 지난번에는 후박나무 산을 팔아 치료비를 댔고, 이번에는 이천만원 가까운 치료비가 이자가 비싼 빚이었다. 후박나무는 귀한 한약재여서 대대로 소중하게 물려받아오다가 지난번에 그 나무를 팔아 치료비로 요긴하게 썼다. 그러나 이번에는 입원비가 큰 걱정이었다. 지난번과 비슷한 액수인데, 그 돈이 모두 빚이었고 그 빚을 갚을 길이 막막한 것 같았다.

그때 전화기가 울렸다.

"나다. 나야. 이번에는 꼭 나아야 돼!"

단짝 친구 한수가 가거도에서 전화한 것이다.

"재작년에 왔던 부산 낚시꾼들 있잖아? 그 사람들이 네 아버지한테 이번 여름에는 자기들하고 돗돔 낚시를 하자고 전화를 했다는 거야."

명호 아버지는 돗돔 낚시의 명호라, 부산 낚시꾼들이 자기들하고 돗돔 낚시를 함께 하자고 벌써 예약을 했다는 것이다.

"그때는 우리도 동네 갯바위에서 돗돔을 낚자. 돗돔이 이년째 오지 않았으니까, 금년에는 틀림없이 올 거라는 거야. 두달쯤 남았으니까, 그사이에 얼른 나아야 해. 알았지?"

한수는 돗돔이라도 한마리 낚아 올린 것처럼 목소리가 전화기를 쩡쩡 울렸다. 명호는 알았다고 큰 소리로 대답했다.

돗돔은 큰 물고기였다. 명호는 돗돔 실물을 봤지만, 한수가 국어사전에서 베껴 온 것을 보고 새삼스럽게 놀랐다.

돗돔: 반딧불게르칫과의 바닷물고기. 몸의 길이는 2미터에 이르고 타원형이며, 갈색이고 배는 흰색이다. 입이 크며 아래턱이 위턱보다 나와 있고, 비늘은 둥글다. 한국·일본 등지에 분포한다.

그런 돗돔이 명호가 사는 가거도를 비롯한 우리나라 서너군데서만 나타나고, 그나마 이년이나 삼년 만에 한번씩 봄부터 여름 사이에 나타났다. 옛날에는 해녀들이 물질하다가 돗돔을 보고 소문이

나서 그런 고기가 있다는 걸 알고 있었지만, 고기잡이로 먹고 사는 가거도 사람들도 소문으로만 들었지 돗돔을 본 사람도 없고, 낚은 사람도 없었다. 그런 돗돔을 가거도에서 맨 처음 낚은 사람은 명호 아버지였다. 그게 십여년 전이었다.

동네 여자들이 동네 앞 절벽 아래 시퍼런 바다에서 물질을 하다가, 말로만 들었던 돗돔을 보고 소문이 난 것이다. 명호 아버지는 여자들한테 돗돔 크기며 헤엄치는 모습을 꼬치꼬치 물었다. 명호 아버지는 그 길로 목포 철공소에 가서 돗돔 낚시부터 만들었다. 굵기는 아이들 새끼만큼 굵고, 크기도 그만큼 컸다.

여름이 다가오자 바다를 보는 명호 아버지 눈에 빛이 나기 시작했다. 드디어 제주도 해녀들을 실은 배가 나타났다. 그러나 돗돔이 나타나지 않았다. 그러다가 작년부터 돗돔이 다시 나타나기 시작한 것이다.

재작년에 아버지가 돗돔을 두마리째 낚을 때는 명호와 한수도 따라가서 돗돔 낚는 걸 구경했다. 그걸 보고 나서 그들은 아버지가 육지라도 나가면 우리들만 몰래 배를 타고 가서 한번 낚자고 했다. 그러나 그런 기회는 얼른 오지 않았다. 그렇지만, 그 무렵 그들은 남태평양에서 원양어선들이 돗돔보다 큰 다랑어 낚는 것을 텔레비전에서 봤다.

"야, 저렇게 큰 놈을 잡으면 얼마나 좋을까?"

그때 그들은 커서 원양어선을 타자고 약속했다. 명호는 어른이 되면 원양어선 어부가 아니고 선장이 되겠다고 혼자 다짐했다. 그때부터 명호는 원양어선 선장 꿈에 부풀었다. 다랑어 낚는 비디오까지 사다가 틈만 나면 몇번이고 틀었고, 자리에 눕기만 하면, 남태평양에서 선원들을 지휘하여 그런 고기를 낚고 있는 제 모습이 떠올랐다.

지난봄 명호는 열이 나고 머리가 자꾸 아파 이상하다 하면서도, 그냥 갯가로 산으로 쏘다녔다. 그러다가 하루는 너무 열이 심하고 머리가 아파 혼자 보건진료소에 갔다. 감기라며 사흘치 약을 지어주었다. 그 약을 먹어도 낫지 않아 두번째는 주사까지 맞아도 마찬가지였다.

"젖먹이 때부터 지금까지 감기도 이번이 처음인데 왜 이러지요?"

어머니가 근심스런 표정으로 물었다. 의사는 혹시 다른 증상인지 모르겠다며 큰 병원으로 가보라 했다. 이게 다른 병의 증상이라면 큰 병원에서 진찰을 빨리 받을수록 좋다고 했다. 그 말을 듣자 명호는 병 진찰보다 육지 구경 한다는 것에만 들떴다.

명호가 사는 가거도는 소흑산도라고도 한다. 목포에서 흑산도까지도 아득히 먼데, 가거도는 거기서도 목포에서 흑산도만큼 떨어져 있다. 그래도 여객선이, 그 먼 바다에다 자식이라도 둔 어미처럼 목포에서 하루걸러 다니고 있다. 흑산도를 거쳐 남남서쪽으로 무려 일곱시간이나 걸리는 거리다. 동네는 1구 2구 두 동네고, 전체 인구는 오백명이며, 초등학교도 있고 중학교도 있다.

이렇게 먼 곳이라 지도에도 나오지 않는다. 더러 흑산도 같은 먼 섬을 표시하려고 지도 한쪽에 따로 작은 칸을 만들어 넣는데, 가거도는 너무 멀고 작은 섬이라 그런 방법으로도 표시를 못하는지 어떤 지도에도 가거도는 나타나지 않는다. 그렇게 아득한 섬이라 가거도 아이들은 육지에 한번 가보기가 소원이었다. 그래서 하루걸러 오는 여객선 뱃고동 소리가 나면, 가거도 아이들은 어머니 기다리던 아이들처럼 선착장으로 내달았다.

명호는 보건소에서 진단을 받은 뒤 어머니를 따라 여객선에 오르자, 무슨 출세라도 한 것 같은 기분이었다. 여객선에서 동네를 보자 동네도 달리 보이고, 바다도 달리 보였다. 말로만 들었던 흑산도·도초도·암태도·안좌도를 지나 꼬박 일곱시간 만에 목포에 닿았다.

텔레비전에서만 보았던 택시를 타고 병원으로 갔다. 친척 아주머니가 미리 접수해놨기 때문에, 바로 엑스레이 촬영을 하고 혈액검사를 받았다. 친척집에서 자고 다음 날 다시 가자, 간호사가 어머니 혼자만 들어오라 했다. 어머니는 한참 만에 나왔다.

"뭐라고 해요?"

어머니는 명호가 묻는 말에는 대답도 하지 않고, 정신 나간 사람처럼 저쪽 공중전화 부스로 갔다. 명호는 어머니 표정에 놀라 가까이 따라갔다. 명호는 '백혈병'이라는 병 이름도 그때 처음 들었다.

"치료를 해도 열에 서넛은 낫지 않는대요."

전화기를 잡고 아버지에게 말하는 어머니 말이 떨리고 있었다. 아버지가 치료비를 묻는지 이천만원도 더 든다는 것 같았다. 명호는 그런 병이라면 자기하고는 아무 상관없는 병인 것 같았다. 그러나 입원실에 들어서자 환자복을 입고 있는 자기 또래 아이들을 보고서야 백혈병이 어떤 병인지 알 수 있었다. 얼굴이며 손발이 백지처럼 하얗고, 머리털은 거의 빠져버렸으며 양쪽 눈만 유난히 까맸다. 텔레비전에서 봤던 외계인 같았다.

"급성 임파성? 그거면 거의가 낫는다. 우리 아이도 바로 그거로 어제 입원했다."

병실에 앉았던 아주머니가 말했다. 그게 현주 어머니였다. 그때 현주는 여자아이들만 입원해 있는 옆방에 자리가 없어 잠시 이 방에 있었다.

"이거 가져. 이걸 가지고 있으면 얼른 낫는대."

똥그란 눈으로 명호를 보고 있던 현주가 조그마한 목각인형을 내밀었다. 병원에 입원하자마자 샀는데, 병문안 온 친구가 똑같은 걸 선물했다며 명호 준 건 제가 산 것이라 했다. 두 손을 모으고 기도하는 흑인 소녀 인형이었다. 얼결에 인형을 받아든 명호는 인형과 현주를 번갈아 보았다. 손안에 조그맣게 쥐어지는 인형은 기도하는 모습도 깜찍하고 귀여웠다. 아직 환자복을 입지 않은 현주는 외계인 같은 다른 아이들과 달리 얼굴이 그만큼 환하고 예뻐 보였다.

다음 날 진찰을 받았다. 진찰을 하고 난 의사는 내 말 잘 들으라며 새삼스레 근엄한 표정을 지었다.

"무슨 병이든지 그렇지만, 이 병은 유독 마음가짐이 중요하다. 높은 산을 오를 때는 누구든지 힘들고 고통스럽다. 그렇지만, 마음을 굳게 먹고 고통을 이겨내며 오르는 사람이 있고, 건듯하면 짜증을 내며 오르는 사람이 있다. 병을 치료하는 것도 마찬가지다. 마음을 단단히 도사리고 고통을 이겨내는 사람은 완치라는 산꼭대기에 오를 수 있지만, 짜증만 내는 사람은 짜증 때문에 힘이 갑절로 들어 실패하기 십상이다."

명호는 그 말을 듣는 사이 눈이 허옇게 쌓인 에베레스트산을 피켈로 눈과 얼음을 찍으며 올라가는 산악인들이 떠올랐다.

"의사가 환자를 치료하는 게 뭔 줄 아느냐? 환자가 산꼭대기에 오르는 것을 곁에서 거들어주는 사람일 뿐이다. 산에 오르는 것은 의사가 아니고 환자 자신이다. 나도 너를 잘 거들어주겠다. 정상에 오를 자신이 있느냐?"

"예!"

여태 의사만 보고 있던 명호는 낮으나 힘진 소리로 대답했다. '예' 할 때는 목각인형을 쥐고 있던 손에 힘을 주었다. 명호는 무엇보다 몇천만원이라는 치료비가 생각났던 것이다.

"됐다. 눈빛을 보니 틀림없겠다."

의사는 만족스런 표정으로 웃었다. 명호는 의사 말을 듣는 사이 재작년 동네 앞 갯바위에서 어른들도 낚기 어려운 한자짜리 돌돔을 낚았던 일이 떠올랐다. 낚싯대가 대밭에서 대를 잘라 만든 낚싯대라 고기가 너무 크고 사나워서 부러질 것 같았다. 그렇지만, 명호는 옹색스런 갯바위 틈에서 한참 실랑이를 치다가 기어코 끌어올렸다. 사십 센티가 넘는 돌돔이었다. 아가미에 꿰미를 꿰어 갯바위를 다람쥐처럼 훌쩍훌쩍 뛰어왔다. 육지에서 온 낚시꾼들 입이 떡 벌어졌다. 돌돔 크기에도 놀란 것 같지만, 낚싯대를 보고 더 놀란 것 같았다. 저런 크기면 감성돔도 끌어올리기가 어려울 텐데 힘이 세기로 소문난 돌돔을, 초등학교 삼학년짜리가 그런 낚싯대로 끌어냈으니 그럴 만도 했다. 돌돔은 갯바위에 부딪치는 그 사나운 파도를 타며 먹이를 잡아먹는 놈이라, 물고기 가운데서는 악바리 중에서 악바리였다.

명호는 의사 말대로 마음을 단단히 먹고 치료를 받기 시작했다. 그러나 정작 치료를 받아보니 그게 아니었다. 방사선을 쪼이고 나면 온몸이 물먹은 솜처럼 가라앉았고, 밤에는 열이 사십도를 오르기도 했다. 그럴 때는 숨도 제대로 쉴 수가 없을 지경이었다. 먹는 약은 보기만 해도 지겹고, 더구나 살균을 하고 소금기를 싹 빼내버린 '멸균식' 밥은 꼭 스티로폼을 씹는 것 같았다.

그렇게 한달쯤 견디고 있을 때였다. 현주가 다급하게 문을 열고 들어왔다.

"소식 들었어? 너랑 나랑 둘이 다 수치가 부쩍 내리고 있대!"

수치가 지금대로만 내려가면 머잖아, 둘이 다 집에서 통원치료할 수 있는 '관해' 단계에 이를 수 있을 거라고 한다는 것이다. 두 어머니들이 집에다 전화로 그 소식을 알리는 사이 현주는 명호한테로 뛰어온 것 같았다. '관해, 관해', 얼마나 기다리던 말이던가? 명호는 거의 나았다는 안도감과 함께, 바로 뒤미치는 생각이 있어 현주를 빤히 보고 있었다. 퇴원을 하면 이제부터 현주를 못 볼 거라는 생각이었다.

"통원치료 하다가 어지간히 회복되면, 우리 엄마하고 가거도 한번 가기로 했다. 네 엄마가 꼭 한번 오라고 하셨거든."

"그래. 꼭 와! 소라도 잡고 해삼도 잡고, 낚시질도 하자."

퇴원한 다음에도 현주를 그렇게나마 만날 수 있다는 게 이만저만 다행이 아니었다.

"아냐. 나는 바다 구경만 할래. 나는 바다가 좋아. 그렇게 먼 바다는 얼마나 넓고 푸를까?"

현주 눈앞에는 드넓은 바다가 펼쳐지는 것 같았다. 병세가 회복되자 얼굴빛도 달라지고 목소리도 힘이 있었다.

"나는 지금 집에 간다. 치료 잘해!"

현주가 퇴원해버리자 병원이 텅 비어버린 것 같았다. 밖에 나가도 빈 것 같고, 병실에 들어와도 빈 것 같았다. 다행히 현주가 일주일에 한번씩 치료를 받으러 온다는 거여서, 그때부터 명호는 현주가 병원에 온다는 금요일을 손꼽아보는 게 버릇이 되었다.

"너도 내일 퇴원한다."

아래층에 갔던 어머니가 환한 얼굴로 들어오며 말했다. 명호도 현주처럼 매주 한번씩 병원에 오면 된다는 것이다. 그런데 명호가 병원에 오는 날은 매주 수요일이라 했다.

"수요일이요?"

현주가 병원에 오는 날은 금요일이었다. 수요일과 금요일로 날짜가 달라 현주를 만날 수 없을 것 같았다. 그런데 오늘이 현주가 병원에 오는 날이라 현주와 현주 어머니가 명호 병실에 왔다.

"병원에 오시거든 우리 집에서 자고 가세요. 두 아이 병세가 비슷하니까, 서로 치료효과도 비교해보고 두루 좋을 것 같습니다."

"아주머니, 꼭 오세요. 우리 집에는 방이 여럿이고, 가게에도 방이 있거든요."

현주가 환하게 웃으며 거들었다.

며칠 뒤에 명호도 퇴원했다. 일주일에 한번씩 통원치료를 하라고 한 것이다.

그때부터 목포에 치료받으러 가면 그때마다 현주 집에 들렀다. 명호는 병원에 갈 때마다 현주를 만날 생각에 일곱시간이나 되는 뱃길이 지루한 줄 몰랐다.

여름이 되어 여객선에 관광객이 붐빌 무렵이었다. 목포 병원에 갔던 명호 모자는, 드디어 시원스럽게 차려입은 현주 모녀와 함께 가거도 가는 여객선에 올랐다. 안좌도·암태도·도초도를 거쳐 흑산도를 지나자 망망대해로 들어섰다.

"야, 저 수평선!"

현주가 소리를 질렀다. 명호는 날마다 보는 바다였지만, 현주가 감탄하자 오늘은 수평선도 달리 보이는 것 같았다. 가거도에 도착하자 귀한 손님이 온다는 소문이 나서, 한수랑 또래 아이들이 선착장으로 달려왔다.

다음 날은 아침이었다.

"오늘은 날씨가 아주 좋습니다. 우리 배로 이 가거도를 한바퀴 빙 돌며 가거도 구경이나 합시다. 애들은 낚시도 한번 해보라 하지요."

아침밥을 먹자마자 아버지는 낚시채비를 손보며 말했다.

"야, 재밌겠다!"

명호는 소리를 지르며 제 낚싯대를 세개나 들고 나섰다. 배는 작았지만, 새로 지어 산뜻했다. 시동을 걸자 부르릉, 엔진 소리가 아주 부드러웠다. 두 어머니들이 파라솔을 받고 앉자 배 안이 환해진 것 같았다.

"저게 장군바위야."

배가 선착장을 조금 나서자 명호가 산줄기 끝의 바다에서 우람하게 솟아오른 바위를 가리켰다.

"어째서 저게 장군바위인 줄 알아? 옛날 바다를 다스리는 용왕님이 왕자를 이리 공부시키러 보냈다는 거야. 그런데 왕자가 공부는 하지 않고 하늘에서 내려온 선녀들하고, 맨날 춤추고 노래하고 놀기만 하는 거야."

"아이고, 그 녀석 용왕님한테 혼나겠구나."

현주가 지레 까르르 웃자, 어머니들도 웃었다. 명호는 이야기를 계속했다.

"용왕님이 그걸 아시고 장수 한사람을 감시인으로 보냈어. 그렇지만, 왕자는 장수 말도 듣지 않고 자꾸 바다에서 섬으로 나가, 저기 가무작지란 데서 선녀들하고 춤추고 노래하고 놀기만 하는 거야. 단단히 화가 난 용왕님이 왕자와 장수를 잡아들이라고 군사를 보냈어."

"아이고, 큰일났네. 히히히."

현주가 웃었다.

왕자하고 놀아나던 졸병들은 모두 산으로 도망쳐 붙잡지 못하고, 군사들은 장수만 붙잡아 저기다 저렇게 벌을 세워놨다는 거야. 그래서 저 산은 용이 돌아왔대서 회룡산이고 저 바위는 장군바위야."

모두 웃었다. 현주 어머니는 명호는 이야기도 잘 한다고 칭찬했다.

"우리 아버지가 그 큰 돗돔을 낚은 데가 바로 저기야."

명호는 신이 나서 계속했다. 지금처럼 물이 들었을 때는 안 보이지만, 이 아래는 검은여라는 큰 바위가 있는데, 고기들은 바위에 자란 해초를 뜯어먹고 돗돔 같은 큰 고기는 자잘한 고기를 잡아먹고 산다고 했다.

배는 섬을 오른쪽으로 끼고 속력을 냈다.

"등대다!"

어제 오면서도 보았던 등대였다.

"저 등대는 큰 등대라 등대만 있는 게 아니야. 사무실이 있고, 등대지기 식구들이 사는 살림집도 있어."

윤주는 저런 데서 살면 얼마나 좋을까 하며, 배가 한참 지났는데도 등대만 건너다보고 있었다. 섬을 한참 돌다가 배를 멈췄다.

"여기서 낚시를 한번 넣어보자."

아버지 말에 명호는 날랜 솜씨로 낚싯대 두개에 미끼를 꿰어 아버지보다 먼저 낚시를 멀리 던졌다.

"너는 이것으로 낚아!"

명호는 제 낚시를 던져놓고 다른 낚싯대에 미끼를 꿰어 현주한테 넘겼다. 현주는 호기심이 잔뜩 어린 표정으로 낚싯대를 받았다.

"낚싯대 끝이 톡톡 하면 고기가 온 거야. 그렇지만, 그때 채서는 안 돼. 고기가 물속으로 쑥 끌고 들어가면 홱 채는 거야."

현주는 야무진 표정으로 알았다고 했다. 아버지도 낚싯대를 폈다. 바다는 바람 한점 없이 조용했다. 두 어머니들 속삭이는 소리만

들렸다.

"왔다!"

현주가 낮은 소리로 속삭였다. 명호가 좀더 있으라고 하는 순간이었다. 낚싯대 끝이 크게 휘어졌다. 현주가 홱 챘다.

"물었다!"

명호가 소리를 지르며 낚싯대를 넘겨받아 줄을 감았다. 한참 감자 하얀 감성돔이 물속에서 사뭇 거세게 갈지자를 그으며 올라왔다.

"야, 예쁘다!"

현주가 손바닥으로 뱃전을 두들기며 소리를 질렀다. 두 어머니들도 웃었다. 배로 끌어올리자 돔은 은빛 몸뚱이를 번득이며 한참 파닥거렸다.

"현주가 마수를 했구나."

아버지가 돌아보며 웃었다. 어머니들은 다시 이야기를 하고, 배 안은 또 조용해졌다. 이번에는 아버지가 큰 감성돔을 올리고, 명호는 우럭을 올렸다. 고기는 심심찮게 올라왔다. 현주가 또 낚싯대를 챘다. 이번에는 낚싯대를 명호한테 주지 않고 야무진 표정으로 줄을 감았다. 아까하고 거의 같은 크기의 감성돔이었다.

"현주도 낚시꾼 다 됐구나."

명호 어머니 말에 모두 웃었다.

"점심 먹고 하자."

아버지는 즉석에서 능란한 솜씨로 회를 떴다. 다른 반찬도 여러 가지였지만, 회가 제일 인기였다. 현주와 현주 어머니는 점심을 먹으면서도 푸른 하늘과 넓은 바다에 거듭 감탄을 했다 여름이 가고 단풍이 들 무렵이었다. 치료받으러 갔던 명호는 병원에서 뜻밖에 현주 어머니를 만났다.

"현주가 다시 입원했다."

명호는 깜짝 놀랐다. 현주 어머니는 얼굴이 해쓱했다. 재발했다면 낫기가 그만큼 어렵다는 말을 들었기 때문에, 명호와 명호 어머니는 잠시 말을 잃었다. 명호는 진찰을 받고 나서 무서운 데 들어가듯 조심조심 현주 병실로 들어갔다.

"왔어?"

현주는 웃으며 일어났다.

"이게 네 동네 자갈밭에서 주운 거야."

현주 손바닥에 새알만 한 조약돌이 두개 있었다. 명호는 조약돌에는 눈만 스치고 해쓱한 현주 얼굴만 보고 있었다. 어머니들은 뭐라 이야기를 했지만, 명호는 한마디도 못하고 목각인형만 만지작거리다가 병실을 나왔다.

그다음에 진료실에 갔을 때였다. 진찰을 하던 의사 얼굴이 굳어졌다. 명호는 지레 가슴에서 쿵 소리가 나는 것 같았다.

"이거 참. 설마 했더니 그게 아닙니다. 재발입니다. 허허, 참."

의사는 거북살스런 표정으로 말했다. 재발이라는 말을 듣자 어머니와 명호는 한참 말없이 의사만 보고 있었다. 좀처럼 내색을 않던 어머니가 이번에는 그 자리에 주저앉을 것 같았다. 어머니는 재발도 재발이지만, 그 엄청난 치료비가 더 걱정인 것 같았다. 명호는 죄지은 녀석처럼 멍청하게 의사만 보고 서 있었다.

재발한 게 모두 제 잘못인 것 같았다. 의사가 주의하라고 했는데도 다 나은 것처럼 갯가로 산으로 쏘다녔고, 약을 제대로 먹지 않은 것도 한두번이 아니었다. 다시 입원을 하자 명호는 잔뜩 기가 죽어, 그 지겨운 치료를 투정 한마디 하지 않고 참아냈다.

"이게 뭔 줄 알아?"

현주가 명호 병실로 들어서며 손바닥을 폈다. 하얀 조약돌이었다. 꿩알만 한 조약돌에 꿩알처럼 검은 점이 몇개 박혀 있었다.

"그때 너의 집 앞 모래밭에서 주운 거야. 이 조약돌을 만지고 있으면 밤중에 너의 집에서 들었던 파도소리가 들리는 것 같아. 나는 밤중에 들려오는 파도소리가 너무 좋아서, 밤이 깊어질 때까지 혼자 파도소리를 오래오래 듣다가 잠이 들었어."

현주는 웃으며 계속했다.

"파도가 소리를 내며 모래사장을 오르락내리락하는 건, 바닷물이 육지가 그리워서 올라오려고 그러는 것 같았어. 그 소리는 육지 어디에 가고 싶은 곳이 있어서, 간절하게 부르는 노랫소리 같았어."

명호는 파도소리 같은 것은 예사로 들었는데, 그 말을 들으니까 그런 것도 같아 건성으로 고개를 끄덕였다. 명호는 현주 밝은 모습을 보자 치료밖에는 다른 걱정이 없는 현주가 새삼스레 부러웠다. 명호 집은 이번 입원비를 마련하려고 친척들을 두사람이나 보증을 세우고 돈을 끌어왔다.

"낫지 못하는 거 아닐까?"

그날 저녁 명호는 누워서 목각인형을 만지며 천장을 보고 있었다. 현주는 진작부터 수치가 내려간다는데, 명호는 그보다 열흘이 더 지났는데도 꼼짝도 않고 있었다. 이번에는 마음을 조약돌보다 더 단단히 도사리고, 약도 시계를 두번 세번 보며 제시간에 맞춰 먹고, 밥도 밥알 하나도 남기지 않고 먹었다. 그렇지만, 효험이 나타나지 않았다.

"아이고, 큰일났네."

저쪽 병상 아이가 텔레비전을 보며 깜짝 놀랐다.

무거운 륙색을 지고 바위를 오르던 사람이 발이 미끄러져 로프에 대롱거리고 있었다. 륙색만 없으면 로프를 타고 올라갈 수 있을 것 같은데, 륙색이 로프에 감겨 옴나위를 못하고 버둥거렸다.

"명호 전화!"

"명호냐? 나 한수다."

언제나 그렇듯 전화기에서 한수 목소리가 팡팡 튕기는 것 같았다.

"너 빚 걱정 안 해도 된다는 말 들었어?"

엉뚱한 말에 명호는 대답을 못했다. 가거도 어촌계가 수산업협동조합에서 아주 싼 이자로 장기대출을 받게 되었는데, 그 돈을 모두 명호 집으로 넘기기로 했다는 것이다.

"돈 같은 것에 쫄지 말고 얼른 나으란 말이야. 다랑어 한번만 만선해도 그 돈이 얼만 줄 알아? 돗돔 낚는 것은 다랑어 같은 큰 고기 낚는 연습이잖아? 밥 많이 먹고 운동도 많이 해. 킬킬킬."

그는 지금 다랑어를 잔뜩 잡아 싣고 오기라도 하는 것처럼 제 말만 한참 늘어놓고 언제나 그렇듯 전화를 끊었다. 명호는 그렇게 싼 이자라면 우선 안심해도 좋겠다는 생각이 들었다.

다랑어 만선! 명호는 텔레비전에서 보았던 광경이 눈앞에 선했다. 남태평양 망망대해, 그 넓은 바다에서 다랑어를 잔뜩 낚아 색색으로 만선기를 휘날리며, 항구로 들어오는 원양어선이 눈에 보이는 것 같았다. 마도로스 모자를 삐딱하게 쓰고 조타실에서 어깨판을 쩍 벌리고 항구를 바라보는 제 모습이 떠올랐다. 장기대출의 그 '장기'가 얼마나 되는지 모르지만, 자기가 원양어선 선장만 되면, 그런 빚을 몇배도 더 갚아줄 수 있을 것 같았다. 명호는 여태 온몸을 짓누르고 있던 바윗돌을 뒤집고 일어서는 것 같았다.

"현주는 경과가 안 좋은 것 같다."

밖에 나갔던 어머니가 들어오며 가라앉은 소리로 말했다. 낮은 소리였으나 옆 병상 아이들이나 보호자들도 모두 놀라 어머니를 봤다. 며칠 동안 현주 수치가 멈췄다고 한다며, 현주 오거든 모른 체하라고 했다.

창밖 느티나무 누런 잎사귀가 우수수 떨어지고 있었다. 명호는 흩날리는 낙엽을 보다 까무룩 잠이 들었다가 바닷물을 흠뻑 뒤집어쓰고 눈을 떴다. 유리창에는 햇볕이 환하고 병상 곁에는 어머니와 현주가 놀란 눈으로 명호를 보고 있었다.

"꿈에 다랑어를 낚았어. 내 키만 한 놈을. 그런데 배로 끌어올리다가 그만."

명호는 물속으로 들어간 다랑어를 찾기라도 하듯 주변을 두리번거렸다.

"돗돔, 돗돔, 만날 돗돔 노래만 부르더니 꿈에 돗돔을 낚았구나."

현주가 까르르 웃었다. 다른 병상 아이들과 보호자들도 웃었다.

"엄청나게 컸어. 뱃전 아래서 떡 벌린 아가리가 이만했거든."

명호는 두 손으로 돗돔 크기를 만들어 보이며, 재작년에 자기 아

버지가 낚은 것보다 더 컸다고 했다. 현주는 그렇게 컸냐고 입이 떡
벌어졌다. 현주는 아직도 제 병세를 모르고 있는지 얼굴이 환했다.

"어서 나아서 너도 그렇게 큰 놈 낚아라."

어머니가 웃으며 말했다. 빚이 해결되어 그런지 요사이 어머니
도 얼굴이 밝았다.

"무슨 재미있는 일이 있는 모양이지요?"

그때 간호사가 진료기구를 들고 들어서며 웃었다. 암 병동에서
이렇게 맑은 웃음소리는 드문 일이었다.

"명호가 꿈에 엄청나게 큰 돗돔을 낚았대요. 제 키만 한 놈을요."

현주는 제가 낚기라도 한 듯 자랑스럽게 말했다.

"꿈에 그렇게 큰 고기를 낚아? 그건 용꿈이야. 꿈에 나타나는 물
고기는 용이래. 책에서 봤어."

"우리 간호사님은 해몽도 잘하시네. 아이고, 고마워라."

명호 어머니는 환하게 웃으며 칭찬했다.

"그렇게 좋은 꿈을 꿨으면, 명호도 금방 치료효과가 나타나겠다."

간호사가 깔깔거리며 나갔다. 산뜻한 유니폼에 머리에 캡을 날
렵하게 얹은 간호사 웃음소리는 파도가 부서지듯 시원스러웠다.

며칠 뒤 현주가 숨을 헐떡이며 들어왔다.

"명호야, 좋은 소식 있어. 네 수치가 내리고 있대."

병상에 누워 있던 또래 아이들이 벌떡 일어나고, 환자 가족들도
눈을 밝혔다.

"아이고, 다행이다. 너희들도 명호 치료받는 것 본받아라. 방사
선 쪼인 다음이나 약 먹을 때나, 명호는 얼굴 한번 찡그리지 않았

잖아?"

　명호 옆 병상 보호자 아주머니가 아이들을 둘러보며 한마디 했다. 기다리고 기다렸던 말이지만, 기다렸던 깐으로는 그냥 덤덤한 기분이었다. 현주는 자기 수치가 올라가고 있는 것은 아직도 모르는 것 같았다.

　명호 수치는 계속 내려갔다. 소식을 듣고 한수도 전화를 했고, 목포에 사는 친척들도 밝은 표정으로 위문을 왔다. 얼마 전에 다녀간 서울 이모는 어서 나아 돗돔을 낚으라며 낚싯대까지 보내왔다.

　명호는 그날부터 환자 아이들한테 낚싯대를 펴 들고 바다낚시 방법도 가르쳐주고, 낚시했던 이야기도 해주었다. 그러는 사이 처음에는 섬에서 산다고 은근히 깔보는 것 같던 아이들도, 그런 눈초리들이 싹 가셔버린 것 같았다.

　그러나 그 얼마 뒤부터 명호는 낚싯대를 펴지도 않고 낚시 이야기도 하지 않았다. 현주가 며칠 동안 이 방에 오지 않은 것이다. 백혈구 수치가 부쩍 오르고 있다는 것이다.

　"현주가 좀 어떤가 모르겠다."

　밖에 나갔던 어머니가 들고 왔던 보자기를 놓고 다시 나갔다. 명호는 자리에서 벌떡 일어나 어머니를 따라갔다. 명호는 여태 여자 아이들 병실에는 들어가지 않았고, 항상 현주가 명호 병실로 왔다.

　"방금 중환자실로 옮겨갔네요."

　명호는 중환자실이란 말에 가슴이 쿵했다. 더구나 옮겨갔다는 말이 예사롭게 들리지 않았다. 명호는 목각인형을 꼭 쥐며, 어머니와 함께 아래층 중환자실로 내려갔다. 그러나 문이 안에서 잠겨 있어 들어갈 수가 없었다. 혹시 현주 어머니라도 나오지 않나 한참 동안 서성거리다가 돌아왔다.

"지난번 너를 보더라도 이 병은 그렇게 종잡을 수가 없는 것 같다."

어머니는 명호 병세도 어쩔지 모른다는 걱정 때문인지 얼굴이 어두워졌다. 오랫동안 좋아지지 않던 자기 병세는 나아가고 있는데, 현주 병세가 갑자기 나빠지다니 마치 현주가 나을 몫을 제가 빼앗은 것 같은 기분이었다.

"현주더러 퇴원하라고 한다지 않냐? 어쩌면 이리도 갑작스럽게."

오늘도 몇번이나 내려갔던 어머니가 돌아와 눈물을 훔쳤다. 옆 병상 아이들이나 보호자들도 모두 똥그란 눈으로 어머니를 보고 있었다. 그 상태에서 퇴원하라는 건 치료를 포기한다는 말이었다. 그러나 현주 어머니는 그대로 버티고 있다는 것이다. 명호는 그저 머리가 먹먹하기만 했다. 명호 병실은 그날부터 먹구름이 낀 것 같았다. 환자 아이들도 보호자들도 거의 말이 없었다.

다음 날도 현주 병실에 갔던 어머니가 눈물을 훔치며 왔다. 목각 인형을 만지며 누워 있던 명호는 벌떡 일어났다. 모두 겁먹은 눈으로 어머니만 보고 있었다.

"현주가 나를 알아보고 무슨 소리를 하는데……"

어머니가 눈물을 훔치며 말했다.

"가거도 파도소리가 어쩌고, 다랑어가 어쩌고, 목각인형이 어쩌고, 입안엣소리로 뭐라 하는데 도무지 알아먹을 수가 있어야지."

명호는 어머니를 빤히 건너다보고 있다가 천장을 쳐다봤다. 모두 자기를 보고 있었고, 뭐라 말을 하면 눈물이 쏟아질 것 같았다.

명호는 밖으로 나갔다. 나무 아래로 가서 목각인형을 보았다. 웃고 있는 목각인형을 보자 눈물이 나왔다. 참으려 해도 눈물이 나왔다.

『현대문학』 통권 575호(2002): 2006년 7월 개고

뒤늦은 농민소설

송기숙의 『들국화 송이송이』에 대하여

김형중(문학평론가·조선대 교수)

1. 농업이 없다

심훈이 있었고 김유정이 있었다. 이기영과 조명희가 있었고, 김정한이 있었다. 그러니까 근대문학이 시작된 이후 한국문학사에서 이른바 '농민소설'의 계보는 만만히 봐도 좋을 그저 작은 지류에 불과했던 것이 아니다. 그 물줄기에서 『상록수』「동백꽃」『고향』『낙동강』이 나왔으니 농민소설의 계보가 빠진 한국문학사는 상상하기 힘들다. 물론 그 계보의 맨 끝자락에 이문구(『관촌수필』『우리 동네』)와 송기숙(『자랏골의 비가』『암태도』『녹두장군』)이 있었다.

그런데, 단정적으로 '끝자락'이라고 말하고, 또 '있었다'라며 과거 시제를 쓰고 보니 좀 멀고 서글프다. 얼추 헤아려봐도 이문구가 죽은 지 열네해, 송기숙이 붓을 놓은 지 열다섯해(그는 2002년 이후로 작품을 발표하지 못하고 있다), 그사이 기억에 남을 만한 농민소설이 없었던가? 야속하게 들릴 수도 있겠으나, 없었다. 얼핏 전성태나 김종광 같은 이름이 떠오르기도 한다지만, 『매향』이 출간된 것은 1999년이었고, 『모내기 블루스』가 출간된 것은 2002년이었다. 그로부터 열다섯해가 다 지나도록, (우리가 예전에 그렇게 부르던 의미에서의) 기억에 남은 농민소설은 마땅히 떠오르지 않는다. 물론 굳이 뒤지고 수소문하자면 이 범주에 속할 만한 작품이 있긴 있었으리라. 그러나 있었다 하더라도 우리 눈에 띄질 않았으니, 농민소설은 이제 이른바 '가시성의 장' 바깥으로 밀려난 지 오래임에 틀림없다.

그러던 차, 난데없이 송기숙의 '뒤늦은' 농민소설이 당도했다. 1988년부터 2002년 사이 발표했던 단편들 열편을 모은 이 책(대부분 2006년에 개고했다), 『들국화 송이송이』가 그것이다. 철 지난 농민소설이라니 싶던 생각은 잠시, 통독하던 중 부정맥처럼 가슴 어딘가를 덜컥 누르던 구절을 먼저 옮겨본다.

"장사하는 게 상업이고, 공장 돌리는 게 공업이듯이, 농사짓는 것은 농업이고 가축 기르는 것은 축산업 아닙니까? 똑같이 어엿한 업이다, 이거지요." (「가라앉는 땅」 167면)

그러고 보니 근 열다섯해, 한국소설엔 농업이 없었다. 공업과 상업과 IT 산업과 문화컨텐츠는 있었으나 농업과 축산업이 없었다.

우리가 그사이 씹고 먹고 맛보고 즐기는 일을 그만두지는 않았을 텐데도, 우리에게는 농업이 없었다. 가시성의 장 밖으로 사라진 농업, 그렇게 많이들 찾아 헤맨다던 '몫이 없는 자들'이 실은 농민이었나…… 싶었다.

돌이켜보니 사회주의권이 무너지던 1990년대 초반 이후, 한국문학의 흐름이 그랬다. '후일담'은 지식인들의 회고담이었고, 근대적 '내면'은 이상하게도 도시인들에게만 있는 듯했다(혹은 '포스트모던'한 세계 어디에도 내면은 없다고들 했다). '욕망'은 새로운 세대의 전유물이어서 욕구조차 없는 늙은이들만 남은 농촌은 소설의 무대로서 부적합 판정을 받았고, '소비사회'의 각종 이미지에 의해 형성된다는 '주체'는 아무래도 백화점 없는 곳에서는 형성될 수 없었다. 'SF' 서사 속 미확인 비행물체야 농지에도 착륙했겠지만 미래의 일이었으므로 정작 농민들은 모르는 일이었고, '정보조합형' 서사들이 컴퓨터 화면 밖의 '경험'을 데이터베이스화할 리는 만무했다. 물론 안드로이드는 전기 양을 아파트 옥상에서 기르는 게 더 개연성 있었고, 신자유주의는 '생명관리권력'의 통치원리에 따라 농촌에 도시의 식량창고쯤의 위계를 할당했다.

'문학과 정치' 논쟁이 있었다고는 하나 농민들은 트랙터 몰고 대도시의 광장으로 진입하지 않는 한 촛불 구경조차 하기 힘들었고, 소설이 즐겨 '타자 윤리'를 말했다고도 하나 그때의 타자들은 대체로 수도권 변두리 빈민촌 아니면 고독한 고시생들의 원룸촌 인근에서만 출현했다. 88만원세대도, 지하철에 뛰어드는 실직자도 다 도시에서 살았다. 그때나 지금이나 도시를 포위하고 있는 저 넓은 농업이 (웰빙 유기농 음식과, 전 국토를 옮겨 다니는 먹방과, 텃밭 농사로 자식들 먹거리를 책임지며 늙어가는 어머니의 온화한 미소로 판매를 촉진하는 냉장고 광고 따위를 제외하면) 시야에서 완전히 사라진 것이다.

2.. 이촌향도 이후

오래 투병 중인 송기숙이 2002년 이후로도 글을 쓸 수 있었다면, 저 급작스러운 농업의 비가시화 현상을 기록할 수 있었을까? 『들국화 송이송이』에 실린 작품들을 일별하자니, 틀림없이 그랬을 듯하다. 농민소설의 쇠퇴기가 시작되던 1996년작(2006년 개고)「고향 사람들」에서 이미 그가 농민문제를 1980년대적 문제틀과는 다른 관점에서 보고 있음이 감지된다.

그 돈으로 처음에는 어지간한 전셋집을 마련했던 모양인데 전셋값이 올라 셋이던 방이 둘로 줄더니 둘이 다시 하나가 되었고, 나중에는 방 하나나마 서울에도 이런 데가 있었던가 싶은 달동네 꼭대기로 올라앉게 되었다. 거기까지 올라가자 가난한 여편네 몽당치마 올라가듯 하던 살림이 더 올라가재도 올라갈 데가 없었다. 손자 둘에 아들 내외에다 영감 내외, 내리 삼대 여섯 식구가 됫박만 한 방구석에서 겨울 들쥐들처럼 오물거리며 밤에는 방바닥에 등짝도 제대로 대지 못하고 칼잠을 잤다. 늙으면 잠부터 없어지는 법인데 낮에 허덕이다가 일찍 곯아떨어지는 자식들 곁에 불 켜놓고 앉아 있을 수도 없고, 내외도 함께 억지 잠을 청하다가 아들 부부 부스럭거리는 소리가 수상하면 슬그머니 밖으로 나와 달동네 맨 꼭대기에 쭈그리고 앉아서 애꿎은 달이나 쳐다보며 마누라는 눈물을 찔끔거리고 영감은 한숨을 푸푸 내쉬었다. 내외는 하는 수 없이 크고 작은 가방만 하나씩 들고 이고 그래도 갈 데는 고향밖에 없어, 죄지은 사람들처럼 고개를 떨구고 추적추적 환고향을 했던 것이다. (「고향 사람들」 88면)

인용문으로 미루어, 1970~80년대 내내 (송기숙 자신의 소설을 포함하여) 농민소설의 인기 소재였던 소작쟁의와 동학혁명 대신, 당대의 농촌문제가 1996년 즈음 송기숙의 주 관심사였던 듯하다. 1970년대부터 1990년대까지 한국의 농촌사를 전형적으로 집약하고 있는 저 환향 노인들의 사연 속에서 '포스트 – 이촌향도' 서사를 읽기는 어렵지 않다. 1970년대 개발독재 시기, 이른바 '서울 드림'이 끝장난 곳에서 노인들이 환향한다. 그러자 자연스럽게 작가의 시선은 '지금 여기'의 농촌 현실로 이행한다. 이후 2002년까지, 그의 소설들은 줄곧 청년들의 농촌 이탈, 도시 자본의 농촌 유입, 농촌고령화와 조손가정 증가, 개발과 보상을 둘러싼 분쟁(「가라앉는 땅」 「고향 사람들」 「제7공화국」 「성묘」 「꿈의 궁전」) 같은 문제들을 즐겨 다룬다.

『들국화 송이송이』에 실린 작품들을 두고 '뒤늦은' 농민소설이라 말하는 것은 이런 이유다. 이 작품들은 시대에 뒤처지게 아직도 농민소설의 관습을 버리지 못했다는 의미에서 '뒤늦은' 게 아니다. 쓴 지 열다섯해가 넘게 지나서야(어떤 작품은 거의 서른해가 다 되어서야) 당시의 농촌 상황을 생생하게 증언하며 우리 앞에 당도했다는 의미에서, 이 작품들은 뒤늦었다. 꾸며진 가상현실이 아니라면 실제 농촌은 눈에 보이지 않게 되어버린 이 시점에, 저 작품들은 우리를 자꾸 채근한다. 우리가 잊고 사는 동안 농업이 이렇게 사라졌다고. "그때나 지금이나 어떤 모양으로 남아 있든 농촌에 남아 있다는 건 그 자체가 낙오"(「가라앉는 땅」 173면)로 받아들여지는 게 여전한 세태라고, 옛 집터를 삼킨 국립공원과 마을을 가라앉힌 댐과 전원의 모텔 '꿈의 궁전'이, 환향한 노인들에게 "오두막 하나 지을 자투리땅"(「들국화 송이송이」, 261면) 한뼘 허락하지 않는 게 바로 현실이라고. 말하자면 목소리를 돌려주어야 할 '몫이 없는 자들'이 그렇게 어려운 책 속이나, 내면을 가지고 촛불도 들고 구호도 외치는 도시인들 속에만 있는 것은 아니라고.

3. 말과 공동체

그러나 『들국화 송이송이』의 '뒤늦음'이 딱히 안타깝기만 한 것은 아니다. 오래전 낡도록 입고 나서 옷장에 던져둔 옷이, 세월이 많이 지난 어느날 꺼내봤더니 '빈티지 룩'이 되어 있음을 발견하는 상황에 비견할 만한 신선함이 송기숙의 소설들에서는 발견된다. 이효석의 「메밀꽃 필 무렵」에 뒤지지 않을 만큼 서정적이고 아름다운(그러나 그보다 훨씬 더 역사의식에 투철한) 단편 「들국화 송이송이」의 감동은, 마치 전장에서 뼈가 굵고 수많은 흉터를 얻은 노장이 평생 가슴에 간직해온 유년의 꽃 한송이를 수줍게 꺼내 보이는 듯한 느낌마저 주는데, 그 느낌은 일종의 '소격효과'와 같다. 뒤늦었으므로, 오늘날의 유행을 벗어나 되레 낯설고 숭고해지는 무엇인가가 거기 있다.

가령 우리는 최근 새로운 '공동체'에 대한 정치적 상상력이 다시 모색되고 있다는 소식을 듣는다. 그런데 송기숙의 소설들에서는 이미 오래전부터 그와 유사한 주제가 반복적으로 변주되어왔다. 실은 오래된 농촌공동체에 대한 향수가 지난 시대 농민소설의 관습적인 레퍼토리였다는 사실에 대해서라면 알 만한 사람은 다 안다. 그러나 그 관습적이던 향수가 21세기에, 그것도 열다섯해 동안의 긴 침묵을 깨고 충분한 시차를 둔 채로, '뒤늦게' 우리 앞에 모습을 드러내면 맥락이 달라진다. 『들국화 송이송이』에서 그려진 농촌공동체의 모습은 이렇게 새로 읽힌다.

우선 거의 매일 마을 회의가 열린다. 수몰지역 이주 보상 시위를 다룬 「가라앉는 땅」과 마을 담벼락 강제 페인팅을 둘러싼 민과 관의 실랑이를 다룬 「제7공화국」은 작품의 대부분이 사안을 둘러싼 마을 회의 장면에 할애되고, 심지어 「북소리 둥둥」에서는 시위용 벽돌을 나르다가 부서진 리어카를 어떻게 보상할 것인가를 두고 즉석 가두 회의가 열리기도 한다. 회의는 열띠지만 발언권은 모두에게 있고, 실제로 그 누구나 나이와 빈부를 가리지 않고 발언한다. 이 회의에서 몫이 없는 이들은 없다.

그런 이유로 그들의 회의는 대체로 축제와 구분되지 않는다. 정확히는 바흐찐(Mikhail Bakhtin)이 말한 '카니발'이 그 회의의 다른 명칭으로 적합하다. 『들국화 송이송이』에 실린 대부분의 작품이 축제나 당제, 하다못해 망자에 올리는 제사 장면으로라도 마무리되는 것은 따라서 이상할 것이 없다. 당연히 이 축제에서 발화되는 언어는 '다성적'이다. 분량에 비해 송기숙의 소설에 등장인물이 많은 것도 그런 이유인데, 마치 가급적 많은 인물들의 대화를 늘어놓기 위해 소설을 쓰기라도 한 것처럼, 각각의 인물들은 개성적이면서도 입담이 좋다. 게다가 그들의 언어는 공식적이고 행정적인 언어에 대해 지극히 불손하면서도 교란적이다. 가령 이런 식이다(어떤 권력이 있어 이 입담을 당하랴).

"가만있자. 뭐이, 미색?"
범바위양반이 눈꼬리를 세우고 나왔다.
"도지사가 미색을 좋아한께 미색으로 칠하라고? 허허. 이쁘단께 꿔온 장 한번 더 뜬다등마는, 오래 살란께 까마구 아래턱 나갈 소리 한번 들어보겄구만. 그런께 시방 도지사님이 행차를 하시는디, 그 양반이 좋아하시는 색깔이 미색인께 동네를 미색으로 화장을 하고 도지사님을 맞이하라 이 소린가? 그러면 우리 촌놈들이 낯바대기에다 연지곤지 찍고 맞으라는 말씸은 안 하시든가?"(「제7공화국」 56~57면)

바흐찐의 말마따나 말도 전쟁터다. 권력은 말을 단수화한다. 그러나 송기숙 소설 속에 마련된 카니발적 공간에서 말은 해방되고 날뛴다. 몫을 독점했던 행정언어는 무력화되고 몫이 없는 이들의 '소음'이 하나하나 의미를 가진 '목소리'가 된다. 그러나 그들의 말이 말에만 그치는 것도 아닌데, (알레고리적으로나마) 국가에 세금을 내지 않고, 스스로 권력을 창출하고 분담하는 새로운 형태의 인민정부가 창설되는 장면도 목도할 수 있기 때문이다(『제7공화국』).

설사 오래전 우리가 저와 같은 공동체의 모습을 필요 이상으로 단순화하고 법칙화한 오류를 범한 적이 있다 하더라도, 신자유주의적 세계공동체(모두 다 '공동'으로 각자도생한다는 의미에서) 외에는 다른 대안적 공동체를 더이상 상상하기 힘든 오늘, 사정은 이전과 다르다. 어떤 측면에서 우리는 1980년대 이후를 살고 있는 것이 아니라, 1980년대의 결여를 혹은 그 오류를 살고 있는 것인지도 모르기 때문이다. 공동체는 다시 상상되어야만 하고, 게다가 그런 공동체에 대한 상상이 굳이 농촌에서 시작되어서는 안 될 이유도 없다. 아마도 이것이 송기숙의 '뒤늦은' 농민소설이 우리에게 주는 교훈일 것이다.

4. 빚잔치

단편 「가라앉는 땅」에는 인상적인 잔치 이야기가 나온다. 빚잔치다.

"맞아. 그 빚잔치는 나도 말로만 들었는데, 색깔이며 뭐며 빚을 지고 있던 사람들이, 나는 있는 것이라고는 통통 털어봤자 이것뿐이요 하고 손을 털면, 동네 사람들은 속이 쓰린 대로 챙기고 나서, 거덜난 사람한테 잔치를 베풀어 잘 가라고 웃으며 보내주었거든. 도시 풍속으로 치면 부도가 난 건데 거품을 물고 쥐어뜯는 게 아니라 되레 잔치를 베풀어, '잘 가거라' '잘 살아라' '힘잡거든 다시 오너라', 떠나는 손을 맞잡고 눈물을 흘렸던 거지."

(「가라앉는 땅」181면)

송기숙. 열다섯해 묵은 그의 원고들이 우리 손에 당도했으니, 아무래도 그는 이제 우리에게 자신이 가진 모든 것을 다 털어놓은 듯하다. 그렇다면 우리는 잔치로 그를 떠나보내야 할 참인가? 아무래도 빚은 우리가 진 듯한데 말이다. 그는 뒤늦게나마 우리에게 '2000년대 농민소설'이라는 오래 묵었으나 쓸모 많은 자산을 남겼으니, 빚은 우리가 졌다. 생각해보면 현재 우리 사회의 많은 문제들이 집약된 곳은 도시보다 농촌이다. 다문화사회화, 인구고령화, 생태/환경문제, 빈부격차, 가계부채, 탈원자력화 같은 문제들 모두 농촌에서 더 심각하고 중대한 문제라는 사실에 이견이 있을 수는 없다. 송기숙의 소설들이 불쑥 우리에게 내민 화두가 아마도 그것일 것이다.

그러니 『들국화 송이송이』는 우리가 송기숙에게 진 빚이고 명맥이 끊겨가는 농민소설에 대해 진 빚이다. 누군가 꼭 쓰게 될 '21세기 농민소설'이 그 빚을 갚게 되기를 대망한다.

집에서 기르는 암탉 한놈이 대밭 바위 밑에다 둥지를 틀고 알을 낳는다. 주인이 만들어준 둥지는 한사코 마다하고 한길이나 높은 닭장 울을 후르르 넘어 알도 제가 마련한 둥지에다 낳고, 마당이며 남새밭이며 모두가 내 세상이라고 멋대로 헤집고 다닌다. 처음에는 어디다 알을 낳을지 몰랐다가 대밭 속 엉뚱한 데서 여남은 개나 횡재한 기분으로 가져왔다. 알을 가져오자 그 뒤로는 거기다 알을 낳지 않았다. 며칠 동안 거동을 여투다가 이번에는 산속 덤불 속에서 또 대여섯개를 찾아왔다. 그러자 또 둥지를 옮겨버렸다. 비로소 까닭을 알 만해서 이번에는 밑알을 하나 남겨놓고 가져왔더니 계속 거기다 낳는다.

장닭 한마리가 거느린 일부오처 가운데 한놈이다. 그 장닭이란 놈은 울안에서 암탉을 보호하고 거느리는 위세는 당당한데 밤에 울기는 시도 때도 없이 기분 내키는 대로 울어재낀다. 초저녁이고 새벽이고 가리지 않는다. 대문 밖 가로등이며 이웃집 불빛에 새벽을 제대로 가늠하지 못해서 그런지 알 수 없는 일이다. 암탉 한놈은 제 본성을 찾은 셈인데 이놈은 본성이 퇴화되어버린 꼴이랄까.

이 암탉이 저 살고 싶은 대로 살자고 닭장 울을 넘듯이, 나도 이제부터 글만 쓰고 살자고 세상의 울을 넘듯 6년 전에 광주에서 한참 떨어진 시골로 이사를 했다. 그러나 그게 마음처럼 되지 않는다. 여기저기서 불러대는 바람에 아직도 늘 끌려다니고 있다. 여기 와서 겨우 장편『오월의 미소』와 이 단편집 한권 분량을 썼을 뿐이다.

단편들을 모아놓고 보니 아홉편 가운데 다섯편이 분단이 주제이다. 전에도 분단 주제 단편집을 한권 냈지만 이 근래는 분단문제를 별로 깊이 생각하지 않았는데 작품은 작품대로 이전의 궤적을 밟고 있었던 셈이다. 새로 읽어보니 그런대로 애정이 가기도 한다.

이제부터는 우리나라 설화를 본격적으로 정리해볼 생각이다. 군사정권 때 작품을 발표할 수 없을 무렵 잠깐 손을 대어 설화집 한권(『보쌈』)을 내기도 했다. 우리나라 설화는 학자들이 현장 채집과 연구는 어지간히 해왔으나 그에 비하면 대중이 설화에 재미있게 접근할 수 있는 문학적 노력은 미흡한 편이다. 우선 줄거리 정리부터가 문제다. 예를 들면「우렁각시」설화의 경우 30~40편이 넘을 것으로 여겨지는 유화 하나하나를 에피소드 단위로 정리하여 그걸 바탕으로 전형적인 줄거리를 짠 다음 문학적 옷을 입혀야 하는데 대부분 그 기초작업부터 부실하다. 시간이 많이 걸리겠지만 이건 누군가 한번 해야 할 일이다.

앙증맞은 우리 집 암탉이 살아가는 본새로 나도 한참 옛날로 돌

아가서 옛사람들이 생활 속에서 그들과 노닥거리는 기분으로 한가
하다면 좀 한가하게 살아볼 생각이다.

2003년 5월
송기숙

| 수록작품 발표지면 |

제7공화국 『한국문학』 1988년 12월호(통권 16권 12호)

고향 사람들 『작은 이야기 큰 세상』(창비 1996)

보리피리 『내일을 여는 작가』 1996년 9월호(통권 3호)

가라앉는 땅 『실천문학』 1996년 가을호(통권 43호)

길 아래서 『창작과비평』 2001년 가을호(통권 113호)

들국화 송이송이 『실천문학』 2001년 여름호(통권 62호)

북 소리 둥둥 『문학동네』 2002년 봄호(통권 30호)

성묘 『문학과 경계』 2002년 여름호(통권 5호)

꿈의 궁전 『실천문학』 2002년 가을호(통권 67호)

1935년	7월 4일(음력) 전남 완도군 금일면 육산리 산9번지에서 부 송복도 씨와 모 박본단 씨 사이에서 출생.
1939년(5세)	외할아버지가 동학농민운동에 참가했다는 것을 들음.
1942년(8세)	외할아버지 사망. 진도 산림초등학교 입학. 초등학교 입학 당시 이름은 송귀식(宋貴植)이었음.
1947년(13세)	4학년 때 전남 장흥군 용산면에 위치한 계산초등학교로 전학. 글쓰기를 잘해서 선생님께 칭찬받고 소설가의 꿈을 키움.
1950년(16세)	5월 4일 계산초등학교 졸업. 6월 3일 장흥중학교 입학.
1951년(17세)	송기숙(宋基琡)으로 개명.
1952년(18세)	문학에 흥미를 가졌으며, 소설을 창작.
1953년(19세)	3월 31일 중학교 졸업. 4월 10일 장흥고등학교 입학. 소설 창작에 많은 영향을 준 국어교사 김용술을 만남.
1954년(20세)	꽁뜨 「야경」(『학원』) 발표.(심사 최정희)
1955년(21세)	장흥고등학교 문예부 활동. 3학년 들어 문예부장을

하면서 교지 『억불』을 창간. 교지에 단편소설 「물쌈」과 장흥 보림사 사찰에 대한 글을 발표.

1956년(22세)　3월 10일 장흥고등학교 졸업. 4월 8일 전남대학교 문리대학 국어국문학과 입학(인문계 수석).

1957년(23세)　8월 22일 휴학. 8월 29일 학적보유병(학보병)으로 육군에 입대.

1959년(25세)　4월 30일 복학. 군대 내 비리를 고발하는 「진공지대」(『국문학보』 창간호) 발표.

1960년(26세)　4·19혁명 시위에 참가. 작가 손창섭, 황순원 등과 함께 앙드레 말로, 알베르 까뮈 등의 작품을 읽으며 본격적으로 소설 창작.

1961년(27세)　5월 10일 전남대 대학신문사에 입사해 전임기자로 편집업무에 종사함(~1965. 3. 31). 8월 30일 전남대 졸업.

1962년(28세)　2월 8일 전남대 대학원 국문과에 입학. 3월 3일 장흥군 장흥읍 평화리 출신 김영애(金永愛)와 결혼.

1964년(30세)　2월 26일 전남대 대학원 졸업(석사학위논문 「이상론 서설」). 9월 1일 전남대 국문과 시간강사로 '소설론' 강의. 조연현의 추천을 받아 「창작과정을 통해 본 손창섭」을 『현대문학』 9월호에 발표.

1965년(31세)　4월 9일 목포교육대학 전임강사 부임. 석사학위논문을 수정한 「이상 서설」(『현대문학』 9월호)로 추천완료 되어 평론가로 등단.

1966년(32세)　「진공지대」를 수정하여 「대리복무」(『현대문학』 11월호)

발표.

1968년(34세) 「어떤 완충지대」(『현대문학』 12월호) 발표.

1969년(35세) 「백의민족·1968년」(『현대문학』 7월호) 발표.

1970년(36세) 평론 「이상(오감도)」(『월간문학』 6월호) 발표.

1971년(37세) 「영감님 빠이빠이」(『월간문학』 3월호, 이듬해 「영감은 불속으로」로 개고해 『백의민족』에 수록), 「사모곡 A단조」(『현대문학』 4월호), 「휴전선 소식」(『현대문학』 8월호) 발표.

1972년(38세) 「어느 해 봄」(『현대문학』 1월호), 「낙제한 교수」(『월간문학』 8월호), 「전우」(『현대문학』 10월호), 「테러리스트」(『월간문학』 10월호), 「재수 없는 동행자」(소설집 『백의민족』) 발표. 첫 소설집 『백의민족』(형설출판사) 출간.

1973년(39세) 3월 16일 단편집 『백의민족』으로 제18회 현대문학 소설부문 신인문학상 수상. 6월 1일 전남대 교양학부 조교수로 인사 발령받아 목포에서 광주로 이사. 「지리산의 총각샘」(『현대문학』 1월호), 「갈머리 방울새」(『현대문학』 5월호), 「전설의 시대」(『문학사상』 9월호), 「어느 여름날」(『월간문학』 9월호) 발표. 「흰 구름 저 멀리」 집필.

1974년(40세) 귀속재산 처리의 문제점을 제기한 『자랏골의 비가』 연재(『현대문학』 1974년 2월호~1975년 6월호).

1975년(41세) 「추적」(『창작과비평』 가을호) 발표.

1976년(42세) 「불패자」(『문학사상』 9월호), 「재수 없는 금의환향」(『현대문학』 9월호, 「김복만 사장님 금의환향」으로 개고해 본 전집에 수록), 「귀향하는 여인들」(『월간중앙』 10월호) 발표.

1977년(43세) 「가남 약전」(『월간문학』 9월호~11월호 연재), 「칠일야화」(『현대문학』 10월호) 발표, 『자랏골의 비가』(전2권, 창비) 출간으로 민중문학의 거봉으로 주목받음.

1978년(44세) 5월 1일 자유실천문인협의회 단식농성 참가를 위해 상경을 시도했으나 경찰 방해로 참석하지 못함. 6월 27일 전남대 교수 10명과 함께 교육민주화 선언문인 「우리의 교육지표」를 발표. 「국민교육헌장」 비판으로 대통령 긴급조치 9호를 위반한 혐의로 체포, 중앙정보부로 압송. 7월 4일 구속 기소. 8월 12일 광주지법에서 첫 공판. 8월 17일 교육공무원법 55조 위반 혐의로 교수직에서 파면당함. 8월 28일 선고 공판에서 징역 4년, 자격정지 4년 선고. 「만복이」(『문예중앙』 봄호), 「도깨비 잔치」(『현대문학』 6월호), 「몽기미 풍경」(『한국문학』 7월호), 「물 품는 영감」(『월간문학』 8월호, 1986년 「똥바우 영감」으로 개고해 『테러리스트』에 수록) 발표, 두번째 소설집 『도깨비 잔치』(백제출판사) 출간.

1979년(45세) 7월 17일 제헌절 특별사면으로 출소. 한승원을 주축으로 광주에 있는 소설가 9명이 참여한 『소설문학』의 동인으로 활동. 파면 후 복직되지 않아 전남대 농과대학 시간강사로 교양국어 강의. 청주교도소에서 나무 젓가락 사이에 샤프심을 끼워 실로 고정한 연필로 국어사전 아래 여백에 한줄씩 써내려갔던 장편 『암태도』를 3회 분재(『창작과비평』 1979년 겨울호~1980년 여름호).

지리산 화엄사에 12월부터 석달 기거. 「청개구리」(『소설문학』 2월호), 「유채꽃 피는 동네」(『재수 없는 금의환향』), 「낙화」(『현대문학』 12월호) 발표. 세번째 소설집 『재수 없는 금의환향』(시인사) 출간.

1980년(46세) 광주 5·18민주화운동 기간에 시민수습위원회 참여, 학생수습위원회 조직. 6월 27일 '수습을 빙자한 폭동 지휘자'의 누명을 쓰고 체포, 형법 87조 '내란중요임무종사 위반' 죄명으로 징역 10년 구형받고 1981년 3월 31일 5년형 확정. 광주교도소에서 복역. 「사형장 부근」(『실천문학』 봄호), 「살구꽃이 필 때까지」(『한국문학』 6월호) 발표.

1981년(47세) 1월 12일 송기숙(宋基琡)에서 송기숙(宋基淑)으로 개명. 4월 3일 대법원 확정판결 후 관할관 확인과정에서 형집행정지 출감. 대하소설 『녹두장군』(『현대문학』 1981년 8월호~1982년 10월호) 1부 전반부 연재, 암태도 소작쟁의를 소재로 한 『암태도』(창작과비평사) 출간.

1982년(48세) 3월 민중문화운동협의회 상임고문으로 재야와 연계하여 반정부 활동. 박석무, 고은, 황석영, 박현채, 김지하 등과 교류. 12월부터 『녹두장군』 집필을 위해 지리산 피아골(전남 구례군 토지면 평도리)에 들어가 이듬해 8월까지 칩거.

1983년(49세) 8월 15일 내란중요임무종사 위반 등의 선고에 대한 복권. 김지하와 동학농민운동 배경지를 탐방하며 숙식 함께함. 12월 20일 해직교수아카데미 조직, 전국 강연.「오늘의 시각으로 고쳐 쓴 옛 이야기」연재(『마당』 1983년 1월호~1984년 7월호).「당제」(『공동체문화』 6월호),「개는 왜 짖는가」(『현대문학』 7월호) 발표.

1984년(50세) 3월부터『정경문화』에『녹두장군』재연재 시작. 8월 17일 해직 7년 만에 전남대에 특별 신규임용(조교수)으로 복직.「어머니의 깃발」(『한국문학』 1월호),「백포동자」(14인 소설집『지 알고 내 알고 하늘이 알건만』, 창비) 발표. 네번째 소설집『개는 왜 짖는가』(한진출판사) 출간.

1985년(51세) 8월 9일 부산 가톨릭센터에서 민중문학에 대한 강의. 8월 17일 '학원안정법' 제정 반대 투쟁.「신 농가월령가」(소설집『그리고 기타 여러분』, 사회발전연구소) 발표. 첫 산문집『녹두꽃이 떨어지면』(한길사) 출간.

1986년(52세) 4월 18일 시국선언 서명에 적극 참여. 다섯번째 소설집『테러리스트』(흐겨레출판사) 출간.

1987년(53세) 6월 18일 한국인권문제연구소 위원 자격으로 시국선언문「현 시국에 대한 우리의 견해」시국 선언문 발표. 7월 23일 '민주화를위한전국교수협의회' 창립, 초대 공동의장(1987~89년). 전남 승주군 선암사 해천당에 집필실을 마련해 이후 매주 나흘씩 7년간『녹두장군』집필. 10월 1일 부교수 승진. 12월 30일 독일학술교류처(DAAD)의 초청으로 출국해 석달간 유럽 체류.「부르는 소리」(13인 소설집『매운 바람 부는 날』, 창비),

「파랑새」(『한국문학』9월호) 발표.

1988년(54세) 전남대 인문과학대학 국어국문학과장(1988. 3. 1~1989. 2. 28). 「우투리 — 산 자여 따르라 1」(『창작과비평』여름호)로 5·18민주화운동에 대한 연작을 시작하였으나, 쓸 엄두가 나지 않아 더이상 집필하지 못함. 5월 23일 '한국현대사사료연구소' 설립, 초대 소장. 5·18민주화운동에 대한 본격적인 자료 조사와 연구 시작. 리영희, 강만길, 백낙청, 김진균, 이수인 등 이사로 참여. 「제7공화국」(『한국문학』12월호) 발표. 여섯번째 소설집『어머니의 깃발』(심지), 두번째 산문집『교수와 죄수 사이』(심지), 일곱번째 소설집『파랑새』(전예원) 출간.

1989년(55세) 3월 15일 성명서「현대 노동자들의 생존권 확보 투쟁을 지지하며」발표 주도. 4월 30일 전남대에서 한국현대사사료연구소, 4월혁명연구소, 전남사회문제연구소 공동 주관 '5·18민중항쟁 9주년 학술토론회' 개최. 민담집『보쌈』(실천문학사) 출간.

1990년(56세) 5월 30~31일 '광주 5월 민중항쟁 10주년 기념 전국 학술대회' 개최. 한국현대사사료연구소『광주오월 민중항쟁 사료전집』(풀빛) 발간.

1991년(57세) 민족문학작가회의 부회장(~1994년).

1992년(58세) 어린이와 청소년을 위한 소년 역사소설『이야기 동학농민전쟁』(창비) 출간.

1993년(59세) 6월 12일 '균형 사회를 여는 모임' 공동대표(1993~95

년). 7월 8일 민주평화통일자문위원 위촉.

1994년(60세)   12년 만에 대하소설 『녹두장군』(전12권, 창비) 완간. 『녹두장군』으로 제9회 만해문학상 수상. 민족문학작가회의 회장 및 이사장(1994~96년).

1995년(61세)   제12회 금호예술상 수상.

1996년(62세)   민족문학작가회의 이사장직 사임. 제13회 요산문학상 수상. '문학의 해 조직위원회' 위원. 한국현대사사료연구소 해체. 전남대 5·18연구소 설립 주도, 자료 및 재산 이양. 5·18연구소 초대 소장(1996. 12. 10 ~1998. 5. 31). 「고향 사람들」(16인 소설집 『작은 이야기 큰 세상』, 창비), 「산새들의 합창」(『내일을 여는 작가』 9월호, 「보리피리」로 개고해 본 전집에 수록), 「가라앉는 땅」(『실천문학』 가을호) 발표. 장편소설 『은내골 기행』(창비) 출간.

1997년(63세)   8월 20일 전남 화순군 화순읍 대리 산18-2번지로 이사. 12월 22일 칼럼 「전·노씨 사면, 역사의 후퇴라 생각」을 『한겨레신문』에 특별기고.

1998년(64세)   민족문학작가회의 상임고문.

2000년(66세)   총선연대에 관여. 8월 31일 전남대 정년퇴임. 장편소설 『오월의 미소』(창비) 출간.

2001년(67세)   「길 아래서」(『창작과비평』 가을호), 「들국화 송이송이」(『실천문학』 여름호) 발표.

2002년(68세)   「북소리 둥둥」(『문학동네』 봄호), 「성묘」(『문학과경계』 여름호), 「꿈의 궁전」(『실천문학』 가을호), 「돗돔이 오는 계절」

(『현대문학』11월호) 발표.

2003년(69세)   여덟번째 소설집『들국화 송이송이』(문학과경계) 출간.

2004년(70세)   2월 문화중심도시조성위원회 위원장(총리급).

2005년(71세)   세번째 산문집『마을, 그 아름다운 공화국』(화남) 출간.

2006년(72세)   11월 30일 순천대학교 학술문학상 시상식 초청강연
회 강연.

2007년(73세)   6월 용봉인 명예대상 수상. 8월 남북정상회담 자문위
원단 참여. 설화 총 53편을 정리한 설화집『거짓말 잘
하는 사윗감 구함』『제 불알 물어 버린 호랑이』『모주
꾼이 조카 혼사에 옷을 홀랑 벗고』『정승 장인과 건달
사위』『보쌈 당해서 장가간 홀아비』『아전들 골탕 먹
인 나졸 최환락』(창비)을 출간.

2008년(74세)   『녹두장군』개정판(전12권, 시대의창) 출간.『오월의 미
소』가 일본에서 번역 출간(『光州の五月』, 藤原書店).

2009년(75세)   한국작가회의에서 주관한 '독재 회귀 우려' 시국 선
언에 참여. 광주시교육감 시민추대위 활동.

2010년(76세)   6월 광주 YMCA 무진관에서 열린 '교육지표 사건' 32
주년 기념식 참석.

2013년(79세)   교육지표 사건, 재심에서 35년 만에 무죄판결 받음.

2014년(80세)   교육지표 사건 무죄판결로 받은 형사보상금 전액을
전남대 장학금으로 기부.

2015년(81세)   『녹두장군』으로 제5회 동학농민혁명 대상 수상.

2018년(84세)   5·18민주화운동으로 인한 고문 후유증으로 투병 중.

송기숙 중단편전집 5
들국화 송이송이

초판 발행 • 2018년 2월 9일

지은이 / 송기숙
펴낸이 / 강일우
엮은이 / 조은숙
책임편집 / 박주용 신채용
조판 / 황숙화 박지현
펴낸곳 / (주)창비
등록 / 1986년 8월 5일 제85호
주소 / 10881 경기도 파주시 회동길 184
전화 / 031-955-3333
팩시밀리 / 영업 031-955-3399 · 편집 031-955-3400
홈페이지 / www.changbi.com
전자우편 / lit@changbi.com